동다정통고

부附 : 1. 응송 박영희 스님 자서전
　　　 2. 수연설법제법문

이 책은 응송 박영희 스님의 『동다정통고東茶正統考』와 스님이 직접 작성한 <자서전> 및

<수연설법제법문> 원고를 합본한 것이다. 번역 및 교정은 제자 박동춘이 맡았으며, 초판

『동다정통고』의 체제를 다시 정비하였다.

동다정통고 東茶正統考

부附 : 1. 응송 박영희 스님 자서전
 　　　2. 수연설법제법문隨緣說法諸法門

응송應松 박영희朴暎熙 지음

이른아침

著者 應松 朴暎熙 스님

동다정통고

東 茶 正 統 考

동다정통고東茶正統考 서序

내가 처음으로 차를 대한 지도 정말 오랜 세월이 흘렀다. 거의 70년을 하루같이 차와 함께 생활하였으니 그 또한 감회가 새롭다. 초의선사의 유작遺作인『동다송東茶頌』을 연구하여 그 제법製法대로 차를 만들기도 하고 혹은 사미시절 대흥사大興寺에서 배웠던 방법도 회상해보곤 하였지만 진정 좋은 차를 만들고 좋은 물에 달여 차의 중정中正이 현현된 세계를 얻기란 참으로 힘든 일이라는 것을 깨달았다.

하지만 이런 와중에서 한 가지 터득한 것은 무념無念의 경지에서 정靜한 마음으로 차를 대하면 그 차 또한 그렇게 현현한다는 사실이다. 그러나 차에서 드러나는 현묘玄妙한 이치를 어찌 다 알겠는가! 전래하는 얘기를 간간이 기록하며 평소 내가 경험한 것을 토대로 변변치 못한 이 원고를 완성하게 되었으나 그 부족함을 어찌 다 말로 표현할 수 있으랴. 평소에 나는 글 쓰는 일을 즐겨하지 않았다. 이는 나의 얕은 지식을 글로 드러낸다는 것이 부끄러울 뿐 아니라 자칫하면 다른 사람들의 안목에 누를 끼칠까 두려웠기 때문이다.

하지만 나의 사미시절에는 초의선사의 다풍茶風이 대흥사에는 그런대로 남아 있었으니 이런 대흥사의 다풍을 조금 일찍 살펴볼 수 있었다는 인연은 행운이었던 셈이다. 이런 인연으로 내가 본 우리의 다풍을 소개하고 우리 차의 유래를 살펴보고자 한 것이다. 우리나라의 차에 대한 문헌이 적을 뿐 아니라 나의 천박한 글재주로 인하여 우리나라 다도의 올곧은 모습이 잘못 전달될까 두렵다.

요즘 항간에 우리 고유의 다도와는 거리가 먼 국적불명의 다도가 유행되고 있다니 심히 통탄痛歎할 일이라 생각한다. 따라서 이 책이 다도를 연구하는 후학이나 차를 애호하는 사람들에게 조금이라도 도움이 되기를 바란다. 아울러 세상의 눈 밝은 학자들과 차에 대해 연구하는 사람들은 잘못을 지적하는 수고를 아끼지 말고 질정해 주기를 바란다. 끝으로 이 책의 출판을 맡은 제자 박동춘朴東春에게 지금까지 내가 경험하여 알고 있는 바를 전傳하며 후일 더욱 많은 연구와 정진精進을 부탁하는 바이다.

을축乙丑 초춘初春 두륜산頭輪山 아래 백화사白化寺에서
응송應松 박영희朴暎熙 합장合掌

동다정통고 서序

제1장 한국 차문화의 발달

제2장 중국 차문화의 역사적 고찰

제3장 송대 단차의 내력과 우리 차문화의 관계

제1장 한국 차문화의 발달

1. 차의 시원

차는 범어梵語로 알가關伽이다. 이는 물에서 연유된 것으로, 심산유곡에서 세속을 잊고 수행하는 수도자들의 음료수라는 뜻이다. 원시부족들은 부족들의 안녕을 기원하는 제사에서 차를 공양하였다.

2. 차의 전래

우리나라 차는 대략 두 가지로 분류하는데 첫째는 백산차白山茶이며 두 번째는 중국에서 전래된 차이다. 백산차는 우리나라 고유의 차로 장백산長白山(백두산)에서 자생하는 식물을 응용한 것이다.

백산차

백산차는 석남과石南科에 속하는 철쭉 종류이며 어린잎으로 만든다. 장백산 산정을 중심으로 자생한다. 단군시대부터 토민土民들 사이에서 음용했다고 한다. 건륭(乾隆, 1736~1795) 연간에 백산차를 공납貢納하라고 요구했고, 『길림외기吉林外記』에 안춘향安春香이란 사람이 백산차를 청한 사실이 있다. 일본 또한 삼한정벌론三韓征伐論을 주장했던 무내축정武內縮禎의 가사家事에 백산차에 대한 기록이 남아 있다. 그 후 이 백산차는 민간에 퍼져 원료의 형태에 따라 명칭이 바뀌었으니 바로 인삼차, 구기자차, 당귀차 등의 원류는 백산차인 셈이다. 일종의 대용차代用茶이다.

전래차

전래차傳來茶는 중국과 인도에서 전래된 차를 말한다. 차가 유입된 경로는 불교佛敎와 밀접한 관련이 있는데 크게 두 부류로 나눌 수 있다. 첫째는 신라시대의 흥덕왕(興德王 3년, 828) 때 입당사 대렴大廉이 차 씨를 가지고 왔다는 설과 인도 아유타국에서 허황후許皇后에 의해 수입되었다는 설이다. 그러나 흥덕왕 이전인 선덕여왕善德女王(재위 632~647) 때부터 차가 있었다고 전하니 이는 『삼국사기三國史記』에서 확인할 수 있다.

이외에도 『삼국유사三國遺事』 「가락국기駕洛國記」에 '수로왕首露王의 11대손인 거등居登이 묘廟에 제사를 드릴 때 떡과 술, 나물과 차를 올렸다'고 한다. 또 김해 백월산白月山에는 허황후가 차를 가지고 와서 심었다는 말이 오래도록 전해지고 있으니 김해 죽로차竹露茶는 인도에서 유입된 듯하다. 그러나 인도 아유타국에서 들어왔다는 설은 구전으로 전해지는 것이니 정확한 고증이 미비하므로 좀 더 연구해야 할 일이다.

한편 대렴이 가져온 차 씨는 어디에 심었을까 하는 점에 대하여 많은 논란이 있다. 어떤 사람은 전라도 화엄사華嚴寺 장죽전長竹田에 심었다고 주장하는 반면 혹자는 하동 쌍계사雙磎寺 칠불암七佛庵 사이의 다전茶田에 심었을 것이라고 한다.

이에 대해 다산 정약용은 쌍계사 부근일 것이라 했고, 어떤 이는 쌍계사의 창건 연대가 신라 말 진감국사眞鑑國師 때였다는 설에 의거

하여 쌍계사가 창건한 것은 840년 이전이므로 구례 화엄사 장죽전에
차 씨를 심었다고 주장하기도 한다. 그러나 필자는 화계동에 쌍계사
창건 이전부터 이미 칠불암七佛庵과 옥천사玉泉寺라는 고사古寺가 있었
으니 다산茶山의 설처럼 처음 차 씨를 심은 곳은 쌍계사 부근일 것이
라 생각한다.

3. 신라시대의 차문화

신라시대의 차문화를 살펴볼 수 있는 사료는 소수에 불과한 실정
이다. 『삼국사기』에 충담사忠談師가 경주의 남산 삼화령三花嶺에 계신
미륵보살께 차를 공양했다고 하고, 경덕왕景德王의 청에 따라 왕에게
도 차를 올렸는데 왕께서 차를 드시고 '그 맛이 이상하며 찻잔에 이
향異香이 가득하다고 하였다'는 기록이 있다.

이외에도 화랑花郎이 차를 마시며 산수를 유람하고 수련했던 유물
이 남아 있다고 하는데, 이러한 사실은 고려 이곡李穀이 남긴 『동유기
東游記』에서 확인할 수 있다. 그는 사선四仙들이 차를 마셨던 흔적으로
경포대 한송정寒松亭에 석정石鼎과 석조石竈 등이 남아 있다고 하였다.

4. 고려시대의 차문화

고려시대에는 연등회燃燈會, 팔관회八關會, 공덕재功德齋 등 불교의식
이 있었는데 이 불식佛式에는 반드시 차를 올렸다.

『여민지의위與民志儀衛』각 조條에 의하면 연등위의燃燈衛儀, 팔관위의 八關衛儀 가운데 '향로와 차를 담당하는 사람이 각 1인, 군사는 4인香爐茶擔各─軍士四人'이란 구절이 있다. 이와 같이 불교의식에는 다구류茶具類가 식장式場에까지 운반되었고 봉하奉賀를 마치고 난 후에는 태자 이하 군신群臣에게 차를 하사하는 의식이 몇 번이고 반복되었다.

고려 성종成宗 원년(983)에 왕이 공덕재에 올릴 차를 몸소 갈고碾茶 혹은 차 싹을 갈았다磨麥고 하였다. 이로 인한 폐단을 지적한 최승로崔承老의 시무책에 '삼가 듣자오니 성상聖上께서는 공덕재를 베풀기 위하여 친히 차와 차 싹을 간다 하시니 어리석은 신은 성체聖體가 피로하실까 매우 염려됩니다'라는 내용의 상소를 올린다.

그러나 공덕재에서 왕이 친히 차를 올리는 수고로움은 광종光宗(재위 949~975) 때로부터 시작된 것이다. 그리고 성종 8년 최승로가 63세로 죽었을 때 뇌원차腦原茶 200각角과 대차大茶 1근斤을 하사하여 부의품賻儀品으로 보낸 사실을 확인할 수 있다.

송나라 영종英宗 원풍元豊 원년(고려 문종 32년, 1098)에는 좌간의대부左諫議大夫 안수安壽가 국신사國信史를 맡고, 기거사인起居舍人 진목陳睦이 부사副使를 맡아 명주정해明州定海로부터 대양大洋을 횡단하여 고려高麗에 왔다. 이때 송에서는 국신물國信物을 다량 예품으로 보냈는데 특별히 용봉차龍鳳茶를 하사하였다. 이는 원풍 2년 정월에 송나라와 고려 사이에 교역법이 제정된 것에 대하여 감사하는 예를 표한 것이다. 이는 또 송나라 영종이 고려 왕실에 환심을 사기 위한 것이었다. 그 후 영종의 개변정책開邊政策(국경을 개척하는 정책)은 계속 시행되었기에 송나라와 고려 사이엔 사신들의 발걸음이 끊이지 않았다.

한편 선종宣宗 3년 4월에 문종文宗의 넷째 아들인 명승名僧 의천義天(大覺國師)은 상선을 타고 송에 들어가 불교와 문화 등을 풍부히 유입한다. 당唐 영종조英宗朝에 용봉단차龍鳳團茶가 그 국신물國信物 가운데 하나로 고려에 하사되었던 사실로 미루어볼 때 의천이 환국還國할 때에도 단차團茶 등을 선물로 받았을 것이라 여겨진다.

서긍의 『고려도경高麗圖經』은 송宋 휘종徽宗 선화宣和 5년(高麗 仁宗, 1123) 송나라 사절단使節團 일행 중 서긍徐兢이 고려에 사신으로 온 이후 고려의 풍물을 적은 견문록見聞錄으로 일종의 사행使行 보고서이다. 이 책에는 고려시대의 차문화를 살펴볼 수 있는 귀중한 내용을 기록해두었는데 그 내용은 이렇다.

> 고려 토산차土産茶는 그 맛이 쓰고 떫어 감히 입에 댈 수도 없으니 오직 중국 납면차臘面茶 및 용봉단龍鳳團을 더 귀하게 여긴다. 하사품으로 들어온 것 외에 상공商工들 사이에서도 판매가 통행하였다. 그래서 그 후로는 더욱 음다飲茶하는 것이 왕성하였다. 더욱이 다구茶具들은 금화오잔金花烏盞, 비취색소구翡翠色小甌, 은로銀爐, 탕정湯鼎 등 모두 중국 것을 모방한 것이다.

이로 미루어보면 고려시대에는 납면차 및 용봉단차가 송나라로부터 공적인 증물贈物로 왔을 뿐만 아니라 중국차가 널리 백성들 사이에서도 상거래로 판매되어 음다풍飲茶風이 왕성하게 유행하였다. 다구도 송의 다구를 모방했다는 사실에서 차문화 수용이 활발하여 고려에 깊은 영향을 주었다는 것을 알 수 있다.

고려시대의 차는 송나라 건주차建州茶와 깊은 관계가 있었다는 사실과 고려 토산차는 쓰다는 것도 알 수 있다. 일본 도엽씨稻葉氏에 의하면 우리나라의 고동내古洞內에서 용단승설龍團勝雪로 방方 1촌寸 두께 5분分쯤 되는 고형차固形茶가 발견된 적이 있는데, 이 역시 송의 단차가 고려에 유통된 흔적이라고 할 수 있다.

웅번熊蕃의 『선화북원공다록宣和北苑貢茶錄』에는 경력연간慶曆年間(仁宗朝, 1041~1048) 채군모蔡君謨가 전운사轉運使가 되어 소룡단小龍團을 만들었고, 이후 선화경자宣和庚子 휘종조徽宗朝(1120)에 복건로福健路 전운사 정가간鄭可簡이 은선수아銀線水芽를 만들었으며 이를 '용원승설龍園勝雪'이라고 불렀다고 한다. 그런데 이 수아水芽 제조법을 살펴보면, 은선수아는 대개 차의 어린 싹을 익혀 다시 선별하여 어린 차 싹의 속대인 일창[心一槍]만을 가려내어 진기한 그릇에 맑고 깨끗한 물을 담아 뚜렷하게 광택이 나는 은선銀線 같은 차아만을 가지고 차를 만든다. 방촌方寸의 새로 만든 1과銙의 차의 표면에 소룡小龍이 서리고 있는 모형을 만든다. 그런데 복건차福健茶는 몹시 쓴 맛이 강하므로 눌러서 차의 쓴 즙을 빼냈다. 이것을 맑은 물로 씻어서 말린다. 이런 공정을 거치면 다색茶色은 백색으로 변한다. 휘종 황제는 백차白茶를 좋아했다 하니 그 비위를 맞추려는 신하들이 만들었을 것이다.

송末 휘종이 제일 귀중히 여겼던 용원승설이 우리 국내에서 발견된 사실은 희한한 일이다. 그러나 우리 국내에도 이 차가 있었던 것은 부정할 수 없다. 조선시대 말 대원군大院君 때에 고려 고탑古塔 속에서 용원승설 4과銙를 발견하여 1과銙는 이상적李尙迪의 수중手中에 들어갔다고 하였으니, 이런 사실에서도 고려 때에 우리나라에 용원승설이 있었던 것은 말할 필요가 없다. 송宋 휘종 선화 2년 전운사 정가간이 만든 용원승설이 어느 때 누구에 의하여 우리나라에 유입된 것인지 몇 가지 사실을 들어보기로 하겠다.

혹자는 대각국사大覺國師 의천이 입송入宋한 후 귀국할 때에 가져왔다고 하나 이것은 가능성이 희박하다. 왜냐하면 의천은 고려 문종의 제4자第四子로서 문종 9년(宋 仁宗 至和 2년, 1055) 생인데, 그가 입송하여 대 환영을 받고 여러 지방을 편력한 후 석전釋典 및 경전經典 등 1천여 권을 가지고 귀국한 후『속대장경續大藏經』을 간행하기 위하여 눈코 뜰 새 없는 지경이었다. 의천의 귀국은 북송 철종(北宋 哲宗 元祐 2년, 1086) 6월이고, 휘종 건중정국建中靖國(1101)에 임하여 병으로 47세의 나이로 입적入寂하였다. 그런데 의천이 귀국한 때는 용원승설이 생산된 시기에서 34년 후이다. 또 입적한 후로부터 19년이나 경과된 후에 용원승설이 만들어졌다. 따라서 의천이 용단승설을 다량 소지所持하고 있었다는 것은 가능한 일이나, 용원승설을 가지고 왔다는 것은 불가능한 것으로 추측된다. 의천의 제자에 담진曇眞이 있었는데 그는 의천을 따라 입송하여 정화政和 4년(1114)에 국사國師가 되었다.

의천보다 오래 살아 72세에 입적하였다. 이런 것으로 미루어 담진이 가지고 왔다면 그 가능성이 높아 보인다. 당시 이자운李資云이라는 자가 있었다. 그는 선禪에 귀의歸依하여 정화政和 7년(1117)에 고려 예종睿宗이 한성漢城에 행차했을 때 배알拜謁하여 다탕茶湯을 봉헌하였다고 한다. 이외에도 선화宣和 4년(1122)에는 고려 인종이 차茶, 향香, 의물衣物 등을 하사下賜받았다는 기록도 있다. 그러므로 이 시기라면 그 가능성을 어느 정도 인정할 수 있으므로 휘종이 선화 5년(1132), 즉 고려 인종 원년에 즉위할 때 그 축하사절단이었던 서긍徐兢 등이 직접 가져온 하사품下賜品이었을 가능성이 높아 보인다.

고려시대에는 송나라처럼 민간에도 거사선居士禪이 유행하였다는 점에서 다선일여茶禪一如를 실천하는 자도 적지 않았을 것이다. 강원도 춘천군 청평산淸平山 문수원文殊院에 낙향하여 은거隱居하고 있던 이자현李資玄은 송末 휘종 정화政和 7년(1117) 곧 예종睿宗 12년 서경西京(漢城)에서 왕과 더불어 다탕을 진공進供하면서 종용從容히 담화談話했다는 기록이 있다. 또 선화 4년(1122) 고려 인종의 즉위卽位에 즈음하여 차·향·의물을 하사받았다는 기록도 있다. 그는 인종 3년 향년享年 65세로 입적하였다.

이와 같이 고려시대에 있어서는 궁중宮中 제실諸室 및 여러 신하들과 승려僧侶는 물론이요 일반 민간에까지 용봉단차龍鳳團茶를 끽다喫茶하는 풍습이 널리 보급되었으므로 송 황실에서만 마실 수 있었던 최고품 용단승설을 음용飮用했다는 것은 결코 숨길 수 없는 사실이다.

5. 조선시대의 차문화

조선 초기까지는 고려 말의 다풍茶風이 그런대로 남아 있었다. 궁중의 의식이나 사신의 접대에는 이조吏曹 소속인 다방茶房이 있어 차를 내는 제반 절차를 주관하였다. 또한 사헌부司憲俯 관원官員들은 다시茶時라 하여 매일 한 차례씩 차 마시는 시간을 가졌다.

이 당시에 차는 주로 말차末茶보다는 전차煎茶 종류인 엽차葉茶를 많이 음용했던 것 같다. 그러나 진다법進茶法에 있어서 궁중의식은 까다

롭고 형식을 중히 여긴 반면 일반인이나 승려 사이에서는 자유롭고 평이한 음다법飲茶法이 행해졌다. 그리고 중기까지도 다세茶稅가 남아 있었다. 점필제佔畢齊 김종직이 함양군수咸陽郡守로 부임했을 때 차의 생산이 없음에도 다세가 있어 민폐가 되었다는 기록이 있다.

그러나 시대가 내려오면서 점점 음다법이 쇠퇴하여 약용藥用으로 전락되었다. 다행히 후기에 일부 사대부나 유학자 사이에서 차를 마시는 것이 성행하여 초의스님의 『동다송東茶頌』이 나오게 되었다.

『동다송』은 우리나라 차의 역사와 제다법, 차를 마시는 방법 등을 전반적으로 고찰하는 한편 초의스님 자신이 경험했던 바를 토대로 기술하였다. 따라서 초의스님의 저술인 『동다송』은 오늘날 한국의 다풍을 재조명할 수 있는 유일한 자료로 그 가치가 크다 하겠다. 그 외에도 시문과 서간書簡이 남아 있으나 차의 전반적인 것을 규명하는 데는 역부족인데 다행히 금령錦舲 박영보朴永輔의 「남다병서南茶幷書」가 남아 있어 초의스님이 차문화에 공헌한 바를 칭송하였고, 차를 즐기는 사대부들의 모습을 드러냈다.

제2장 중국 차문화의 역사적 고찰

1. 한·위·육조 시대의 차

중국의 차문화가 어느 시대부터 시작되었는지는 분명하지 않지만 대략 전한前漢 말기로부터 시작되었을 것이라 짐작된다. 이러한 사실은 왕포王褒가 쓴 「동약僮約」의 '차를 달이고[茶烹] 차를 사오는 일[買茶]'이라는 기록에서 확인할 수 있다. 이 기록은 한漢 선제宣帝 신부神符 3년 (BC 59)에 쓴 계약서의 일종이다. 이후 오나라 손호孫皓가 연회를 베풀었을 때 여러 사람들에겐 많은 양의 술을 권했지만 특별히 주량이 약한 위요韋曜를 위하여 차를 준비하여 술 대신 마시도록 했다고 한다.

진대晉代에 이르러 차에 대한 설화가 간간이 문헌에 보이는데, 동진東晋 초기 왕몽王蒙은 차를 좋아하여 덮어놓고 사람들에게 강권하였으므로 사람들은 이것을 수액水厄이라고 말했다고 한다.

남북조시대南北朝時代에 번족蕃族의 지배를 받았던 북조인北朝人들은 우유나 요구르트 종류를 마셨고 남조인南朝人들은 차를 마셨다고 한다. 남북조의 음료가 서로 달랐다는 것을 알 수 있다.

2. 당대의 차

수나라가 통일한 후 대운하가 개통되자 남북의 문화가 서로 교류되어 남조의 끽다가 북조에서도 유행되었다. 특히 당唐이 건국된 후 육우에 의해 차를 만들고 마시는 방법이 크게 향상되었다. 특히 차에 밝았던 육우는 『다경茶經』을 저술하여 끽다풍을 크게 고취시켰다. 당 덕종(재위 779~805) 정원貞元 9년(793)에 처음으로 차세茶稅가 만들어졌는 데, 이는 끽다의 융성을 증명하는 것이라 할 수 있다. 그리고 목종穆宗 장경연간(821~824)에 이조李肇의 「국사보國史補」에 '풍속에서 차를 존귀 하게 여김으로써 명품의 차가 더욱 많아졌다'고 하였다. 따라서 음다 풍은 당대 이후 성행되었던 것이라 하겠다.

옥말차

미세한 말차沫茶의 제조에 대하여는 육조시대의 고법古法이라고 생각하지만 『다경』의 「고사편古事篇」에도 이 말차에 대해 언급하였 다. 이는 『광아廣雅』에서 인용한 것으로 형荊(湖北의 西部) 지역 파巴(四川 의 東部) 지방에서 말차末茶를 마셨다는 사실을 인용한 바 있다. 그러 나 이 지역에서 음용했던 말차를 만드는 방법은 먼저 찻잎을 찐 후 절구에 찧어 병餠처럼 만든 후 다시 약한 불에 굽는 것이었다. 이때 차는 적색이 될 정도로 구워 다시 갈아 분말로 만들어 자기磁器에 넣고 탕湯을 부어 뚜껑을 덮었다가 생강生薑 귤피橘皮 등을 가미加味하 여 마신다. 차를 구울 때는 먼저 절구에 찧어 가루차로 만든다.

육우의 『다경』에는 연碾 곧 약연藥研과 같은 것으로 병차를 연마하 여 분말을 만들었다고 하니, 말차를 만드는 방법에서 제다법이 기술 적으로 진일보된 것이라고 할 수 있다. 그러나 당시 일반적으로는 오 히려 절구에 찧는 방법이 유행되었던 듯하다.

『다경』의 「음다편飮茶篇」에는 차의 종류로 추차麤茶·산차散茶·말차末茶· 병차餠茶 등이 있다 하였다. 이런 종류의 차를 덖고 불에 구워 찧어서 병이나 항아리 속에 담아 밀봉하여 둔다. 학의행은 『이아의소爾雅義疏』에는 차茶 자字를 도荼라 하였는데 당대의 육우陸羽가 일획을 감하여 차茶를 만들었다'고 하였다.

옛날 말차沫茶를 마시는 법에 대해서는 서진西晉 말기(300) 두육杜育의 「천부荈賦」에 언급되었는데, '가루차가 가라앉자 말화沫花가 뜨니 환한 빛 마치 흰 눈이 쌓인 듯하다. 빛나는 포말은 마치 봄빛이 퍼진 듯하다'는 표현이 그것이다. 이것은 분명히 말차의 말발을 이리 표현한 것이다.

당대의 병차 만드는 법

말차의 원료인 병차餠茶는 찻잎을 쪄서 찧어 형틀에 넣고 찍어내어 만든다. 이렇게 만든 차를 건조시킬 때엔 병차 가운데를 뚫어 건조시킨다. 좀 더 구체적으로 설명하면 먼저 시루에 찻잎을 찐 후, 절구에 찻잎을 넣고 절굿공이로 찧는다. 찧어 놓은 차를 원형이나 방형, 또는 화형花形 등의 틀에 넣어 박아낸 것이 병차이다. 송곳처럼 뾰쪽한 것으로 병차의 가운데에 구멍을 뚫어 가는 대나무나 닥나무 가죽에 꿰어 시렁 위에 늘어놓아 배건焙乾한다. 물론 시렁 밑에는 약한 숯불을 놓아 차를 건조시킨다. 다 건조된 차는 대나무나 혹은 닥나무 가죽으로 만든 끈에 일정량씩을 꿰어서 '다육茶育'에 넣어둔다. 다육은 대나무나 칡을 엮어서 만드는데, 그 밑에 숯불을 넣어 습기를 방지한다. 다육은 차 보관 상자인 셈이다.

다색

당송唐宋 대代의 다색이 좋았다는 것은 일반적인 생각이다. 당대의 다색을 살펴볼 수 있는 기록으로 『다경』이 있는데, 이 기록에 의하면 '담황색은 좋고, 벽색碧色이나 담청색의 분말은 좋은 말末이 아니다'라고 하였다. 즉 담황색은 존귀하고 녹색 혹은 담청색은 좋지 않게 여겼다. 대체로 당대의 병차는 쪄서 찧는다든지 다시 건조하기 때문에 담황색을 귀하게 여긴 듯하다. 이는 병차를 만드는 공정 동안 차의 엽록소가 변화하여 담황색을 띠기 때문이다. 당대 녹색의 말차는 생각해 보건대 산차散茶를 찧는다든가 연마硏磨한 것이다. 그러므로 병차를 중심으로 하는 『다경』에서는 황색을 귀하게 여기고 녹색을 낮게 평가한 것이라 생각한다.

당대의 다인들은 담황색을 좋아하였으나 시인들 중에는 녹색을 좋아하는 이들도 많았다. 당唐의 주경여朱慶餘는 시詩에서 '녹명綠茗은 향기로워 술을 깨게 하고 외로운 등불 고요하게 비치는구나'라고 노래했다.

점다법

당대의 점다법點茶法을 살펴볼 수 있는 기록 역시 육우의 『다경』이다. 『다경』에서 언급하고 있는 점다법을 살펴보면 우선 끓는 물이 든 솥에 말차를 넣은 후, 대나무로 만든 젓가락으로 휘젓는다. 이외에 자법煮法과 엄다법淹茶法이 있다. 후세에 엄淹 혹은 엄醃의 자字를 사용하였다. 이것은 침출한다는 의미이다. 바로 용기에 말차를 넣고 곧 탕을 붓고 우려내는 방법이다. 육우가 탕법을 개발하기 전에는 대개 이런 엄다법이 일반적인 탕법이었다.

3. 송대의 차

송대宋代에 이르러서는 다연茶碾으로 차를 갈았다. 『다경』에는 차를 갈던 연碾을 나무로 만들었다고 하였다. 하지만 송宋나라 채군모蔡君謨의 『다록茶錄』에는 은이나 혹은 철제鐵製로 만든 다연茶碾을 사용한다고 하였다. 이미 송대에는 병차에서 단차로 차의 제다법이 변화되었기에 차의 형태도 단단하고 견고치밀堅固緻密하였다. 따라서 차를 가는 도구인 다연이 더욱 정밀하게 된 것이라 하겠다. 이후 말차를 세밀하게 만드는 또 다른 도구가 출현하였으니 이것이 바로 '마磨' 혹은 '맷돌[磑]'이라고 하는 석제石製로 만든 도구이다.

이런 도구의 사용은 말차를 제조하였던 당대에도 있었을 것이라고 생각되나 이를 증명할 만한 문헌이 아직 나오지 않고 있다. 송대에 다연을 사용한 정황은 소동파蘇東坡의 「사원에서 차를 끓이다」라는 시에 '몽용蒙茸으로 가니 가는 구슬이 떨어지는 듯'이라고 한 것에서 확인된다. 이는 도구를 사용하여 말차를 갈던 당시의 풍경을 읊은 것이라는 점에서 주목된다. 이외에도 황산곡黃山谷의 「쌍정다송자첨雙井茶送子瞻」이란 시에도 '맷돌에서 펄펄 떨어지는 가루, 눈도 이보다 더 하얄수는 없도다'라고 하였으니 이 또한 '맷돌[磑]'을 사용하여 차를 갈던 모습을 그린 것이라 하겠다.

송대의 명차
건안은 지금 건구현建甌縣의 동쪽으로 30리 봉황산鳳凰山 아래에 있다. 봉황산록을 북원北苑이라 한다. 넓이가 30리쯤이다. 당말 5대 풍국豊國의 용계연간龍啓年間에 장연휘張延暉가 살고 있던 땅이 명차가 나

는 곳으로 알맞다고 하여 관청에 (차를) 공납했다. 그 후 남당국南唐國
(江蘇, 安徽, 江西 등)이 풍국을 멸망시키고 그 지명을 북원이라고 하였다.
그러나 송나라 심괄沈括의 『보필담補筆談』에는 '북원이란 원래 남당南唐
의 수도인 금릉金陵에 있던 금원으로 이곳을 관리하는 관북원사官北苑
使 중에 제다에 능한 자가 있었으므로 이를 북원차北苑茶라고 칭하여
이를 귀중하게 여겼으니 이로부터 북원이라는 이름이 세상에 나오게
된 연유'라고 하였다.

납면차란 송나라 정대창程大昌의 『연번로演繁露』 속집續集에 '건차建茶
를 납차蠟茶라고 부르는 것은 점다點茶하면 납蠟을 용해한 것과 같이
그 표면에 주름살이 생기므로 납면차蠟面茶라고 한다'고 했다. 연고硏膏
라는 것은 증숙蒸熟한 차아茶芽를 연마硏磨하여 모형에 박아내는 것인
데 종래 찧어 만든 병차餠茶보다 정제된 차이다.

용봉단은 송나라 개보開寶(宋 太祖朝, 975년경) 말, 태평흥국太平興國의 초
(977년경) 특별히 용봉모龍鳳模를 가지고 북원에 사신을 파견하여 제조
케 한 단차이다. 그래서 민간의 차와 구별케 하였다. 용봉차龍鳳茶는
이때부터 만들어진 것이다. 또 어떤 차나무가 높은 산 절벽에서 자라
는 것이 있었는데, 차나무의 가지와 잎이 무성하였다. 지도至道 초(995
년경) 조서를 내려 이 차나무에서 딴 차아로 차를 만들어 석유石乳라는
특별한 차를 만들었다. 이후 적유的乳와 백유白乳라는 차가 제조되었
다. 용봉과 경연京鋋, 석유, 적유, 백유 등이 계속 제조되면서 납면차
의 명성은 격하되었다. 그런데 이 용차는 천자가 마시는 차인데 왕
족, 공주 등에게 하사했다. 이외에도 지위에 따라 봉차鳳茶가 하사된
다. 사인舍人·근신近臣 등에게는 경연·적유를 하사하였다. 그리고 백유

는 관각館閣 등에게 하사했다. 그러나 납면차는 하사품에도 들지 못할 정도였다. 대개 용봉차는 모두 태종太宗 때에 제조된 것인데 함평咸平 초(998년경)에 이르러 정보공이 복건로전운사福建路轉運使에 임명되었을 때 비로소 이것을 그의 『다록茶錄』에 수록하였다. 또 경력연간慶歷年間(1041~1048)에 채군모蔡君謨가 전운사가 되어 소용단小龍團을 만들어 진상하였다. 왕의 뜻에 따라 해마다 만들어 올렸다. 용차의 단위는 대개 28편을 1근斤으로 삼았으니 이것이 가장 정밀하고 오묘한 차였던 셈이다. 구양수歐陽脩의 『귀전록歸田錄』에 '다품茶品은 용봉보다 고귀한 것이 없다. 이것을 소단이라고 한다. 대개 28편의 중량은 1근인데 그 가치는 금 2냥 가량이다. 금은 가질 수 있으나 차는 얻기가 힘들다. 일찍이 남교南郊에서 제사祭祀를 행할 때 양부兩府에 합하여 이 차 1편을 하사하여 4인이 나누어 가지게 했다고 한다. 궁인들은 자주 용차 위에 금화金花를 입히기도 하였다. 대개 이와 같이 귀중한 것이다'라고 하였다.

용봉龍鳳엔 용이나 봉황鳳凰의 문양이 새겨져 있다. 이 문양이 그려진 차는 왕이나 귀족들이 즐기는 차이다. 중서성中書省과 추밀원樞密院의 장차관長次官 격格인 4명의 관리에게 용봉차 하나를 내리면 4분의 1편片을 받았다. 또 원풍연간元豊年間(1078~1085)에 조서를 내려 밀운용密雲龍을 만들었는데, 이 차가 소용단보다 귀중한 차가 되었다. 소성연간紹聖年間(1094~1097)에 밀운용을 개량하여 서운상룡瑞雲翔龍을 제조하였다. 휘종은 대관大觀 초(1107년경)에 『다론茶論』을 저술했는데, 그가 백차白茶를 선호한 이후 천하 제일차로 칭명되었다. 또 삼색(御苑玉芽·萬壽芽·無比壽芽)의 세아細芽 및 시신과試新銙·공헌신과貢獻晨銙 등이 제조되었다. 대관 4년에 또 무비수아無比壽芽 및 시신과試新銙를 제작하였다. 정화政和 3년에 공신아貢新芽를 제조하였다. 시신試新, 공신貢新은 모두 이때에 만들어 올린 것이다. 삼색세아三色細芽가 제조된 후로는 서운상룡瑞雲翔龍은 물론 그 품위品位가 격하되었다. 그러므로 1창1기一槍一旗를 간아揀芽라고 칭했다. 이것이 가장 우수한 것이다. 간아와 같은 것도 진기품珍奇品일진대 하물며 천자의 신상에 공양하는 아차芽茶일 경우에는 얼마나 선별된 차를 올렸겠는가. 아차는 이처럼 절품이었던 셈이다. 그런데 수아水芽라는 차는 아직 드러난 차는 아니었다. 그러다가 선화경자宣和庚子(1120)년에 복건전운사였던 정가간鄭可簡이 비로소 은선수아銀線水芽를 처음으로 만들었다. 이 차를 만들 때는 가린 차아를 다시 골라내어 차아 속에 든 실처럼 여린 차아 1루一縷만을 취하여 진기한 그릇에 맑은 물을 담아 차아를 담근다. 이 차는 또렷한 광채가 마치 은선銀線과 같다고 한다.

한편 차아茶芽는 여러 가지 모양이 있지만 가장 좋은 것은 소아小芽라고 한다. 마치 작설雀舌이나 응과鷹瓜와 같은 모양으로 경강勁强, 직절直截, 섬세예리纖細銳利함을 띠고 있으니 아차芽茶라고 부른다. 그 다음은 간아揀芽라고 한다. 바로 1아1엽一芽一葉으로 1창1기一槍一旗라고도 부른다. 그 다음은 자아紫芽이다. 곧 1아一芽에 찻잎이 두 개이므로 1창2기一槍二旗라고 부른다. 이른 봄에 돋은 차아는 지극히 작다. 경덕연간景德年間(1004~1007) 건안장관建安長官 주강周絳의 『보다경補茶經』에 '차아는 이른 봄에 만든 것이니 천자의 궁전에 올릴 만하다. 1창1기 같은 것은 기차奇茶라고 하였다. 이것으로 일촌사방一寸四方의 신과新銙를 만든다. 그 위에 작은 용이 서려 있는 것처럼 문양을 찍었으니 이것은 신용원승설新龍園勝雪이라 한다'고 하였다.

　그 후 석유·적유·백유 등의 삼색을 폐지하고 화과 20여 종을 제조하였다. 처음에 왕실에 올리는 차에는 모두 용뇌龍腦 등을 넣어 만들었다. 그러므로 채군모蔡君模는 『다록茶錄』에서 '차에는 진향眞香이 있다. 그런데 조정에 올리는 차에는 미량의 용뇌를 넣어 만드니, 이는 차 향기를 보충하기 위함이다. 그러나 용뇌를 넣은 차에는 진향이 없어지게 될까 염려가 된다'고 하였다. 이후 차에 용뇌를 넣지 않았다고 한다. 대개 오묘한 차란 어용단승설御龍團勝雪이 가장 극품이다. 그러므로 차의 으뜸이라 칭송되었지만 휘종이 백차를 선호한 이후 용원승설은 백차보다 낮은 차로 명명되었다. 이것은 용원승설의 품질이 백차보다 낮았기 때문이 아니라 당시 황제인 휘종이 백차를 선호했기 때문에 백차 뒤로 밀려난 것이다.

　한편 과銙라는 것은 방형方形 혹은 화형花形에 박아낸 편차片茶의 일종이다. 둥근 모양을 단團이라 하는 것과 구별하기 위해 새 이름이 부여된 것이다. 과銙라는 뜻은 초대草帶에 몇 개씩 병렬로 붙인 금은옥각金銀玉角 등의 장식품인데 송宋 매요신梅堯臣의 「화영숙상신다和永叔嘗新茶」라는 시에 '소병小餅으로 만든 대과大銙와 같다'라고 하였으니 과銙와 유사한 모양에서 그 이름을 차용한 것임을 알 수 있다. 그리고 용단龍團을 용원龍園이라고 한 것은 옳다. 그 형태를 보면 용원승설龍園勝雪의 모양은 방형方形이다. 곧 차의 모양이 방형이지 둥근 모양이 아니고, 용원의 의미 또한 어원御苑의 뜻하므로 용단龍團을 용원龍園이라고 부르는 것은 타당하다.

다색

송대宋代에 이르러 다색茶色은 담황색보다 백색을 더욱 존중하였다. 이러한 사실은 채양蔡襄의 『다록』에 '다색은 백색이 귀하다'고 말한 것에서도 알 수 있고, 또 건안建安의 문시聞試에는 (다색은) '청백을 황백보다 승勝하다고 여겼다'고 하였다. 이밖에도 사마온공司馬溫公이 소동파蘇東坡에게 '차와 묵墨과는 정반대이다. 차는 백색을 좋다 하고 먹은 검은 색을 양호하게 여긴다'고 하였다. 이처럼 다색의 선호가 변화된 것은 그 시대 사람들의 기호를 드러낸 것이라 할 수 있다. 특히 송의 휘종 황제는 (차의) 백색을 좋아하여 그 저서인 『대관다론大觀茶論』에서 차를 점點했을 때 순백인 것을 상등上等으로 쳤으며 이것이 참다운 다색이라고 하였고, 청백은 그 다음이고 회백은 또 그 다음이며 황백은 그 다음이라고 하였다.

이런 차는 찻잎을 찔 때 이미 엽록소가 변화하여 황색이 되도록 찌며, 찐 차를 다시 압착하여 고膏, 즉 차의 즙汁을 짜낸다. 고膏를 다 짜낸 차는 마치 마른 죽엽竹葉처럼 변한다. 그러므로 이렇게 만든 차는 백색을 띠는 것이 당연한데, 이는 황색을 귀히 여기던 당대의 기호와는 다른 것으로 제다법의 향상이 이룩해낸 것이라 할 수 있다. 더구나 백색을 다색의 이상으로 여긴 것은 휘종의 백색 선호와 밀접한 관련이 있다.

점다법

송대의 점다법點茶法은 당대와는 차이를 보인다. 이러한 사실은 채군모蔡君謨의 『다록』에서 확인되는데, 이는 일종의 엄다법淹茶法이다. 엄다법이란 다완茶碗에 점다하는 것으로 차시茶匙를 사용하여 격불하는 것이 특징이다. 이때 사용하는 차시는 신중하게 격불하는 것이 중요한데, 이에 관하여 채군모는 '신중하게 격불하면 격불할 때에 힘이 있다'고 하였다. 이렇게 하여야 차말茶沫이 겉으로 일지 않는다. 오직 미세한 가루차가 탕湯과 잘 섞여 윤기가 도는 백주白酒처럼 되지 않을까 생각한다. 그야말로 불사의不思議한 점다법點茶法이다. 이와 같이 포말泡沫을 일어나게 하는데 있어서 차시茶匙 말고 더 좋은 도구를 사용한 것이 아닌가 하는 생각이 들기도 한다. 혹 다선茶筅처럼 생긴 것을 사용한 것인지도 모르겠다.

한편 다선의 사용은 휘종의 『대관다론』에도 언급되어 있다. 『광운廣韻』에 의하면 선筅 자字는 본래 선筅 자와 같은 의미로 썼다. 선추筅帚라는 의미와 같은 것으로 수세미의 일종이다. 그것으로 가루차의 거품泡沫을 일으키는 데 응용했던 것이 바로 다선으로 발전된 것이라할 수 있다. 이처럼 도구를 사용하여 차의 거품을 일게 하는 점다법點茶法은 송대에 이르러 가장 발전된 양상을 띤다. 그런데 점다한 차의 표면에 주전자의 끓는 물을 부어 포말이 줄어들면서 수맥水脈에 따라 그림을 그리는 묘기가 있었다고 전하며, 이와 같은 묘기를 부리기 위해서는 거품이 충분하게 일지 않으면 안 된다. 이렇게 거품이 잘 일게 함에 있어서는 다선茶筅을 사용했을 것이라 생각한다. 이런 묘기를 시연함에는 차를 하나의 예술로 승화할 수 있었던 것이니 일가를 이룬 사람은 장인의 신통한 예술을 드러낸 것이라 할 수 있다. 따라서 이런 기예에 능한 인물은 선객禪客 중 끽다에 경험이 많은 선사禪師들이었다. 물론 이런 묘기는 차를 파는 상인들 사이에서 성행되었는데 이를 투차鬪茶라 하였다.

연고차

병차餅茶를 만든 이후 이보다 정제된 차가 생산되었으니 이것이 '연고차研膏茶'이다. 모문석毛文錫의 『다보茶譜』에 의하면 형주衡州 형산衡山, 봉주封州 서향西鄕, 호주湖州 몽산蒙山 산정山頂에서는 모두 연고차를 생산했다고 하였다. 송조공무宋晁公武의 『군제독서지郡齊讀書志』 권 12 「건안다록建安茶錄」에는 건주建州의 고차膏茶는 남당南唐에서 기인되었다고 하였다. 그러나 송宋 장순민張舜民의 『화양록』에는 '당唐 덕종 정원德宗貞元 연간에 건주자사建州刺史 상곤常袞이 연고차를 창조한 것이다'라고 하였다. 그러나 상곤常袞은 정원貞元 이전에 세상을 떠났다고 하였으니 그가 연고차를 만들었다는 장순민의 얘기는 사실과 맞지 않는 부분이 있다. 따라서 연고차를 누가 처음으로 만들었는지는 자세하지 않다.

연고차를 만드는 과정을 살펴보면, 차 싹을 쪄서 압착기壓搾機에 걸어서 고膏, 즉 즙汁을 제거하고, 뇌발擂鉢(硏磨하는 도구)에 넣고 소량의 물을 부어가면서 갈아낸다. 갈아낸 차를 모형模型 틀에 찍어내 건조시키는 과정을 거친다.

병차는 찧는 과정을 거쳤을 뿐이니 정밀한 차라고는 할 수 없다. 물론 연고차가 나오기 전에는 최고의 차였다. 그러나 연고차는 병차를 만드는 과정을 거치고, 이에 머물지 않고 연마하는 과정이 더해졌으므로 보다 세밀한 차를 만드는 제다법이 나온 것을 의미한다. 따라서 이런 차는 더욱 미세하고 정밀한 차로 완성된 것이므로 이는 제다 사상製茶史上 획기적인 발명품이라 할 수 있다. 송대宋代 제일의 명차 산지인 건령(福建省 建甌)에서는 이러한 연고차의 제다 과정을 기초로 하여 더욱 개량된 납면차蠟面茶가 생산되었다.

납면차

납면차蠟面茶는 송宋 정대창程大昌의 『연번로속집演繁露續集』 권5에 '이 차를 점點하면 질퍽하고 윤기가 도는 것이 마치 젖처럼 되어 풀어진 밀랍처럼 되기에 이러한 명칭이 붙게 되었다'고 하였다. 이로부터 더욱 정제를 더함에 전무후무한 고형차의 묘품妙品이 나오게 된 것이다.

단차

정품精品 중의 정품 차는 왕실에 올리는 용봉차龍鳳茶다. 이는 원형圓形 다면茶面에 용龍이나 봉鳳의 문양을 금으로 찍었기에 용봉차라는 명칭이 붙게 된 것이다. 또한 차의 모양이 원형이므로 혹은 용봉단龍鳳團이라고 하였다. 송대에 이르러 일반적으로 단차團茶라고 불렀는데 이는 원형의 고형차가 많아졌기 때문이다. 하지만 이 '단團'이라고 하는 것은 이미 당대唐代부터 있던 것이다. 『당국사보唐國史補』 권하卷下의 「제다품목諸茶品目」 중에는 소단小團, 단황團黃 등의 이름이 보인다. 그러므로 송대宋代에는 원형 이외에 방형이나 장방형이 있었고, 혹은 8각형과 화형花形 등 여러 가지 모양의 고형차가 만들어졌다. 이것을 '단團'이라고 부르는 것은 모순된 것이지만 일반적으로 무슨 단이라는 명칭이 통용된 것이다. 간혹은 이것을 과銙라고 칭하는 경우도 있었다. 과銙라는 뜻은 대과帶銙이다. 곧 혁대革帶에 몇 개씩 부착된 띠쇠로 금은金銀·옥玉·각角 등으로 장식하였다. 따라서 차의 모양이 이와 같으므로 과銙라고 부른 것이다. 단차와 과銙를 총칭하여 편차片茶라고 부른다.

분차

송대宋代의 시詩에 가끔 분차分茶라는 것이 등장한다. 분차란 일찍이 당唐 중기의 시인인 한웅의 「사다표謝茶表」에 '진신晉臣은 객客에 따라 분차한다'고 하였으니 이것은 진晉의 육납陸納이 이부상서吏部尚書라는 고관의 신분으로서 사안謝安의 내방來訪을 받았을 때 오직 다과茶果만을 준비하였다는 설에서 비롯되었다. 따라서 분차란 객客에게 차를 내린다는 의미이다. 어찌하여 이것을 분分이라고 말하는 것일까? 『다경』에 의하면 말차를 솥에 끓이는데 대개 물 1승—升을 다섯 잔에 배분配分한다고 하였다. 이러한 풍습에서 나온 말일 수도 있다. 또 『대관다론』에 의하면 휘종은 다완에 차를 점點할 때 끓인 물을 몇 번이고 주가하며 격불하여 점點했다고 한다. 이때 차를 점하는 분량도 상당히 많기 때문에 이것을 몇 개의 완碗에 나누는데, 이를 분차라고 하는 것이 아닌가 생각한다. 이렇게 점다하는 방법은 오랜 수련이 요구된다.

4. 명대 전차의 흥성과 말차의 쇠퇴

명대明代에 전차煎茶가 흥성해지고 말차末茶가 쇠퇴된 사실을 시詩로 드러낸 이는 양만리楊萬里이다. 그의 시에 '분차는 무엇인가? 그러나 전차가 좋다'라고 하여 전차의 우수성을 극명하게 드러냈으니 이는 말차, 즉 분차分茶는 차 맛이 농후하고 전차는 담박淡泊하기 때문이다. 양만리는 대단한 호주가好酒家였다고 전해지니 그가 담박한 전차를 좋아했을 것이라 짐작된다.

남송南宋 후기의 인물인 임홍林洪은 「산가청공山家淸供」에서 '말차(단차로 만든 말차)는 흉위胃胃를 피로하게 하며 비위를 손상시키지만 엽차를 끓여 마시면 가슴에 쌓인 피로가 해소되고 소화를 조장하니 위생적'이라고 주장하였다. 더구나 임홍은 말차 전성기인 송대 사람인데 전차를 좋아한 것이나 말차와 전차의 차이점을 언급했다는 점에서 주목할 만하다.

한편 원元은 지원至元 17년에 각다부전운사榷茶部轉運司를 강서성江西省 구강현九江縣에 설치하여 강江(양자강의 유역), 회淮(淮水 유역), 형남荊南(湖北湖南), 복福(福建), 광廣(廣東) 등 지방의 세稅를 총괄케 하였다. 당시 차의 종류에는 말차도 있으며 엽차도 있었다. 이런 사실은 「식화지食貨志」에서 말차에 대하여 언급하면서 '복건福建·광동廣東 지방에서만 말차를 사용하고 있지만, 이외에도 엽차의 사용이 중국 전역에 보편적으로 행하여지고 있다'고 한 기록에서 확인된다. 특히 당송唐宋 이래로는 민간에서 차가 일상품이었기에 하루라도 없어서는 안 될 물품이었다. 이 시대의 차는 모두 세말細末로 만들었으며 편차片茶(단차)를 연마研磨하여 가루차로 만들어 사용했던 것이다.

명나라 초기까지도 사방에서 궁중으로 공납되는 차들 중에서 특별히 건령建寧(福建省 建甌縣)과 탕선湯羡(江蘇省 宜興縣)의 차를 최상으로 여겼다. 이런 차는 아직도 송대宋代의 제다법에 따라 만든 대·소용단이 진공進貢되었던 셈이다.

하지만 단차의 제조에 따른 백성의 피폐함을 알고 있었던 태조는 홍무洪武 24년(1391) 9월에 이르러 용단제법龍團製法을 조칙으로 폐지하고, 차 싹을 채취하여 만든 엽차를 진공하도록 하였다. 이러한 조치는 백성의 중노동을 덜어주기 위한 것이며 제다업자製茶業者 5백호를 두어 그 노역을 면제하는 조치를 내리기도 하였다. 돌이켜 보건대 송대에는 궁중에서 큰 연회 등이 있을 때 도금한 기명器皿에 오색과실을 달고 이를 용봉차 한 면에 부착하여 연석筵席을 장식하는 제도가 있었다. 차를 마시지 못하는 사람에게는 수액水厄 중 가장 어려운 수액을 당하게 되는 것이다. 명대 이후에는 처음 돋은 차 싹을 채취하여 샘물을 길어다가 솥에 넣고 푹푹 끓여서 마시는 방법을 취한 끽다의 일파一派도 있었다.

제3장 송대 단차의 내력과 우리 차문화의 관계

1. 단차

대개 당나라 현종玄宗 개원開元으로부터 목종穆宗 장경長慶 연간年間을 지나 숙종肅宗 대종경代宗頃에 육우陸羽가 출현하여 끽다喫茶를 고취함으로써 일반적인 풍속으로 남게 되었다. 여러 가지 차 종류는 대개 검남몽항劍南蒙項의 석화石花 혹은 수방水方 또는 납차蠟茶로부터 기문蘄門의 단황團黃에 이르기까지 23종이 있었다. 따라서 당대唐代로부터 송대宋代에는 끽다 풍속이 성왕하였다.

송대 태평흥국太平興國의 초(太宗朝, 977년경)에는 특별히 사신을 북원北苑에 보내어 단차團茶를 만들게 하였다. 또 지도至道 연간(995년경) 초기에 조서를 내려 석유石乳·적유的乳·백유白乳 등을 만들게 하였으니 대개 용봉龍鳳·경원京苑·적유·백유 등 4종이 나오게 되었다. 또 경력간(仁宗朝, 1041~1048년경)에는 채군모蔡君謨가 북원 전운사로 임명되자 소룡단을 새로 만들어 올렸다. 또 원풍연간元豊年間 신종神宗(1078~1085)이 조서를 내려 밀운용密雲龍을 만들게 하였다.

대관大觀(1107년경) 초기에는 휘종이 친히 『다론茶論』을 지었는데, 그는 여러 차 중에서 백차白茶를 선호하여 다른 차보다 제일 귀품의 차로 삼았다. 또 대관大觀 2년에는 어원에서 옥아玉芽·만수룡아萬壽龍芽·무비수아無比壽芽·시신과試新銙·공신과貢新銙 등을 제조하였다.

이후 다시 소아小芽·간아揀芽·자아紫芽 등이 제조되었다. 선화 경자년(徽宗朝, 1120)에 복건로福建路 전운사 정가간이 비로소 은선수아銀線水芽를 처음으로 만들었으니 이것은 1촌방一寸方의 신과新銙로, 신용원승설新龍園勝雪이라 칭한다.

송대宋代에는 이상에서 말한 바와 같이 진공進貢을 위하여 여러 종류의 귀품차를 만들어 차의 전성기를 이루었는데, 그 중에서도 용단승설龍團勝雪이 가장 귀품의 차였다. 이와 같이 당송唐宋 시대에는 단차류團茶類의 차품이 매우 성행함에 따라 차를 만들기 위해 백성의 피폐또한 극심해졌다. 이러한 차의 폐단을 잘 알고 있던 주원장이 명나라를 건국한 후 용단을 내려 당송唐宋 이래의 호화로운 단차團茶 진공을폐지하고 엽차 그대로 진공케 하였다. 그러나 이런 조치는 일종의 외면적인 조치에 불과할 뿐 내면적으로는 일부 지방에서 공공연히 단차의 음용이 여전히 성행되고 있었다. 뿐만 아니라 송나라 조정에서는 고려 왕실에 예품으로 단차를 보낸다.

고려의 풍속을 기록한 『고려도경高麗圖經』 32권 「기명器皿」 조에 민가에서 단차를 사고 팔았다고 하였다. 또 송宋에 유학했던 태고太古 나옹懶翁·대각大覺(義天) 등 수행승들도 단차를 가져왔다는 것에서 고려에끽다풍喫茶風이 성행되었던 것은 틀림없는 일이라고 하겠다.

이상적의 『은송당恩誦堂』에는 단차가 고탑에서 나왔다는 기록도 보이는데, 바로 조선 후기 대원군 때 충남 덕산군德山郡에 있던 고려 고탑古塔에서 용단승설 4과銙가 발견되어 이 중 하나를 자신이 얻었다는것이다.

청淸 가경嘉慶(재위 1796~1820) 15년(1810) 정월에 추사 김정희는 태화쌍비지관泰華雙碑之館으로 완원을 방문하였을 때 이 차를 대접받는다. 당시 완원의 나이는 47세였다. 그는 추사를 보고 비범한 영재英才라 여겨 그가 방문했을 때 신을 거꾸로 신고 맞이해 주었다고 한다. 이때에 희대의 명차茗茶 용원승설龍園勝雪을 점點하여 환대하였다고 했는데, 이것이 용단승설龍團勝雪이라는 것은 잘못된 얘기이다. 용단龍團이라고 할 때의 단團 자가 아니라 원園이 옳다. 이 용원龍園이라고 할 때의 용龍 자는 황제를 칭하는 것인 바, 원園은 어원御苑이라는 의미이다. 이런 사실은『선화북원공다록宣和北苑貢茶錄』에서도 확인된다.

한편 신라 흥덕왕 3년(828) 대렴이 당唐에 사신으로 갔다가 돌아오면서 다종茶種을 가지고 와 왕명王命에 의하여 지리산智異山에 심기 전인 선덕여왕 때에도 차가 있었다고 한다. 당시 당나라에서 단차團茶를 마셨다는 사실에서 선덕여왕 때 있었다는 차 역시 단차류일 것이라 짐작된다. 고려시대에도 단차 곧 말차를 음용하였던 것은 더 말할 필요가 없을 것이다. 그러나 조선시대에 들어와서부터는 차를 즐기는 문화가 사라져갔으므로 단차를 만들던 유형이 다식茶食으로 전환되었다. 차가 다례에 올리는 과자 종류로 바뀐 것이다. 그러나 남쪽의 옛 사찰 터에는 차나무가 자생한다. 각 사찰에서는 끽다법·제다법 등이 약간 전수되어 있었으나 대부분 일종의 다갱茶羹(차를 주전자에 넣고 펄펄 끓이는 방법으로, 민멸 시기에 차를 달이는 방법의 일종)으로 탕음湯飮하였다.

대흥사 초의스님이『동다송』에서 차가 쇠퇴된 시기에 차를 다루는 방법에 대해 언급하였는데, 그 내용은 이렇다.

지리산 화개동花開洞에 차나무가 사오십리四五十里쯤 번성해 있는데 우리나라 다전 중 여기만큼 넓은 곳은 없다. 화계동엔 옥부대玉浮坮가 있고 옥부대 아래 칠불암선원七佛菴禪院이 있는데 그곳에서 좌선坐禪하는 선객

禪客들이 항상 센 잎을 늦게 따서 햇빛에 말린다. 다엽茶葉을 삭정이 불로 나물죽처럼 농탁濃濁하게 끓이니 차색은 빨갛고 맛은 심히 쓰고 떫다. 이는 천하제일미天下第一味의 차를 미숙한 솜씨로 훼손시키는 일이다.

당시 남방의 각 사찰에는 차나무가 많으니 칠불암 선객들처럼 나물죽처럼 끓여서 마시는 것이 일반적이었음을 나타낸다. 그러나 오직 해남 대흥사에 있어서는 초의스님의 차를 달이는 법과 제다법에 의하여 차의 진수眞髓가 이어져 지금까지 그 명맥이 유지되고 있다.

그는 『다신전茶神傳』을 편찬하고 『동다송』을 저술하였다. 이미 알려진 바와 같이 『동다송』은 순조純祖의 부마駙馬 홍현주洪顯周(號 海居道人)의 부탁으로 저술한 것이다. 이처럼 그는 차에 대하여 조예가 깊었으므로 당대 사대부들과 선비들 사이에서 차에 대해서는 그에게 문의하고 청했던 것이다. 특히 김정희金正喜는 항시 서한을 보낼 때마다 차에 대해 말하지 않은 적이 없을 정도였다. 예컨대 보낸 연월일을 알수 없는 한 편지에서 그는 '불과 수일이면 내 나이도 70이 되고 초의 또한 70인데, 70이 된 이가 어찌 70이 된 이를 잊겠습니까'라고 하였다. 이를 통해 추사와 초의는 동갑이었고 이들의 교분이 깊었다는 것을 알 수 있다.

2. 화엄사의 납면차

납면차蠟面茶는 처음 복주福州에서 그 이름이 생긴 후, 건안建安 지역에서 만들어지기 시작하였다고 한다. 그래서 건안차建安茶를 납면차蠟面茶라고도 부른다. 이 차를 점다하면 밀납이 용해된 듯하여 납면이란 차 이름이 생겼다고 한다. 우리나라에서 납면차를 만든 것은 화엄사라고 한다. 화엄사에서 만들던 납면차의 제다법을 살펴보면, 우선 7월에 대엽大葉을 따서 찐 다음 절구에 찧는다. 이것을 떡처럼 만든 후그 가운데를 뚫어 관차串茶로 만들었다가 사용했다.

3. 불회사의 전차

불회사佛會寺의 전차錢茶는 돈차라고도 하는 단차團茶의 일종이다. 이것은 해남 대흥사의 초의스님으로부터 불회사의 어떤 여승女僧이 배웠다고 한다. 대략 약 50여 년 전(일본인 모리 박사가 화엄사를 조사한 것은 대략 1939년경이다. 따라서 50년 전이라면 아마도 1890년이라 생각한다)의 일인데, 그 여승으로부터 불회사 주지가 전수받았으며, 그 여승은 이미 입적했다고 한다. 이런 사실은 일제 압정 때 한국의 차문화를 조사한 모로오까諸岡存의 『조선의 차와 선』에 의해 세상에 알려졌다.

그가 조사한 이 단차 제조법은 5월경에 만든다고 한다. 아침 이슬이 없어질 무렵 찻잎을 따서 시루에 넣고 김이 풀풀 나도록 찐 다음, 찐 다엽茶葉을 솥에 넣어 건조시킨다. 건조시킬 때에는 목저木箸로 잘 섞어야 한다. 섞을 때 찐 찻잎은 완전히 건조시키지는 않는다. 찐 찻잎에 습기가 조금 남아 있게 하여 수분이 적당하다고 생각될 때에 꺼내서 나무절구에 넣고 절굿공이로 찧는데, 차가 구득구득 해지면 조금씩 손으로 쥐어서 깨끗한 다종茶宗 밑에 놓고 엄지손가락으로 잘 눌러 표면을 반반하게 만든다. 이렇게 만든 전차를 대꼬챙이로 돈처럼 둥글게 생긴 차의 중앙을 뚫어 칡덩굴이나 끈에 꿰어 직사광直射光에서 적당히 건조乾燥한다. 만약 전차의 건조가 충분치 못하였으면 온돌에 백지를 깔고 다시 충분히 건조하여야 한다. 대개 건조는 제다製茶한 그 날로 모두 종료해야 한다. 건조가 잘된 것은 작은 끈에 30개씩 끼워 흰 종이로 잘 싸서 온돌방 같은 곳에 두었다가 필요한 만큼 꺼내서 사용한다.

4. 보림사의 청태전

가지산의 제1조는 도의道義, 제2조는 염거廉居, 제3조는 체징體澄이다. 체징에 이르러 가지산의 선禪 일파一派가 형성되었으니, 이것이 구산선종九山禪宗 중 제일이었다. 신라 헌덕왕憲德王 13년(821) 도의선사는 처음 남돈선南頓禪을 전수하였다. 도의는 당나라 마조도일馬祖道一의 고재高才인 서당지장西堂智藏에게서 법을 받았다. 『경덕전등록』에 '서당의 제자인 신라의 도의[雞林道儀]'라는 기록이 있고, 또 『조당집권祖堂集卷』에는 「도의전道義傳」이 실렸는데 그 내용은 다음과 같다.

설악雪岳(江原道) 진전사陳田寺의 원적선사元寂禪師는 서당에게 법을 받았다.

명주溟州(江陵)에 있었으니 선사禪師의 휘諱는 도의道義, 속조俗祖는 왕씨王氏로 북한군北漢郡 사람이다. 어머니께서 태몽에 별이 품안으로 들어온 후 도의를 잉태하였다고 한다. 출가하였다. 그의 법호法號는 명적明寂이다. 당 건중建中 5년 갑자甲子에 사신 한제호韓祭號, 김양공金讓恭 등을 따라 입당入唐하여 오대산五臺山에 들어가 공중空中에서 문수성종文殊聖鍾의 음향音響을 들었으며 산에서 신조神鳥의 비상飛翔을 보았다. 광부廣府 보단사寶壇寺에 이르러 비로소 구계具戒를 받았다. 그 후 조계산曹溪山에 이르러 선사당禪師堂에 예배하려고 할 때 문비門扉가 홀연히 스스로 열리는지라 담례膽禮를 3회 하고 문을 나가니 문이 원래대로 되었다. 이후 강남의 홍주洪州 개문사開門寺에 나아가 서당지장西堂智藏에게 정례頂禮로 배알한 후 스승을 삼았다. 처음의 이름은 석대釋帶였으나 후에 개명하여 도의道義라 하였다. 이후 두타행頭陀行으로 백장회해선사화상百丈懷海禪師和尙이 계신 곳에 나가 배례拜詣하였던 바 서당西堂과 화상和尙이 비슷하였다 한다. 월강서선맥月江西禪脈은 동국승東國僧에게 이어졌다.

도의선사는 당唐 덕종건중德宗建中 5년 갑자甲子(784)에 입당入唐하여 서당西堂·백장百丈 두 스승을 접견한 후 당에 37년간 있다가(唐 穆宗 長慶 元年에서 헌덕왕 13년, 821) 귀국하였다. 도의선사의 재당在唐 시기에 육우陸羽는 『다경茶經』을 저술하였다. 이 무렵 당나라는 차의 전성시대였다. 그러므로 도의가 선지禪旨의 학득學得과 함께 선과 차를 습득하여 귀국하였다는 것은 의심의 여지가 없다 하겠다.

그러나 도의선사는 선禪에 널리 통했으나 선을 세상에 널리 알리지는 못했다. 그가 익힌 남선南禪에 대하여 당시 사람들은 마설魔說이라

하여 도리어 비방하였다. 그래서 북산北山에 은거하여 그 광휘光暉를 숨긴 것은 마치 달마가 소림小林에서 9년을 면벽面壁하는 것과 같은 것이었다. 그는 아직 때가 오지 않은 것을 알고 북산에 은거하여 수행하였고, 그 법을 염거선사廉居禪師에게 부촉하였다. 도의선사는 자신이 수행했던 설산雪山(江原道) 억성사億聖寺에서 문성왕文聖王 6년(844) 9월에 열반하였다.

그러나 그는 남선의 조심祖心을 오로지하여 스승의 가르침을 확고히 하였다. 그의 탑塔은 강원도 원주시 지정면地正面 안창리安昌里 홍법사興法寺에 있었으나 지금은 서울 탑골공원에 옮겨져 있다. 체징體澄은 문성왕文聖王 2년(唐 開成 5년)에 당에서 돌아왔다. 가지산에서 도의선사의 선법禪法을 발전 진흥시켰다.

보림사寶林寺에는 신라 김영金穎의 「무주武州(전남 장흥) 가지산 보림사 보조사비명普照師碑銘」이 있는데 이에 의하면 체징體澄의 성姓은 김金씨, 웅진熊津(公州) 사람이다. 7~8세의 어린 시절에 출가하였다. 당 문종 태화 6년 가량협산加良峽山 보원사普願寺에서 구계具戒를 받았다. 이때에 염거廉居는 설산 억성사에 있었는데 체징은 이 절에 가서 참배하고 일심으로 수행하여 드디어 법인法印을 받았다.

당 문종 개성開成 2년에 동지同志 정육허貞育虛와 바다를 통해 입당入唐하여 두루 35주州를 다니면서 많은 선지식禪知識을 배알한 후 '우리 스승이 말한 것보다 더 나은 것이 없는데 어찌 멀리에 와서 노고勞苦하랴' 하고 당 문종 개성 5년(840년)에 귀국하였다. 그 후 단심丹心, 항심恒心으로 선禪의 종적踵跡을 계승하여 도리어 무주武州(光州) 황학난야黃鶴蘭若에 있으면서 교화敎化를 왕성하게 하였다. 이때는 헌안왕憲安王

3년(唐 宣宗 大中 13년)이다. 이 해 겨울에 왕의 부름을 받고 가지산사迦智山寺로 옮겨와 수행하였다.

가지산사는 원표대덕元表大德이 수행하던 곳이다. 문성왕文聖王 원년에 16명의 수행승들이 크게 가람을 중건하였다. 이는 교화敎化의 성왕聖王이 홀연忽然 해동海東에 출현한 것이다. 헌강왕憲康王 6년(880)에 열반하였으니 향년 77세이고 보조普照라는 시호가 내려졌다. 그의 제자만도 백여 명이나 되었다. 이 무렵 당나라에서는 육우의 『다경』이 저술된 후 다도가 융성했던 시기이니 체징보조體澄普照도 수행과 계합된 차를 습득하여 선다禪茶를 가지고 왔을 것이라 짐작된다.

1939년 보림사 청태전靑苔錢을 조사했던 모리 박사는 보림사를 중심으로 만들었던 청태전을 만든 유래에 대해서는 문제점이 있다고 하였다. 왜냐하면 일정한 문헌도 없고 확연히 아는 사람도 없기 때문이다. 그러나 장흥군長興郡 유치면有治面 원산동圓山洞 위경규魏璟圭 씨의 소장所藏이 가장 오래된 것으로, 위씨魏氏를 방문했던 일본인 모리 박사에 의하면 이것은 위씨魏氏가 어릴 때에도(1919) 이미 청태전 같은 종류의 차가 있었으므로 자기 부모가 어린 시절에도 있었을 것이라고 하면서 나무 궤 밑에 깊이 보관하던 것이니 적어도 백 년 정도는 경과된 것인지도 모른다고 하였다.

이 청태전의 제작법은, 먼저 돋아난 다엽을 5월경 채취, 증기에 찐후 절구에 찧어, 이것을 대나무나 철鐵 등으로 된 둥글게 만들어진 판자 위에 놓고 발이 가는 마포건麻布巾으로 적당한 양을 싸서 박아낸후 곧 일광에 건조하여 대나무로 구멍을 뚫어 끈에 꿰어 건조한 후보관하여 둔다. 차를 마실 때 적당한 양을 꺼내 탕에 넣어 우려 마신다. 이 지역에서는 일명 망차網茶 혹은 곶차串茶라고 부른다. 또 이 망차를 제조할 때 다엽茶葉을 쪄서 찧을 때 어린 쑥이나 혹은 기타 식물의 과실을 넣는다고 한다. 하지만 일본인이 조사하던 시기인 1939년경 보림사에서는 차를 마시는 풍습이나 차를 볼 수 없을 뿐만 아니라 차 제조법도 잘 알 수 없다고 하였다.

그러나 보림사 입구 마을에 사는 이석준李石俊에게 청태전 제조법을 듣게 되었다. 보림사 산리山裡 죽간차竹間茶는 이씨가 태어나기 전부터 지금처럼 무성해 있었다고 한다. 차의 제조 시기는 음력 3월 하순부터 4월 상순(양력 4월 하순으로부터 5월 상순)까지의 약 1주일간에 다엽이 7~8엽葉 났을 때 부드러운 것만 적취하여 대나무로 만든 바구니 등에 담아서 옮긴다. 채취한 찻잎은 바로 찐다. 쪄진 찻잎이 부드럽게 되면 바로 솥에서 꺼내서 절구통에 넣고(이때 葉은 黃色味를 띠었을 때이다) 찧는다. 이때 수분이 너무 많으면 좀 건조하여 습기가 적당해지면 두터운 나무 판 위에 내경內經 2촌寸, 두께 5중重, 높이 1분分6쯤 되는 죽륜竹輪(대나무로 수레바퀴처럼 둥글게 만든 도구)에 될 수 있으면 발이 가는 마포건을 물에 적시어 물을 짜버리고 잘 펴서 다엽(搗한 것)을 죽륜 속에 넣고 압착한 후 그것이 좀 굳어지면 빼낸다. 대나무 평상 위에 놓고 일광에 반쯤 건조시킨 후 대나무 송곳으로 그 중앙을 뚫은 후 잘 건조시킨다. 다 건조된 차 50개쯤을 끈이나 혹은 실을 꼬아 만든 끈에 꿰어 다시 건조시킨다. 엽전보다 좀 큰 것을 청태전이라 한다. 차를 마실 때에는 약한 불에 구워서 약간의 황색을 띨 때 꺼내 탕湯에 넣어 우려 마신다.

5. 통도사의 공차소

경남 통도사通度寺는 신라 자장율사慈藏律師가 처음 만든 사찰로 약 1천 3백여 년의 역사를 가지고 있는 고찰古刹이다. 그러나 임란시壬亂時 소실되었다가 다시 중창하였다. 이 절 근처의 가까운 산에는 차나무가 많이 산재해 있는 것을 볼 수 있다. 이 절에 전래되는 말에 의하면 자장율사가 법을 구하기 위하여 중국에 갔다가 돌아올 때에 차 종자種子를 가지고 와서 심은 것으로 좌선坐禪할 때 차를 마셨다고 한다.

또 『통도사사리가사약록通度寺舍利袈裟略錄』에 의하면 북쪽 동을산冬乙山의 다촌茶村은 곧 차를 만들어 왕실에 바치던 곳이었다고 한다. 차를 만들던 절이나 다원茶園·다천茶泉 등은 지금도 그 흔적이 남아 있다. 후인들이 이것을 다소촌茶所村이라고 하였다. 그래서 일본인 이나바稻葉 씨氏는 이런 사실에서 이 공납차는 고려 때에 지금의 만주滿州인 고거란古契丹 혹은 금(元, 古蒙) 등에 조공으로 바쳤을 것이라 하였다. 그러나 필자는 그의 주장을 인정하기 어렵다. 왜냐하면 통도사 차가 자장율사께서 당으로부터 가지고 온 차 종자를 심었다고 한다면 이 무렵 이미 차를 만들던 곳이 있었을 것이기 때문이다. 하지만 신라 선덕여왕 3년 병신丙申(636)에 자장慈藏이 입당入唐 구법求法하여 왔으니(643) 고려 태조원년 무인戊寅(918)으로부터 약 82년 전의 일이다. 대략 거란契丹(고려 태종 중엽) 때라 한다고 해도 약 290년 전이니 이처럼 290년 후에 거란契丹이나 금金에 조공하기 위해 차 만드는 곳을 설치할 수는 없을 것이라 생각한다.

또 조다공사造茶貢寺라는 명칭의 뜻을 다시 해석해본다면 조다造茶란 차를 만든다는 의미이고 공사貢寺는 절에 차를 공헌貢獻한다는 의미이다. 따라서 절의 선승禪僧들이 일용에 필요한 차를 사노寺奴들에게 만들게 하여 절에 바치게 했다는 것이 사리에 맞을 듯하다. 그리고 신라시대나 고려시대의 사찰에서는 반드시 사노寺奴가 사찰의 모든 잡역을 처리하였으니 '통도사通度寺 북동을산北冬乙山 다촌茶村' 곧 조다공사는 이 사노들이 차를 제조하여 공헌貢獻하던 다촌茶村이나 다소茶所일 것이라 여겨진다.

6. 죽천리 청태차

일본인 모리 박사가 조사한 죽천리竹川里는 전남 장흥군 관산면冠山面으로 장흥읍으로부터 남쪽 약 5리쯤에 위치한 마을이다. 곧 천관산天冠山의 남쪽에 위치해 있다. 옛날에는 죽천리, 학고동鶴稿洞이었다가 옥동玉洞으로 개칭되었다. 이 마을에 위계창魏啓昌 노인을 만나 청태전의 내력을 듣게 되었는데, 이 부근 산에서 나는 다엽을 제조하여 집에서 쓸 차를 최근까지 만들었다고 한다. 또 이 마을에 사는 위계하魏啓河 씨에게 들으니 청태전은 차茶라고 말하지 다른 명칭으로 부르지는 않는다 하였다. 1939년경에도 제조하였지만 특별히 노인들만 만든다고 하며, 옛날에는 다량으로 생산되었다 한다. 청태전의 제조 방법은 보림사 동구에서 만들던 것과 비슷하다. 다른 점은 다완의 밑부분에 젖은 포布를 깔고 그 위에 쪄서 찧은 차를 넣고 눌러 만드는 것이 다를 뿐이다. 이렇게 만든 청태전을 백 개씩 묶어 온돌방에 펴서 말려 두었다가 필요할 때마다 달여 마신다고 하였다. 그리고 천관산 천관사天冠寺에도 차가 있었다 하나 확인해 보지는 못했다. 그런데 죽천리 부근에 내동리內洞里라는 곳이 있는데 이 동리에서 고개를 넘으면 송촌리松村里가 있다. 그 옛 마을의 이름이 다동茶洞이다. 차와 관련이 깊은 듯하다.

7. 불회사의 전차와 원산리·죽천리의 청태차

불회사의 전차 및 원산리와 죽천리의 청태차는 그 유래를 생각할 때 서로 밀접한 관련성이 있어 보인다. 이 지역에서 차를 만드는 방법을 살펴보면 대략 다음과 같은 공정을 거친다.

첫째, 제조법에서 당대 및 송대의 제조법과 첫 단계는 동일하다. 찻잎을 따서 선별한 후 쪄서 찧은 후 차의 형태를 찍어 만든다는 점이 그렇다. 또 전차 형태로 만든 차를 불에 구워내는 것도 당송唐宋 대에 차를 다루기 위해 준비하는 공정과 같다. 아울러 차를 찍어내는 틀이 작은 것도 당송唐宋과 같다. 이는 병차餅茶처럼 크게 만들면 차를 말릴 때 세심한 주의가 필요하기 때문이다. 따라서 건조하기 쉽도록 작은 틀을 사용하는 것이다.

하지만 차를 마실 때 차를 가루내지 않고 덩이로 된 차를 그대로 우려 마시는 법은 당송 대와는 다른 유형으로 변화된 것이라 할 수 있다.

둘째, 차를 마시는 방법에 있어 다연茶硏 또는 다마茶磨 등을 이용하여 가루차로 만들지 아니한 점이다. 고려시대까지만 하여도 송宋의 영향으로 이런 형태의 탕법이 있었다. 하지만 지금처럼 차를 구워 가루로 만들지 않는 것은 지금은 쇠퇴 시기 차의 원형만 남아있기 때문이다. 이외에도 차문화의 발달에 필수적으로 필요한 경제력이 뒷받침되지 않았던 점도 이런 유형이 남아 있게 된 요인이었을 것이라 생각된다. 특히 조선이 건국된 후 억불정책抑佛整策은 차가 민멸된 주된 요인이다. 그러므로 단차의 우수한 맛은 그림자조차 볼 수 없게 되었고 이런 제조법도 선종 사찰에서만 그 잔영이 남아 있는 정도였다. 따라서 이 지역에서 생산되는 차는 그 명칭만 달랐지 결국은 당송唐宋의 병차에 불과한 것이다. 그러면 이 병차 제조법이 누구에 의하여 이 지역에만 지금까지 그 잔영殘影이 전해지게 된 것일까. 생각해 보건대는 보림사 체담선사體湛禪師가 입당한 후 귀국할 때에 당에서 습득하여 온 것이라 여겨진다. 이것이 불회사佛會寺와 천관사天冠寺 등지로 전파되어 성행하다가 조선시대에 이르러 사찰에서조차도 그 풍속이 점점 쇠퇴해져서 사찰이 있는 지역의 촌락에만 그 유형이 남아 지금처럼 약용의 일종으로 남아 있는 것이 아닌가 생각된다.

8. 대흥사의 작설차와 다풍

신라 때 창건된 대흥사大興寺는 유구한 역사를 지닌 대사찰이다. 서산西山스님은 삼재불입지(三災不入地, 삼재 곧 물·불·바람의 재앙이 들지 않는 곳)라 하여 의발을 전했으며, 수많은 학승學僧과 선승禪僧을 배출한 곳이

다. 특히 한국 다도의 중흥조인 초의스님이 60여 년을 지관止觀하면서
『동다송東茶頌』, 『다보서기』 등을 저술했다. 그러나 『다보서기』는 현재
전하지 않는다.

초의스님 당시인 조선 말기에는 다른 사찰에서도 전다煎茶 계통인
엽차를 제조했으나 차의 진수眞髓에는 미치지 못했고, 다만 초의가 만
든 작설雀舌이 경향京鄕의 사대부들에게 이름이 났던 듯하다. 그러나
필자의 사미시절 대흥사에서 만든 차는 그렇게 정제精製되지는 못한
차였다. 그리고 작설차 이전에는 어떤 종류의 차가 제조되었는지도
잘 알 수 없었다.

다만 대흥사에서 멀지 않은 곳에 위치한 만덕사(현 백련사)·무위사·
도갑사 등지의 사찰 주변에 많은 야생 차밭이 산재해 있고 차의 산지
인 화엄사·불회사·보림사·통도사에서는 고려시대에 이미 중국의 영
향으로 단차團茶 계통을 만들었다 하니 이런 사실로 미루어 볼 때 대
흥사에서도 단차團茶나 전차錢茶 등을 제다製茶했으리라 추측되나 확인
할 만한 자료가 없다. 그러나 말차抹茶인 단차에서 전다煎茶인 엽차葉茶
제조로 전해진 것은 사실이다.

단차에서 엽차로의 변화는 여러 가지 이유가 있겠으나, 그 중 하나
는 제조상 단차의 번거로운 절차보다 좀 간단한 엽차로 변화하여 후
대에는 거의 엽차가 성행하지 않았을까 짐작된다.

필자의 사미시절에 대흥사에는 차밭이라고는 초의스님이 조성했
다고 전하는 나한전 동편 산울에 약간의 차나무가 있었을 뿐이다. 그
러므로 차를 만들 때 찻잎은 주로 인근 마을의 아낙네들이 초파일이
지난 후 근처 산야에 자생하는 야생차野生茶를 채취하여 가지고 오면

이것을 매입하여 사용하였다.

특히 차의 산지에 대한 언급은 조선 후기 초의스님과 교유했던 금령 박영보朴永輔의 『남다병서南茶幷書』에 '강진과 해남 땅은 (중국의) 호주나 건주 지방과 같다'고 하였는데, 이 시구 아래 '남쪽 바다와 산간에 (차나무가) 흔한데 강진과 해남이 최고다南方海山間多有之 庸海南其最也'라는 주를 달아 두었다. 바로 강진과 해남은 중국차의 명산지인 호남湖南이나 복건福建 지방처럼 명차名茶 산지라는 의미이다. 이처럼 조선 후기까지도 해남·강진 지방에는 차나무가 널리 분포되었다는 것을 짐작할 수 있다. 지금도 이 지방의 산간에는 야생차가 곳곳에 분포되어 있다. 특히 일제 압정기에 일인日人들이 재배한 차 이외에 산간에 자생하는 차나무가 분포된 곳은 대부분 옛 사찰이 있었던 구허지舊墟地다.

하지만 고려시대에 발달했던 다풍茶風은 조선시대 이후 민멸되었는데, 그 원인에 대하여는 설이 분분하다. 혹자는 우리나라 사람들이 막걸리를 좋아하여 그렇다 하고, 어떤 사람은 숭늉이 있어 민간에서 차를 즐겨 마시지 않았다고 한다. 그러나 막걸리나 숭늉 때문에 차를 멀리하게 된 것이란 설은 그 근거가 희박한 낭설이라 여겨진다. 조선 건국 이후 점차 음다 풍속이 사라진 것은 이런 이유에서보다는 조선의 건국이념이 억불숭유에 있었던 까닭으로 불교가 쇠퇴하면서 차 또한 점점 사라짐에 따라 불가나 민간에서 멀어진 것이 아닌가 짐작된다.

이런 설을 뒷받침할 수 있는 자료가 백파白坡스님의 『귀감서龜鑑書』다. 여기에 '지금의 청정수淸淨水는 감로차甘露茶가 변모한 것이다'라는 구절이 있다. 산간 사찰에서는 오가피나무·생강나무 등을 채취하여 차로 만들어 마시는 것이 일반적이었기에 차의 민멸이 사찰에 미친 영향을 짐작하게 한다. 특히 민가에서 차를 마시는 일을 금기했던 사례는 민간에 전래되는 속설에서도 살펴볼 수 있다. 그 내용이 이렇게 전해진다.

> 어떤 마을에 부부가 함께 살고 있었다. 마침 남편이 절에 나들이를 하게 되었는데, 부인은 무명을 말리고 있었다. 얼마 후 부인은 남편에게 꼭 당부해야 할 말을 잊었다는 사실을 깨달았다. 바로 남편에게 절에 가면 차를 마시지 말라는 당부를 잊고 만 것이다. 생각이 여기에 미치자 부인은 말리던 무명을 팽개치고 달려가 남편에게 차를 마시지 말라는 말을 전하고 돌아오니 말리던 무명은 이미 모두 타버린 뒤였다. 그러나 부인은 그래도 안심이 된다는 듯이 말하기를 "무명은 버렸으나 남편에게 차를 마시지 말라는 당부를 했으니 안심이다"라고 하면서 안도의 숨을 내쉬었다.

이 민간의 속설은 민간에서 차를 어떻게 이해하고 있었는지를 잘 드러낸 것이라 하겠다. 바로 차란 승려들이 마시는 것으로 사람의 양기陽氣를 감소시킨다는 설이다. 이는 근거 없는 통념이다. 그러나 차는 이렇게 민간에서 금기시된 음료였다. 민간에서는 감기나 그 밖에 해열에 필요한 약으로 이용되었을 뿐이었다. 일찍이 범해梵海스님은「다약설茶藥說」에서 이질로 고생하던 자신이 차를 마시고 나은 경험을 다음과 같이 증언한 바 있다.

나는 임자(1852)년 가을 남암에 있었다. 이질에 걸려 온 몸이 늘어져서 끼니때가 지난 것도 느끼지 못한 지가 벌써 열흘이 넘어 달포가 지났다. 나는 이제 죽게 되는구나 하고 생각했다. 하루는 함께 입실한 무위 형이 어버이를 모시다가 찾아왔으며 함께 참선했던 부인 아우도 스승을 모시다가 왔다. 머리를 들어보니 좌우에 형과 아우가 마치 삼태기처럼 자리하고 있어서 '나는 이제 반드시 살 수 있겠구나' 하고 생각했다. 잠시 후 무위 형이 말하기를 "내가 차를 가지고 어머니의 병을 낫게 한 적이 있는데, 위급하니 급히 차를 달여 쓰자"고 하자 아우 부인이 말하기를 "내가 차를 보관한 것은 갑자기 필요할 때에 쓰려 한 것이니 차를 쓰는 것이 무슨 어려움이 있겠는가"라고 하였다. 그가 말한 대로 차를 달여서 마셨다. 첫 잔을 마시니 뱃속이 조금 편안해지고 둘째 잔을 마시니 정신이 또렷해졌고, 서너 잔을 마시니 온몸에서 땀이 흐르고 맑은 바람이 뼈에서 일어나는 듯하였다. 상쾌하여 마치 처음부터 병이 없었던 것 같았다.

범해스님의 체험기는 사실에 입각한 것이다. 그가 이질痢疾로 사경을 헤매다가 차를 마시고 병이 나았다는 것이다. 범해스님(1820~1896)은 원래 하의스님의 제자이지만 초의스님에게 계를 받았다. 따라서 초의스님의 제자이기도 하다. 그는 『동사열전東師列傳』, 『범해집』을 저술하였다. 가경嘉慶 25년에 태어나 대흥사에서 출가했으며 광서光緒 26년에 열반했다.

우리나라의 차는 다분히 중국의 영향을 받아서 고려시대에는 말차抹茶 종류인 단차가 발달하였다. 그러나 조선시대에는 말차 종류인 단차는 자취를 감추고 전다煎茶인 엽차葉茶가 사원寺院을 중심으로 음용되고 일부 유학자들 사이에서도 음용되었다. 단차에서 엽차로 변화한 것은 단차의 번거로운 공정을 피하기 위함이었던 것 같다. 또 우리나라에 일쇄차日晒茶라 하여 햇빛에 말린 차가 있었다 하나 그 제조법이나 기타 일쇄차에 대한 것은 좀 더 연구해야 할 일이다.

필자가 대흥사에서 차를 만들 당시 대흥사에는 각각 그 문중門中이 다른 소요파와 편양파가 있었다. 독특한 것은 대웅전을 중심으로 백설당·대광명전·천불전 등 그 문중의 살림이 각각 독립되어 있었다는 사실이다. 그래서 어느 문중인가 하고 묻는 말을 '어느 찻독이냐?'라고 했으며, 각 문중마다 제각기 차 철이 되면 차를 만들었다. 지금 생각해 보면 그 제다법에 있어서 정제精製된 차를 만들지는 못했던 듯하다. 이는 채다採茶를 정밀하게 할 수 없었으니 흔히 말해 1창2기一槍二旗를 지난 후 삼번차三番茶 정도의 크고 펄펄한 찻잎을 가지고 만들었기에 차의 색色·향香·미味가 떨어지는 것은 기정사실이었을 것이다. 필자가 만들던 차의 제조 공정을 살펴보면 대강 이렇다.

다엽이 마련되면 커다란 가마솥을 정갈히 닦는다. 차를 덖을 솥의 온도가 높아지면 다엽을 넣어 덖는다. 덖을 때는 대나무로 만든 솔로 다엽을 여러 번 돌려가며 덖어낸다. 덖은 찻잎은 손으로 비빈 후 대강 다엽을 떨어 펴놓은 다음 다시 말린다. 그런데 덖는 과정에서 다엽의 양을 알맞게 조절하지 못하여 혹은 타거나 덜 덖어지면 차 맛이 떫고 좋지 않았다. 이 방법은 초의스님 당시와 그 공정은 같겠지만 초의선사가 만든 차의 색향미를 따라가기는 어려웠을 것이라 짐작되는데, 이는 찻잎을 채취하는 시기와 차를 만드는 기술이 초의스님이 차를 만들던 시기보다 열악했기 때문이다. 하여간 이런 공정을 거쳐 만든 차는 좌선坐禪할 때나 손님이 왔을 때 그리고 대중의 공양 후에 음용했다. 차를 침출하는 방법은 이렇다. 먼저 무쇠로 만든 다관에 물을 끓인 후 물이 끓으면 다관에 직접 차를 넣고 조금 있다가 찻잔에 따른다. 지금 시중에서 흔히 사용하는 것처럼 물식힘그릇(숙우)을 사용한 적은 없다. 아예 물식힘그릇 자체도 없었을 뿐만 아니라 그 이름조차 알지 못했다. 본래 우리나라 차의 침출에는 물 식힐 그릇이 사용되지 않는다. 생각하건데 현재 사용하고 있는 물식힘그릇이란 말차를 할 때 물의 온도를 조절하기 위하여 사용하던 것이 변하여 그리 사용되는 것이 아닌가 생각한다. 그러므로 엽차에서 물식힘그릇을 사용하는 것은 좀 부자유하고 와전된 것이라 하겠다. 특히 다완茶宛만 해도 꼭 찻잔이라 부르는 것을 사용하지 않고 그때그때 찻잔으로 쓸 만한 것이 있으면 그대로 사용하였기에 잔의 모양이나 크기가 일정하지는 않았다. 지금까지 초의스님이 사용하던 다병茶瓶이 전해지고 있는데, 이것은 일종의 옹기그릇으로 그 모양이 투박하여 진솔한 맛이 있다. 이런 점으로 미루어 보아도 다병과 찻잔은 진솔하고 투박한 것을 사용한 것 같다. 물론 산간에 아름다운 명기名器가 어디 그리 흔할까마는 본래 우리나라 다풍의 멋은 이런 맛에 있는 것이 아닐까. 또 찻잔받침도 사용되었던 기억이 없다. 특별한 자리에는 찻잔받침을 사용하였겠지만 평소 좌선할 때나 편안한 자리에서는 찻잔받침을 별도로 사용하지 않았다.

사찰에는 다각茶角이란 소임이 있다. 다각은 차를 내는 일을 담당하는데, 예컨대 손님이 오셨을 때 차를 준비한다. 만약 차가 다 준비되면 소반에 찻잔을 놓고 손님에게 다가가 합장한 후 오른쪽 무릎 쪽에 잔을 놓는다. 찻잔의 위치는 무릎과 잔 사이의 거리가 주먹이 자유로이 통과할 정도의 사이를 두고 잔을 조용히 놓는다. 다시 합장하면서 '차 드십시오' 하고 물러나면 차를 받는 사람도 함께 합장한 후 차를 받았다. 평소에는 그다지 까다로운 절차가 요구되지 않으며 자유로이 차를 마셨다. 너무 지나친 절차나 분위기는 본래 차를 마시는 참뜻을 잃게 하기 쉽다.

차를 마시는 장소 또한 꼭 정해진 곳이나 다실茶室이 없었고, 단지 선방禪房이나 그 밖의 객실 또는 공부하던 곳이 곧 다실이 되었다. 선방이라면 달마도가 걸려 있는 게 보통이고 향로 등이 놓여 있었다. 특별히 꽃을 꽂는다든가 하는 일은 없었다. 곧 차를 마시는 장소가 다실이 되는 것이다.

요즘 찻물의 온도에 대하여 그 의견이 분분한 것 같다. 그러나 필자가 강조하는 것은 찻물은 뜨겁게 해야 한다는 것이다. 옛말에도 '차茶는 (그 발음은) 찬飡데 뜨거운 것이 차茶이다'라는 말이 있다. 따라서 차는 뜨겁게 마시는 것이 원칙이다.

9. 다식의 유래

현재 우리나라에는 많은 종류의 다식판茶食板이 있다. 이것은 당송 때에 단차團茶, 병차餠茶를 만들던 일종의 형틀이다. 고려시대에는 남방 각처에 있는 찻잔을 이용하여 단차나 병차를 제조했다. 그러나 조선시대에 와서 끽다의 쇠퇴로 인해 실제로 차를 얻기 힘들었기에 송화가루나 쌀가루를 이용하여 다식을 만들었다. 일종의 과자로 다례식茶禮式에 사용하였다. 오늘날 볼 수 있는 다식판은 일종의 단차를 만들 때 사용하던 형틀이었으며 차를 마시던 풍속이 점차 사라지면서 다식으로 변형된 것이다.

제4장 차나무의 재배법

1. 차나무의 생태

차나무는 산다과山茶科에 속하는 상록의 관목으로서 자연적으로 자라도록 방임해 두면 나무의 높이가 수십 척尺에 달하게 된다. 꽃은 여름에 꽃 봉우리가 생겨 9~11월 사이에 핀다. 꽃의 상태를 살펴보면 꽃받침은 녹색으로서 4~5개로 형성되어 있고 화변花瓣은 약간 황색을 띤 백색으로 6~8여 잎을 가지고 있다. 꽃술의 끝은 2~3열裂로 되어 있고 꽃방은 2방으로 구성되었으며 황색의 화분이 붙어 있다. 꽃 심의 끝은 2~3열로 되었으므로 개화 후 수일이 지나면 낙화落花하여 열매를 맺게 된다. 열매는 3실로 나뉘어 있고 1~2개씩의 종자를 가지고 있다. 차의 씨앗은 10월경에 성숙하여 11월경이 되면 열매가 벌어져 차 씨가 떨어진다. 만약 땅에 떨어진 종자를 그대로 방치해 두면 발아력이 감소되는 고로 열매가 벌어지기 전에 채취해 저장하는 것이 좋다. 차나무의 뿌리는 지하로 깊이 들어가 그 주근主根은 땅속 6~7척까지 뻗어 군근群根이 땅 속에 깊이 퍼지므로 가뭄에도 강한 생명력으로 잘 견딘다.

2. 기후 조건

차나무 재배는 기후가 온난하고 강우량이 많은 지방이 적당하다.

최저 기온이 영하 10도 이하로 내려가지 않아야 한다. 그리고 연평균 기온이 섭씨 13도 이상으로, 강설량이 적어야 좋다. 또 늦게 서리가 내리는 지방은 좋지 않다. 강우량은 연 1,400밀리미터 이상이 적당하며, 그 대부분이 차나무의 성육기인 봄여름 2기에 분포되는 것이 이상적이다. 차나무의 성육에는 고온다습한 지방이 좋으나 너무 고온다습하면 다엽茶葉의 양은 많으나 좋은 품질의 차를 기대할 수 없다. 좋은 질의 차는 공기가 온화하고 고르며, 깊은 산에서 하천을 끼고 있거나 계류가 흐르는 심산유곡에서 생산된다. 다습하고 서늘한 곳으로 일조량이 비교적 짧은 지역이 적합하다.

3. 토질

차나무는 비교적 건실하기 때문에 토질에 구애되지는 않는다. 다만 배수가 잘 되고 보수력이 풍부한 토질에서 잘 자란다. 양토壤土·식양토埴壤土로서 하층에 자갈이 혼합되어 있고 표토가 깊고 부식질이 풍부한 곳이 이상적이다. 반면에 점토질의 토양은 배수가 잘 되지 않으므로 적당치 않다.

4. 차나무의 품종

차나무의 종류에는 대략 인도종, 인도잡종, 중국종, 일본의 야부끼다종 등이 있다. 우리나라에서 자라는 차나무는 대개 중국종 계통에 속하나 지금까지 실생번식實生繁殖을 행해왔기 때문에 지극히 잡다하여 특별히 어느 품종이라고 칭할 수 없는 상황이다.

근래에 차에 대한 사람들의 인식이 높아져 차나무의 품종에 관한 연구도 점차로 활발해졌다. 따라서 머지않아 우리나라의 기후와 풍토에 알맞은 우량의 차나무 품종이 나올 것으로 생각한다.

차나무의 재배상 특성을 몇 가지 열거해보면 다음과 같다.

첫째, 가뭄에 저항력이 강해야 한다.
둘째, 추위에 강해야 한다.
셋째, 병해충에 대한 저항력이 강해야 한다.
넷째, 차나무의 번식이 용이해야 한다.
다섯째, 차나무의 수세樹勢가 강하고 찻잎의 수확량이 많아야 한다.
여섯째, 다엽의 채다 시기가 이른 것, 중간 시기에 딸 수 있는 것, 늦게 딸 수 있는 것 등을 고려해야 한다.

제다에 적합한 차나무의 품질

녹차綠茶의 경우 차나무와 다엽이 무성하고 키가 적당하며, 차 싹의 색깔이 짙은 녹색을 띠고 다엽의 두께가 두꺼우며, 찻잎의 표면에 주름이 많은 것이 좋다.

홍차紅茶의 경우 찻잎이 길고 크며, 다엽이 두껍고 차 싹의 빛이 황녹색이거나 혹은 홍록색인 것(현저하게 홍색을 띤 것)이 좋다.

5. 차나무의 번식법

차나무의 번식법으로 현재 실시되고 있는 것은 씨를 파종하는 실파법實播法과 삽목법揷木法, 취목법取木法 등이다. 옛날에는 주로 실파법으로 차나무를 번식했지만 요즘에는 삽목법이 개발되어 개량종을 번식하는 데 거의 이 방법이 응용된다.

실파법

실파법實播法은 차밭에 차 씨를 파종하는 방법이다. 우선 답포畓圃에 씨를 파종하여 묘목을 육성한 후 이것을 목포木圃에 이식한다. 우리나라와 같은 온대지방에서는 실파법으로 파종하는 것이 적합하다.

① 씨를 따는 방법과 저장법

차 씨는 대략 10월경 종자가 여물기를 기다려 채취한다. 따뜻한 지방에서는 추파秋播라고 하여 곧 파종한다. 추운 지방에서는 차 씨를 딴 다음 비나 눈이 닿지 않도록 건조한 땅을 선택하여 적당히 구멍을 파고 건조한 모래와 흙을 종자와 혼합하여 묻어둔다. 볏짚으로 만든 재에 묻어 두기도 한다.

② 씨의 선택과 파종법

차 씨는 외형상 크고 무겁고 광택이 나며 짙은 갈색을 띤 우량한 것을 선별한다. 약 300평에 파종할 종자의 양은 종자의 좋고 나쁨, 혹은 파종의 방식, 밭이랑의 크기 등에 따라서 약간씩 차이가 있다. 만약 밭이랑의 폭이 5~6척일 경우에는 보통 3두斗 내외를 표준으로 삼는다. 파종의 방식은 여러 가지가 있으나 지금은 대개 조파식條播式으로 하며, 조파식에는 일조파一條播, 이조파二條播 등이 있다.

차 씨를 파종하려고 할 때는 먼저 밭두둑을 만들고 조條의 방향을 남북으로 해놓는 것이 원칙이다. 그러나 실제적으로는 다포茶圃의 지세地勢와 지형에 따라서 결정한다. 만약 다포의 지형이 경사지라면 경사면에 직각이 되도록 만든다. 만약 평지나 장방형의 다원茶園이라면 장변長邊에 병행이 되도록 만들어야 재배 상 편리하다.

밭두둑은 보통 5~6척 정도가 좋다. 밭이랑은 일조파의 경우 폭은 5~6촌 정도로 만드는 것이 좋으며, 이조파의 경우라면 조간을 8촌~1척으로 띄우고 폭은 3촌 내외의 2조를 만든다. 차밭이 만약 약 300평 정도라면 대개 300관의 퇴비, 또는 이에 상당한 대두박大豆粕(콩깻묵), 어비魚肥 등을 기초 퇴비로 하여 넓게 펴 넣고 그 위에는 대개 1~2촌의 흙을 덮어서 될 수 있으면 같은 거리의 조열을 만드는 것이 좋다.

파종 시기는 따뜻한 지역에서는 10~12월경 사이에 파종하는 것이 적당하다. 추운 지방에서는 춘파春播라고 하여 4월 하순경에 파종한다. 춘파의 경우 4월경에 파종하면 발아력이 약해지며 5월경을 경과하면 발아력이 더욱 감소되므로 대개 3월경 파종해야 한다. 파종한 후에는 흙을 덮고 그 위를 가볍게 밟아준다. 흙을 덮은 후 그 위에 짧은 보리 짚이나 왕겨, 또는 마른풀 등으로 얇게 깔아준다. 파종 전 건조한 종자는 파종 전 3~4일 간 미리 물에 담갔다가 파종하면 발아에 도움이 된다.

삽목법

차나무를 삽목법揷木法이나 취목법取木法으로 번식할 경우 유전적으로 동질의 많은 묘목을 단기간에 얻을 수 있다는 장점이 있다. 그러므로 각지에서 새로 육성된 것이나 선택된 우량한 품종을 번식시키는 데에는 모두 이 방법을 응용하고 있다.

삽목법(꺾꽂이)에서는 먼저 삽수揷穗(꺾꽂이의 묘목)를 잘 선택하는 것이 중요하다. 봄에 새순이 나와 충실하게 성장하여 아래 부분이 목질로 변하면 2~3촌寸 정도쯤 잘라 묘목을 만든다. 이때 차나무의 마디는 세 개쯤 되도록 한다. 삽수 상단부의 두 마디에 달린 찻잎은 그대로 남기고 아래 부분의 한 마디 쯤에 달린 찻잎은 모두 따 버린다.

묘상苗床의 토양은 녹소토鹿沼土 혹은 적흑노토赤黑爐土와 같이 배수가 좋고 통기성이 좋은 토양을 사용한다. 묘상은 미리미리 충분히 정리해서 3척 정도의 폭으로 밭고랑을 만들어 놓는다. 둔덕은 4~5촌 즈음으로 하는 것이 적당하다. 또 묘상에는 6월경에 2~4촌 정도의 거리를 두고 삽수를 사면斜面으로 2촌 정도의 깊이로 꽂아 둔다. 삽수를 묘상에 꽂은 후에는 충분히 물을 주어서 삽수와 상토床土가 밀착되게 한다. 묘상에는 때때로 물을 주어서 항상 적당한 수분을 유지해 준다. 여름철에는 직사광선을 피해주기 위하여 짚으로 만든 거적 등으로 덮어 주고, 겨울철에는 보릿짚 등으로 가림막을 만들어 찬 기운이 들어가지 않도록 한다.

묘상의 삽수는 통상 2개월이 경과되면 뿌리가 내리기 시작한다. 뿌리가 내린 후에는 수시로 엷게 비료를 시비施肥하는 한편 제초작업과 병충해방지 작업에 주의를 기울여야 한다. 삽수한 지 2년 정도 경과하면 이식해도 될 만한 질 좋은 묘목을 얻을 수 있다.

취목법

취목법取木法(휘묻이)은 모수母樹의 주위에 깊이 7~8촌쯤의 구덩이를 파고 차나무의 가지를 구부린 다음 죽편 또는 목편을 이용해서 구부린 모수의 가지 부분에 흙을 덮어 번식시키는 방법이다. 이때 가지의 끝부분은 지상에 노출시키고, 땅속에 들어간 가지에서 뿌리를 내리게 하여 묘목을 얻는다.

흙을 덮은 부분이 건조하면 뿌리가 잘 내리지 않게 되므로 충분한 수분을 공급해 주어야 한다. 만일 건조하기 쉬운 곳이라면 보릿짚을 덮어 수분의 증발을 막아주어야 한다.

취목에 사용할 가지는 당년이나 전년에 생긴 가지로 하는 것이 적당하며 노목老木을 모수로 사용할 때에는 미리 노수를 베어버리고 새 순이 나온 후 사용하는 것이 좋다. 취목에 적당한 시기는 전년생의 경우는 춘분春分을 전후하여 3~4월이 좋고, 당년생을 사용할 때는 5~6월경이 좋다. 취목묘는 가지를 땅에 묻은 지 6개월~1년이 경과하면 발근이 되므로 이것을 모수로부터 잘라내어 본포本圃에 이식하는 것이다.

삽목묘 및 이식법

삽목법 및 취목법에 의해 얻은 묘목의 이식 시기는 각 지방의 기후와 토질 등에 따라 차이가 있으나 대개 춘분春分이나 추분秋分을 전후하여 3~4일이 적기이다. 취목한 것을 이식할 때에는 묘목을 묘포에서 조심스럽게 파내어 뿌리가 손상되지 않도록 하여야 한다. 또 그 상부의 가지를 적당히 잘라내어 상부의 가지로 양분이 발산되는 것을 막아야 한다. 이식한 묘목의 상부가 건조하면 차나무의 활착活着이 원활치 못하게 되므로 건조를 방지하기 위하여 수분을 충분히 보충해주어야 한다.

묘전에 이식할 때는 두둑의 폭을 5~6척으로 하고 차나무와 차나무 사이는 1척 정도 띄워 나열하여 심거나 아니면 일반적으로 열도식列島植으로 심는다. 이식할 때의 시비施肥 방법은 먼저 적당한 구멍을 파고 단보段步(약 300평)당 200~300관의 퇴비를 준다. 이때 다른 비료를 시비해도 된다. 비료를 시비한 후 그 위에 소량의 흙을 덮어가면서 심는다.

6. 어린 차나무의 관리

삽목법이나 취목법으로 얻은 어린 차나무는 자생력이 약하므로 활착력이 나빠서 시들어버릴 수 있고, 병충해에 대한 저항력도 약하다. 그러므로 특별한 관리가 필요하다. 따라서 여러 가지 사항을 주의하지 않으면 안 된다.

첫째, 실파법實播法을 이용했을 경우 (봄에 파종을 한 것이든지 아니면 가을에 파종을 한 것이든지) 5월 하순경에서 6월 상순경 사이에 싹이 튼다. 발아 후에는 될 수 있는 대로 속히 마르는 것을 방지하기 위해 시설했던 보릿짚을 걷어버리고 고랑 사이를 깊이 긁어주며 약간의 액체 비료를 시비해 준다.

얼만 안 된 어린 묘목은 습기가 부족했을 때 저항력이 약하므로 지방에 따라서 습기가 없어지는 것을 방지해야 한다. 가을에 파종한 경우에는 고랑을 높이고 보리 등을 혼파混播하여 보리가 수확된 후에 보릿짚으로 어린 묘목을 보호해 주는 것도 무방하다. 또 한지寒地에서는 겨울철 한해寒害를 방지하기 위하여 보릿짚이나 짚 등을 사용하여 바람막이를 해주어야 한다. 기타 제초 및 병충해의 방제에 주의해야 하는 것도 어린 차나무 관리에서 유의할 점이다.

만약 1년생일 경우에는 엷은 액비로 시비를 하는데 여름에 2회, 가을에 1회 정도를 한다. 제초와 땅 북돋기는 함께 실시하는 것이 좋다. 식재한 후 3년 정도가 지나면 다 큰 차나무처럼 시비해도 무방하다.

차나무의 관리상 가장 주의를 기울여야 하는 것은 1~2년생의 차나무이다. 이 무렵 충분한 시비뿐 아니라 차나무 관리에 주의하면 양호한 차나무를 기를 수 있다. 이 시기에는 특별히 주도면밀한 관리가 필요하다.

파종 후 3~4년간에는 차나무가 작아서 차나무와 차나무 사이에 상당한 공간이 있으므로 녹비작물綠肥作物이나 보리, 대두大豆, 소두小豆, 소채蔬菜 등을 그 사이에 간작間作할 수 있다. 이는 다원의 경영상 유익한 일이다. 다만 이런 경우 간작물이 너무 무성하여 어린 차나무에 햇빛이 많이 차단되거나, 어린 차나무에 간작물의 줄기가 감고 올라가면 안 되니 주의한다. 따라서 간작을 하더라도 차나무에 해를 주지 않는 작물을 선택해야 한다.

7. 다 자란 차나무의 관리

다원의 김매기
다원에서 김매기를 하는 것은 토양의 이화학적 성질을 개선함과 동시에 비료의 분해를 촉진하고 차나무의 묵은 뿌리를 절단해서 가는 차나무 뿌리가 잘 뻗어 나가 양분 흡수력을 증대하기 위함이며, 잡초의 번식을 방지하는 효과도 있다. 김을 매주는 시기 및 방법은 기후, 토질 및 차나무의 생육 등을 고려하여 적당하게 한다.

① 천경법淺耕法

비가 내린 후에는 땅이 단단해지므로 밭두둑 사이의 땅을 매주어서 비료의 분해를 촉진하도록 한다. 또 뿌리의 호흡과 번식을 양호하게 하고 잡초를 제거하기 위해서도 김을 매준다. 갈고리가 셋 달린 호미와 같은 것을 사용하여, 얇고 가볍게 약 3촌 정도의 깊이로 김을 매준다. 보통 1년에 3회씩 행하는데 첫 번째는 3월 상순경에 하고, 두 번째는 두 번째 차를 딴 후에 하는 것이 좋다.

② 심경법深耕法

밭두둑 사이의 토양을 하층까지 깊게 갈아서 토양 하층부가 단단하게 되는 것을 해결하고, 공기 유통과 양분 분해를 촉진하기 위하여 심경深耕을 행한다. 묵은 뿌리를 절단하여 가는 뿌리의 발육을 돕고 수세樹勢를 회복시켜 차나무가 왕성하게 자라도록 하기 위해서도 행한다. 심경은 1년에 1회가 적당하며, 통상 9월 중순이나 하순경에 행한다. 땅을 7~8촌 정도까지 깊게 갈아서 상하 토양을 뒤집어 준다.

8. 다원의 시비법

차나무는 상록수이므로 수령樹令이나 채엽의 횟수, 토양의 비척肥瘠, 다엽의 경영방법 등에 따라서 시비施肥 횟수가 약간씩 달라진다. 예를 들어서 다 큰 차나무는 약 300평당 시비량과 비료의 종류 및 시기 등 이 다음과 같이 서로 다르다.

비료 종류	기비基肥 (9월 상중순)	춘비春肥 (3월 상중순)	경비更肥
대두박大豆粕	20관	10관	10관
채종박採種粕	5관	6관	5관
유산硫酸(황산) 암모니아	6관	5관	5관
유산硫酸 가리	3관	5관	5관
과인산過燐酸 석회石灰	10관	0	0

다원의 시비施肥는 대개 다원에 김을 맬 때에 같이 행한다. 기본으로 하는 시비는 가을철에 깊이 밭을 갈 때에 한다. 봄의 시비는 첫 번째로 천경淺耕할 때 행하고, 여름철에 하는 시비는 두 번째 천경 때에 한다.

시비의 방법은 차나무의 주위를 약 5~6촌정도 깊이로 구덩이를 파고 비료를 넣은 후 흙을 덮어주는 것이다. 만약 세 번째 차를 딴 후라면 여름철 시비는 첫 번째 차를 딴 직후나 두 번째 차를 딴 후에 3회에 걸쳐서 나누어 하는 것이 좋다.

부초·간작·녹비

다원茶園에 산초나 짚 등을 부초敷草로 시여하는 것은 옛날부터 해왔던 방법이다. 부초를 뿌리면 토양의 유기질 성분이 증가되고 부초가 분해되면서 양분을 보급한다. 또한 토양의 보수력과 보온력을 증가시킨다. 흙이 쓸려가는 것을 방지하고 비가 내림으로써 생기는 오염을 방지하며 잡초의 번식도 방지한다. 그리고 토양이 단단해지는 것을 방지하는 효과가 있으니 산에 풀이 풍부한 지방에서는 이것을 다량 사용하는 것이 유리하다. 만일 부초의 재료가 부족한 지방이라면 다원의 상황에 따라 그 밭두둑에 대두나 소두 등 녹비작물을 간작間作하는 방법도 무방하다.

9. 차나무의 정비법

차나무를 어떻게 정비하느냐에 따라 다엽의 채취량과 품질, 찻잎을 따는 공정이 달라진다. 따라서 어떤 차나무 정비법을 선택할 것인지의 여부는 다원 경영상 주요한 사항이다. 차나무의 정비법은 차나무의 형태에 따라 구별되며 '휴작畦作', '주작株作' 등의 방법이 있다. 또 차나무의 높고 낮음을 기준으로 하여 '고작高作', '중작中作', '저작低作', '자연정비自然整備' 등 4종으로 분류하기도 한다.

차나무의 정비에 있어서 어떤 방법을 선택할 것인가 하는 것은 우선 다원 두둑의 넓이를 기준으로 한다. 기후와 토질, 지세 및 경영방식에 따라서도 결정된다. 찻잎을 따는 다원으로서 두둑의 폭이 5~6척인 다원에 대해서는 '휴작', '저작' 혹은 '중작'을 응용함이 적당하다.

새로 조성한 다원에서는 '저작'의 방법을 선택하는 것이 좋다. '고작'은 복하원覆下園 등에 흔히 사용되고 일반 전다용煎茶用의 다원 중에서도 가위를 사용하여 차를 따는 다원은 저작이나 중작의 방법이 적당하다. 고작은 비료의 낭비와 관리상 불편이 많다. 반면에 저작의 방법은 시비에 있어서 경제적이고 다원의 관리상 또 찻잎을 딸 때에 편리한 점이 많다. 그러나 저작의 경우 강우로 인하여 찻잎이 떨어질 우려가 있다는 단점이 있다.

전지

차나무의 전지剪枝는 필요치 않은 곁가지를 제거하고 주간主幹의 세력을 억제함으로써 옆가지의 육성을 촉진하여 수세를 정비하는 데 그 목적이 있다. 이로써 차나무의 적채 면적을 넓힐 수 있다. 또한 차나무에 일광을 균일하게 받게 하여 발아 및 발육을 향상시켜 다엽의 품질을 향상시키고 찻잎의 증가를 꾀하고자 함에도 목적이 있다.

이러한 전지법은 손으로 차를 따는 다원의 경우와 가위로 차를 따는 다원의 경우가 서로 다르다.

먼저 손으로 차를 따는 다원手摘茶의 전지법이다. 어린 차나무는 파종 후 3~4년이 되면 첫 번째 정아頂芽를 전지한 후 지상에서 4~5촌이나 8촌쯤 되게 수평으로 전지한다. 그 후 매년 전지하는 면으로부터 3~4촌쯤 높게 전지토록 해서 수년이 지나면 알맞은 높이로 자라게 한다. 다 자란 차나무에 있어서는 일차 차를 딴 후나 두 번째 차를 딴 후에 전지하는데, 전년의 전지면에 달할 정도로 전지한다. 실제로 매년 얼마간씩 차나무의 키가 높아지므로 4~5년 만에 1회씩 깊게 전지하여 수형의 증대를 방지해야 한다.

가위로 차를 따는 다원의 경우 아직 성목成木이 덜 된 차나무의 전지는 손으로 따는 다원의 경우와 별 차이가 없다. 차나무의 키를 낮게 하여 주변의 확장을 양호하게 한다. 또 차를 따는 표면은 될 수 있는 대로 평평하게 하여 가위를 사용하기에 편리하도록 한다. 가위 같은 기계로 찻잎을 따는 것은 그 자체가 일종의 전지법으로, 성목 차나무를 특별히 전지하지 않고 보통 지면만을 정리하는 정도에 불과하다. 그러나 가을에 차 싹의 신장이 무성하면 다음해 일번차를 딸 때에 고엽과 목경木莖의 혼입 우려가 있으므로 따뜻한 지방에서는 10월경, 추운 지방에서는 3월경 불규칙하게 자란 가지를 전지해서 차를 따는 표면을 정리할 필요가 있다. 이것을 재정再整 전지라고 한다.

수세의 갱신

차나무는 시비施肥 관리의 정조精粗와 정비방식整備方式, 적채법의 여하에 따라 그 수세樹勢가 달라진다. 일정한 시기가 경과되면 수세가 쇠약해져서 차나무의 가지가 약해진다. 그리고 채엽의 양이 저하되므로 이러한 차나무는 베어내 수세를 갱신할 필요가 있다. 이와 같이 차나무의 수세 갱신을 위한 차나무 베어내기에는 깊이 베기, 중간 베기, 등걸이 베기 등의 방법이 있다.

① 깊이 베기

쇠약해진 차나무를 보강하기 위한 것으로 대개 4~5년에 1회씩 시행한다. 일번 차를 딴 직후 길이 4~5촌 정도로, 고엽古葉이 남지 않을 정도로 가지를 전지해 준다.

② 중간 베기

수세樹勢가 쇠약해진 부분의 차나무에 시행하는 베기 방법이다. 일번 차를 딴 후 큰 가지를 중심으로 주변을 예리한 칼을 이용하여 전지해 준다.

③ 등걸이 베기

차나무의 수세가 심히 쇠약해진 경우 '깊이 베기'나 '중간 베기' 등을 시행한다. 도저히 회복이 불가능한 차나무에 행하는 방법은 보통 일번 차를 딴 후 차나무 밑의 흙을 조금 긁어내고 예리한 칼을 이용하여 땅의 평면 부분 높이로 전제剪除하는 것이다. '등걸이 베기', '중간 베기' 등을 행한 차나무는 풀이나 볏짚을 덮어 건조해지는 것을 방지한다. 동시에 북돋기 관리를 철저히 한다. 특별히 병충해 방지에 주의를 기울여야 하며 1~2년간은 차나무를 적당하게 자르는 목적 이외에 차를 따는 것은 금지하여 수세의 회복에만 힘써야 한다.

10. 찻잎 따기

차나무는 파종 후 3~4년이 지나면 수세가 무성해져서 차를 딸 수 있게 된다. 이때는 정아頂芽만을 채취하고 순차로 채취량과 횟수를 늘린다. 차나무가 6~7년이 되면 비로소 다 자란 차나무처럼 연 3회 이상을 채취할 수 있다.

채취 시기 및 횟수

다엽 채취의 시기는 기후 및 수세의 여하에 따라 다소 차이가 있다. 보통 첫 번째 차는 5월경에 채취하고 두 번째 차는 첫 번째 차를 채취한 뒤 약 3~7일이 지난 6월 상순에 딴다. 어떤 지방에서는 네 번째 차의 채취 시기인 8월경이나 혹은 그 이후에 채취하는 경우가 있지만 이런 경우는 좋은 차를 만들기 위한 것은 아니다.

차를 따는 방법

① 손으로 따기

손으로 채취하는 방법은 우수한 차를 제조하기 위한 것이다. 찻잎이 1창2기一槍二旗가 되면 정아頂芽와 상부의 2엽만을 채취하는 것이 좋다. 손으로 차를 따면 고엽과 줄기 등이 섞이게 되는 일이 적고 다엽의 품질이 좋은 것만을 선별하여 채취할 수 있다는 장점이 있는 반면 양이 적은 단점이 있다. 손으로 차를 딸 때에는 손의 놀림에 따라 '끊어 따기', '긁어 따기', '두 손으로 따기' 등의 방법이 있다.

② 가위로 따기

다엽 채취용 가위, 즉 포대나 혹은 그물망을 붙인 특수한 구조를 가진 가위를 사용한다. 이러한 가위 채취는 채취 능률이 양호하여 다원의 경영상 유리하지만 차를 딸 때에 고엽이나 끊어진 찻잎, 또는 목경木莖 등의 혼입이 많아 찻잎의 품질이 불량해지기 쉽다는 단점도 있다. 또한 차나무의 수세樹勢를 약하게 만드는 폐단이 있으니 주의해야 한다.

복하원

상품의 차 및 연차碾茶의 원료를 얻기 위해 대개 다엽의 채취 예정일로부터 15~20일쯤 전에 차나무에 갈대발이나 짚 등을 이용하여 덮는 시렁을 만들어 햇빛을 차단하는 것을 복하원覆下園이라고 한다. 이 복하원의 다엽은 또렷한 녹색을 띤다. 또 잎이 부드럽고 연하며 차의 향미香味가 부드러워 쓰고 떫은맛이 감소되고 단맛은 증가된다. 또한 특유한 차색과 향미를 맛볼 수 있다.

해 가림 막을 설치할 수 있는 차나무는 적어도 10년 이상 자란 성목 차나무여야 한다. 일본의 경우 옥로玉露 및 연차 주산지의 복하원은 차나무의 수령이 많을수록 우량한 품질의 제품을 얻을 수 있다고 한다. 복하원은 새 찻잎이 자라는 기간에 햇빛을 차단하기 때문에 차나무의 수세가 현저히 약해지므로 특별한 거름을 주어 가꾸는 관리를 해야 한다. 또 다엽의 채취는 첫 번째 찻잎만을 따야 한다. 이는 차나무의 수세가 약화되는 것을 방지하기 위한 것이다.

11. 차나무의 병해

차나무에 생기는 병충해는 종류가 대단히 많으며 지방에 따라 약간씩 차이가 있다. 가장 많은 병충해에 대한 것은 다음과 같다.

소녹황저

소녹황저小綠黃這는 성충으로 월동하며 4월 상순경에 산란하고 부화하여 10월 중순까지 수회에 걸쳐 발생한다. 가장 피해가 심한 것은 두 번째와 세 번째 차를 따는 시기의 소녹황저이다. 소녹황저의 구제제驅除劑로는 제충국除虫菊, 비누액 등이 사용된다.

다고사

다고사茶蛄蟖는 연 2회에 걸쳐 발생한다. 알 상태로 월동하여 3월 상순경에 제1회 발생한다. 또 8월경에도 발생하는데, 그 피해의 정도는 제1회 발생이 가장 심하다. 다고사의 구제제는 제충국, 비누액 또는 데리스(Derris) 등이다.

다지천확

다지천확多枝天蟥은 유충으로 월동하여 5월에 탈바꿈하여 성충이 된다. 6월 중순경에 산란하여 6월 하순~7월 상순경에 부화한다. 피해가 가장 심한 때는 7~8월경이며, 수피와 다엽을 갉아먹어버려 다엽을 모두 시들어 죽게 만드는 경우도 있다. 이 병충해를 구제하기 위하여 5월 중순이나 6월경, 7월 하순~8월 상순경에 유아등점화誘蛾燈點火를 뿌려주고, 유충 발생기인 6월 하순~7월 상순과 8월 하순 및 10월 중순경에 제충국이나 비누액 혹은 데리스를 널리 뿌려준다.

다대엽권충 및 다청엽권충

다대엽권충茶大葉捲虫이나 다청엽권충茶靑葉捲虫은 벌레 형태로 월동하여 첫 번째 차를 딸 무렵 말기로부터 9월경까지 끊임없이 성충과 유충이 발생한다. 성충과 유충을 죽이는 방법으로는 유아등점화를 행하여 성충을 꾀어내 죽인다. 이와 동시에 제충국에 비누액을 가용加用해서 충체虫體에 부착되도록 강력한 분무기를 사용해서 산포하기도 한다.

적벽충 및 유벽충

적벽충赤壁虫 및 유벽충誘壁虫은 성충으로 월동하여 4월 상순경에 산
란한 후 10월경까지 12~13회 정도 발생하여 다엽의 양분을 흡수한다.
병충해의 피해 정도가 심할 때에는 찻잎이 낙엽이 되는 경우도 많다.
해충의 구제 방법으로는 석회石灰나 유황硫黃을 섞어서 차나무에 뿌려
주는 것이 가장 유효한데, 살충제를 뿌려주는 시기를 알맞게 하지 않
으면 살충제의 피해로 인해 차를 만들 때 이상한 냄새가 나는 경우가
있다. 그러므로 찻잎의 채취 시기가 가까워지면 데리스 같은 살충제
만 뿌려주는 것이 좋다.

제5장 차의 제조법

1. 전통차의 제조법

전통차의 제조법은 대흥사에 전해오는 초의스님의 비법을 기초로, 필자가 초의차를 연구하면서 차를 만들었던 그간의 경험을 중심으로 서술하였다.

다엽의 선별

차는 대개 심산유곡에서 나는 것을 상품으로 치고 대나무 사이나 산간에서 자라는 것을 그 다음으로 친다. 심산深山이나 대나무 사이에서 자란 다엽은 그 모양이 좋고 부드러우며 심산의 정기를 흠뻑 머금고 있기 때문에 차의 진수眞髓를 맛볼 수 있다. 초의스님의 제자인 범해梵海스님의 「초의차草衣茶」에 '곡우의 처음 맑은 날에[穀雨初晴日] 황아 잎이 아직 피기 전에[黃芽葉末開]'라 하였으니 초의선사는 아직 피지 않은 황아엽黃芽葉을 채취하여 차를 제조했다는 것이다. 대개 차 싹은 크게 두 가지로 나누는데 푸른색을 띤 다엽과 찻잎의 끝부분에 붉은 빛을 띠는 것이 있다. 범해스님이 말한 황아黃芽는 바로 이것을 말한 것이다. 나는 이 황아가 최상품의 차가 된다는 것을 경험했다. 또한 차나무는 반양반음半陽半陰에서 자라는 것과 양지에서 자란 것이 그 찻잎의 상태에서도 현저하게 차이가 있다. 좋은 차는 반음반양半陰半陽에서 자란 찻잎으로 만든다.

차를 따는 시기

차를 따는 시기에 대하여 중국의 육우陸羽는 곡우穀雨 전후 5일이 적기라 했고 초의스님은 입하 전후라 했다. 그러나 내가 경험한 것으로는 꼭 곡우이냐 입하이냐를 따지는 것보다 다엽의 상태를 보고 그 채취시기를 정하는 것이 좋다고 생각한다. 왜냐하면 같은 입하 때라 해도 기후와 환경 조건에 따라 찻잎의 피는 시기가 약간씩 다르며 지방에 따라 차이가 있기 때문이다.

대개 1창2기一槍二旗라 해서 다엽이 핀 상태가 두 잎 정도 난 것이 적당하다고 본다. 이 시기는 대개 4월 말 내지 5월 중순경쯤이다. 내가 사미시절(대략 1910년경) 대흥사 스님들은 근처 마을의 아낙네들이 소쿠리에 펄펄한 다엽을 따오면 이것을 매집하여 암자마다 차를 만들었다. 지금 생각해 보니 이런 찻잎은 1창2기一槍二旗를 훨씬 지난 지금의 이번차二番茶 정도의 찻잎으로 만들었던 것이라 여겨진다.

우선 다엽이 피면 그 상태를 보아 채취시기를 정한다. 그 전일 날씨가 맑고 이슬이 많이 내린 날 아침 일찍부터 찻잎 따기를 재촉하여 오전에 일을 끝내고 오후부터는 제다에 들어가는 것이 좋다. 그러나 채취할 때에는 날씨가 비교적 따뜻하므로 채취한 다엽을 한 곳에 모아놓지 말고 대나무로 만든 통이나 아니면 멍석 등을 이용하여 그늘에 펴놓아야 한다. 만일 딴 찻잎을 한곳에 모아놓으면 다엽이 떠서 누렇게 될 염려가 있다. 이때 바람이 없는 곳에 널어놓아야 한다. 그렇지 않으면 바람에 다엽이 시들기 쉽다.

차를 따는 방법은 손으로 따는 것이 좋은데 먼저 차나무의 새순을 손으로 잡고 필요한 다엽만 채취한다. 이때 줄기나 묵은 다엽이 들어가게 되면 좋은 차를 기대할 수 없다. 또 당일 채취한 찻잎은 그날로 제조하는 것이 좋다. 만일 여의치 못하여 하루를 넘기는 일이 있을 때는 다엽이 건조되는 것을 막고 잎이 뜨지 않도록 주의하여야 한다.

차 만들기

차를 만들기 전에 먼저 제다製茶에 필요한 도구와 땔나무 등을 잘 준비해야 한다. 찻잎을 덖을 솥은 보통 무쇠로 만든 것을 사용하나 만약 차를 덖는 무쇠 솥이 없을 때에는 밥을 할 때 사용하는 큰 무쇠 솥을 사용해도 무방하다. 솥은 밑이 두꺼워야 차를 태우지 않고 덖을 수 있다. 만약 밥을 하던 솥을 사용할 때에는 솥을 정갈하게 씻어 잡 냄새나 다른 물질이 섞이지 않도록 닦아 다른 냄새가 없어야 한다. 만약 간장을 달이는 데 사용한 것이나 기타 냄새가 나는 것을 사용했 던 솥은 쓰지 않는다. 왜냐하면 차는 다른 향의 흡수력이 강하므로 차의 진향을 잃게 될 수 있기 때문이다.

정갈한 솥이 준비되면 다엽을 덖기 시작하는데 이때 나무는 냄새 가 강한 소나무나 향나무 등은 사용하지 않는다. 대개 잡나무의 옆 가지를 사용하여 솥의 온도를 올린다. 솥의 온도가 뜨거워지면 찻잎 을 적당량 넣고 차를 덖는다. 이때 물을 약간 치고 차를 덖어(대흥사에 는 차가 자라지 않았기에 인근 마을에서 찻잎을 따다가 차를 만들었다. 응송스님 또 한 멀리 강진이나 담양, 진도 등지에서 찻잎을 따왔다. 운반 과정에서 줄어든 찻잎의 수분을 조절하기 위해 아주 적은 양의 물을 찻잎에 뿌린 다음 초벌 살청을 하였다. 따라서 물을 약간 치고 차를 덖는다는 것은 바로 찻잎의 수분을 조절하기 위함이다) 차에서 특유의 향이 피어오르면 얼른 차를 꺼내 덖은 다엽을 손으로 비빈다. 덖은 다엽이 식으면 비비기도 어렵고 다엽의 엽록소도 잘 분 해되지 않으므로 식기 전에 다엽을 비벼야 한다. 덖은 다엽을 비비는 데는 두 손을 사용하고 돗자리를 이용하는데, 찻잎에서 끈끈한 액체가 나올 때까지 비빈다.

비비기가 끝나면 비빈 다엽이 하나하나 흩어지도록 잘 털어내야 한다. 비빈 다엽이 잘 털어지지 않으면 혹 찻잎이 발효되어 홍차처럼 발효가 되므로 다엽 털기를 잘해야 한다. 털어진 다엽을 다시 조금씩 솥에 넣고 건조시키는데 이때 솥이 너무 가열되면 다엽이 타게 되므로 조금씩 넣어 건조시킨다. 이렇게 만든 차는 따뜻한 방에 한지를 깔고 하루를 다시 건조시키는데 이때 방에서 다른 향이 나면 안 된다. 모처럼 잘 만든 차를 버리게 되므로 정갈하게 해야 한다. 만약 차가 완전히 솥에서 건조되지 않으면 차가 발효되어 변하게 된다. 이런 과정을 거쳤다 하더라도 차가 덜 덖어졌거나 재건할 때에 잘못하여 태우게 되면 차 본래의 향이 사라지게 된다. 따라서 초의스님도 '차를 만들 때에는 그 정함을 다해야 한다[造盡其精]'고 하였던 것이다.

2. 현대의 개량된 제다법

생엽 다루기

녹차綠茶를 제조할 때는는 채취 후 신선한 생엽生葉을 사용해야 하며 다엽이 손상되지 않도록 주의해야 한다. 당일 오후 경까지 채취한 것은 그날로 제조한다. 만약 채취한 찻잎을 그날 다 만들지 못했을 경우에는 온도 변화가 적은 실내에 저장하거나 밖에 찻잎을 보관할 경우에는 저녁이슬을 맞게 한다. 특히 바람에 의해 다엽이 마르지 않도록 주의했다가 다음 날 속히 제조하도록 한다. 보통 생엽을 저장함

에는 생엽 상자(縱 2尺 8寸, 橫 2尺 1寸, 깊이 7~8寸. 竹으로 만든 籠箱子)에 7~8관
貫을 담아 잠붕식蠶棚式의 '슬경이(살강)'를 만들어 그 위에 걸쳐놓는 것
도 좋다.

차를 증기 열에 찌기

차를 증기 열에 찌는 것은 차를 만드는 작업의 첫 단계로, 다엽의
산화효소를 없애기 위함이다. 녹차 특유의 향미를 드러냄에는 강력
한 증기蒸汽로 단시간 혹은 평균하게 쪄내야 한다. 이때 너무 오래 찌
거나 너무 강력하게 찌지 않도록 주의한다. 증열의 방법으로 구경口經
1척尺 6촌寸의 증롱蒸籠에 생엽 150근중斤重을 투입해서 증기가 분출하
는 시루 위에 놓고 그 위에 뚜껑을 덮어 그 뚜껑 사이로부터 증기가
나오는 것을 알맞게 하여 대나무 젓가락으로 슬슬 다엽을 뒤집어 젓
는다. 대나무 젓가락으로 젓기를 마친 후에 뚜껑을 덮고 다엽에 청색
이 없어지고 조금 감량한 향기가 생기면 속히 냉각대 위로 옮겨서 냉
각시킨다. 이때 증열의 시간은 증기력의 강약에 의해서 차이가 있겠
으나 40초에서 50초 정도면 적당하다. 가마는 구경口徑이 1척尺 8촌寸
으로 척령鶴鴒을 사용하며, 시루의 높이는 1척尺 5촌寸 내외의 것이면
좋다. 부엌은 불의 회전廻轉이 양호하게 축조築造하는 것이 편리하다.
찐 다엽은 배로焙爐(차를 건조하는 도구의 일종)에 옮겨 속히 비비면서 말
리는 것이 좋다.

노절

노절露切은 '엽葉을 찍는다', 또는 '엽을 말린다'라고도 한다. 배로焙爐
의 밑에 양질의 목탄을 1관 200돈쭝 내외로 넣고 점화해 둔다. 이것

에 짚 등 180돈쭝을 덮어서 조탄상助炭上 온도가 섭씨 120도 전후가 될 때에 찐 찻잎을 넣는다. 노절露切은 유념抹捻의 예비조치로 다엽의 수분을 발산케 하고 찻잎 끝 부분의 손상되거나 덩어리가 생기지 않게 다엽을 건조하는 것이다.

그 방법은 가볍게 손끝을 움직여 배로焙爐에 닿지 않도록 엽을 조금씩 주어서 높이 7~8촌寸인 배로 1면에 흩어놓는다. 이때에 엽이 덮이지 않도록 번속繁速하고 평균하게 해야 한다. 그 적정한 정도는, 엽면葉面의 광택이 없어지고 줄기에 세미細微한 주름이 나타날 때 다엽의 중량감이 생엽의 양보다 3할 내외로 줄어들어야 한다.

그런데 노절의 처음에는 수분이 많고 덩어리가 생기기 쉬우니 손놀림을 조금 높게 하여 공기의 접촉을 원활하게 하며, 다엽이 건조됨에 따라 조금씩 얇게 해야 한다. 또 원료 및 노온爐溫의 고저에 의하여 손놀림의 높이를 가감하는 것이 좋다.

회전유

다엽을 모았다 흩었다 하면서 적당하게 가하여 수분의 발산을 촉진시킨다. 다엽이 손상되지 않도록 하여 다엽 비비기를 도모한다. 회전유廻轉抹를 행함에는 자세를 똑바로 하고 팔을 구부려 전 반신을 배로 위에 기대어 팔목을 완곡婉曲하게 한다.

다엽량茶葉量은 두 냥쭝 내외의 둥근 덩어리를 보존으로 손끝에 힘을 가하여 처음에는 배로 전면을 이용해서 가볍게 자주자주 회전하며, 건조됨에 따라 점차 힘을 증가해서 양팔을 압축함이 없이 잘 돌려야 한다. 손놀림의 왕복운동은 처음엔 1분간 100번 내외로 하고 다엽의 건조도 진행에 따라 80번 내외로 감소시킨다. 힘을 더욱 가하여 비비는 것에 힘써야 한다. 그리고 그 정도는 다엽이 충분하게 유념揉捻하도록 하며(비비어 부실부실하게 함) 수분이 없는가 시험함에 유념한 찻잎의 덩어리를 잘 털어보면 자연히 잘 풀어질 정도가 된다. 회전비빔의 작업은 중압重壓을 피하여 고루 힘을 더하여 많은 수분을 급격히 착출함이 없도록 주의하여야 하며 다엽은 항상 손으로 부드럽게 하고 찻잎의 색깔은 청록색을 보유하도록 해야 한다.

차의 덩어리 풀기

회전유廻轉揉를 할 때에 생기는 덩어리를 털기 위하여 행하는 것으로서 회전유를 끝내면 점차 힘을 감하여 충분히 덩어리를 털어 옥해玉解 작업이 끝나면 가볍게 털기 위하여 공중으로 털어 올린다.

중상

다엽의 수분을 균일하게 하고 숯 찌꺼기나 숯을 청소하기 위해서 다엽을 화로 밖으로 꺼내서 곧 냉각시켜야 한다. 이때 냉각 방법으로는 공중에 엽을 날려서 온도를 줄이는 것이 좋다. 이렇게 해서 된 차를 하유차下揉茶 혹은 중상차中上茶라고 칭한다. 이때에 중량의 감량은 생엽량에 대하여 5할 내외가 적당하며 중간 털기는 될 수 있는 대로 단시간 내에 하는 것이 좋다. 그동안 조탄의 소제掃除를 하는 것이다.

중유

중유中揉는 다엽의 윗부분이 마르는 것을 방지하면서 비빈 다엽을 정리하기 위해 행하는 것이다. 가운데나 위에 있는 차茶를 두 번째 조탄助炭에 넣어 처음에는 조금씩 손으로 집어서 빠르고 가볍게 힘을 더

하며 털어 비빈다. 다엽이 건조됨에 따라 조절에 주의하여 점차 힘을 더해서 충분하게 비빈다. 오히려 비빈 작업이 다 끝난 후 말리는 작업을 하는 경우도 있다. 또 '털어 비비기'는 다엽을 손에 담아 소지小指와 식지食指를 함께하여 점차 힘을 더해서 다엽을 중심으로부터 비벼 떨어뜨리기에 마음을 써야 하며 이때에 손가락을 교묘하게 움직여야 한다. 건조됨에 따라 점차 손놀림을 나직하게 하며 또 다엽 조절을 충분히 행하고 힘을 증가하여 줄기와 엽 내부의 수분을 분출시킨다. 또 회전조업은 다엽을 조탄의 중앙에 집중시켜 양손으로 엽 조절을 하면서 측면으로 누르고서 속과 표면을 섞어가면서 손으로 눌러 다엽을 돌리며 건조시킨다. 이때 다엽이 점차 건조됨에 따라 손놀림을 적정하게 하여 다엽이 굳어지도록 서로 둥글게 손으로 마찰해서 비빈다.

마지막 비비기
다엽의 색택色澤을 좋도록 하기 위하여 행하는 것이다. 비벼 자르기 및 궁굴리기 작업에서는 힘을 더하기 어려울 정도에 이른다. 이렇게 2분 정도 하는 것이 마지막 비비기이다. 이때에 다엽을 손 가운데에 꼭 쥐고 좌우의 손가락 끝을 서로 합해서 왼쪽 손가락 끝은 조탄에 붙이고 소지小指에 힘을 써 가볍게 쥐는 마음으로 손끝 매듭을 구부려 손가락을 적당하게 구부려서 다엽을 돌린다. 특히 식지食指에는 힘써 손 밖에 나오는 다엽을 정비해서 돌리도록 노력한다. 이 작업을 반복해서 행한다. 그런데 다엽의 건조 정도에 따라서 진행하여 손 가운데로부터 흘러나올 정도로 한다. 충분하게 광택이 날 경우에 이 작업을 끝낸다.

건조

차를 건조시키는 것은 차의 향기가 드러난 상태에서 저장하여 차의 향색미를 오래도록 보존하기 위한 것이다. 차를 건조할 때는 섭씨 60도 내외를 유지할 수 있는 조탄助炭에 넓게 산포散布하여 건조한다. 건조 중에 타는 냄새나 이상한 냄새가 침범하지 않도록 주의하여야 한다. 왜냐하면 차는 다른 향의 흡수력이 강하여 본래의 차 향기를 잃기 쉽기 때문이다. 건조의 정도는 다엽을 손끝으로 눌러봐서 용이하게 분말이 될 정도가 좋다. 이때 다엽의 함유 수분량이 약 4퍼센트 내외이면 적당하다. 건조된 차의 비율은 원료의 성질, 채취의 시기 등에 의하여 다르다. 생엽량에 대하여 약 2할 3분~2할 5분의 양이 나왔다면 좋은 것이다.

3. 기계차 제다법

생엽 다루기

생엽生葉 다루기는 수유제조手揉製造의 경우와 조금도 다르지 않다. 그러나 기계제조에 있어서는 한 번에 다량의 생엽을 소화消化시키므로 이에 끊임없이 신선한 생엽을 공급하는 것이 필요하다. 따라서 생엽 저장 설비를 완전하게 하면 상당히 여유가 있다. 그러니 생엽량을 저장함에 노력해야 한다.

증열

증열蒸熱에는 증기 발생기로서 소형의 '보일러' 및 증기蒸機를 사용한다. 증기蒸機에는 송대식送帶式(簣蒸) 회전유廻轉揉(혹은 攪拌蒸) 등 2종이 있다. 증열의 목적은 수유의 경우와 다름이 없다. 그러나 기계제조의 경우에는 수유에 비해 다엽에 강력한 보호가 필요하므로 주의해야 한다. 따라서 수증에 비해 일층 강력한 증기를 이용해서 단시간에 증상蒸上을 행하는 것이 필요하다. 증기蒸機에는 모두 다엽이 증실 내에 통과하는 속도를 조절하는 장치가 있는 고로 원료의 성질에 따라서 증기량 다엽의 통과 속도 등의 조절로 적당히 찔[蒸] 수 있다. 송대식送帶式의 경우를 설명해 보면 책簣(小筐) 일평방적一平方尺에 대해 생엽 40 돈쭝 내외를 투입해서 한 번 통과 시에 30~40초를 표준으로 한다.

조유

조유기粗揉機를 사용한다. 조유기의 종류에는 함형고정식函型固定式, 궤형회전식几型廻轉式 등이 있다. 보통의 경우 함형고정식函型固定式을 많이 사용한다. 조유는 수유제조手揉製造에서의 노절露切 및 회전유廻轉揉 작업에 해당되는 것으로 적당한 하유차下揉茶를 얻음에 목적이 있다. 구체적으로는 열풍과 유넘揉捻(비비는 것), 회전유廻轉揉에 의해 다엽茶葉 중의 수분을 발산케 하고, 유건揉乾을 균등케 하여 이것에 연형撚形 비빔질을 붙여 그 조직을 적당히 파손케 해서 이화학적理化學的 변화를 일으키며 향미香味를 발산케 하는 것이다.

투입량投入量은 통상 기계 공칭公秤 용량의 1~2할을 감한 정도로 한다. 투입량이 과다하면 형상·색향미 등이 손상되며 또 기계를 손상시키기 쉬우며 또 과소하면 표면 건조에 결함이 있게 되며 주름이 결여되어 능률이 부진한 고로 투입량에 주의해야 한다.

회전속도回轉速度는 유수의 회전수는 1분간 40~45회전을 표준으로 한다. 회전이 빠르면 색은 좋으나 엽의 절단이 생겨 차 형상이 단형短形으로 된다. 분말이 생기며 수색水色이 탁하여 삽미澁味를 증가시키고 지연遲延하면 덩어리와 냄새가 생겨 색과 향기를 손상시킨다.

화도火度는 조유중粗揉中에 대한 온도는 배기구에서 섭씨 65도 내외가 적당하다. 온도는 화로의 분연焚燃 방법·풍량 등에 따라서 조절한다. 온도가 낮을 때에는 제다의 향기가 발산되지 않고 삽고미澁苦味가 많아지며 또 능률이 저하된다. 이에 반하여 온도가 너무 높으면 색과 향미가 손상되고 다엽의 끝이 흑색이 되며 분말이 생기게 된다.

시간 및 취출 정도는 작업시간은 30분 내외를 표준으로 한다. 움[芽] 끝에 연아軟芽한 부분이 손상되지 않도록 균일하게 건조해서 수기水氣가 조금도 부출浮出치 않고 점기를 띠며 광택이 날 때 꺼내는 것이 좋다. 생엽량에 비해 중량감이 4할 7~8분 정도로 한다.

중량 감소가 적을 때 유념중揉捻中 다엽이 절단되기 쉽다. 특히 차색이 흑미黑味를 띠며 수색水色이 탁해서 고삽미苦澁味를 가져온다. 조유粗揉할 때에는 투입 전 조유기粗揉機를 충분히 따뜻하게 한 후에 투입하며, 꺼낸 다엽은 주의해서 다엽 자르기를 하고 열기를 없앤 다음에 옥해玉解를 한다. 아직 냉각이 되기 전 유념기揉捻機에 투입하는 것이 좋다.

유념

유념기揉捻機를 사용한다. 유념은 조유粗揉에 대한 유념의 부족을 보충하여 엽葉 각 부분의 수분량을 균일하게 하기 위해서 행하는 것이다. 수유제手揉製의 회전유廻轉揉 작업의 연장이다.

찻잎의 투입량은 통상 기계의 공칭 용량보다 1할 정도를 감하는 것이 적당하다.

회전속도는 유실 1분간의 회전수는 30~35회전으로 한다. 빠르면 찻잎이 절단될 수 있고 결국 차품의 질을 떨어뜨리는 결과를 가져올 수 있으므로 주의해야 한다. 중추中錘는 다엽의 양에 따라서 유념력揉捻力을 가감한다. 다엽을 투입할 초기에는 진행에 따라 가볍고 천천히 가추加錘해서 유념의 중도中途를 최고에 이르게 한다. 진행과정에서 점차 이것을 감하며 연아軟芽에는 가볍게 경엽硬葉에는 무겁게 한다. 오히려 급격한 온도와 지나친 가중은 다엽이 돌아가는 것을 방해하며 찻잎이 절단되는 일이 생긴다. 또 다엽을 조악하게 하여 수색水色·향香·미味를 손상하는 일이 많다. 만약 너무 가볍게 하면 진액이 삽박澁泊해서 만들어진 차의 형태가 단단하지 않고 가볍게 보일 수 있다.

다엽의 수분이 균일하게 되도록 하여 줄기와 엽의 내부에 수분이 분출될 때 적당한 온도로 보통 10분 내외를 사용한다. 이때 유념은 비교적 분기粉氣가 없어진 상태이다. 유념이 부족할 때에는 정유精揉의 조작이 곤란해진다. 그리고 제다에 주름이 없으며 향미가 삽박하다. 또 너무 지나치면 형상이 가늘고 부드럽지 않으며, 수색과 향미가 현저하게 떨어진다. 유념 중 다엽이 유념광揉捻框 밖으로 나온 것은 때때로 쓸어 넣는다. 다엽을 꺼내기 전에 추錘를 제거하고 회전하면서 옥해玉解를 행하며 꺼낸 후에는 다엽을 절단해서 재건再乾에 옮긴다.

재건

중유기中揉機 또는 재건기再乾機를 사용한다. 중유기中揉機는 재건 중 편리하게 유념을 할 수 있다. 재건은 수제법으로서 품질상 가장 중요한 조작의 하나로 중조中操에 상당한다. 그 목적은 가장 조유粗揉에 적당한 중화차中火茶를 얻기 위한 것이다. 그런 고로 재건에서는 유념기揉捻機로서 부출浮出되는 다엽의 수분을 재건조하고 동시에 경도輕度의 유념을 행한다. 특히 경내부莖內部의 수분을 발산시킴에 목적이 있다. 다엽의 비벼진 상태를 보며 표면의 마름을 방지해서 건조 정도가 전 부분에 균등하게 행하는 것이 필요하다.

투입량은 기계의 형식에 따라 일정하지는 않으나 공칭 용량을 표준으로 하는 것이 좋다. 투입량이 과다한 경우 종종 덩어리가 생기어 색과 향미를 손상케 한다. 과소할 때에는 표면이 건조하게 되며 형상이 손상된다.

회전속도와 회전수는 보통 통에서 1분간 30~35회전케 한다. 너무 빠르면 부드러운 차 싹의 끝이 상하며 표면이 건조해진다. 만약 느리게 하면 공정이 부진해서 숙증熟蒸이 생기기 쉽다.

화도는 배증구排蒸口의 온도가 섭씨 50도 내외인 것을 표준으로 한다. 화도가 높으면 표면에 건조가 생겨서 차 싹이 손상되어 색이 조금 변하게 된다. 이에 반하여 온도가 낮으면 형상에 주름이 생겨 향미가 충분히 발양치 못하는 결함이 생긴다.

시간 및 취출 정도는 원료의 품질은 물론이요 다음에 사용할 정유념기精揉捻機의 종류에 따라 짐작하게 되는데, 보통 15분 내외를 표준으로 한다. 그러나 그 건조 정도는 일정할 수 없다.

다엽이 짙은 녹색을 띠며 손으로 쥐었다가 놓아보면 탄발력이 있고 또 뭉쳤다 풀어질 정도면 좋다. 생엽량에 대한 중량감은 6할 8분~7할이면 된다. 건조가 덜 된 것은 정유에서 덩어리가 생겨서 향미가 손상된다. 또 과도할 때에는 정유의 조작이 원활치 못하다. 특히 표면 건조에 결함이 많다. 차의 형상과 내용이 손상된다. 재건기로부터 취거取去한 다엽은 온열을 제거한 후 속히 정유기에 투입한다.

정유

정유기精揉機를 사용한다. 정조기精操機에는 소수유小手揉, 대수유大手揉 등의 구별이 있다. 정유는 수유제조手揉製造에 비하여 전기 조작의 방식을 응용하는 것으로서 그 목적은 주로 차의 형상을 정리함에 있다. 그 조작은 될 수 있는 대로 단시간에 마쳐서 그 형상을 정리해야 한다. 그래서 이것을 적도에 건조하는 것이 필요하다.

투입량은 기계의 구조와 선전 운동의 지속을 짐작해서 행하기로 하며 혹은 다엽의 경연硬軟 및 중화엽中火葉의 건조에 따라서 그 적당한 양을 정하는 것이나, 중요한 것은 최종까지 다엽의 선전을 잘 행하는 정도로 하는 것이다. 보통 공칭 양의 2할을 감하는 것이 좋다. 대수유에서는 중화차中火茶 700돈쭝, 소수유에서는 500돈쭝을 표준으로 한다.

회전속도는 유수의 왕복운동은 보통 대유大揉의 경우에는 40번 내외를 표준으로 한다. 그러나 속도가 빠르면 제다의 내용상 진도進度의 효과가 있으나 형상이 손상되기 쉽다.

화도는 다엽이 열을 받는 온도를 섭씨 40~50도의 범위에 둔다. 중화차의 건조 정도가 낮고 정유의 온도가 높을 때에는 현저하게 제다의 품질이 손상된다.

중추重錘의 일반적인 사용은 투입 초기엔 추錘를 가加하지 않고 다엽에 온도가 가해지고 선전旋轉을 시작함에 이르러 진행한다. 차 덩어리가 생기지 않도록 처음에는 가볍게 추를 사용하고 선전과 건조 등의 진행에 따라 점차로 추를 가해서 건조의 정도에 따라 횟수를 더한다. 또 적당한 시기에 중량을 최고에 도달하게 하면 형상이 정비整備된다. 유반揉盤으로부터 다엽의 골滑의 전후에서 재차 추를 가볍게 해서 적도適度를 잃지 않게 꺼낸다. 중추重錘의 가용加用의 적부適否는 제다의 품질에 지대한 영향을 준다. 너무 무겁게 하면 다엽이 너무 갈라져서 단형短型이 되고 너무 가볍게 하면 형상이 줄어들어 향기가 저하되며 맛 또한 천박해진다. 정유 시간의 장단은 주로 정유기에 투입할 때 정하되, 차에 함유된 수분량의 다소에 의하여 가감하는 것이 좋다. 대개 30분 내외를 표준으로 한다. 그리고 정유精揉의 취출은 수유제조에 비해 얼마쯤 빠르게 하는 것이 좋다고 하나 중요한 것은 연아軟芽의 권유捲揉를 목표로 해서 제다의 색을 손상치 않게 해야 한다. 건조할 때 유넘은 어긋나지 아니할 정도로 하는 것이 좋다. 정유 시간이 너무 오래되면 눈아嫩芽를 분쇄하여 형상을 편평케 하여 색향미를 손상케 하여 품질이 저하된다.

정유기에는 될 수 있는 대로 양질의 목탄을 사용해야 하며 다엽을 투입 전에 유반揉盤을 따뜻하게 해둔다. 다엽은 유수揉手(비비는 도구의 일종)에 투입할 때 서서히 해야 한다. 다엽을 꺼낼 때에는 불을 먼저 꺼내고 다엽을 빨리 꺼내서 건조하는 곳으로 옮겨야 한다.

건조

건조기乾燥機를 사용한다. 건조기에는 각종 다른 형식이 있으나 보통 추출식 붕건조기棚乾燥機를 사용한다. 제다 중 건조의 적부適否는 품질과 그 저장 보전 상 중대한 것이다. 특히 기계차機械茶는 수유제다에 비해서 제조 중 공기의 접촉이 적고 연속적으로 유압揉壓하는 일이 많은 고로 정유기에서 꺼낸 후에 가장 환기가 잘 되도록 건조해야 향미가 향상되며 형상에 주름이 잘 생긴다. 또 품질의 보전에도 적의適宜케 하는 것이 긴요緊要하다.

건조는 섭씨 70도 내외로 30분 이상 행해야 한다. 건조 상의 주의 등은 수유제조의 경우에 준하다.

제조 시간과 기타 표준

일번차一番茶 중기中期 원료의 제조 표준은 다음과 같다.

제조 순서	회전도 (1분간)	온도 (평균, ℃)	작업 시간	작업 후 중량 (생엽량에 대해, %)	수분량 (작업 후)
증유	책식 30회전 통과 40회전	증실 98	1분	1	75.3%
조유	유념수 42회전	배기구 60	30분	48	55%
유념	유념통 35회전		7분	40	55%
재건	붕 33회전	배기구 50	15분	68	68%
정유	유념수 왕복 35회전	온열 40~50	120분	70	3.3%

4. 증제 옥록차 제조법

증열, 조유, 유념

옥록차玉綠茶의 제조 공정에 대한 증열蒸熱, 조유粗揉, 유념揉捻 등의 과정은 대체로 다엽을 찌는 기계제조에 준한다. 증도蒸度, 조유粗揉는 신다伸茶의 경우보다도 조금 진전進展되게 하는 것이 좋다. 유념은 신다의 경우 조유粗揉 조작의 부족을 보충하는 정도로 다엽 각 부분의 수분을 균일하게 하는 데 목적이 있다. 옥록차玉綠茶의 제조에 있어서는 유념의 정도를 한층 더하여 증엽蒸葉 성분의 용해를 증진케 하는 것이 매우 긴요하다. 그래서 사용 시간은 15분을 표준으로 하나 너무 지나치게 수분이 압출되지 않도록 주의해야 한다.

제1재건

본 조작에서는 조수操手 및 교반수攪拌手를 부착치 아니한 재건기再乾機를 사용한다. 제1재건은 주로 교반적 유건揉乾 조작이므로 유념엽揉捻葉을 재건조하는 동시에 다엽과 건조기통 및 다엽이 서로 부딪치게 되므로 마찰에 의해서 다엽의 비빈 형태가 드러나게 둥근형으로 구부려 말아 비비게 한다.

투입량의 경우 공식적으로 정해진 양의 5할이 좋다. 과다한 경우에는 뜬 냄새(뭉친 냄새)가 생기며 색色과 향미香味가 손상된다.

회전속도의 경우 통의 회전수는 1분간 30회로 한다. 회전이 과다할 때에는 형상이 양호하나 뜬 냄새(뭉친 냄새)가 나 향미를 손상시킨다.

화도의 경우 배기排氣 온도는 섭씨 55도를 표준으로 한다. 화도가 낮을 경우에는 다엽의 유념이 늦어지고 향미의 발양發揚이 손상된다.

시간 및 취출 정도의 경우 사용 시간은 15분을 표준으로 한다. 그러나 꺼내는 다엽이 짙은 녹색을 띠고 탄력이 생기며 손으로 만지면 가볍고 달고 청량한 아름다운 향기가 발산되며, 생엽량生葉量에 대하여 6할 7~8분의 중량이 줄어든 것이 좋다. 기타는 전다煎茶의 경우에 준한다.

제2건조 및 재건

제2건조에는 제1재건再乾 때와 동일한 방식으로 재건再乾의 횟수를 사용한다. 본 조작은 제1재건의 부족을 보충하는 것으로서 차의 마발摩擦에 의해서 제다製茶의 형상과 색택色澤을 정리하여 방열芳烈한 향기를 발생케 함에 목적이 있다.

조작 상 제1재건과 다른 점은 투입량에 있어서 공식적인 투입량을 넣고 얼마 동안 고온을 사용하는 것이다. 사용 시간은 10~15분이며 꺼내는 적기는 다엽에 손을 대보면 조금 거칠어 작은 돌을 만지는 것과 같은 느낌이 나며 색이 짙은 녹색을 띠는 때이다. 그리고 생엽에 대하여 중량의 감소는 7할분 내외가 될 때가 적당하다. 건조는 건조기 또는 옥록차玉綠茶 건조기 사상건조기仕上乾燥機(최종 건조기)를 사용한다. 본 조작은 신다伸茶의 경우에 준한다.

제조 시간과 기타 표준

1번차一番茶 중기 원료의 제조 표준을 설명하면 다음과 같다.

제조순서	회전속도 (1분간)	온도 (평균, ℃)	작업 시간	작업 후 중량 (생엽량에 대해, %)
증열	책 1통과 40초	실내 98	1분	1
조유	유념수 43회전	배기구 65~68	30~35분	50
유념	유념통 35		15분	51
제1재건	동 30	배기구 50~55	15분	67
제2재건	동 27~30	배기구 55	15분	73
건조제기의 경우		실내 70	30분	76
최종 건조기의 경우	동 25	배기구 45	30분	76

5. 솥을 사용하는 옥록차 제조법

황오

황오荒熬(조금 덜 비벼진 것)는 증오기蒸熬機를 사용하는데, 황오荒熬란 전다煎茶에서의 증열蒸熱 및 조유粗揉(揉치 아니했어도)에 해당한다. 다엽 중에 있는 산화효소를 없애서 솥에서 독특한 향미香味를 드러나게 하는 것이다.

투입량은 기계의 구조에 따라서 다르다. 횡 3척尺, 종 2尺 6寸, 깊이 1尺 2寸 정도의 것으로 생엽 1관 100돈~1관 200돈쯤을 정량으로 한다.

회전속도의 경우 교반수攪拌手의 회전수는 1분간 15~20회전을 표준으로 한다. 속도가 빠르면 상층의 건조가 생기며 덮어지는 상태가 충분치 못하여 만들어진 차에 주름살이 없다. 이에 반하여 속도가 느리면 덩어리 및 탄 기운이 생겨 색과 향미가 저급해지기 쉽다.

화도의 경우 솥에 작업 중 화도 측정이 곤란하지만 항상 다엽을 투입하기 전 솥 바닥의 온도는 섭씨 260도를 기준으로 하는 것이 좋다. 그러나 다엽을 투입한 초기에는 온도를 높인다. 덖어진 정도에 따라 저하시킨다. 불의 온도가 낮을 경우에는 다엽에 적속색赤粟色이 생긴다. 또 너무 고온이 되면 탄 냄새가 생겨 향미가 손실된다.

시간 및 취출 정도의 경우 차를 익혀 꺼내는 작업 시간은 10분 내외를 기준으로 한다. 가장 적당한 것은 다엽의 각 부분이 균일하게 건조되고 황록색을 띠며 풋 냄새가가 완전히 제거되어 솥에 덖는 차의 특색인 청향이 피고 다엽을 손에 쥐어보면 은미하게 다엽의 끝이 부러지는 소리가 난다. 생엽량에 대한 중량감은 5할割 내외內外로 하는 것이 좋다. 덜 덖어졌을 때는 풀 냄새가 없어지지 않고 향기가 저하되며 쓰고 떫은맛이 생길 염려가 있다.

유념·재건·중오

유념揉捻은 찐 찻잎을 비비는 것으로서 증제蒸製 옥록차玉綠茶의 경우에 준한다. 재건再乾은 중오中熬에 적당한 중화차中火茶를 얻음에 목적이 있다. 중오中熬는 중오기를 사용한다. 중오는 다엽에 주름과 탄력을 주어 향미를 향상시키는 데 목적이 있다.

투입량의 경우 직경 3척, 깊이 1척 2촌 정도의 솥에 생엽 7~8관을 넣는다. 만들어진 차에 주름과 탄력을 주기 위한 것이므로 찻잎의 투입량이 많은 것이 좋으나 너무 많으면 덩어리가 생기기 쉽다.

회전속도의 경우 교반수의 분간 회전수는 10회 내외로 한다.

불의 온도의 경우 다엽의 투입 전 솥의 온도는 섭씨 120~130도로 하는 것이 적당하다. 온도가 너무 높으면 불 냄새나 탄 냄새가 나고, 너무 낮으면 다엽의 주름살이 적어진다.

시간 및 꺼내는 정도의 경우 작업시간은 30분 정도로 한다. 찻잎의 건조가 진행됨에 따라 주름이 늘어나면 찻잎을 꺼내야 하는 적당한 시기이다. 그 생엽에 대한 중량감은 7할 내외로 한다. 꺼낸 다엽은 갈라서 윗부분과 다엽 부분, 분말 등으로 선별하여 좋은 찻잎은 다시 재조再燥로 옮기고 윗부분은 다시 덖는다.

마지막 덖음 및 건조

마지막으로 덖음기를 사용한다. 끝내기 덖음은 증제 옥록차의 두 번째 재건에 해당하며 제다의 형상을 정비하여 향미를 향상시키는 데에 목적이 있다. 투입량의 경우 직경 3척, 깊이 1척 2촌 정도의 솥에 생엽 25관 내외를 투입한다.

회전속도의 경우 교반수의 1분간 회전수는 8~14회전으로 하는 것이 적당하다. 너무 빠르면 만들어진 차에 주름과 탄력이 없고 분말이 많이 생길 염려가 있다. 화도火度의 경우 다엽 투입 전 솥의 온도는 섭씨 100~120도를 유지하는 것이 적당하다. 시간 및 취출 정도의 경우 작업시간은 20~30분으로 한다. 제다의 형상을 정리하여 덖음차의 독특한 청향靑薰을 발하는 때가 꺼낼 때이다.

건조의 경우 증제 옥록차의 건조에 준해서 행한다. 건조 종료 후 만들어진 차에 주름과 광택을 내게 하기 위해 '마면초자磨面硝子'를 사용하는 경우도 있다. 그러나 '사갈' 지방에서는 이것을 환영하지 아니한다.

제조 시간과 기타 표준

일번차—番茶 중기 원료에 대한 표준은 다음과 같다.

제조 순서	회전 속도 (1분간)	온도 (평균, ℃)	작업 시간	작업 후 중량 (생엽량에 대해, %)	투입량 (돈重)
황오	교반수 15~204회	부저 260	10분	50	1,100~1,200
유념	유념통 35회		10분	51	2,300~3,600
재건	동 30회	배기구 55	15분	65	2,300~3,600
중오	교반 10회	부저 120~130	30분	70	6,600~7,200
최종 볶음	교반 80~100회	부저 100~120	20~30분	73	25,000
계			延 9시 40분		2,500
건조		70	2076분		
마초자	동 35~40회	건조기 취출 후의 온과邏揚한 것	1076분		35,000~40,000

6. 홍차 제조법

생엽의 선택

인도 석란錫蘭 등의 홍차와 같이 우량 홍차를 생산함에는 기후 기타 자연적 조건을 필요로 하나 홍엽紅葉에 적당한 품종을 재배해야 한다. 재래종은 녹차綠茶의 제조에는 적합하나 홍차에는 부적합함이 많아서 재래종을 사용해서 홍차를 제조할 때에는 특별히 다음 사항에 주의해야 한다.

첫째, 일광이 잘 드는 건조한 토지에서 생육한 다엽을 쓴다.

둘째, 엽색은 황색을 띤 것이 좋다.

셋째, 부드러운 찻잎을 쓴다. 대략 1창3기一槍三旗가 적합하다.

넷째, 저온의 장소와 검은 토양 등에서 생육한 것과 붉은 빛이 도는 찻잎은 피해야 한다.

찻잎 시들리기

흔히 위조萎凋로 불리는 찻잎 시들리기는 제조 작업의 첫걸음으로, 녹차에서의 증열蒸熱 또는 증오蒸熬에 해당하는 중요한 작업이다. 위조萎凋는 생엽의 수분을 제거하고 유념조작揉捻操作에 알맞도록 다엽의 유인성揉靭性은 증진하는 동시에 완만한 발효, 청수清秀한 가미佳味를 발생토록 하는 것이다. 보통 실내의 위조 또는 음건陰乾 위조를 행한다. 위조에는 위조포萎凋布를 사용한다. 각단各段의 간극間隙을 7~8촌정도 벌린다. 찻잎의 투입량은 위조포 1평방척당尺當 12~13돈쭝을 산포散布한다. 위조는 채취 후 바로 착수하는 것을 이상적으로 한다. 그 시간은 채취 후 18시간 내외를 표준으로 한다. 그리고 그 정도는 다엽의 광택이 없어지고 찻잎에 조금 주름이 생기는 정도로 한다. 일종의 가향을 발산하는 데에 이르러야 한다. 생엽량에 대한 중량감은 3할 5분~4할이 적당하다. 위조포에서 꺼낸 다엽은 바로 유념揉捻에 착수해야 한다.

유념

유념기揉捻機를 사용한다. 유념기는 다엽의 접촉 부분을 전부 진유眞鍮(철의 일종) 또는 알루미늄을 깐 것으로 하는 것이 적당하다. 유념은 찻잎의 세포를 깨뜨려 발효를 촉진하여 이화학적理化學的 변화를 일으키는 한편 특유의 향기를 피어나게 하는 과정이다. 다엽을 권념撚捻하여 차의 형상을 정리함에 목적이 있다. 찻잎의 투입량은 용량의 8할을 표준으로 한다. 투입량이 과다할 때에는 덩어리가 생긴다. 유념통의 회전속도는 1분간 40~45회전 전후가 적합하다. 찻잎을 투입한 후에는 극히 가볍게 유념하여 천천히 중추를 가하여 10~15분마다 잠깐 뚜껑을 열어 공기를 유통시켜서 온도를 냉각시킨다.

유념은 보통 두 번 행한다. 제1유념은 가볍게 행하는데 40~50분으로 하고 제2유념은 충분히 추가해서 30~40분으로 한다. 유념이 부족한 경우에는 발효가 균일치 못해서 수색水色이 싱겁고 풀 냄새를 띤다. 너무 지나친 경우에는 부스러진 잎이 많아 품질이 손상된다. 중요한 것은 유념 중에 눈아嫩芽는 가볍게, 경엽硬葉은 강하게 행해야 한다는 것이다.

제1유념이 끝난 것은 체질(얼기미로 일종의 도구)을 한다. 체질이 끝난 것은 발효실에 옮기고 그 후엔 유념을 행한다. 체질한 것은 그 찌꺼기를 구분해서 발효실에 옮긴다.

발효

발효실의 온도와 습도 등을 자유롭게 조절할 수 있게 장치한 진유를 입힌 '니움판' 또는 대쪽을 갈아 만든 발효기에 다엽을 투입한다. 발효는 홍차 특유의 수색水色과 향미香味를 내는 데 필요하다. 발효기에 찻잎을 투입하는 정도는 2촌 정도의 두께로 하고 가볍게 털어낸다. 발효실의 온도는 섭씨 20~25도로 하고 습도는 95% 이상으로 한다. 다엽의 온도는 항상 30도 이상을 넘지 않도록 주의해야 한다.

발효 시간은 유념을 시작한 시간을 계산해서 체질해 낸 다엽으로서 2~3시간 체질하고 남은 것은 3~5시간으로 한다. 다엽에서 풀냄새를 없앤 후 엽색葉色이 황갈색이 나고 일종의 방향芳香이 피어나면 꺼낸다. 혹 발효가 덜 되었을 때에는 풀냄새가 나며 쓰고 떫은맛이 강하다. 만약 발효가 지나치게 되면 수색과 광택이 좋지 않다. 향기가 적고 차 빛이 흑색을 띠며 차 맛이 담담해진다. 발효가 잘 된 다엽은 곧 건조기에 옮겨 건조시켜야 한다.

건조

건조乾燥는 가열과 수분을 제거하여 산화효소를 없애는 것이다. 찻잎의 발효가 정지되어 보관할 수 있게 된다. 또 차의 향기를 드러나게 한다. 건조는 황건조黃乾燥와 본건조本乾燥가 있다. 황건조는 급격하게 발효를 정지시키는 것으로 섭씨 85도 내외로 단시간에 행한다. 재건조기를 사용할 때에는 형상은 조금 곡형曲形이나 주름살이 좋은 차를 제조할 수 있다.

본건조는 녹차의 건조와 거의 같다. 더욱이 재건조기를 본건조에 사용하는 것은 금물이다. 그러나 홍차에서는 불 냄새가 나게 하는 것을 가장 기피하니 이 점을 주의해야 한다.

제조 시간과 기타 표준

이번차二番茶 중기 원료에 의한 제조 표준은 다음과 같다.

제조 순서	회전 속도 (1분간)	온도 (평균, ℃)	작업 시간	작업 후 중량 (생엽량에 대해, %)
위조		상온	채취시간부터 18시 기산起算	35~40
유념	유념통 40~45회		제1 40~50분 제2 30~40분	37~42
발효		실온 20~25 유념개시로부터 기산		37~42
		다온 22~28	절하 1.5~2.5시	
		습도	절상 2.5~3.6시	
황건조	붕식	기유 85	30분	65~68
	재건기동 35회	배기구 70	투입량 염사엽 1관량에 대해서 15분	65~68
본건조	교반 80~100회	기내 70	연채취로부터 기산 3.5~22.5시	67

7. 옥로 및 연차 제조법

옥로

옥로玉露의 제조는 수유手揉 제조와 같이 전다煎茶의 제조법에 준해서 행한다. 일번차 중기 원료에 의한 제조 표준을 설명하면 다음과 같다.

수유제조 1투입량 생엽(8백 돈重)

노절露切 80분 회전유廻轉揉 50분, 덩어리 풀기 5분, 공중 드리기 10분, 중유 50분, 최종유 30분, 계計 3시간이다. 증열의 경우에 대한 증롱蒸籠의 투입량은 생엽 30~40돈중重으로 시간은 10~20초로 한다.

기계제조의 경우 다음을 표준으로 한다.

제조 순서	회전속도 (1분간)	온도 (평균, ℃)	작업시간 (분)	작업 후 중량 (생엽량에 대해, %)
증열	책식통과 16초	실내 99	1	1
엽타	동 32회	배기구 45	15~18	20
조유	유념수 42회	배기구 50	30	50
유념	통념통 30		5	50
재건	유념수 30왕복	배기구 40	20	69
중유				
정유	유념수 30	유반 65	45	74
계				115
건조		기내 60		60~78

전다의 제조와 다른 점은 엽타葉打로써, 엽타기葉打機를 사용한다.

연차

연차碾茶는 찻잎을 유념揉捻하지 아니하고 건조하는 방법으로 만드는데, 배로焙爐를 사용하는 방법과 연차기碾茶機를 사용하는 방법이 있다. 그런데 그 작업은 증열蒸熱·황건조荒乾燥·선별選別·마감건조 등 네 가지로 구분되어 있다.

황건조	1배로焙爐에 생엽 40~100돈쭝
온도	섭씨 120도, 시간 15~30분
선별	경엽輕葉·고엽古葉·변색차變色茶 등을 제거
마감건조	배로에 들어갔던 것을 1배로에 옮겨서 건조
기계제조	증열蒸熱은 옥로玉露와 동일하며 황건조荒乾燥 연차건조기碾茶乾燥機를 사용한다. 온도는 섭씨 150도(건조됨에 따라 80도로도 한다), 시간은 10분이다. 선별은 수제법手製法과 동일하다. 마감건조 붕건조기棚乾燥機를 사용

8. 다서를 통해 본 중국의 역대 제다법

『다경』의 제다법

대개 다엽茶葉을 채취하는 시기는 2~4월까지 약 3개월간이 가장 적당하다. 난석爛石의 옥토沃土에서 자란 다순茶箏(箏은 죽순이 처음 나올 때와 같이 창처럼 돋은 茶芽를 말한다. 바로 鵲舌茶는 이런 찻잎으로 만든 것이다)이 4촌 정도로, 고사리가 땅속에서 솟아나는 듯하다. 아침 이슬을 머금은 것을 채취하는 것이 좋다.

다아茶芽는 총생叢生하는 차나무에서 나온다. 세 가지나 네 가지 중에서 돋은 것으로, 그 가운데 특별히 솟은 것을 골라 따야 한다. 또 비가 내리는 날이나 흐린 날과 안개가 낀 날에는 찻잎을 채취하지 않는다. 차를 따는 시기는 전일 이슬이 많이 내리고 청명한 날로, 아침 이슬이 마르기 전 채취하는 것이 좋다.

채취한 찻잎은 묵은 잎이나 줄기를 잘 선별해서 어린 다엽만을 찐 후 찐 찻잎을 찧고 압박하고 구워서 잘 건조한다. 다엽을 찌는 도구는 질시루이다. 저구杵臼 혹은 대구碓臼는 찐 찻잎을 찧는 도구인데, 횡목橫木의 끝부분을 발로 밟으면서 찧는다. 나무로 만든 대 위에 쇠로 만든 모형模型을 올려놓은 다음 찐 다엽을 모형에 넣고 찍어낸다. 차의 모형 틀은 원형圓形, 방형方形 등이 있다. 이런 과정으로 만든 차를 병차餅茶라고 한다.

병차를 다시 죽제竹製로 된 사자篩子(체), 곧 목롱目籠에 나열하고 차를 말리는 붕가棚架를 만든다. 병차를 송곳으로 구멍을 뚫어서 시렁 위에 널어 슬슬 말린다. 가는 대나무를 쪼개서(혹은 楮 같은 것도 좋다) 차를 끼우는데, 병차餅茶의 무게는 대략 한 근斤이나 반 근斤 정도로 하여 40~50문식을 한 꾸미로 만들어 다육茶育에 넣어 보관한다.

차에는 천수만상이 있으나 대개 오랑캐의 가죽신처럼 쭈글쭈글하다. 병차餅茶의 표면은 이처럼 주름이 깊게 패여 있다. 들소의 가슴에 늘어진 주름처럼 출렁출렁 거린다. 들소의 머리 부분에 솟은 것처럼, 낙타의 등처럼 불룩한 것을 말한다. 도기淘器의 고토膏土를 체로 쳐서 물로 맑게 한 것과 같은 이치다. 잘 정비한 토지가 폭풍에 씻겨 흘러내린 것과 같다. 이러한 것들은 모두 차의 정유精揉한 것이다. 죽피竹皮와 같은 것이 있다. 그것은 차의 줄기나 목근木筋이나 견고하게 열매가 맺힌 목엽木葉을 사용하여 찌거나 찧는 것처럼 찌거나 찧어지기 곤란하다. 이런 병차의 형상은 체처럼 된다. 병차의 표면을 사자篩子로, 분말을 불식拂拭한 것처럼 된다. 차의 표면이 죽피竹皮와 같은 것은 거의 파삭파삭하게 건조되어 고기膏氣가 없는 것을 말하는 것이다. 서리 맞은 연엽蓮葉과 같은 것도 있다. 그것은 줄기와 엽葉이 모두 시들어 그 형태를 바꾸어버린 목엽木葉을 사용하였으므로 그 병차餅茶는 위엽연委葉然하다. 이와 같은 것은 병차餅茶의 척로瘠老한 것을 말한 것이다. 척로의 척瘠은 정유精揉의 반대로 자미滋味가 없다는 뜻이다. 노쇠함은 정精의 반대로 늙어져서 정력이 감퇴된 것을 말한 것이다.

찻잎의 채취로부터 보관에 이르기까지, 차는 8개 등급이 있다. 혹은 광택과 검은색 그리고 평평하면 좋다고 하는 것은 감식하는 태도가 아니다. 차의 표면의 주름과 황색 그리고 요철이 있으면 모두 좋다 한다면 이것 또한 좋지 않을 것이다.

차를 감식하는 태도는 어떤 것은 어떻기 때문에 좋고 어떤 상태면 나쁘다는 것을 밝히는 것이 가장 좋은 감식 방법이다. 왜냐하면 외부에 고膏(기름)가 있으므로 광택이 나는 것이고, 내부에 고膏가 함유되어 있으면 추면皺面하고 소월宵越하게 제조하면 차 빛이 검게 된다. 그 날 중에 제조한 것은 맑은 빛이 나며 찻잎을 쪄서 압박壓迫하면 평평하게 된다. 이것을 그대로 두면 요철이 생긴다. 차의 좋고 나쁨에 대해서는 비전으로 전해 온다.

『북원별록』의 제다법

① 차 만들기의 개시

경칩驚蟄(양력 3월 초) 즈음은 일체 만물이 바야흐로 싹이 돋는 때이다. 매년 경칩 3일 전후에 차를 만드는 일을 시작한다. 만일 윤년이 드는 해에는 곡우를 전후하여 시작한다.

다엽을 적채하는 방법은 아침 일찍 해야 한다. 너무 이르면 밤에 내린 이슬이 아직 마르지 아니하여 다아茶芽가 비윤肥潤하다. 해가 뜨면 다아의 고유膏揉가 내부에서 소모된다. 그러므로 점다點茶할 때에 물이 닿게 되면 차색이 선명하지 못한 결과를 초래한다. 따라서 매일 해가 뜨기 전에 차를 따는 것이 좋다.

차를 따는 인부는 차를 따는 일에 익숙한 사람이 필요하다. 차를 따는 인부들은 반드시 차를 만드는 일에 능숙한 자를 선발해야 한다. 이런 인부들은 어떤 차아를 따는 것이 좋은지 잘 알고 있을 뿐 아니라 차를 따는 방법에도 능숙하기 때문이다.

대개 차를 딸 때에는 손가락을 사용하는데 손톱으로 차를 딴다. 손가락을 이용해 차를 따면 손에 습기가 많으므로 찻잎이 더러워지기 쉽고 손톱으로 따지 않으면 찻잎이 문드러지거나 끊어질 수 있다. 그러므로 차를 따는 인부들이 차 따기에 능숙해야 하는 이유가 이것이다.

② 다엽의 선별

차에는 소아小芽, 중아中芽, 자아紫芽, 백합오대白合烏帶 등 4종이 있다. 이것을 변별치 아니하면 안 된다. 소아는 응과鷹瓜와 같이 작은 것인데, 최초에 용원승설龍園勝雪·백차白茶 등을 제조함에 있어서는 이런 차 아를 찐 후 수분水盆 중에 넣고 그 정영精英한 침鍼처럼 생긴 것만을 골라낸다. 이것을 수아水芽라고 하는데 이것이 가장 좋은 것이다. 중아中芽는 옛날에 1창1기一槍一旗라 하던 것이다. 자아紫芽는 찻잎이 붉은 색을 띤 것을 말한다. 백합白合이라는 것은 소아小芽를 싸고 있는 잎을 말한다. 오대烏帶는 차의 줄기를 말한 것이다. 무릇 차는 수아水芽를 최상으로 치며, 소아를 차품次品으로 하며, 그 다음으로 중아를 사용한다. 그러나 자아, 백합오대 등은 가리지는 않는다. 차 싹을 정밀하게 가리면 차의 색향미色香味가 가장 좋다. 만약 찻잎을 선별하지 않으면 차의 표면이 쭈글쭈글 거리고 차색이 탁濁하며 맛이 무거워진다.

③ 다엽의 증법

다아茶芽는 두세 번 씻어 깨끗하게 해야 한다. 그런 후에 시루에 넣어 물이 끓기를 기다려 이것으로 찻잎을 찐다. 그런데 차를 찌는 과정에서는 차를 너무 찌거나 덜 찌지 않을까 염려가 된다. 만약 차를 너무 많이 찌면 차색이 누렇고 싱거워진다. 만약 덜 익히면 차색이 침체되고 살구 씨 같은 냄새가 나거나 풀냄새가 나기 쉽다. 그러니

다만 차를 찌는데 중용中庸을 얻는 것이 중요하다.

④ 다엽의 착취법

다엽이 다 쪄진 것을 다황茶黃이라 한다. 물을 여러 차례 뿌려서 씻어내지 아니하면 안 된다. 그리하여 소착小榨(짜는 기계) 위에 올려놓고 차의 수분을 짜낸 후 다시 대착大榨에 넣어서 차의 고액膏液을 짜낸다. 이보다는 다황을 포백布帛으로 잘 싸고 죽피竹皮로 잘 묶은 연후에 이것을 그 대착에 넣어 압착壓榨하는데 밤이 되면 꺼내서 잘 문질러 비빈 다음 또다시 앞의 과정처럼 착榨에 넣고 고를 짜낸다. 이것을 뒤집어 짠다고 한다. 날이 새도록 반복하여 마를 때까지 하는 것이 마땅하다. 대개 건안차建安茶는 맛이 깊고 맑고 잎이 두꺼워서 강남차江南茶와 비교가 안 된다. 강남차는 그 차고가 남아 있고 침체된 것이 염려스러우나 건안차建安茶는 다만 그 차고를 다 짜내지 못한 것만이 염려된다. 만약 차의 고膏를 다 짜내지 않으면 차의 색과 맛이 무겁고 탁하다.

⑤ 다엽의 연법

다엽茶葉을 연마研磨하는 도구는 느릅나무로 공이를 만든다. 그리고 와瓦 등으로써 분盆을 만들어 가지고 단차團茶를 쪼개 물을 쳐서 간다.

승설勝雪 백차白茶는 16번 수배水拜(찐 차를 盆에 넣고 장정들이 갈아낸다. 물을 조금씩 치며 갈기 때문에 수배라 한다)하고, 간아揀芽는 6번 수배하고, 소용봉小龍鳳은 4번 수배하고 대용봉大龍鳳는 2번 수배한다. 그 나머지는 모두 11~12번 정도 수배한다. 12 수배 이상은 1일에 1단團을 연研

하고, 6 수배 이하는 1일 3~7단을 연研한다. 1수배마다 차를 갈 때에 반드시 수분이 마르고 차가 단단해지도록 간다. 수분이 건조하지 않으면 차가 익지 않는다. 차가 미숙하면 수면(團茶의 표면)이 쭈글쭈글거린다. 차를 점點하여 보면 가라앉기 쉽다. 그런 고로 차를 가는 인부들은 완력腕力이 강한 자가 최상이다. 생각해보면 천하의 원리는 어떤 일이든지 상대적으로 성립되는 것이라고 할 수 있으니 북원北苑차가 있고 그런 뒤에 용정龍井의 좋은 물이 있는 것과 같은 이치다.

용정의 샘물은 그 깊이가 1촌도 되지 않으나 맑고 감미로운데 하루 종일 길어내도 마르지 않는다. 북원北苑으로부터 진상進上하는 차는 모두 물로 차를 갈아 수배水拜했던 것이다.

⑥ 단차 제조

대개 차를 연분研盆(研磨하는 盆鉢)으로부터 꺼내 이것을 형型에 담아서 손가락 끝으로 잘 문질러 군축群縮이 없도록 하여 이것을 윤활하게 한다. 그런 후에 단형團型에 넣고 과錡를 제작하여 대발에 병열하여 차차 과황過黃한다(황이란 대개 型으로부터 빼낸 그대로가 固刑茶이고, 過란 것은 종종 조작을 통과하여 건조하는 것이다). 과錡는 대과大錡·화과花錡 대룡大龍 소룡小龍 등이 있고 품색品色은 여러 종이 있다. 그 명칭에 있어서도 여러 가지가 된다.

⑦ 과황

차의 과황過黃(건조하기)은 처음에는 가장 강한 불에 넣어 배조焙燥한다. 다음은 비탕沸湯을 통과通過시키며 이것을 말린다. 대개 이와 같이 하기를 세 번씩 한다. 그런 연후에 한 번 느근한 불에 다음날까지 말려 드디어 연배煙焙에 통과시킨다. 그러나 연배의 불은 강하여서는 안 된다. 강하면 차의 표면이 타서 색이 검어진다. 혹은 연기가 나는 숯불은 좋지 못하다. 연기를 쏘인 차는 차의 향기가 사라지고 맛도 탄내가 난다. 그러나 슬슬 온화하게만 하면 좋다.

대략 화수火數의 많고 적음은 모두 그 과銙의 후박厚薄에 따라서 정해진다. 과가 후厚한 것은 10화火(10日)~15화, 과가 박薄한 것은 7~8화 내지 10화火를 해야 한다. 화수火數가 부족하면 그것에는 탕상湯上를 통과시켜 색을 낸다. 색을 낸 후에는 마땅히 밀폐된 실내에 넣고 빨리 부채질을 한다. 그러면 색택色澤이 자연히 좋아진다.

9. 『다경』의 제다 도구와 다구

사篩와 연研

연研은 일종의 약연藥研과 비슷한데, 귤나무나 배나무·뽕나무·오동나무·산뽕나무 등으로 만든다. 내측內側은 둥글게 만들고, 겉은 사각형으로 만든다. 내측을 둥글게 만드는 것은 타(墮; 圓輪)가 잘 굴러가도록 하기 위한 것이며, 연研이 넘어지지 않도록 겉을 사각형[方形]으로 만든 것이다. 연의 안에는 타墮가 들어가도록 했지만 밖에는 다른 나무는 없다. 타의 모양은 수레바퀴와 같으며 그 폭은 얇은데 길이가 9촌이고 너비가 1촌 7분이다. 타의 직경은 3촌 8분으로 만든다. 중간의 원은 1촌이며 외원은 반촌半寸이다. 축중軸中은 방형方形으로 손잡이는 원형이다. 차의 분말을 털어내는 빗자루인 불말추拂末箒는 까마귀

깃으로 만든다.

풍로에 붙어 있는 재받이

풍로는 동銅이나 철鐵 등으로 만든다. 한대漢代에는 정형鼎形처럼 만들었다. 풍로의 두께는 3촌이며 구연부의 폭은 9분分이다. 구연부의 9분分~6분分 정도는 가운데가 비어 있는데 그곳에 이토泥土를 바른다. 대개 풍로는 3족인데 고문체로 한쪽 발에는 '감상손하리간중坎上巽下離于中'이라 적고 다른 한 발에는 '체균행거백질體均行去百疾'이라 적는다. 또 다른 발에는 '성당멸호명년주聖唐滅胡明年鑄'라고 적는다.

그 3족足의 사이에 세 개의 창구窓口가 있는데 밑으로 창을 내어 바람이 통하게 하며 또한 재가 밖으로 떨어지게 만들었다. 창 위에는 고문체로 여섯 자를 아울러 썼다. 또 한 창 위에는 '이공伊公'이라는 두 자가 쓰여 있으며, 다른 창 위에는 '갱육羹陸'이란 두 글자를 쓰고, 다른 창 위에는 '씨다氏茶'라는 두 글자를 썼다. 이는 '이공(이윤)은 국을 잘 끓이고 육씨는 차를 잘 끓인다伊公羹 陸氏之茶'라는 뜻이다.

풍로 안에는 세 개의 칸막이를 만든다. 그 하나의 칸막이에는 '꿩'을 그렸는데翟圖, 이는 꿩이 불을 상징하는 새이기 때문이다. 다른 칸막이에 괘卦 하나를 그렸는데 이는 이괘離卦이다. 다른 칸막이에는 '표범'을 그렸는데彪圖, 표범은 바람을 일으키는 짐승이다. 다른 하나에도 괘를 그렸는데 이는 손巽이다. 다른 칸막이에는 '물고기'를 그렸는데魚圖, 물고기는 물속에서 사는 벌레이다. 그곳에 하나의 괘를 그려 놓았는데 이는 감괘坎卦이다.

손괘는 바람을 주재하고 이괘는 불을 주재하고 감괘는 물을 주재한다. 바람은 능히 불을 일으키고 불은 물을 잘 끓게 하므로 이처럼

3괘를 갖춘 것이다. 풍로 밖의 장식은 이어지는 꽃무늬, 늘어진 덩굴 무늬, 파도무늬, 네모난 무늬 등으로 한다. 풍로는 혹은 철을 두드려 만들기도 하고 혹은 진흙으로 빚어 만들기도 한다. 재받이[灰承]는 세 개의 세발을 달아 풍로를 받치게 한다.

광주리

숯을 담아두는 광주리[筥]는 대나무로 짜서 만든다. 높이는 1척 2촌, 직경은 7촌이다. 혹은 등나무를 사용하는데, 먼저 광주리 모양으로 나무 상자를 만들어 밖은 등나무 줄기로 짜서 엮는다. 육각의 눈구멍 이 드러나도록 짠다. 광주리의 밑과 뚜껑은 상자에 합하여 짜고 엮는 다. 입구는 매끄럽고 깔끔하게 마무리한다.

숯 가르개

숯 가르개[炭檛]는 쇠로 만들되 6각으로 만든다. 길이는 1척이다. 머 리 부분은 뾰쪽하게 만들며 중간을 굵게 하고 손잡이는 가늘게 한다. 손잡이 머리에는 작은 고리쇠를 단다. 하주河州, 농주隴州 등지의 군인 들이 달고 다니는 나무 방망이와 비슷하다. 혹은 망치같이 혹은 도기 처럼 만들기도 하는데 이는 각기 편리함을 따르는 것이 좋다.

부젓가락

부젓가락[火筴]은 일명 젓가락이라고도 한다. 보통 일상에서 사용하 는 것과 같다. 둥글고 곧으며 길이는1척3촌이다. 꼭대기는 평평하게 재단한다. 굽은 쇠구슬 같은 장식은 하지 않는다. 쇠나 혹은 잘 제련 된 구리로 만든다.

솥

솥[鍑솥]은 생철生鐵로 만든다. 요즘 주공鑄工들이 말하는 급철急鐵이다. 이 쇠는 경작용의 쟁기처럼 다 닳은 농기구를 녹여 만든다. 이것을 만들 때 틀은 흙으로 만들고 바깥 틀은 모래로 만든다. 흙으로 만든 틀은 그 안을 매끄럽게 하여 솥을 씻을 때 씻기 쉽게 하며, 모래 틀은 바깥을 껄끄럽게 하여 불길을 잘 받아들이게 한다. 솥의 손잡이를 방형方形으로 하는 것은 영令을 바르게 하기 위함이다. 그 둘레(시울)를 넓게 하는 것은 먼 곳까지 힘쓰게 하기 위함이다. 배꼽을 깊게 만드는 것은 그 중심부를 많이 비우고자 함이다. 배꼽이 깊으면 그 가운데로부터 잘 끓는데, 차가 가운데에서 끓으면 다말茶沫이 잘 떠오르고 다말이 잘 피면 차 맛이 깊다.

홍주洪州에서는 솥을 자기磁器로 만들고 협주陝州에서는 돌로 만든다. 자기나 돌은 모두 아취가 있는 그릇이지만 그 성질이 견고하지 못하여 오래 쓰기가 어렵다. 또 은銀으로 이것을 만들기도 하지만 이는 맑지만 너무 사치스럽고 화려하다. 아취가 있고 맑은 것도 좋으나 만일 언제나 사용하려면 마침내 철鐵로 만들게 될 것이다.

교상

교상交床(솥받침)은 십자로 교차하여 중앙을 텅 비게 깎아내어 그곳에 솥을 얹어도 지탱하도록 한 것이다.

집게

집게[筴]는 조그마한 청죽青竹으로 만든 것인데 길이는 1척2촌이다.
1촌쯤 되는 곳에 매듭을 만들어 그 매듭의 상부를 조금 쪼갠다. 그
곳에 병차餠茶를 끼워가지고 차를 굽는 데 사용한다. 대나무 줄기를
불에 쪼이면 대나무에서 진이 나온다. 그 대나무의 싱그러운 향기가
차의 맛을 더욱 좋게 해준다. 이런 일은 숲속 골짜기가 아니면 할 수
있는 것이 아니다. 혹은 잘 제련된 철이나 구리로도 만든다. 이는 오
래 쓸 수 있다는 장점을 취한 것이다.

종이주머니

종이주머니[紙囊]는 희고 두꺼운 섬등지剡藤紙(剡溪에서 생산되는 것인데
藤을 원료로 만든 것이다. 剡溪는 浙江省 曹娥江 상류다)를 겹쳐 꿰맨다. 구운 차
를 보관하여 차의 향기가 새지 않게 한다.

나합羅合

차 가루를 쳐서 합盒에 저장하고 칙則(竹節로 만든다)을 합盒 안에 넣어
둔다. 큰 대나무를 쪼개서 굽힌 후 사견紗絹을 감는다. 그 합盒은 죽절
竹節로써 만들기도 하고 혹은 삼목杉木을 구부려 옻을 칠한다. 높이는
3촌이고 뚜껑은 1촌이며, 깊이는 2촌이다. 구연의 지름은 4촌이다.

칙

칙則(茶匙)은 바다 조개껍질이나 굴 껍데기, 대합 껍데기 등으로 만
든다. 혹은 동銅, 철鐵, 죽나무 숟가락 류로 만든다. 칙則이란 '양을 재
다, 견주다, 헤아리다'의 의미다. 대개 물 1승升을 끓임에는 사방 1촌

의 숟가락에 가루차를 꼭 차게 떠서 사용한다. 만일 담담한 차를 좋아하는 사람은 (가루차의) 양을 줄이고 진한 것을 좋아하는 사람은 가루차의 양을 조금 더 넣는다. 그러므로 칙則이라고 하는 것이다.

물통

물통[水方]은 단단한 나무인 홰나무, 개오동나무, 가래나무 등으로 짜서 만든다. 그 안과 밖을 촘촘하게 짜서 옻칠을 한다. (물통은) 1말을 담을 수 있다.

물 거름망

물 거름망[漉水囊]은 항상 사용하는 것과 같은 모양이다. 생동生銅으로 만들어 물에 젖어도 녹이 슬거나 이끼나 물때가 끼어 비린내나 떫은맛이 스며들지 않게 해야 한다. 철은 습기에 약하여 녹이 스는 등의 문제가 있다.

산림계곡에 은거한 사람들은 대나무나 나무로 만들어 사용하지만 나무와 대나무로 만든 것은 오래도록 가지고 멀리 갈 수 있는 도구는 아니다. 그러므로 생동으로 만든 것을 사용한다. 그 주머니는 청죽으로 짜서 푸른 비단을 잘라 꿰매서 가늘고 푸른 비단 조각으로 장식한다. 또 녹색 기름을 매긴 천으로 주머니를 만들어 보관한다. 그 원경圓徑은 5촌이고 자루는 1촌5분이다.

표주박

표주박[瓢]은 일명 희표犧杓라고도 한다. 박을 갈라서 만든다. 혹은 나무를 쪼개 깎아 만들기도 한다. 진晉의 사인舍人 두육杜毓의 「천부荈賦

」에 말하길 '박으로 뜬다[酌之以瓠]'고 했는데 박은 표주박[瓢]이다. 구연부는 넓고 종아리[脛]는 얇으며 자루는 짧다.

영가永嘉 연간(307~313년)에 여요餘姚 사람 우홍虞洪이 폭포산瀑布山에 들어가 차를 따다가 어떤 도사를 만났다. 그 도사가 말하길 '나는 단구자이다. 후일 구희甌犧[채]의 여분이 있으면 청컨대 나에게도 좀 주는 것이 어떠한가?'라고 하였다고 한다. 여기에 등장하는 희犧는 나무로 만든 표주박이다. 항상 쓰는 것은 배나무로 만든다.

대젓가락

대젓가락[竹筴; 竹箸]은 복숭아나무나 버드나무, 종려나무 같은 것으로 만든다. 혹은 감나무 속대로도 만든다. 길이는 1척이며 젓가락의 끝부분을 은銀으로 싼다. 대젓가락은 솥에 가루차를 넣은 후 휘저어 거품이 일어나게 하는 용도로 사용한다.

소금 단지와 소금을 뜨는 주걱

소금단지는 자기磁器로 만든다. 둘레의 지름은 4촌이며 합盒의 모양과 같다. 혹은 병瓶이나 술병[罍]과도 같은데 소금을 저장한다. 소금 뜨는 주걱[揭]은 대나무로 만든다. 길이는 4촌1분이며, 폭은 9분이다.

끓인 물 담는 그릇

숙우熟盂는 끓인 물을 담아 두는 그릇이다. 혹은 자기나 혹은 사기로 만든 그릇인데 2승升을 담는다.

다완

완盌은 월주越州에서 나는 것이 상품이며 정주鼎州가 그 다음이며 무주務州가 또 그 다음이다. 악주岳州에서 나는 것이 상품이고 수주, 홍주에서 나는 것이 그 다음이다. 어떤 사람은 형주荊州에서 나는 것을 월주의 것보다 상품으로 치는데 특별히 그렇지는 않다. 만일 형주 자기磁器를 은銀이라 하면 월주는 옥玉과 같으니 형주 자기가 월주만 못한 것이 그 하나요, 만약 형주 자기가 눈과 같다면 월주는 얼음과 같다. 형주의 자기가 월주만 못한 두 번째 이유이다. 형주 자기는 백색이라서 차색이 붉고, 월주 자기는 청색이라서 차색이 녹 빛을 띤다. 형주 자기가 월주만 못한 세 번째 이유이다.

이처럼 월주 다완의 좋은 점은 형주 자기가 미치지 못한다. 서진西晋 두육杜毓의 「천부」에 이르기를 '찻그릇으로 자기를 선택하니 동으로부터 나온 그릇器擇陶揀 出自東甌'이라고 했다. 구甌는 월주를 상품으로 치고, 구연부는 말리지 않았고, 그릇의 밑은 말려 있지만 얕다. (차)반半 되 이상을 받을 수 있다.

월주의 자기와 악주의 자기는 모두 푸르다. 푸르면 차에 도움을 주어 차색이 맑거나 붉은 빛을 띤다. 형주의 자기는 백색이라 차색이 붉다. 수주壽州의 자기는 황색이어서 차색이 자줏빛을 띤다. 홍주洪州의 자기는 다갈색이어서 차 빛이 흑색을 띤다. 모두 차에 알맞은 것은 아니다.

육우 때 차 빛깔 중 녹색을 귀하게 여긴 것은 차를 굽는 과정에서 차색이 담황색을 띠기 때문이다. 따라서 녹색이 도는 월주 자기를 귀하게 여긴 듯하다.

작은 멱고리

작은 멱고리인 분畚은 백창포白菖蒲를 둥글게 감아서 짜는데, 찻잔 10개를 보관할 수 있다. 혹은 광주리를 대신 사용할 경우 섬계剡溪에서 나는 종이로 겹쳐 꿰매서 방형으로 만든다.

수세미

수세미[札]는 종려棕櫚나무 가죽을 엮어서 수유나무에 끼워 묶는다. 혹은 대나무를 잘라 관을 만드는데 마치 큰 붓처럼 생겼다.

개수통

개수통[滌方]은 세척할 물의 여분을 담아두는 통이다. 가래나무를 합쳐 물통처럼 만드는데 8승 정도를 담을 수 있다.

찌꺼기 통

찌꺼기 담는 통[滓方]은 모든 차 찌꺼기를 모으는 것인데 개수통처럼 만든다. 5승을 처리할 수 있다.

행주

행주[巾]는 거친 명주로 만드는데 길이가 2척이다. 두 장을 만들어 서로 바꾸어 사용하여 모든 그릇을 정결하게 한다.

도구를 넣어 두는 장

도구를 넣어 두는 장[具列]은 혹 상牀 모양으로 만들거나 혹은 시렁처럼 만든다. 모두 대나무로 만들기도 한다. 혹 나무나 대나무로 만들어도 창을 만들어 황, 흑색으로 옻칠을 하는데 길이는 3척이고 넓이는 2척이며 높이는 6촌으로 만든다.

차 바구니

차 바구니[都籃]는 모든 그릇을 두는 곳을 말한다. 대나무 겉피로 안쪽은 세 각을 만들고 네모난 모양으로 만든다. 겉은 두 겹의 대나무 겉피를 세로로 넓게 만들고 대나무 겉피 한 겹으로 짠다. 가로 줄이 겹쳐 지나갈 때에는 세로 줄을 눌러 네모난 모양을 만들어 영롱하게 짠다. 높이는 1척5촌이고 바닥 높이는 2촌이다. 길이는 2척4촌이고 너비는 2척이다.

연研과 나羅에 대하여

연研은 은으로 만든 것이 가장 좋고 잘 제련된 철로 만든 것이 그 다음이다. 생철로 만든 것은 연철이 아니므로 분쇄할 때 검은 찌꺼기가 틈 사이에 끼게 되므로 다색茶色을 해치게 된다. 그러므로 차를 가는 연제법研製法은 조槽는 깊이하고 준험竣險한 것이 좋다. 윤輪은 예리하면서 얇으므로 양변의 중앙을 운행運行할 때 편리하다.

차를 갈 때에는 반드시 힘을 다해 빨리 갈아야 한다. 오래 가는 것은 좋지 않는데 이는 쇠 부스러기가 다색을 손상시키기 때문이다. 키질은 반드시 가볍게 하여 자주 흔들어 주어야 한다. 그렇지 않으면 가는 가루가 끼게 된다. 재차 키질을 하면 다말을 탕湯에 넣을 때 차가 가볍고 맑아서 다면茶面·죽면粥面이 응고하여 빛나서 다색이 또렷하게 드러난다.

육우 시대에는 연研에 고형차를 갈았는데 나무로 만든 연을 사용하였다. 송나라 채군모蔡君謨의 『다록』에는 금속제를 사용했다고 한다.

다선
다선茶筅은 단단한 대나무로 만든다. 다선은 다소 후중厚重하고 단단한 것이 좋다. 손잡이는 둥글고 다선의 끝부분은 가늘고 가느다란 모양이라야 한다. 대개 다선의 본체가 후중하면 이것을 잡아 격불할 때에 탄력이 있어서 말발을 피우기가 용이하다.

병
탕병湯瓶(茶罐)은 금이나 은이 가장 적합하다. 크고 작은 것은 적당하게 하면 좋으나 탕湯을 주입하는 데는 병瓶의 형태에 따라 다르다. 병瓶의 입구는 차이가 큰데 완곡緩曲하게 돌출되어 있으면 물을 따를 때에 힘을 들여 긴장緊張하게 되니 물이 흩어지지 않는다. 만일 물대 끝이 둥글고 작으면 탕湯을 사용함에 물을 잘 따를 수가 없다.

그릇 씻는 법
탕요湯銚와 다구茶甌 등은 항상 청결하게 하고 건소하게 보관한다. 매번 열탕熱湯으로 잘 세척하고 사용한 후에는 황마포건黃麻布巾으로 그 그릇의 안을 잘 닦아 건조하게 해야 한다. 대나무로 짠 시렁에 올려놓아 건조하게 두고 차를 달이고 싶을 때마다 사용한다. 다사가 다 끝나면 탕요湯銚에 남아 있는 찌꺼기를 깨끗이 제거하여 원래 두었던 곳에 놓아둔다. 차 주전자는 한 번 사용할 때마다 대나무 젓가락으로 남은 찻잎을 다 제거해 두어야 다음에 사용할 때 편리하다.

다구 중에 남은 찌꺼기가 있는지를 살펴 반드시 제거하여 다시 차를 달일 때를 대비해 둔다. 만약 차 찌꺼기가 남아 있으면 차향이 사라지고 맛에도 영향을 준다. 다구는 반드시 1인에 한 개씩 사용하는 것이 좋다. 다 사용한 후에는 맑은 물로 세척해 두어야 한다.

10. 제다법에 따른 차의 종류

차는 그 제조법에 의하여 발효차인 홍차와 반발효차인 오룡차烏龍茶, 불발효차인 녹차로 나뉜다. 또 제조하는 방법이 초기에는 같으나 마무리에서 압관壓棺하여 만드는 전차磚茶도 있다.

홍차
홍차紅茶는 소위 발효차로서 다엽茶葉에 부착된 산화효소를 이용하여 발효케 하여 제조한 것이다. 특히 아열대 지방에서는 녹차綠茶 특유의 향과 색을 잘 보존하는 데 있어서 기후와 습도가 높은 고로 발효차인 홍차가 만들어졌다. 이 홍차는 영국이나 소련 등지에서 애음되고 있고 현재 우리가 많이 볼 수 있는 차이다.

녹차
녹차綠茶는 불발효차로서 홍차와는 그 제조법이 현저히 다르다. 제조할 때는 매우 뜨거운 증기나 열기로 다엽에 부착된 산화효소의 활성을 막아 엽록소가 오랫동안 남아 있게 하는 것이다. 이 녹차는 대개 중국, 일본, 우리나라에서 애용되고 있으며 그 종류만도 수를 헤아릴 수 없을 만큼 다양하다. 차의 이름은 산지에 따라서 또는 채취

시기와 독특한 방법에 의하여 이름을 달리한다. 대개 작설차雀舌茶, 용정차龍井茶, 전차煎茶, 번차番茶 등이 이 범주에 속한다. 또 그 제조법에 따라 증차蒸茶, 덖음차로 구분한다.

오룡차

오룡차烏龍茶는 반발효차로서 중국과 대만臺灣 등지에서 생산되고 있다. 차의 생엽을 위조萎凋시킨 다음(萎凋에 의하여 어느 정도 발효됨), 솥에 덖어 제조한다. 홍차와 녹차의 중간 정도이며 포종차包種茶, '와니산차 등이 여기에 속한다. 또한 포종차에는 수영화秀英花, 마리화차 등 꽃 향을 가미하기도 하는데 이것을 착향차着香茶라고 한다.

전차

전차磚茶는 강압强壓을 가하는 것으로 판상板狀이나 괴상塊狀을 이용하여 만든 것으로써 통상 번차番茶 등을 압관壓棺해서 제조한 것을 녹전차綠磚茶라 하고 홍분紅粉을 압관해서 만든 것을 홍전차紅磚茶라고 한다. 녹전차는 주로 몽고인들이 애용하며, 홍전차는 서북이서西北利西 및 중국 오지 사람들이 많이 마신다.

이상은 차의 제조법에 의한 대체적인 분류이나 연구자에 따라 다소 그 분류법이 다르다. 특히 근래에는 제조법의 개발로 구구區區한 명칭의 분류가 많이 생겼다.

제6장 차를 위한 물

1. 원천(샘물)

산 아래에서 나오는 물을 '몽蒙'이라고 한다. 몽蒙은 여리다[稚]라는 말이다. 『주역周易』 몽蒙의 괘상사卦象辭에 '산하에서 용출하는 샘물을 몽蒙이라 한다' 하였다. 몽蒙이란 괘는 산山을 상징한 괘[☶]와 물[水]을 상징한 괘[☵]를 합한 것이다. 이는 산하에서 용출한 샘물을 상징하는 것이다. 그러나 '산하에서 나는 샘물'을 모두 '몽蒙'이라고 부르는 것은 아니다. 아모돈阿姥墩은 후문後文에서 '선원仙源(신선의 근원)'이라고 했으니, 소위 동천복지洞天福地로 곧 신선이 사는 곳과 같은 형태이다. 소동파蘇東坡는 「경산經山에 유游하다」라는 시詩에서 '사람들이 말하되 산이 아름다우면 물 또한 아름답다고 하고, 산길이 다하면 계곡의 흐름도 골짜기에서 끝난다고 한다'고 하였다. 다시 말하면 계곡 물의 흐름이 이어지는 것에 따라 산길이 있다는 의미이다. 물이 여리면 물의 천성이 완전한 것이다. 물이 여리면 물맛도 완전하다. 그러므로 육우는 산에서 솟은 물을 가장 좋다고 했을 것이다. 따라서 옛 사람이 '유천乳泉, 석지石池가 만연히 흐르는 것'은 바로 '몽蒙'을 이른 말이다. 만일 물이 폭포처럼 뛰어 올라 격동하며 흐르는 것은 몽蒙이 아닌 것이다. 이런 물은 마셔서는 안 된다.

원천源泉은 매우 중요하다. 좋은 샘물은 더욱 더 중요한 것이다. 여항餘杭의 여은옹餘隱翁은 일찍이 말했다. '봉황산鳳凰山의 샘물을 아모돈阿姥墩의 백화천百花泉에 비하면 5전錢에 미치지 못한다. …… 선천仙泉보다 좋은 것이다. 산이 후하면 샘물이 풍부하고 산이 기이하면 샘물도 기이하다.' 산이 맑으면 샘물이 맑고 산이 그윽하고 깊은 곳에는 샘도 또한 그윽한 것이다. 이것은 모두 가품佳品의 물이다. 산이 후하지 아니하면 물이 가볍고 기이하지 아니하면 평범한 것이며 맑지 아니하면 탁한 것이다. 그윽하지 아니하면 시끄러워서 가천佳泉이 되지 못한다. 산의 지류가 끊어지지 않은 곳이어야 물이 반드시 머물러 있다. 만일 물이 머물러 고여 있지 않으면 원천이 없는 물이다. 이런 물은 가품에는 고갈되기 쉽다.

2. 돌 위로 흐르는 물

샘물은 돌에서 나온 것이 아니면 좋은 물이 못 된다. 그러므로 『초사楚辭』에 '석천石泉을 마시고 송백松柏이 서늘한 그늘을 만든다'고 했으며 황보증皇甫曾이 육우에게 보낸 시에 '그윽하다. 산사山寺는 멀어 들밥을 먹으니 돌에서 흐르는 물은 맑구나'라고 하였다. 매요신梅堯臣의 벽소봉碧霄峰에 대해 쓴 「명시茗詩」에 '차를 달이는 것은 돌에서 솟는 물이 좋다' 하였다. 또 말하되 '작은 돌, 맑은 물 상큼한 맛이 나네'라고 하였으니 진실로 샘물을 잘 상감한 것이라 할 수 있다.

보통의 샘물은 모래흙을 지나 흐르는 것이 일반적이다. 만일 이 샘물을 퍼내어도 물길이 끊어지지 않는다면 마셔도 무방하다. 그렇지 않다면 일시 고였던 물이 흘러나온 것이므로 비록 물이 맑다 해도 마실 수 있는 것은 아니다. 또 물이 흘러온 곳이 멀면 물맛이 담박하다.

반드시 깊은 담潭에 머물렀던 것으로 물맛이 만약 회복된 것이라면 마셔도 무방하다.

샘물이 용출湧出한 것을 '분濆'이라고 한다. 곧 진주천珍珠泉이라고 부르는 것들이 이것이다. 모두 기세가 왕성旺盛하여 수맥水脈이 용출湧出한 것에 불과하다. 결코 마실 수 있는 것은 아니다. 만약 이런 물을 취하여 양조釀造하다면 혹 힘이 있을지는 알 수 없다.

샘물이 솟아 나오는 것을 '옥沃'이라고 한다. 폭포에 흐르는 것을 폭瀑이라고 한다. 마실 수 있는 물은 아니다. 그러나 여산廬山의 수렴水簾과 홍주洪州와 천태天台 등의 폭포가 모두 명수名水 중에 들어 있는데, 이는 육우가 『다경』에서 말한 품천品川의 이론과는 위배되는 것이다. 그렇기 때문에 장곡강張曲江(張九齡)의 「여산폭포廬山瀑布」에 '옛적에 들으니 곤원坤元 산하의 산 아래 흐르는 몽蒙(여린 물)은 지금에 임만林蠻의 표면에 흐른다. 물정의 법도를 깨뜨려 격하게 흐르나 곤원을 어찌 부수고 위배할 수 있으랴. 묵연默然히 이것을 버리니, 변하는 것을 누가 능히 마칠 수 있으랴'라고 하였다.

그러고 보면 아는 사람은 이런 물을 본래부터 마시지 않은 것이다. 그러나 폭포는 실로 산거山居의 옥구슬 주렴이고 비단 장막이니 눈과 귀를 기쁘게 한다. 이를 누가 좋지 않다고 할 것이냐.

3. 청한

'청淸'은 명랑明朗함이며 정적靜寂한 것이다. 또한 징청澄淸한 물의 모양이다. '한寒'은 열洌이며 동냉凍冷한 것이며 엎어진 얼음 모양이다.

샘물이 청정하기는 어렵지 아니하나 한寒하기는 어렵다. 그 여울물이
격류激流하여 빠르게 흘러 청정해진 것과 바위 깊숙한 곳으로부터 응
달의 숨겨진 곳에 모여서 한寒해진 것이라 해서 가품佳品은 아니다.
지하에 유황硫黃 성분이 있는 온천이 되었으며 똑같은 한 개의 학壑에
서 나오더라도 반은 온천이고 반은 냉천인 것도 종종 볼 수 있다. 이
런 것은 음용할 수 없다.

그러나 특별히 신안新安 황산黃山의 주사탕천朱砂湯泉만은 마실 수가
있다. 『신안비경新安圖經』에 '황산黃山의 구명舊名이 이산黟山인데, 동봉東
峰의 아래에 주사탕천朱砂湯泉이 있다. (이 샘물로) 차를 점다할 수 있다.
봄에는 물색이 조금은 홍색이 된다. 이것은 곧 자연의 환액丸液이기
때문이다. 그런데 봉래산蓬萊山의 비수沸水(溫泉)를 마시는 자는 천세까
지 살 수 있으며 이것은 신선이 마시는 것이다'라고 했다.

물고기 새끼나 선어鮮魚가 있는 곳의 물은 반드시 비린내[腥氣]가 나
거나 아니면 부패腐敗한 것이다. 교룡蛟龍이 있는 곳의 물이나 황금黃金
이 있는 골짜기의 물은 맑다. 명주明珠가 있는 곳의 물은 반드시 검다.
좋고 나쁨을 기리지 않으면 안 된다.

4. 차에 마땅한 물

당唐의 장우신張又新은 『전다수기煎茶水記』에서 당대 육우의 말을 인용하
여 '차는 산지에서 달이면 좋지 않을 이유가 없다. 대개 그것은 수토水土
에 합치된 때문이다'라고 했으니 이것은 진실로 묘론妙論이다. 그러니 (찻
잎을) 적채摘採할 때로부터 차를 달일 때 차와 물이 같은 지역인 경우에

더욱 양호하다. 그러므로 오대 모문석의 『다보茶譜』에서 '만일 몽산중정蒙山中頂의 차 1문文을 얻어 그 곳의 물로 달여 마시게 되면 병을 앉은자리에서 물리칠 수 있다'라고 한 것도 이것을 말한 것이다. 무림武林의 샘들은 다만 용홍龍泓만이 선별되어 입격入格에 든다.

그런데 차 또한 용홍산龍泓山이 가품이다. 용홍龍泓은 용정龍井의 옛이름이다. 절강성浙江省 항주杭州의 서남西南 봉황령鳳篁嶺 아래에 있다. 그 샘물은 깊은 산의 석천지石泉址로부터 나온 것으로 산과 계곡이 이어져 있다. 용정차龍井茶는 지금도 항주의 명물로 완상된다. 그런데 이곳은 산이 심후深厚하고 또 높고 크며 뛰어난 풍광의 아름다움을 지녔기 때문에 그 샘물은 청한淸寒하며 달고 향기로워 차를 달이기에 가장 적의適宜하다고 한다. 용유龍幽란 지금의 용정龍井이다. 깊고 그윽하기 때문에 이렇게 부르는 것이다. 『부지府志』에서는 '이곳에 용이 있기 때문'이라고 했으나 이것은 잘못된 말이다. 항주杭州의 산은 모두 천목산天目山에서 발원된다.

'용이 날고 봉황이 춤춘다[龍飛鳳舞]는 참讖[預言]이 있기 때문에 서호산西湖山들은 대개 용으로써 산의 이름을 삼고 있는 것이다. 실제로 용이 살고 있는 것은 아니다. 만약 용이 살고 있다면 이곳의 샘물은 먹을 수가 없는 것이다. 하지만 용홍의 상루각上樓閣은 속히 이것을 제거함이 마땅할 것이다. 육우의 다품평茶品評에 '항주차杭州茶는 하등품이다. 그런데 그 임안臨安, 포잠抱潛의 차는 천목산에서 자라므로 서주舒州와 동일하다' 하고 말했으니 물론 그것은 차품次品이다. 천목산天目山은 절강성浙江省 임안현臨安縣(杭州의 서쪽)의 서북西北 포잠현抱潛縣의 북에 있으며, 안휘성安徽省과 경계를 이루고 있다.

섭청신葉清臣이 말하되 '전당錢塘에 무성茂盛한 것이, 경산徑山에서는 희소한 차다' 하였다. 이제는 천목天目이 경산보다 훨씬 낫다. 그러니 샘물도 운니雲泥의 차이가 있다. 경산의 다음은 동소洞霄이다. 동소는 여항현餘抗縣(抗州의 서쪽)에 있다. 도교에서 말하는 72복지福地 중의 하나이다. 한편 전당현錢塘縣은 항주에 속하였고 천축天竺의 영은사靈隱寺는 지금도 번성한 사찰이다. 경산徑山은 천목산 동북의 봉우리로 절강성 서쪽에서는 제일 높은 산봉우리다. 실로 차에 있어서 차茶·물水·불火·차를 달이는 것煮 등 네 가지로 구비하여야 차의 진덕眞德(眞效)을 드러낼 수 있다. 그러므로 앞에서 품천品泉에 대한 고인古人의 언설이나 시문 등을 인용하여 샘물의 품격에 대하여 설명하였다.

그렇다면 다수茶水에 관하여 초의선사가 편찬한 『다신전茶神傳』의 초본鈔本에서는 어떻게 언급하고 있을까?

『다신전茶神傳』에 '차는 물의 신神이요[茶水之神] 물은 차의 체體이다[水者茶之體]. 진수眞水가 아니면 차의 신神을 드러나지 않고[非眞水莫顯其神] 정다精茶가 아니면 차의 체體를 엿볼 수 없다[非精茶莫窺其體]. 그러니 진수와 정다가 서로 합하여야 진실로 제신體神이 구현되는 것이다. 또한 산 정상에 있는 샘물은 맑지만 가벼우며 산 아래에서 나오는 샘물은 청정하나 무겁다[山頂泉清而輕 山下泉清而重]. 돌에서 솟는 샘물은 맑고 달며 모래에서 솟는 샘물은 맑으나 격렬激烈하며[石中泉清而甘 砂中泉清而冽] 흙 속에서 솟는 샘물은 맑되 싱겁고 황석黃石에서 나오는 물이 좋다[土中泉淡而白 流於黃石爲住]. 청석青石에서 솟는 샘물은 쓸 수가 없고 유동流動하는 것이 오히려 안정安靜되며[瀉出青石無用 流動者愈於安靜] 그늘이 진 곳의 물이 햇빛에 노출된 물보다 참으로 좋다[負陰者眞於陽]. 진수眞水는 원래 맛이 없으며 향도 없다眞原無味 眞水無香'고 하였다.

5. 물을 저장하는 법

맑고 좋은 물은 그대로 길어다가 사용하여도 좋지만 사는 곳이 샘물이 나는 곳에서 멀다면 간단한 일은 아니다. 이럴 때에는 많은 양의 물을 길어다가 큰 옹기에 저장해 두는 것이 편리하다. 물을 저장하는 용기로 새로 만든 옹기는 좋지 않은데, 이는 새로 만든 옹기는 아직 화기火氣가 다 사라지지 않았기 때문이다. 또 물의 성질은 나무를 좋아하지 않는다. 특히 소나무나 삼나무 같이 향이 강한 것은 좋지 않기에 나무로 만든 통에는 물을 저장하지 않는다. 저장한 물의 옹기 입구는 조리대나무로 두텁게 덮은 후 진흙을 발라서 단단하게 해야 한다. 만약 옹기에 저장해 둔 물을 사용할 때에는 반드시 자기磁器로 만든 완碗을 사용하여 고요히 옹기의 물을 떠야 한다. 옹기 안이 흔들리면 안 된다. 이는 옹기 바닥에 가라앉은 불순물이나 물때가 일어나기 때문이다. 만일 옹기가 흔들려 불순물이 일어난다면 맑은 찻물을 얻기 어렵다. 물을 옹기에서 뜰 때 세심한 주의를 해야 한다.

한편 뚜껑을 만들어 샘물을 저장한 옹기 위를 덮는 것은 여름날의 풍경일 뿐 아니라 햇빛이 비치지 않기 때문에 물의 음기陰氣에 손상이 된다. 이것은 단단히 경계치 않으면 안 된다. 만약 좋은 샘물일 경우에는 죽롱竹籠을 만들어 이것으로 덮어서 불결한 물질이 침입하는 것을 방지하면 좋을 것이다. 공기가 통하지 않게 뚜껑을 덮어 두는 것보다 좋다. 만일 샘이 좀 멀다면 대나무로 만든 통을 만들어 주방으로 끌어오면 좋다. 이때 대나무를 이어서 물을 끌어다가 기석奇石에 받아서 청정한 독에 저장하여 두면 더욱 좋을 것이다. 낙빈왕駱賓王의 시詩에 '고목천刳木泉을 취하는 것이 멀다' 하여 대나무로 물을 이끌어 온 것이다. 또 물을 이끌어다가 백석百石를 가려내 병중瓶中에 넣어두면 물맛이 보강될 수 있다. 이에 물을 징청澄淸케 하여 탁濁해지지 않도록 한다. 황노직黃魯直의 「혜산천惠山泉」 시詩에 '무석의 맑은 샘물에 돌을 같이 했다'고 한 것은 이 일을 말한 것이다. 물속에 정결한 백석白石을 넣어 두었다가 샘물과 같이 끓이면 좋다. 이런 운치를 알았던 황노직黃魯直의 이름은 정견庭堅, 호는 산곡山谷으로 송대宋代의 시인이다. 어떤 사람이 보낸 혜산사惠山寺의 샘물을 받고 이에 감사하는 시를 지었다. 혜산사惠山寺는 강소江蘇의 무석無錫에 있고, 따라서 석곡錫谷이라고도 말한다.

저자 주 : 금金의 성질은 물의 근본이다. 주석은 무르지만 강함을 겸비하고 있다. 맛은 짜지도 떫지도 않다. 찻물을 끓이는 용기를 만드는 재료로는 가장 양호하다. 물 끓이는 솥은 반드시 그 가운데를 뚫어서 화기火氣가 스며들지 않게 해야 한다. 조금 덜 끓은 물은 신선하되 풍일風逸하다. 또 너무 오래 끓으면 노숙老熟이 되어 무거워진다. 이뿐 아니라 물 끓는 냄새가 있다. 특히 주의해야 한다. 차는 물에 의하여 차의 색향미기가 드러나 조미調味가 있다. 물은 기器에서 끓는다. 차를 달이는 끓는 물은 불에 의하여 만들어진다. 차와 물, 그릇, 불이 모두 알맞아야 좋은 차 맛을 낼 수 있다. 만일 하나라도 결여되면 바른 끽다가 이루어지지 않는다.

제7장 차 우리기

1. 화후

화후火候는 반드시 단단한 나무로 만든 숯이 제일 좋다. 그런데 숯에 아직 연기煙氣가 남아 있어 그 연기가 다탕에 들어가면 좋지 않다. 따라서 차를 끓이기 전에 먼저 숯에 남아 있는 연기와 화염을 제거한다. 이후 화력을 높여 탕요湯銚를 걸고 급하게 부채를 빨리 부쳐 화력을 높인다. 간간이 끓은 물을 버리는 것이 좋으며 재차 끓이는 것도 좋다.

화후에 대한 세밀한 정보는 『다신전』의 「화후」 조에도 언급되어 있는데 그 내용은 다음과 같다.

> 차를 달일 때의 요점은 불의 온도가 가장 중요하다. 화로의 숯불이 온통 붉어지면 다관을 올려놓고 가벼우면서도 빠르게 부채질을 하는 것이 중요하다. (물이 끓는) 소리가 나기를 기다렸다가 (끓는 소리가 나면) 점점 세고 빠르게 부채질을 하는데 이것을 문무화라 한다. 약한 불로 오래 물을 끓이면 수성이 약해지고 수성이 약해지면 물이 차의 기운을 누르게 된다. 센 불로 오래 끓이면 불기운이 강해진다. 불기운이 강하면 차가 물을 제압하게 되므로 모두 차를 잘 다루기에는 부족하니 차를 다루는 사람의 중요한 요지는 아니다.

烹茶要旨 火候爲先 爐火通紅茶榮瓢始 上扇起要輕疾 得有聲稍重疾 斯文武之候也 過於文則水性柔 柔則水爲榮浑 過於武則火性煎 烈則茶爲水制 皆不足於中和 非烹家要旨也.

이처럼 옛 사람들은 차를 달여 마시는 모든 절차와 행위를 선禪과 동일시하였으니 이것은 다선일여茶禪一如의 경지라 할 수 있다.

한편, 차를 달이기에 앞서 우선 물이 끓기 전에 먼저 다구茶具를 준비하고 물이 적당히 끓기를 기다린다. 이때 도구는 청결해야 하며 다호茶壺의 뚜껑을 열 때 뚜껑을 혹 뒤집어 두거나 혹은 자기로 만든 그릇 위에 놓아두어야 한다. 결코 책상 위에 놓아서는 안 된다. 칠기漆氣와 음식 냄새가 나는 것은 모두 차의 맛과 향을 해치게 된다. 먼저 차 수건을 잡고 차와 탕湯을 넣고 뚜껑을 잘 덮은 뒤 삼호흡三呼吸 정도의 시간을 기다린다. 차가 잘 우러났을 때를 기다려 손님에게 따라준다.

2. 세다

중국의 차는 대개 산록에서 채취하기 때문에 간혹 찻잎에 흙먼지가 남아 있을 수 있다. 이는 산에 흙먼지가 많기 때문이다. 따라서 찻잎에 묻어 있는 흙먼지를 씻지 않으면 차 맛에 손상을 줄 수 있으므로 차를 달일 때 먼저 찻잎을 씻어내야 한다. 그러나 찻잎을 씻어내는 절차인 세다洗茶를 너무 지나치게 한다면 차 맛과 향에 손상을 줄 수 있으므로 주의해야 한다.

차를 달일 때 대개 탕湯의 냉열冷熱은 차의 건습乾濕 정도와 차를 다루는 절차의 완급緩急 뿐 아니라 다구를 다루는 방법에 따라 달라질 수 있다. 따라서 세다의 요령은 오랜 경험에서 나올 수 있는 것이니 별다른 비기를 제시할 수 없음이 유감스럽다.

3. 차의 분량

다관은 작은 것이 좋다. 다관이 작으면 차향이 뭉치니 좋고, 만약 다관이 크면 향기가 흩어져 온전한 차의 맛과 향을 즐길 수가 없다. 따라서 다관의 크기는 물의 용량이 반승半升쯤 되는 것이 적당하다. 명말明末 때 사람 송순수가 말하길 '항주抗州 지역과 가까운 요현姚縣에서는 일승一升이 대략 사합四合에 해당된다'고 하였다. 그러므로 반승半升은 2합合쯤이 들어가는 다구를 말한다. 만약 혼자 마실 때에는 가급적 작은 다관을 사용하는 것이 합리적이다.

4. 탕의 가감

물은 무쇠 솥에서 끓이는데 송성松聲이 들리는 것을 기다려 또 다시 뚜껑을 열고 탕湯의 노눈老嫩을 감식한다. 이때에 해안蟹眼이 일어난 후에는 끓이는 물에 작은 파도가 일어난 듯하는데 이때가 적당하다. 끓는 물에서 큰 파도가 치는 듯하다가 끓는 물이 돌아가는 듯하면 아무 소리도 들리지 않는 듯한데 이는 물이 지나치게 끓은 것이다. 물이 지나치게 끓으면 탕湯의 끓은 정도가 넘은 것이고 끓은 물이 노수가 되면 차를 달이기에 적당치 못하다.

5. 차의 향

차의 향기가 고귀高貴한 진품珍品은 찻잔의 수를 3배三杯로 하고 그 다음의 차품은 찻잔의 수를 5배五杯로 한다. 만일 차를 마시는 손님의 수가 다섯 사람이면 세 개의 찻잔을 사용하여 차를 마신다. 일곱 사람일 경우엔 다섯 개의 찻잔을 사용하며, 만일 여섯 사람 이상일 경우엔 찻잔의 수를 특별히 정할 필요는 없다. 다탕茶湯이 1인분만 부족할 경우에는 그 준영雋永을 가지고 그 부족한 부분을 보충한다. 이때 찻잔의 숫자는 한 번 마실 때마다 찻잔을 사용하는 횟수이다. 만일 5인이면 먼저 세 개의 찻잔을 사용하여 3인에게 마시게 하고, (이들이) 마시기를 끝낸 다음을 기다려 찻잔을 회수回收하여 다시 그 중에서 두 개의 찻잔을 사용하여 마시지 않은 두 사람에게 차를 낸다.

6. 차의 아홉 가지 어려움

육우의 『다경』에 "차에는 구난九難이 있다"고 하였다. 차를 잘 즐기는 데에는 아홉 가지의 어려운 일이 있다는 말이다. 구난을 열거하면 다음과 같다.

첫째 조造이니, 이는 차의 제조법이다. 차를 제조하는 것이 어렵다는 것이다.

둘째 별別이란 것은 차의 색향미 및 그 제조를 분별하는 것으로, 이는 참으로 어렵다.

셋째 기器는 바로 다기茶器를 말한다. 그 종류만도 수 개에 달하여 그 다기의 예술적 가치는 물론이요 어떠한 다기로 차를 마시면 그 차의 진미를 식별할 수 있겠는가 하는 것도 매우 어려운 일이다.

넷째 불이다. 화목의 선정, 즉 숯을 선별하는 것이다. 화후火候의 강약強弱과 완급 등의 여하如何에 따라 차의 색향미의 진수를 발할 수도 있고 그렇지 않을 수도 있다. 따라서 이것이 매우 어려운 것이다.

다섯째 물은 차의 체體요 차는 물의 신神이다. 그러니 진수眞水가 아니면 차의 신체神體를 드러낼 수 없다. 따라서 고인古人들이 차를 말할 때에는 찻물도 중요하게 언급하였다. 그러므로 좋은 물을 얻는다는 것 또한 지극히 어려운 일이다.

여섯째 구炙라는 것은 차를 굽는 방법이다. 차 굽는 방법이 마땅하면 차의 진향眞香·진미眞味·진색眞色이 잘 드러난다. 이 또한 어려운 일이다.

일곱째 말末이란 것은 차를 가루 내는 것으로, 그 만드는 법이 다양하고 복잡할 뿐만 아니라 차의 품질이 이에서 결정된다. 그 제조에 있어서는 인공으로는 도저히 소기의 목적을 달성하기 어렵고 일종의 신묘神妙를 얻지 아니하고는 불가능하다.

여덟째 차 끓이기는 전다법煎茶法의 일종으로, 급히 하는 조작操作은 곤란하다. 갑자기 휘저어 너무 급하게 하는 것은 차를 끓이는 법이 아니니 이는 참으로 어려운 것이다.

아홉째는 차를 마시는 것이니, 곧 음다법飮茶法이다. 차를 마실 때는 차의 향미 등을 구별할 뿐만 아니라 일종의 수양방법修養方法으로 마시는 것이다. 그러므로 일종의 철학이 내포되어 있어서 언설言說로 표현하기 어려우며 체험에 의해서만 체득할 수 있다. 신묘한 경지를 얻기가 쉬운 것은 아니다.

7. 차의 효능

사람이 차를 마시면 차의 구덕口德을 누릴 수 있는데, 이는 이뇌利腦·명이明耳·명안明眼·소화조장消化助長·성주醒酒·지갈止渴·해로解勞·소면小眠·방한작서防寒斫暑 등의 이익利益을 말한다. 그리고 번뇌를 제거하며 종기腫氣를 없애준다. 옛날에는 차를 마시면 정력이 감소된다는 속설로 인하여 차 마시기를 기피한 적도 있었다. 민간에서는 해열제로 사용되기도 했다.

8. 끽다법

(새는) 깃이 있어서 날고 (짐승은) 털이 있어서 달리고 (사람은) 입을 벌려 사물을 말한다. 이 세 가지는 모두 천지간天地間에 살며 (음료를) 마시기도 하고 (음식을) 먹으면서 생활하는 것이 자연적 현상이다. 그러므로 마시는 바의 그 기원과 의미는 내단히 심원深遠한 것이다. 만일 갈병渴病을 없애려면 물을 마셔야 하며 근심을 제거하려면 술을 마시며 종기腫氣를 제거하려면 차를 마시는 것이다.

차는 일찍이 신농씨神農氏에 의하여 발견되어 노로魯 주공周公 때에는 음식 즉 나물로 사용했다. 제나라의 재상 안영은 차와 달걀과 구운 고기를 먹었다 하고, 한漢의 양웅揚雄과 사마상여司馬相如는 모두 차를 즐긴 인물이었다고 한다. 오吳의 위요韋曜가 차를 마셨고 진晉의 유비, 장재원張載遠이나 당唐의 육납陸納·사안謝安·좌사左思 등이 차를 좋아했다. 이후 차는 더욱 널리 확산되어 민간의 생활용품으로 자리 잡았는데 차가 가장 성했던 시대는 당唐 이후이다. 장안長安·낙양洛陽·형주荊州 지방에서 집집마다 차를 마시게 된다.

차를 끓이는 법은 다호茶壺에 들어갔던 차는 두어 번 사용해도 좋다. 첫 번 우린 차[初巡]는 선미鮮美가 있으며 두 번째 우린 차[再巡]는 감순甘醇하다. 세 번째 우린 차[三巡]는 맛이 없어져서 먹을 기분이 들지 않는다.

차를 우려내는 방법은 우리의 전다煎茶·엄다와는 서로 달랐다. 일단 차를 많은 양의 물로 침출시켜 몇 번이고 나누어 따라 마신다. 처음 따른 차를 내는 것을 초순初巡이라 하고 나머지 우린 차에 다시 물을 부어 내는 것을 재순再巡이라 한다. 고로 삼순三巡이 되면 차의 탕湯은 식는다. 차를 따라놓은 지가 오래되면 차 맛이 쓰고 떫어진다. 그러므로 재순까지는 무방하다.

풍개지馮開之는 「희차음가감론戲茶飲加減論」에서 초순初巡은 (차 맛을) 어여쁜 13세가량의 여린 소녀에 비유했고, 재순再巡은 벽옥파과碧玉破瓜(16세쯤 되는 여자)의 어여쁜 여인에 비견하였다. 삼순三巡 이후는 (차 맛이) 녹엽綠葉이 깊어져 무성해진 것에 비유하였다. 따라서 그는 차를 크게 찬미한 것으로 다주茶注를 적게 한 것이었다. 만약 (찻잔을) 적게 하지 아니하면 재순再巡할 때에 이미 차탕이 없어진다. 차라리 (차호에) 남은 차는 엽葉 상태로 남아 있어서 밥을 먹은 다음 마시든지 아니면 밥을 먹고 난 다음 입가심으로 사용할 만하니 향기가 남아 있어 차를 버리지 않는 것이 좋다. 만일 거대한 다구를 써서 종종 돌린다든가 가득 부어서 마신다든가 아니면 오래되어서 식어버린다든가 (차가) 너무 진하면 농부들이 노동勞動하고 난 후 마구 마시는 차와 별로 다를 것이 없다. 이렇다고 한다면 어찌 차를 품평하고 (차의 맛과 향을) 찬미贊美할 수 있을 것이며 어찌 (차의) 풍미를 안다고 하랴.

이를 이렇게 논한 풍개지의 이름은 몽정夢禎, 개지開之는 자字이다. 절강성浙江省 수수秀水 사람이다. 만력연간萬曆年間에 진사進士가 되었고 벼슬이 남경국자감제주南京國子監祭酒에 이르렀다.

당나라 두목杜牧의 「증별시贈別詩」에 '여리고도 여린 13여세의 여아[婷婷嫋嫋十三餘] 이월 초의 완두 꽃 끝가지[苑荳梢頭二月初]'라고 하였다. 두원화荳苑花는 대략 13세의 여린 여자아이에 비유한다.

진晉 손작孫綽의 노래에 '16세의 어여쁜 여자 아이[碧玉磁瓜時] 사나이의 마음을 쓰러뜨리네[郞爲情顚倒]'라 했다. 과자瓜字를 분파分破하면 88이 된다. 곧 16을 말한다. 벽옥碧玉이라는 것은 여자의 나이 16세를 말한다. 재순再巡은 차가 좀 농후濃厚하여 감미甘味가 드러나는데 이를 이렇게 비유比喻한 것이다.

9. 차의 저장

차의 저장에는 창포菖蒲의 어린잎을 잘 건조하여 사용하는 것이 좋다. 이 잎을 약엽蒻葉이라고도 한다. 차는 다른 향香·약藥 등을 싫어하고 따뜻하고 건조한 것을 좋아한다. 특히 차갑고 습한 것을 싫어하므로 차를 저장하려면 약엽을 다배茶焙에 넣어 둔다. 대략 3개월 만에 한 번씩 숯불을 넣어서 언제나 사람의 체온 정도를 유지해 주어야 한다. 만약 차를 보관하는 곳이 따뜻하면 습기를 방어할 수 있다. 그러나 만일 화기火氣가 너무 뜨거우면 열기가 차에 들어가 먹지 못하게 된다. 만약 약엽을 구하지 못했을 경우에는 죽순 껍질을 사용할 수도 있다.

또 자기磁器로 만든 항아리를 사용하는 것이 적합하다. 항아리의 크기는 10근斤 가량이 들어갈 수 있는 것을 골라 (항아리의) 사방에 약엽을 두껍게 싸 둘러서 그 가운데에 차를 저장한다. 보관할 차는 충분히 건조해야 하며 신선도가 떨어져서는 안 된다. 차를 보관하는 항아리에는 차만을 저장해야 한다. 오래 사용해도 좋으며 매년 사용해도 무방하다. 차를 항아리에 보관할 때에는 차를 항아리에 넣고 잘 누르고 약엽으로 두텁게 항아리의 입구를 단단히 싸맨다. 이 위에 다시 유지油紙 등으로 싸고 단단한 마 끈으로 잘 동여매 벽돌 같은 것으로 눌러 놓는다. 조금이라도 틈이 생겨서 바람이 들어가지 않도록 한다.

차는 원래 습기를 싫어하며 건조한 것을 좋아한다. 한기를 피하고 온기를 좋아한다. 찔 듯이 더운 것을 피하고 맑고 서늘한 곳을 좋아한다. 그러므로 차를 두는 장소는 사람이 앉거나 눕는 곳이 좋다. 사람이 거처하는 곳에는 온기가 있기 때문이다. 그리고 반드시 판자板子 위에 두어야 한다. 더구나 오지奧地는 (기온이) 습하고 뜨거워지기 쉽기 때문에 차를 두지 아니하는 것이 좋다.

만약 차를 두는 곳을 만들려면 아래에 기와를 수 층 중첩해 쌓은 후에 사방에도 기와를 쌓아 둥글게 화로와 같은 모양을 만드는데, 이것은 크면 클수록 좋고 벽면에 가깝게 해서는 안 된다. 이렇게 만든 다음에 그 위에 옹기를 놓는다. 수시로 식은 재로 옹기의 가장 자리를 메운다. 옹기 주위에 작은 간격이 생길 경우 수시로 재를 채운다.

옹기 주변을 채우는 재는 항시 건조한 것이어야 한다.

이처럼 한편으로는 바람을 피하게 하고 한편으론 습기가 들어가지 않도록 한다. 또 화기가 옹기에 들어가는 것은 피해야 한다. 화기가 들어가면 차가 황색黃色으로 변하기 쉽다. 보통 사람들은 대나무 그릇을 사용하여 차를 저장하기도 한다. 다량으로는 약준(菖蒲觔을 사용하여 보존하지만 약준의 성질이 강경强硬하므로 생각대로 잘 되지 아니한다.

이 밖에도 흙 화로를 설치하기도 하지만 효과가 없을 뿐 아니라 실효를 거두기도 어렵다. 간혹은 대나무 그릇에 차를 담아 배롱焙籠 중에 놓아두는 사람도 있으나 만약 화기가 침범하면 자칫 황색으로 변하기 쉽고, 화기火氣를 제거하면 습기가 들어오기 쉬우니 좋은 방법은 아니다.

10. 차 꺼내기

차가 싫어하는 바는 앞서 말한 바와 같다. 따라서 구름이 많이 낀 날이나 비가 오는 날에는 함부로 차를 보관하는 옹기의 입구를 열어서는 안 된다. 만일 차를 꺼내야할 경우엔 날씨가 쾌청할 때를 기다려 옹기를 열어야 한다. 이때 바람이 침입하는 것을 막아야 한다. 차를 꺼낼 때에는 먼저 따뜻한 물로 손을 깨끗이 씻은 후 마른 수건으로 손을 완전히 닦은 후에 옹기 안에 들어 있는 약준을 꺼내서 건조한 곳에 두고 소병小瓶에 꺼낸 차를 보관한다.

꺼낸 차의 양은 하루 소요량을 계산하여 약 10일분 정도 사용할 수 있는 차를 꺼낸다. 만약 차를 1촌寸쯤 꺼냈다면 1촌寸만큼 약준으로 공간을 채운다. 이때 약준을 잘게 잘라서 넣지 않으면 안 된다. 한편 차의 성질은 종이를 좋아하지 않는다. 종이는 물속에서 만들기 때문에 물 기운을 받는 것이다. 따라서 만일 차를 종이로 싸두면 아무리 잘 말렸다 하더라도 얼마 뒤엔 축축하게 습기를 머금을 수 있다.

안탕산雁宕山 등의 차는 이러한 폐해弊害가 제일 심하다. 항상 종이로 싸서 먼 지방에 보내므로 가품佳品이라고 할 수 없다. 차가 일단 습해지면 차의 진수를 잃게 된다.

날마다 사용할 차는 소병小瓶에 담아서 약篛으로 싸서 바람이 스며들지 않게 해야 한다. 매일 먹을 차는 책상 위 등에 두는 것도 무방하나 서랍에 두어서는 안 된다. 차가 싫어하는 것은 음식물 등을 두었던 그릇과 함께 둔다든가 또는 약의 종류와 같이 두는 것이다. 이는 차에 약 냄새가 배기 때문이다. 만약 해조류와 같이 두어도 해조류의 냄새와 맛이 차에 배므로 함께 두지 않는다.

11. 논객

차를 함께할 손님이 많을 경우에는 다만 잔을 잡고 서로 잔을 주고받는 것에만 분주하게 된다. 잘 아는 사람과 일차로 만날 경우에는 간간이 보통으로 응대하면 된다. 다만 뜻이 같은 동지가 상호간에 허심탄회하게 세상 밖을 넘나들 경우에만 비로소 동자童子를 불러 등롱

燈籠에 불을 밝혀서 물을 길어다가 찻물을 끓여서 차를 낼만하다. 객의 수를 헤아려 3인 이하이면 한 개의 화로에 차를 끓이고, 5~6인이면 두 개의 화로를 준비한다. 한 명의 동자로 차를 달이게 하는 것은 조금 무리가 있으니 두 명 정도의 동자를 시키면 부담이 덜하다. 그렇지만 만약 귀한 손님이 많을 경우엔 차 달이는 것을 중지하고 객 마음대로 다과를 들게 하는 것도 무방하다.

12. 다료

집 밖에 다료茶寮를 설치한다. 너무 건조하며 청명淸明하고 막힌 곳은 재미가 없다. 벽 사이에 두어 개의 풍로를 열립列立하고 조그마한 설동雪洞(대나무를 뚫어 만든 화로를 덮는 것)으로 이것을 덮고 한 면만 열어놓는다. 재, 가루 등이 날리는 것을 방지하기 위하여 요전寮前에 탁자卓子 하나를 두고 그 위에 다주茶注와 다우茶盂 등을 준비하여 둔다. 그 외에 별도로 탁자 한 개를 더 설비하여 다른 다구를 놓아둔다.

방 옆에 선반을 매어 포건布巾(茶手巾)을 걸어두고 차를 낼 때 사용하고, 사용한 후에는 원상대로 놓고 그 위에 덮개를 덮어둔다. 먼지가 묻으면 물만 축낼 우려가 있으니 목탄木炭은 멀리 두는 것이 좋으며 풍로 가까이 두면 좋지 않다. 다량 매입하여 미리 건조하여 두어야 불꽃이 쉽게 일어난다. 풍로는 항상 벽에서 좀 멀리 두고 재를 자주 소제해야 하는데 이는 화재에 대한 염려를 없애기 위함이다.

제8장 다완에 대하여

추기 : 『동다정통고』에서 필자가 중요하게 다룬 다구茶具는 찻잔茶盞이 다. 이를 위해 우리나라에서 사용했던 다완의 자료를 찾아보려 했으나 자료를 찾기가 여의치 않았다. 따라서 필자는 부득이 일 본인이 쓴 『당물다완唐物茶碗』을 참고하면서 일본 다인 간에 지보 至寶로 여겼던 찻잔들이 대부분 우리나라에서 생산된 물품들이 라는 사실을 재삼 확인하였다. 필자는 이에 흥미를 가지고 다완 에 대해 서술하면서 첫째 '내 옷 속에 있는 명주를 스스로 알아 서 쓰지 못한 격[衣內明珠 自覺不用格]'이라 지금까지 보지도 듣지도 못했던 것임을 알았다. 우리의 선대가 만든 찻잔들이 일본 다인 들에 의해 그 아름다운 세계를 드러냈다는 점에서 못내 자괴감 을 지울 수 없었고, 둘째 일본인이 저술한 내용 중에 청자기를 제외한 나머지가 모두 우리의 조상이 만든 작품이라는 사실이었 다. 다완을 서술하면서 어려웠던 점은 도자기의 전문 용어를 번 역하는 일이었다. 예를 들어 '고대高臺'를 '굽'으로, '구변口邊'을 '입시울'로 번역하였고, '구口'를 '주둥이'로, '다완茶碗'을 '찻잔茶 盞' 등으로 바꿔 적었다는 것을 밝혀둔다.(박동춘)

다완茶碗이란 차를 마시는 도구를 말한다. 하지만 필자가 말하는 다완은 작설차雀舌茶를 마실 때 사용하는 찻잔을 말한다.

처음 사람이 차를 마실 때에는 이에 필요한 그릇이 있었을 것이다. 따라서 다완의 역사를 밝히려면 상고시대로 소급하여 연구해야 하는데, 차의 기원이 너무 멀고 아득하여 그 증거를 찾기가 어렵다.

우리나라의 찻잔을 살펴보기에 앞서 차문화의 전개를 살펴보면, 우리나라에 차가 수입된 것은 가락국 김수로金首露 왕 때부터이다. 이후 신라 진흥왕眞興王, 선덕왕善德王, 흥덕왕興德王 때에 차문화가 형성되었지만 다완에 대한 언급은 거의 전무하다.

따라서 차가 선종禪宗의 도입과 함께 중국에서 수입된 문화라는 점에서 다완도 함께 들어왔을 가능성을 점칠 뿐이다. 그렇다면 차가 유입될 무렵에 중국의 다완은 어떤 것이었을까. 필자가 초의스님의 유품인 중국식 다완 두 개를 소장하고 있었는데, 이 중의 한 찻잔은 왜인倭人들이 식사 때 사용하는 식기食器(주발) 모양과 흡사하였다. 순백색의 구연부에는 황금 선이 둘러졌고 몸체나 뚜껑이나 다 같이 작은 높이의 굽이 붙어 있었다. 다른 것은 앞서 말한 것과 같으나 몸체 내부에 남색藍色 염료染料로 불수화佛手花와 잣나무가 그려졌고, 동체의 표면에는 함풍제咸豊製라는 글자가 있었다. 이는 김추사金秋史가 옹방강翁方綱에게 받은 것인데 추사가 초의스님에게 선물한 것이다. 초의스님이 입적한 후 그 법사法嗣인 서암恕菴에게 전해졌고, 다시 서암의 법제자인 쌍수雙修에게 전해졌다가 그의 제자 김천우金千牛에게 전해졌다. 이어 김천우로부터 다시 필자에게 전해진 것이다. 하지만 이 귀한 유품은 애석하게도 6·25전쟁 통에 피난을 가던 도중 깨지고 말았으니 반만년의 진보眞寶가 하루아침에 진화塵化된 것이라 하겠다.

이런 사정을 전후해 볼 때에 신라 때 차를 마시던 다완은 대개 중국식 다완이었을 것이라 생각한다. 특히 고려시대에 비취색 찻잔을 사용했던 사실은 서긍의 『고려도경高麗圖經』에서도 확인할 수 있다.

조선 말, 필자의 사미시절에 대흥사에서 사용했던 다완(찻잔, 찻종이라 했다)은 대개가 조선 그릇으로 중간 크기의 사발 류를 사용했고 때로 사발沙鉢 같은 것도 사용하였다.

조선 중기까지 조선에서 만들어진 그릇이 일본으로 건너가 일본 끽다의 풍미를 더한 것은 이미 잘 알려진 일이다. 그럼에도 필자가 일본이 국보처럼 아끼는 조선다완을 설명하려는 의도는 우리나라 다인들의 다완에 대한 안목을 높이고자 함이다. 아울러 우리나라 다인들의 끽다 품격을 드높이고자 하는 것이다. 이는 아무리 귀한 보배가 우리에게 있다 하여도 우리 스스로 이에 대한 가치를 모른다면 한낱 무용지물에 불과한 것이기 때문이다.

우리는 흔히 쓰는 일용품 중에서도 귀중한 것에는 '당唐'이란 글자를 첫머리에 붙인다. 예컨대 당목唐木, 당唐성냥, 당기唐箕, 당唐꽂이, 당초唐草무늬, 당재唐材, 당唐항나 등이 바로 이런 사례이다.

일본도 외래품을 당물唐物이라 부른다. 특히 다도에 사용하는 다완에는 흔히 당唐 자를 붙이는 경우가 많은데, 흥미로운 것은 우리나라에서 만든 물품에도 당唐 자를 붙여 당물다완이라고 부른다는 사실이다. 일본인의 저서에 등장하는 '당물다완'은 통상 조선이나 중국, 또는 외국에서 제조된 다완을 말하지만, 일본 다인들이 말하는 당물다완이란 대개 조선에서 만든 다완을 지칭하는 것이 일반적이다.

1. 당물다완의 종류

일반적으로 당물다완唐物茶碗이라고 부르는 조선다완의 종류는 몇 가지나 될까. 그 대략을 살펴보기로 하자.

정호井戸 대정호大井戸, 소정호小井戸, 소관유小貫乳, 청정호靑井戸, 정호 협井戸頬 등

호맥蕎麥

오기吳器 대덕사오기大德寺吳器, 홍엽오기紅葉吳器, 니오기尼吳器, 추오기 錐吳器, 번장오기番匠吳器, 유격오기遊擊吳器 등

반사半使 홍엽반사紅葉半使, 어본반사御本半使, 유격반사遊擊半使 등

어본御本 어본입학御本立鶴, 화어본畵御本, 사어본砂御本, 어본운학御本雲 鶴, 어본광언고御本狂言袴 등

어소범御所凡 백수어소환白手御所丸, 흑쇄수黑刷手 등

김해金海 도형桃形, 주빈형洲濱形, 무지김해無地金海 등

분인粉引

운학雲鶴 고운학古雲鶴, 운학雲鶴, 조선운학朝鮮雲鶴 등

삼도三島 고삼도古三島, 예빈삼도禮賓三島, 조삼도彫三島, 화삼도花三島, 쇄 모삼도刷毛三島, 삼작삼도三作三島 등

이라보伊羅保 고이라보古伊羅保, 황이라보黃伊羅保, 정조이라보釘彫伊羅保 등

회고려繪高麗

고려高麗 고고려古高麗, 필세筆洗, 할고대割高臺, 이번餌番 등

이렇게 당물다완을 분류한 것은 대개 소지자所持者의 성姓을 붙이든 가 아니면 산지의 지명을 따른 것이다. 간혹 형상이나 색채 등에서 느껴지는 감동이라든지 융통성融通性이나 자유로운 풍요豊饒로움에 주 안점을 두어 이름을 붙이는 경우도 있다. 중요한 당물다완에 대해 그 예술적 가치나 산지, 형태미 등을 살펴보면 다음과 같다.

2. 정호다완

정호다완井戸茶碗은 다완의 왕좌王座로 군림되며 지상至上의 확고한 지위를 차지하고 있어서 과거, 현재, 미래를 통틀어 불변의 위치를 점하고 있는 진품 중의 진품이며, 끽다喫茶함에 최상의 품격을 유지해 준다. 실제 정호다완을 보면 먼저 장중莊重함과 호방豪放함에 놀라지 아니할 수가 없다. 손으로 다완을 들어보면 그 중량감에 희열을 느낄 만하다. 더구나 벌어진 두터운 구연부가 입술에 닿으면 어찌 그리도 비유肥柔하며 온화溫和하고 풍윤豊潤한 느낌을 주는지 그 감동이 아주 벅차게 느껴진다.

다시 자세히 살펴보면 힘차게 그어진 녹로轆轤 자국의 웅장하고 대 범한 모습과, 전체가 둥글게 그어진 비파색의 농담 유약釉藥 위에 다 시 백색미가 돈다든가, 혹은 황색이 용해된 것 같은 유약은 어느 것 은 황운黃雲 같기도 하고 또 어느 것은 물이 흐르는 듯하다. 그 위에 시대의 높고 존귀함을 드러낸 듯, 크고 작은 무수한 균열들은 한층 풍미를 더하는 요소이다.

이 다완의 교어피鮫魚皮(가이라기) 문양도 중요하다. 저 활기 있고 힘차게 죽절竹節의 굽 주위를 휘둘러 백로白露가 응결凝結한 듯하며 혹은 암석에 부딪쳐 부서지는 파도의 포말을 보는 것처럼 느껴진다. 이 '가이라기'는 고호高豪의 내부에도 자미滋味있는 권발상卷髮相을 보여준다. 이 가이라기는 정호다완의 생명이라 할 수 있다. 또 내부 밑바닥의 풍부하고 큰 곳을 회전해서 매화처럼 구요문九曜紋과 같은 아름다운 흔적이 남아 있는 것도 중요한 볼거리이다. 실로 정호다완의 진미眞味는 언설言說이나 글로 다 말할 수가 없다. 정호다완처럼 차 맛을 잘 드러내는 다완은 다른 것에서는 도저히 찾을 수 없을 것이다.

정호다완의 명칭에 대한 유래

정호井戶라는 명칭은 어디에서 생겨난 것이며 누가 명명한 것인가? 이에 대한 학계의 설은 대개 두 가지로 요약된다. 첫째 인명을 따라 붙여진 것이라 보는 견해인데, 이는 바로 대마對馬의 성주城主 정호약협수관홍井戶若狹守寬弘이 조선으로부터 가져와서 태각수길太閣修吉에게 헌상獻上했다 하여 정호라는 성姓을 첫 머리에 붙였다는 것이다.

둘째는 지명에 따라 붙여졌다는 설인데 이는 조선의 '위등韋䒳' 지방에서 만든 것이라는 설이다. 위등과 정호井戶가 음音이 서로 같으므로 지명을 따라 불렀다는 것이다. 그렇다면 위등韋䒳은 어디일까. 정호井戶는 바로 경상남도慶尚南道 언양彦陽이라고 보는 견해가 있다. 또 다른 청정호靑井戶는 경상남도 양산군梁山郡 동부東部에서 만든 것이라 알려졌다. 따라서 정호다완은 조선에서 만든 것이며 임진왜란을 전후하여 생산된 다완이라는 견해가 일반적인 학설이다.

정호다완의 특색

천하의 귀물로 칭송되는 정호다완은 어떤 특색을 지녔기에 이처럼 다인들의 환호를 받는 것일까. 다인들은 약속이나 한 것처럼 정호다완의 '아름다움'을 이 다완의 특색이라고 말한다. 정호다완의 특색을 다른 다완에 비교해서 말할 수는 없지만 다인들이 정호의 특색이라 칭송하는 점이 있다. 다완의 전체 모양이 정호井戸처럼 생길 것, 또 다완의 내외 굽까지 유약이 입혀 있을 것 등이 그것이다. 아울러 내동부內胴部의 밑바닥까지 흔적이 있는 것이며 체동體胴에 유약이 흘러내린 흔적이 나타나 있는 것과 다완의 굽이 죽절형竹節形으로 된 것이 그것이다. 또 다완의 굽 내부가 투구형으로 된 것과 다완의 굽 내외가 교어피(생선껍질) 모양을 이룬 것을 정호다완의 특색으로 인정한다.

이외에 정호다완의 특징으로는 다완의 굽 가로부터 구연부까지 깊고 얇은 차이는 있으나 힘차게 안는 듯 넓지 않게 벌어진 것이다. 다완 전체가 모두 비파색枇杷色의 유약이 입혀져 있는 것도 특색인데, 예로부터 말한 바와 같이 종횡대소縱橫大小로 균열이 있고 다시 이 위에 백색질의 유약이 흐르는 것은 한층 더 운치를 더해준다. 색은 비파색인데 다완의 굽이 겹쳐진 곳에 흙이 노출되어 있는 것은 오랜 세월이 흐르는 동안 이 부분의 유약이 떨어져버린 것을 말한 것이리라. 또 다완의 내부 밑바닥 주위에 중첩으로 구웠던 흔적을 목적目跡이라고 하는데, 이것이 3개부터 10개까지 있다. 아마도 최상부의 다완 일매一枚만은 당연히 목적이 없을 것이다. 다완茶碗의 체동體胴에 웅대한 녹로의 큰직한 선이 강력하게 나타나 있는 것이나, 굽을 만들 때에 유약이 위에 덮여져서 굽과 체동 사이에 소위 회전이라고 하는 일절一節을 더했으므로 굽 가장자리가 죽절竹節 모양으로 찍은 듯한 느낌이 든다. 이 작업은 물론 무의식적인 손버릇에 의해 생긴 것인데 이는 일층 굽을 늠름하고 혼융하게 보이는 결과를 가져온다. 굽 내부를 만들 때에 녹로 상에서 회전하면서 일심一心으로 일비一篦를 가했으므로 그 중심점에 자연히 비篦를 가한 결과로 돌기突起가 생기는 경우이다. 이것은 흡사 산을 덮어쓴 투구머리와 같아서 붙은 이름이다. 오히려 굽 내의 형상이 표고버섯의 축과 흡사하므로 표고버섯 굽이라 불렀다.

마지막으로 교피鮫皮란 것은 굽의 주위에 붙어 있는 유약의 후량厚量에 의해서 그 본토에 밀착되지 아니하고 백로白露처럼 응결되어 아름다운 소립小粒이 산재한 것처럼 보이는 것을 말한다. 굽의 내외에 이런 부분이 많은 것일수록 한층 감상하는 즐거움이 크다. 이처럼 '가이라기'는 나의 생각으로는 교피鮫皮 혹은 와피蛙皮와 비슷한 것을 말한다. 이처럼 각각 언급한 조건을 완비한 다완이라면 가장 완전한 명다완名茶碗이라고 할 수 있다.

정호의 종류

정호井戶 가운데 회귀한 이름을 얻은 것은 대정호, 소정호, 소관유小貫乳, 청정호靑井戶, 정호협井戶頰 등이다. 조선사발이 일본에서 명품으로 칭송되는 유래를 살펴보자.

먼저 대정호이다. 예로부터 세상을 시끄럽게 한 명품 정호다완이 대개 이 부류에 속하는데, 이 다완의 예술성, 소박성 등은 다완이 갖추어야 할 격을 완비한 것이다. 특히 정호다완은 반드시 경도京都 대덕사大德寺 산내山內 호봉암弧蓬菴 소장의 국희좌위문정호國喜左衛門井戶를 우선적으로 거론한다. 이것은 본래 고려 공민왕 때(己酉, 1369)에 대판大阪의 정인町人 죽전희좌위문竹田喜左衛門이 소장했다가 본다능등수충의

本多能登守忠義의 소유가 되었는데 이를 일명 본다정호本多井戸라고 한다. 이 다완의 명칭은 대개 소유자의 이름을 관칭冠稱한다.

우희좌위문정호右喜左衛門井戸는 막부幕府시대 말에 대 다인이었던 송평불매松平不昧의 비장품秘藏品이 되었는데 이 다완을 소장한 사람은 종기 병에 걸리는 기인한 이변이 생겼다. 송평불매松平不昧도 이 다완을 소장한 후 종기 병에 걸려 어려움을 겪다가 죽었고, 그 아들 월담月潭이 소장했다가 그 역시 종기 병을 앓았다. 따라서 송평불매松平不昧의 미망인 방호낙원이 그 부군의 유물을 고봉암孤篷菴이라는 절에 헌납하여 이 절의 세전품世傳品으로 전해오고 있다. 따라서 정호井戸는 다완의 귀품 중에 귀품으로 이것을 배견拜見하는 사람은 신비로움과 공포감의 절대적인 위엄 앞에 자연 머리가 숙여진다고 한다.

후일 이 우희좌위문정호右喜左衛門井戸는 태각수길太閤秀吉의 애장품이 되었다가 소성씨小姓氏의 잘못으로 떨어뜨려 다섯 조각으로 부서져버리고 말았다. 이때 수길秀吉이 대노하여 다완을 떨어뜨린 소성씨小姓氏를 처벌하려 했는데 세천유재細天幽齋가 자리에서 일어나 '낱낱이 다섯 쪽으로 나뉘진 정호다완, 그 허물은 우리들이 부담해야 하지 않겠는가?'라는 시를 읊조리니 성이 났던 수길의 마음도 풀어져 그를 벌하지 아니했다고 한다. 그 후 정호다완은 경도 산과비사문당山科毘沙門堂에 전해졌다. 현재 일본의 국보로서 경도박물관京都博物館에 기탁 보관되고 있다. 정호의 가운데 대정호만 설명하고 그 나머지는 대개 대정호다완大井戸茶碗의 계통에 속하므로 제작, 수법, 유약 등이나 산지는 생략하기로 한다.

3. 웅천다완

정호井戶와 웅천熊川은 예로부터 다인 간에서는 양대 관문처럼 존중되었다. 웅천다완은 정호다완보다는 그 격이 높지는 않지만 마음이 편안해지는 점이 있다. 특히 농차濃茶를 다룰 때에 적합하고, 박차薄茶를 다루어도 좋다. 전체적으로 다른 다완과 비교해도 중첩重疊되지 않는다는 점에서 보물 중에 보물이다. 다완의 색깔까지도 어둑어둑한 다실茶室에서 (다인의 마음을) 그윽하고 고요한 기분으로 이끌어 준다.

웅천다완의 웅천은 보통 '곰게' 혹은 '곰게이'를 말한다. 다인들이 마음대로 다완의 산지 이름을 그대로 취하여 이름을 붙인 것이다.

웅천다완의 산지인 웅천은 함경도咸鏡道의 일부라는 설과 경상남도 웅천군熊川郡 웅천면熊川面이라는 두 가지 설이 우세하다. 그러나 우리나라의 경우 북쪽에 위치한 도요지는 거의 희소하고, 주로 남쪽에 분포되어 있기 때문에 경상남도 웅천군 웅천면에서 생산되었을 가능성이 높다. 이 웅천다완이 생산된 시기는 대략 여말선초麗末鮮初라 여겨진다.

임진왜란 때 풍신수길이 상당히 많은 양의 다완을 가져갔을 것으로 추정되는데, 이를 후래웅천後來熊川이라 부른다.

웅천다완의 특색을 한 마디로 다 말할 수는 없지만 그 모양이 대개 웅천형으로 만들어졌는데, 일반적으로 툭툭하며 조금 깊다. 구연부의 시울이 조금 밖으로 뒤집어진 듯하며 아래로 조금 좁아진다. 다시 다완의 몸통에서 얼마만큼 팽대해져서 굽 선線까지 들어와 있다. 내부의 밑바닥은 아주 둥글게 한 단이 조금 낮은데 이를 면경面鏡이라 한다. 면경이 없는 것은 이 다완의 가치에 큰 영향을 준다. 굽에는 흙이 조금 보인다. 그 흙은 엷은 밤색이 가늘게 지나가니 뭐라 말할 수 없는 멋이 있고, 아름다운 주름이 한 면에 나타나 있어 장관을 이룬다.

굽은 죽절竹節로 되어 있으며 내부는 투구형이다. 이 다완을 손에 들고 있으면 묘유의 느낌을 준다. 유약釉藥은 대체로 황색미를 띤다. 굽을 제외하고는 전면에 섬세한 금이 나 있다.

웅천다완의 종류로는 직웅천直熊川, 귀웅천鬼熊川, 평웅천平熊川, 회웅천繪熊川 등이 있다.

4. 오기다완

오기다완吳器茶碗은 예로부터 다인들에게 큰 사랑을 받아 왔다. 장중한 느낌의 큰 다완으로 비교적 그 종류가 많고 또 볼 만한 아름다움이 있다. 이 다완은 대체로 농차濃茶 용으로 사용하지만 가끔 박차薄茶에도 쓴다. 홍엽오기紅葉吳器, 서본원사西本願寺의 일문자오기一文字吳器 등이 있다.

오기다완吳器茶碗은 오기吳器 또는 오기五器, 어기御器라고도 한다. 오기吳器라고 부르는 것은 그 모양이 불가佛家에서 사용하는 끽반용喫飯用의 완碗과 같으므로 이런 이름이 붙여진 것이 아닌가 생각한다. 특히 오기五器라고 부른 연유는 대덕사오기大德寺吳器, 홍엽오기紅葉吳器, 오기吳器, 번장오기番匠吳器, 이오기尼吳器 등 다섯 종류가 있으므로 이런 명칭이 붙여진 것이다. 그런데 일본 직전신장織田信長이 대덕사大德寺 산내山內에 총견원總見院을 건립할 때 풍신수길豊臣秀吉이 '어오기御吳器'를 기증했는데 목록에 오기吳器라 기록한 이후부터 오기吳器라는 명칭이 생겼다고 한다.

오기다완吳器茶碗의 산지는 대략 울산군蔚山郡 남부南部이며 여말선초에 생산된 것이다.

이 다완의 특색은 대개 전체가 크게 벌어졌으며 키가 높고 굽 또한 높아 조금 밖으로 벌어진 듯한 느낌이 든다는 것이다. 유약은 황색으로 적색을 띤 것이 많고 살빛은 골윤滑潤한 편이다. 녹로轆轤 자국이 지극히 정연靜然하고 미연未然하게 남아 있다. 이 오기다완은 그 종류가 상당히 많기 때문에 구별하기가 지극히 어렵다.

오기다완은 앞서 언급한 바와 같이 대략 5종이 있다. 이외에도 유격오기遊擊吳器, 회오기繪吳器, 후도오기後渡吳器, 반사오기半使吳器, 좌도오기左渡吳器, 삼형오기杉形吳器, 단반오기端反吳器 등이 있는데 그 중에 몇 종류의 특징을 살펴보기로 한다.

대덕사오기는 때로는 화오기花吳器라고 부른다. 조선의 승려가 일본에 가서 경도자야京都紫野 대덕사에 잠깐 머물다가 귀국할 때에 조선 승려가 지녔던 식기食器를 대덕사에 두고 왔다. 이 식기가 다완으로 사용되어 대덕사에 전래했으므로 이런 류의 다완을 대덕사오기大德寺吳器라고 부른다. 대덕사오기는 모든 오기 가운데 가장 시대가 오랜 것이다. 자태는 큰 것이 대인 같고 굽도 크고 훌륭하다. 흙은 유연한 감이 있고 유약은 백지에 황색미를 띤다. 특수하게 오기에 한하여 '유독釉禿'이라고 해서 유약의 일부분에만 태토가 드러나 보이는 것이 많아 이것이 절묘한 경색을 이루고 있다.

홍엽오기는 대덕사오기와 같은 종류로서 그 특색 역시 같다. 유약은 아름다운 적색미를 띠고 있으며 그 중에는 청색이 섞여 있어 석양에 비치는 홍엽紅葉의 색으로 생겼으므로 이렇게 불렸다. 대덕사오기와 대동소이한데 굽은 외부로 자들어져 있으며 유독釉禿의 경색이 재미있다. 유약도 청색青色, 남색藍色, 적색赤色 등 여러 가지로 나타나 대단히 아름답다. 국월菊月이라고 불리기도 한다.

번장오기는 대공大工이란 것으로 조선의 대공이 소지하고 갔던 다완과 같은 것이라고 해서 이렇게 부른 것이다. 대덕사오기보다 좋은 점을 볼 수 있다. 그 특색은 대덕사 것보다도 천품淺品으로 굽이 크고 유약은 황색미의 빛을 띤다.

유격오기는 유격장군 심유정선사沈唯政禪師가 평소 세필기洗筆器로 사용했던 것이다. 그가 일본에 강화특사講和特使로 파견되었을 때에 일본인 불매후不昧候에게 준 것이다. 그런데 이것이 대덕사오기와 동일하다고 해서 유격오기遊擊吳器라 했다. 그 유약이 반사半使와 동일하므로 반사오기半使吳器라고도 한다.

이오기는 오기 중에도 가장 시대가 늦은 것이다. 이것은 조선의 이승尼僧이 소지하고 갔든가, 조선 승려의 일부가 경사京師의 이사尼寺에 천유淺遺하고 귀국했든가 하는 것으로 이오기尼吳器라 한다. 대덕사 것보다는 형태가 작고 키도 낮아서 완형椀形에 가깝다. 흙과 유약도 전혀 다르다고 하나 문자로는 도저히 설명하기 어렵다.

5. 반사다완

반사半使가 일반적으로 쓰이나 반사半司, 판사判司, 판사判事 등으로도 적는다. 반사라 하는 것은 조선관리朝鮮官吏의 관명官名(司法官)의 일종으로 그 관인이 풍공시대豊公時代에 사절로 일본에 갔을 때 지참했던 다완이므로 그 직명에 의하여 이와 같이 명명된 것이다. 일반적으로 대덕사오기와 동양同樣이다. 기후로 말하면 봄이나 가을의 좋은 계절에 적의適宜하다. 홍엽반사의 엷은 홍색과 자색을 띤 적황색이 더욱 빛나며, 혹은 석양에 비치는 상운祥雲에 각각 상응하여 이름이 붙었으니 예로부터 다인들의 애완하는 바를 짐작하겠다. 박차薄茶에도 사용하며 엷은 농차濃茶에도 사용하게 되니 대단히 자미滋味 있는 것이다.

그 산지는 부산釜山 부근이며 일본 도산시대桃山時代에서 덕천德川 중기쯤에 생산된 것이다. 보통 반사半使라고 부르는 것은 상당히 연대가 올라가며 아주 후대에 생산된 것도 있다. 그 특징적인 모양은 주둥이를 만든 법이 내부로 안아진 것도 있으며 반대로 시울이 자들어진 것도 있다. 굽은 대개 죽절竹節인데 흙이 보이는 것과 그렇지 않는 것이 있다. 조금 구운 느낌의 백토이다. 유약은 특별한 방법으로 맑은 쥐색이 칠해진 중에 황청색黃靑色를 띤다. 여기에 붉은 돌출 반점이 나타나 있는 것이 매우 아름답다. 가느다란 잔주름이 섞여 있고 유약이 흘러내린 자국이 정연靜然하여 아름다워 보인다.

이 다완 중에는 유격반사遊擊半使, 반사오기半使吳器, 어본반사御本半使, 반사삼도半使三島, 홍엽반사紅葉半使 등이 있으나 실제 다석茶席에는 홍엽반사와 어본반사를 많이 쓴다.

6. 어본완

어본御本은 다인茶人에게 상당한 익숙한 많은 다완으로 농차濃茶보다 박차薄茶에 종종 사용한다. 실제 어본은 그 범위가 넓고 그 작법作法도 대단히 종류가 많아서 어느 것은 반사半使이고 어느 것은 견수다완堅手茶碗인가 하는 의심이 생기는 경우가 있다. 전체적으로 백청색白青色을 띤 유약 중에 아름다운 반점이 뾰쪽하게 나타나 있는데 반점이 많을수록 재미가 있고 잘 드러난 것을 어본이라 한다.

어본이라 불린 다완은 다도茶道의 종장宗匠이 그 표본을 보여주고 이를 조선朝鮮에 주문해서 그대로 만들도록 한 것이다. 즉 '어수본御手本'에 의하여 제작했던 다완이다. 그러므로 '어수본御手本'의 수手 자를 생략하여 어본이라고 부른 것인데 이는 다완의 총칭이다.

일본에서 다완의 표본을 가지고 조선에 와서 주문했던 것으로 교통이 편리한 부산 부근 또는 근접지인 김해 지역에서 제작된 것이 명확하다. 그러나 공식적인 주문은 전달의 편의상 당시 조선과 중간 지점인 대마도對馬島(쓰시마 섬)까지 조선의 도공이 직접 와서 조선요朝鮮窯를 만들어 소성燒成한 것도 있으므로 어본다완은 조선 산産으로 통한다. 대개 이 다완은 일본 관영寬永(1624) 시대에 가장 많이 사용되었고 막부幕府 말 전후의 것을 '금도어본今渡御本' 혹은 '신어본新御本'이라고 부른다.

이 다완의 특색은 대개 청미青味가 돌며 또는 황백의 몸에 뾰족뾰족한 붉은 반점班點이 보인다는 것이다. 때로는 전면의 한 면으로 반점이 확대된 것도 있다. 이는 소성할 때 유약에 포함되어 있던 철분

이 요窯 속에서 산화작용을 일으켜 생긴 것으로 어본의 특색이기도
하다. 어떤 것은 붉은 색에 청색靑色이 드러난 것도 있다. 이것은 요窯
중에서 화기가 충분히 돌지 아니한 곳에 있던 다완이 익으면서 생기
는 것인데 청靑·적赤 등의 아름다운 빛깔이 황백한 몸에 일면으로 나
타난다. 흙은 대개 희고 가늘며 그 중에는 붉고 골윤滑潤한 흙도 있다.
이런 것은 시대時代가 떨어지는 것이다. 때로 백토에 소사小砂가 많이
섞인 것도 있다.

굽은 외부에 벌어진 것이 많고 밑은 둥글어 추켜올린 것도 있다.
쪼개진 굽도 있으며 윤형輪形 굽도 있다. 굽 안에 아름다운 흙이 드러
나 있는 것도 있다. 형태는 통형筒形도 있고 완형椀形도 있는데 그 종
류가 많다.

이 다완의 대표적인 것은 '어본입학御本立鶴'이다. 이것에는 채문蔡紋
과 매발梅鉢이 있다. 이 외에도 어본운학御本雲鶴, 화어본畵御本, 대주어
본大州御本, 어본반사御本半使, 어본삼도御本三島 등이 있다.

7. 김해다완

대개 조선의 다완은 그 출처가 분명하지 않다. 그러나 김해金海다완
만은 그 산지가 어디인지 분명한데 이는 경남 김해부金海府에서 생산
된 것으로 지명을 따서 김해다완이라고 불렀다. 또 다완에 김해 혹은
김金이라 조각되어 있기 때문에 김해라 부른다.

이 다완은 전체가 호장豪張하며 묵직하여 어떠한 식견자識見者에게
도 푸짐한 다완이므로 농차용濃茶用이지만 박차薄茶에 사용할지라도

풍류가 없는 것은 아니다. 반사자기半使磁器와 비슷한 흙맛과 청미靑味가 섞인 백색의 유약들이 딱딱한 느낌을 준다. 그러나 유약에는 삼투渗透해 있는 시대의 경치가 이런 단점을 어느 정도 부드럽게 해준다. 특별히 이 다완에는 자태에 변화가 있는 것이 많으니 도형桃形 등 여러 가지 격호格好가 많이 드러나 있어서 흥미롭다. 대체로 고려 초로부터 조선 중기에 걸쳐 구운 것이 많다. 하지만 현존 유물이 그렇게 흔한 것은 아니다.

　다완의 제작법은 조금 두텁고 호장豪張스럽다. 굽은 2~3개씩 쪽굽으로 된 것이 더욱 좋으나 윤환輪環굽으로 된 것도 있다. 대개 높고 밖으로 자들어진 느낌이다.

　김해란 명문이 있는 것이 좋지만 없는 것도 있다. 유약은 약간 청미가 도는 맑은 백색으로 내외에 충분히 칠해져 있다. 원래 김해다완은 흙이 드러나 있지만 일반적으로는 총유總釉로 된 것도 있다. 김해다완은 대개 깊은 것뿐이고 평다완平茶碗은 없다. 김해는 대체로 동일한 것이므로 이를 함께 묶어서 설명하겠다.

　도형桃形은 김해 것 중 제일로 많다. 주둥이의 모양이 복숭아 열매와 같다고 이렇게 불렸다. 도형은 한 개에 두 손가락으로 집었기 때문에 자연히 복숭아 열매와 같은 형상으로 만들어진 것이다. 이것은 김해에서 나온 것으로 다완의 특징이기도 하다.

　묘소猫搔는 몸체에 있는 볼거리에서 나온 이름으로 흡사 고양이가 발톱으로 긁어낸 것처럼 몇 가닥의 선이 사면斜面으로 다완의 몸체 일부나 혹은 전체에 남아 있던 것에 죽즐竹櫛이 무심히 유약을 먹어버림으로써 생긴 풍격이다. 실제로 다액이 남아 있으므로 이런 자미滋味

있는 경치가 만들어진 것이다.

간혹 김해다완 중에 김해 또는 다른 글자도 없고 고양이 발톱 자국도 없이 한 면에 유약만 칠해져 있으며 도형桃形이면서도 사방에는 특별하게 드러난 것이 없다면 이를 무지김해無地金海라 부른다.

8. 어소환다완

어소환다완御所丸茶碗은 호장豪壯이라고 하는 말로는 모든 것을 다 표현할 수 없다. 단무골일편單武骨一片이 호장이 아니다. 흡사 다석茶席에 단좌端座한 무장武將과 같은 감이 든다. 바로 사람을 위압시키는 박력은 단지 위협적이지도 않으며 친절한 위엄일 뿐 사납게 느껴지는 것은 아니다.

다완의 이풍異風스런 형상, 그리고 다취다양多趣多樣한 자태와 비대한 모양으로 된 주둥이의 작법作法이 드러났다. 장중掌中에 안은 것과 같은 느낌이 몸체의 풍신風身이다. 이에 기첨加添된 죽절竹節 자국의 아름다운 미관은 삿되지 않은 마음으로 만들었으니 강력强力한 듯, 무심하게 화판형花瓣形을 이루고 있다. 그대로 보아 넘길 수 없는 것은 굽을 만드는 법이다. 조선에서 만든 것으로 진기珍奇하고 낮은 것이, 대개는 오각 또는 칠각 내지 다각형으로 만들어 일종의 변화적 풍채를 가지고 있는 것이 이 어소환다완이다.

어소환御所丸이란 기이한 명칭을 가진 연유에 대해서는 대략 두 가지 설이 있다. 첫째는 풍태각豊太閤이 조선을 정벌할 즈음에 도옥진의 홍도玉津義弘이 조선에서 이 형태의 다완을 발견하여 풍공어용반豊公御用

般인 어소환御所丸에 맡겼고 결국 수길秀吉에게 헌납한다. 이로부터 반명般名을 떼어 같은 형태의 다완을 어소환이라 부른다는 설이다.

둘째는 고전식부古田識部가 이 형태의 다완을 어소환이라고 하여 풍공어용반豊公御用般에 의탁하여 조선에서 주문해서 그 표본을 주어 제작했으므로 이를 어소환이라고 한다는 설이다.

그런데 이 다완은 조선의 노련한 솜씨를 가진 도공陶工이 아니면 만들 수 없는 다완이다. 죽절竹節 굽 제작 등은 분명 세련된 수법이다. 이 다완의 산지는 경남 김해 상동면上東面이라고 한다. 저 백색의 반자기가 가진 굳은 흙은 앞서 말한 바와 같이 김해다완과 비슷하다. 지리적으로도 김해에서 만든 것이라는 설은 재론의 여지가 없다.

어소환이라고 하면 백형白形으로 된 것을 손꼽는다. 혹은 백쇄모白刷毛라고도 하나 이것은 흑쇄모黑刷毛에 대해 구별區別한 명칭이다. 때로는 김해어소환金海御所丸이라고 한 경우가 있다. 백색어소환은 백색 유약이 몸체에 덮여 있고 흑쇄모는 흑유黑釉가 일면에 칠해져 있다. 때로는 백지白地로 남아 있는 것도 있으나 흑쇄모 식이 대부분을 차지하고 있기에 이런 이름을 갖게 된 것이다.

백쇄모이건 흑쇄모이건 간에 유색釉色 이외에는 거의 동일하다. 어소환과 같은 특징을 가진 것도 진기하지만, 형태가 반듯하게 둥근 것은 거의 적고 대개는 비뚤어진 것이 주종을 이룬다. 주둥이를 만드는 법은 옥선玉線으로 잡아 젖힌 것 같이 둥근 맛이 있고 주둥이 선으로부터 한 단계 내려와 몸체의 부분이 따로 잘라맨 것과 같이 푸욱 들어가 있다. 이것으로써 전체를 이끌어 맸다.

다시 그 띠에서 조금 내려와서는 외부에 힘차게 향로香爐에서 나타

난 허리띠 같이 벌어져 있다. 그래서 몸체는 장중掌中 받침에 평평할
정도로 굽에 접속接續해서 절목節目이 굽을 감아 형세形勢가 급하게 돌
려져 있다. 굽은 무척 낮고 둥글지만 거의 오각형이다. 또 칠각형이
나 십각형인 것도 있다. 각이 많을수록 둥글게 보인다. 흙이 밖으로
나와 있다. 백토白土로써 구운 감이 든다. 그 굽의 내부에도 1~2본의
절적節跡과 깎아내린 것과 같은 절목節目이 나타나 있다. 유약을 칠한
모양은 김해다완과 거의 비슷하며 어느 정도 청색미를 띠었고 쥐색
빛이 도는 것도 있다. 때론 삼투된 백색의 광택이 있는 유약이 몸을
윤골하게 한다. 그런 중에 저녁노을 같은 빛깔이 깔려 있으므로 한층
아끼고 소중하게 여긴다.

9. 분인다완 혹은 분청다완

분인粉引은 분취粉吹라고도 부른다. 전체에 풍요하게 분장한 것이다.
백색의 유약은 시대에 따라 비파색이 되었다. 만일 그 광택에 불기운
의 여진으로 나타난 유독釉禿이라도 있다면 이는 진기한 물건이다. 수
정, 유리 같은 것이라도 살짝 나와 있다고 하면 한층 진기하고 중할
것이다. 물론 그 골연滑然한 몸 아래 나타나 보이는 경치는 말할 수
없는 절대적인 것이다. 분인粉引에 명완名碗이 없다고 하는 세인들의
말이 있는 것으로 보아 다인茶人들이 얼마나 총애하는 다완인가를 능
히 알 수 있다. 이 분인粉引에 남아도는 자색紫色과 박묵薄墨의 감람색紺
藍色은 '촌운村雲과 같이', 혹은 '흘러내리는 연기와 같이' 맑은 물처럼

비가 내리는 정황을 상미賞味할 수 있기 때문에 좋아하는 것이다.

분인粉引이란 흰 흙 위에 화장감이라고 할 수 있는 백회白繪 즉 백유白釉를 칠한 것이다. 이것은 태토胎土가 상등인 것은 아니다. 물론 정선精選했으나 그렇다고 해서 결코 순백한 상등품을 사용한 것은 아니다. 그 곳에 흙을 은근하게 감추기 위해 표면에 화장감인 백토를 칠한 것이다. 이것은 흡사 백분白粉을 그은 것과 같은 것이라 해서 분인이란 명칭이 생겼다. 또 분취粉吹란 분粉을 취출吹出한 것과 같다고 하는 의미이다.

분인의 산지는 경남이라고 전해진다. 시대가 상당히 올라가는 것으로 특별히 삼투滲透의 경치에 의해서 일층 오래된 것처럼 보인다.

다완의 형상은 삼형杉形, 완형椀形, 단반端反(주둥이가 뒤집어진 것) 등이 있다. 흙은 자토紫土 또는 연색토鉛色土이며 유약이 몸체에 다 칠해져 있고 굽 내부에도 칠해져 있다. 그러나 시대가 오래된 것은 벗겨져서 밑바닥의 일부에는 흙이 조금 드러나 보인다. 굽은 얇고 자미滋味 있는 죽절竹節이 있다. 굽 내부는 철鐵 투구 모양으로 되어 있는 것이 많다. 내부의 눈은 있는 것도 있고 없는 것도 있으므로 일률적으로 말할 수 없다. 유약이 흘러내린 것은 없기도 하고 있기도 하다. 유약은 흑점黑點이 섞인 회백색灰白色으로 어느 정도 청색미가 섞여 있다. 유약이 전체에 칠해져 있으므로 내외에 흐름이 많아 다인들은 더욱 좋아한다. 이 흐름은 분인粉引의 생명선으로서, 만일 이것이 없을 때에는 일면 취미가 결여된 것이 된다.

10. 운학다완

운학雲鶴이라고 보통 불리나 이것은 고려청자高麗靑磁 중의 상감문象
嵌紋의 일종이다. 상감에는 무학舞鶴과 구름 모양·목단·국화菊花·당초唐
草 무늬가 있고, 원문圓紋·점문點紋 혹은 포류蒲柳·수금水禽 등이 다종다
양하게 그려져 있다. 그 중에도 비운飛雲의 학鶴을 배대配對한 것이 많
으므로 다인들은 이것을 대명사로 삼은 것이다. 고려청자 중에도 상
감문의 기물器物은 다완 이외에도 합류盒類·발鉢·불기佛器 등 여러 가지
가 있으나 다석茶席에 들어가는 다자茶磁라 할 만한 것은 적다. 따라서
이따금 존재하는 것이므로 진중하게 생각한다. 대체로 산지는 전남全
南 강진康津 대구면大口面 부근으로 알려져 있다.

대체로 청자를 구운 것은 상당히 오랜 시기에 속하나 상감이 가장
성행했던 시대는 고려 의종毅宗(1146~1170)으로부터 충렬왕忠烈王 연간年
間(1274~1308)으로 본다. 신라시대에도 도기에 조문彫紋을 시설施設한 수
법이 있으나 이는 송요宋窯의 영향을 받은 것이다. 이 상감법은 시대
를 따라 발달하였다. 상감히는 방법은 먼저 소토素土로 기물의 형을
조작하여 그것에 비조篦彫 또는 형압型押하여 다시 이 두 가지를 병용
하던지 세 개의 수법 중 의거해서 운雲, 학鶴, 화花 등의 다른 문양을
요형凹形으로 조각彫刻한다. 그런 후에 한 면에 백니白泥 또는 흑니黑泥
등을 도포하고 이것을 씻어버리면 요면凹面에만 염색이 된다. 이에 청
자유靑磁釉를 칠하여 굽는다. 이와 같은 수법은 이 다완을 만든 선구先
驅를 이룬 것이다.

말차다완抹茶茶碗은 근소僅少하고 특히 손쉽게 만든 것을 다인들이

습취拾取해 다완으로 쓴 것들이다. 이는 통형筒形, 완형椀形 등 조금 깊은 것으로서 흙은 자색 또는 적흑색으로 구운 것이다. 의장意匠은 주둥이시울 아래와 거裾, 동胴에 환상環狀이 백선으로 한두 개 그어져 있고 몸체에는 구름이나 학鶴 등의 작은 문양이 백색으로 상감되어 있다. 이 운학문을 총칭하여 운학이라 한다.

전체는 조금 두껍고 여기에 청자색의 유약이 발라져 있다. 청자라도 침청자砧靑磁를 보는 것과 같이 아름답지는 않고 짙은 흑색이나 속색粟色 같은 것이 그 위에 시설施設되었고 광택한 영유永釉에는 거친 금이 가 있다. 유약은 굽까지 모두 바른 것이 보통이나 무슨 이유인지 삼형杉形에는 굽에 흙이 보이는 것도 있으나 이런 것은 드물다. 형태는 대부분 통筒이다. 때로는 이 통筒의 몸체에 표초瓢草 모양으로 잘록하게 이중으로 된 것도 있으나 오히려 이런 것은 화로용이고 다완으로 사용되는 것은 드물다. 삼용杉用도 발류鉢類 용에는 가하나 다완 용은 적다. 더러 있다고 해도 형形이 어쩐지 상품이 되지 못한다.

손에 들면 중重하고 장중해서 이려異麗한 감이 든다. 구워내는 형편상 반면에 황적 혹은 서색黍色이 드러난 것도 있다. 이것을 운학편신변雲鶴片身變이라고 하여 일단 감상할 만하다. 조각 굽 같은 것도 한낱 호물好物로 될 수 있다. 또 굽 내부에 골조를 볼 수도 있다.

다완에 운雲과 학鶴이 있는 것은 운학雲鶴, 그리고 고수법古手法을 고운학古雲鶴이라 한다. 어떠한 문양도 없는 것을 무지운학無地雲鶴이라 한다.

조선청자

다인들은 특별히 조선청자朝鮮靑磁라 부른다. 운학도 물론 조선청자의 일종이지만은 이것은 운학보다는 무척 하품이다. 태토胎土는 점토

粘土와 같이 굳세고 부드러운 감이 들며, 만들어진 것도 운학보다 거칠게 만든 것이다. 유약은 전체에 도피塗被하여 흑미가 섞인 순청색純靑色이고 수유水釉의 광택 역시 둔하고 일면에만 조금 반짝하게 나타나 있다. 중량감도 가볍다. 통형은 적고 정호형井戶形, 삼형杉形, 평다완平茶碗 등이 많다. 상감이 없는 것도 적지 않다.

고려청자의 원류

지금까지 고려청자를 연구하는 인사들은 많으나 아직도 완전히 정립되었다고는 볼 수 없음이 유감스럽다. 그리고 고려청자의 원류原流에 대한 연구가 미흡하다. 이 또한 필자가 무척 안타깝게 생각한다. 특히 완전한 학설을 세우지 못한 것이 고려청자의 생명인 유약이다. 청자에 대해 세상이 떠들썩하게 야단을 치고 있지만 청자의 생명인 유약에 대하여 아직도 이렇다 할 성과가 드러난 것은 없는 실정이다. 필자가 청자에 사용했던 유약 덩이 1괴一塊를 습득하여 가지고 있으나 과학적 분석과 실험을 해보지 못하고 있다. 언젠가 이것을 실험하면 고려청자에 사용했던 유약의 진면목을 약간 규구해 볼 수 있시 않을까 생각하는 바이다.

고려청자의 원류는 자연히 중국으로 소급遡及하지 않을 수가 없다. 더구나 중국청자는 절강성浙江省 용천요품龍泉窯品을 생각하지 아니할 수 없다. 이 용천요龍泉窯는 남송南宋 초(959~1367) 곧 고려 광종光宗 11년부터 공민왕恭愍王 17년까지 약 400년 동안이나 청자를 만든 요지이다.

그렇다면 중국 청자의 대표격인 용천요와 고려청자는 어떤 관계가 있을까. 솔직하게 말하면 우리나라의 문화는 중국 당唐 초기에서 청靑말에 걸쳐 사신 및 구법승求法僧 등의 왕래와 교역 관계에 의하여 수입된 것이 많다. 이로 인해 모든 분야의 문화에 영향을 받아 한국적인 특색을 이룩했다는 사실은 숨길 수가 없다.

중국과의 교유를 통해 우수한 문화를 받아들여 우리 민족의 생활 취미에 알맞도록 변천시켜 자성일가를 이루게 된 것이다. 예를 들어 불가佛家의 후불정화後佛幀畵를 보면, 중국에서는 그 작법이 양각陽刻(露刻)이지만 우리나라에서는 회회평면작繪會平面作으로 그린다. 또 나전 작품 중에 특히 병풍류의 경우 중국에서는 면面 전부를 양각하는 방면 우리나라에서는 평면각으로 만든다. 나전은 본래 인도가 그 효시이지만 중국에 수입되어 발전시킨 것이다. 우리나라에는 신라 흥덕왕 2년(827)에 장보고張保皐가 당唐으로부터 가지고 왔다는 설과 구덕대사丘德大師가 당에서 들여왔다는 설이 있다. 이 밖에도 흥덕왕 3년(828)에 입당사로 갔던 대렴大廉이 차 종자를 가져온 사실이나 고려 광종光宗 6년(954) 체관법사諦觀法師가 오왕吳王 구천句踐의 청請에 의해 입당入唐하여 천태산天台山에 소지所持하고 간 교재로서 천태사교의天台四敎儀를 저술하여 중국에 천태종이 다시 일어나게 했던 것도 모두 중국과 우리나라의 문화 교유가 왕성했던 사례이다.

또 고려 문종文宗 제4 왕자王子 대각국사大覺國師(義天)는 선종宣宗 2년(1084) 입송入宋해서 천태교리天台敎理를 연구하는 동시에 절강浙江성 항주杭州 남산南山 혜인원慧因院(高麗寺)을 인건敎建하는 등 우리나라 국풍國風을 크게 떨치고 귀국했다. 위와 같이 신라와 고려시대에 사신이나 승려, 교역인들이 중국(唐·宋)에 갔다가 각기 소업所業에 따라 활약하다가 귀국한 시대가 바로 중국 청자요가 유통되던 시기이다.

이러한 역사적인 사실에 의거해 보건대 중국에서 돌아올 때에는 반드시 선물 중에도 특별히 청자류 그릇을 가져왔을 것이다. 특히 불교계 승려들은 중국에 건너가 생활할 때 사발砂鉢(佛陀는 鐵鉢, 기타 제자들은 砂鉢이나 本鉢 등을 사용한다)을 이용했고, 이들 식기 등은 대개가 용천요龍泉窯에서 만든 청자완靑磁碗일 가능성이 높다. 이들이 귀국할 때에는 중국 승려들에게 법을 받았다는 증표로 청자류의 의발衣鉢을 받아 가지고 왔을 것이라 여겨진다.

이렇게 가져 온 사발, 즉 발鉢이나 명皿은 증표로 보나 청자 그릇의 희귀성으로 보나 오래도록 소중하게 간직하기 위한 방편을 연구했을 것이다. 이를 위해 결국 중국에서 이 기술을 습득해 와 청자를 만들게 된 것은 아닐까. 천태종의 일맥인 강진 대구면 정수사淨水寺 승려들에 의하여 청자가 처음 시도되었다는 일설은 지나친 말이 아닌 듯하다.

고려청자는 고려 의종毅宗 6년 신미(1151)부터 충렬왕忠烈王 6년 기묘(1279)까지 약 128년 동안 성행하였다고 생각한다.

11. 삼도다완

고려청자의 전통을 받아 발달된 것이 삼도다완三島茶碗이다. 삼도다완은 고래古來로 다인들이 애완愛翫하였다. 어느 것은 농차濃茶에 좋고 어느 것은 박차薄茶를 점點함에 좋다. 어느 것은 다롱茶籠 중에 넣어 다니며 여행의 피로를 풀 때에 가장 적당한 것이다. 저 고삼도古三島나 조삼도彫三島 등이 특별히 좋지 않을까.

강력하게 조각된 편백향片栢香 울타리 모양의 남성적인 여세를 그 중에 집중시킨 청초淸楚한 꽃 모양, 이것을 유연柔然 교묘巧妙한 조화를 무의식無意識하게 보이는 담청淡靑 맛이 있는 그 살에 만일 하연霞煙과 같은 빛이 끼어 비친다면 초야初野의 춘경春景 같이 보일 뿐이겠는가? 삼도三島야말로 봄 차에 적합한 것이리라. 다시 쇄모刷毛 자국의 의기意氣는 아직 별격別格이고 감아 벗는 머리에 황양목黃楊木의 벗이라고 한 풍정風情, 그 내부에 왼쪽으로 감아 돌려 끈끈한 쇄모의 필력筆力, 백천의 모든 그림이 수승한 묘취妙趣가 아닐까. 특히 편립編笠 같이 된 것은 저 풍류風流 공자公子가 착 엎드린 자세姿勢와도 같다. 삼도의 어느 것은 설사 결여되었다고 할지라도 하나둘이라고 할 때까지 애완하는 점, 여러 가지 다완에 비할 때 그 예를 볼 수 없는 쪼개졌든지 부서졌든지 간에 그 부서진 한 조각이라도 함부로 버릴 것이 아닌 것이다. 이것이 삼도의 과보果報인 것이다.

다완에 붙여진 모양이 석이두국삼도昔伊豆國三島로부터 나온 삼도와 흡사하다는 설과 우리나라 남해南海 중에 있는 삼도에서 나왔다는 설 등이 있다. 그러나 최근 충남 계룡산鷄龍山 동학사東鶴寺 부근에서 삼도요三島窯가 발견됨에 따라 종래의 제설은 다 꼬리를 감춘 실정이다. 경북, 충남 및 경기도 등 여러 곳에서 제작되었다.

우리나라에서 삼도풍의 도기를 제작한 것은 상당히 오래된 듯 하나 지금 다인들이 말한 바에 의하면 고려의 중기에서 말기에 걸쳐 제작된 것이다. 실제로는 조선시대에 들어와서도 그 여기餘氣가 지속되었다고 한다. 근래 각지에서 발굴된 것에서도 그 영향을 살펴볼 수 있다.

다완茶碗의 내외에 인형印形 또는 정釘 등 어떤 물건으로 선상線狀 등을 조각하여 그 조각된 곳에 백회白繪를 상감象嵌하여 구워낸 것이 특징이다. 이것은 앞서 말한 바와 같이 운학청자雲鶴靑磁에 다시 청자유靑磁釉를 발라 구워낸 것이다. 그 상원점相遠點으로서 시대가 낮아서 수법이 간편해진 것이다. 그러나 일면 이런 것이 오히려 다완에서는 더욱 자미滋味가 좋을 수도 있다.

특징적인 몇 가지 다완을 살펴보면 일본에 건너간 것 중 최고는 고삼도古三島, 예빈禮賓이란 글자가 있는 예빈삼도禮賓三島, 화조花彫가 있는 화삼도花三島, 쇄모刷毛 자욱이 있는 쇄모목삼도刷毛目三島, 회원檜垣 모양이 있는 회원삼도檜垣三島 등이다. 이 외에도 조선삼덕朝鮮三德, 삼작三作, 골골骨, 조鳥, 흑이내黑伊奈, 정조釘彫, 적적滴滴, 택사澤瀉, 어본御本, 반사半使, 이라보회伊羅保繪 등의 글자를 관칭冠稱한 삼도가 있다.

쇄모목刷毛目 중에는 무안務安쇄모목이란 것도 있는데, 이는 무안물務安物이라고도 하며 근래에 많이 나온다. 무안에서 흔히 출토되었기에 계룡산 동학사 근방의 동일한 지명을 취해서 총칭한 것이다. 발굴된 것에는 종류가 많으나 그 용도는 거의 밥그릇, 사발 등이 많고 명皿, 소발小鉢, 주병酒瓶 등 일용 잡기가 많다. 이 중에 말차 다완으로 쓰기에 적당한 것을 골라서 사용한나.

무안의 흙은 박적색薄赤色으로서 약하다. 이처럼 조악한 흙을 은폐하기 위하여 외부는 청황색淸黃色의 조약粗藥으로 화장化粧하였고 내부는 무안 백유白釉라고 하는 백탁유白濁釉로 조금 두껍게 도착하였으며 외부에도 동일한 유약을 칠했다. 그러나 이런 것은 극히 일부이고, 몸체 전체와 굽까지 도착한 것, 곧 천황색淺黃色의 유약이 발견되는 경우도 종종 있다.

그런데 이 하유를 투透해서 태토가 서색鼠色으로 보인다. 굽은 발류

鉢類를 응용해서 만든 깊은 자국이 있는 다완에는 죽절로 있다든가, 편박片薄하게 되어 있기도 하나 평다완平茶碗에 있어서는 뜻밖에도 빈약한 것이 적지 않다. 표면의 백유가 전체에 많이 도착해 있을수록 분청粉靑이나 무지쇄모목無地刷毛目 등으로 오인하기 쉽다. 그러나 잘 살펴보면 그릇의 질로 식별할 수 있다. 무안의 제작 연대는 대개 조선 초기로 말하나 아직 확정적인 결론을 낼 수는 없다.

12. 이라보다완

고래로 다완 중에서 큰 역사役事를 맡아왔던 것이 이라보다완伊羅保茶碗이다. 대개 다회茶會에서나 또 어떤 모임이 있을 때마다 떠들썩한 것이 이라보伊羅保였다. 그러면 이 이라보다완은 어느 점이 그렇게 자미滋味가 있는 것인가? 저 고산수枯山水를 보는 것과 같은 맛! 그것이 이 다완의 특미가 아닐까. 차를 구할 때 정령精靈을 완전히 이라보伊羅保가 간직하고 있는 것이다. 그 몸, 그 빛들은 화려하거나 미려美麗하지도 않다. 차라리 조박粗薄에 가까운 듯 하지 않은가. 그러나 자세히 보면 볼수록, 맛보면 맛볼수록, 그 골자骨子까지 보아야 비로소 그 삽미澁味를 알 수 있는 것이다.

고산수와 같은 아름다움, 꽃과 같은 아름다움, 청엽靑葉의 향기 같은 것, 그것도 싫다. 다인이 독점할 수 있는 것, 즉 고담枯淡한 경지가 아닌가. 이런 고로 이 이라보에 한하여 예부터 털끝만한 결점도 의심치 아니했다. 정호井戶나 당진唐津과 같은 다완에서는 당연 허락되었을 분계銙繼(鉛 등으로 그린 것)도 이라보에 한해서는 절대 금물이었다. 이것이 다인들의 세심한 신경을 동요하는 것일까? 저 무잡無雜한 이라보의 근본으로서 이 결점을 싫어하는 것이 다인들의 허점인 것이다. 결백성潔白性의 버릇이며 다인의 다인茶人다운 점이다.

다완의 명칭은 이양보伊良保(이라보)라고도 불리었다. 물론 이는 자字에 해당되는 것이다. 조선의 지명에 '이양보'라는 지명이 어디인지는 알 수 없다. 보통 손으로 만져보면 부들부들하다고 말한다. 대개 고려조 말부터 조선 중기에 경상남도에서 생산되었다고 한다.

다완의 종류에 따라 대소간大小間 차이가 있으나 대체로 주둥이가 크게 벌어져 있고 지토地土에는 소석小石이 많이 섞여 있다. 그래서 그 몸뚱이가 거칠거칠한 벌집처럼 구멍이 많다. 주둥이 작법은 박약해서 흙이 부서진 것 같은 곳이 한 군데 정도 있는 것이 특징이다. 몸체에는 유약이 흘러내린 흔적이 있고 굽은 확실한 죽절竹節로 되어 있다. 굽 내부는 투구형, 즉 튀어나온 곳이 많다. 초다색焦茶色을 입힌 황색이다.

이 다완에는 고이라보古伊羅保, 황이라보黃伊羅保, 정조이라보釘彫伊羅保, 조신라보朝鮮羅保 등이 있고, 이 외에도 교종류敎種類가 있다.

13. 두두옥다완

두두옥다완斗斗屋茶碗 역시 다완 중의 명완名碗이다. 두두옥斗斗屋은 어옥魚屋이라고도 쓴다. 일본 관서지방關西地方에는 어魚를 두두斗斗라고 하는 속설이 있다. 그래서 생선장수를 어옥魚屋(斗斗屋)이라 한다. 생선장수가 생선을 담았던 그릇이 진기하므로 천리체千利體가 그것을 사다가 다완으로 사용함으로써 두두옥이란 이름으로 세상에 알려졌다고 한다. 일설에는 두두옥은 곧 도당옥渡唐屋으로 당唐에서 온 물건이었다고 한다. 이것을 교역가交易家가 매입한 것 중에 이런 종류의 다완이 많이 있었다고 한다. 대개 도당옥渡唐屋은 당唐으로부터 온 물품을 다루는 상점이다. 여기에서 도당渡唐이란 것은 반드시 중국의 당唐을 지칭한 것이 아니라 외국으로부터 온 것은 모두 도당이라 했다. 바꾸어 말하면 우리나라에서 건너간 것도 도당이라 했다는 것이다.

이것은 경남 양산梁山의 동부에서 생산된 것이라고 알려져 있다. 그러나 이것도 확실치 않다. 우선 두두옥다완의 수법手法은 토미土味, 촉각 등의 느낌이 거의 이라보伊羅保와 흡사하므로 조선 산産이라고 하는 것은 대체로 수긍이 간다. 이 다완이 만들어진 것은 약 300~400년 전으로 추정된다.

이 다완의 형상은 반완형半碗形, 평다완平茶碗인데 기타 다른 점은 없고 주둥이 작법이 조금 뒤집어진 듯하다. 흙은 적토赤土나 혹은 근사한 갈색褐色으로서 윤택감潤澤感이 있다. 그리고 소사小砂나 소석小石 등이 얼마쯤 함유含有된 듯하여 다소 딱딱한 느낌이 든다. 유약은 칠했는지 아니 했는지 모를 정도이다. 정말 수유水釉를 발랐는지, 아니면 이것 역시 내부로부터 흘러나왔는가 하는 정도이거나 유약을 시유하지 않은 것처럼 보인다. 색은 흑미黑味가 있는 적갈색赤褐色에서 점차 청흑미靑黑味가 있는 것도 있다. 흘러내린 유약의 자국이 아름답다. 본수두두옥本手斗斗屋, 토기두두옥土器斗斗屋, 강호두두옥江戸斗斗屋, 옥황두두옥屋黄斗斗屋 등이 있다.

14. 고려다완

청한淸閑하고 유현한적幽玄閑寂한 그 어느 것이든 간에 훈번燻番이 가득한 순색純色이, 때로는 인청색회요변仁淸色繪窯變이 화려하다. 요컨대 어느 것이나 다 삽삽澁澁한 심정에 만일滿溢된 다기다완茶器茶碗이었다.

회고려繪高麗만으로는 좀 격이隔離한 존재라고 말할 수 있다. 정호다완井戸茶碗이든가 약소藥燒이든가 그 중 이 다완 하나가 혼재混在해서 심한 이국적 향취를 발산한다. 회고려繪高麗가 가지고 있는 그 명랑상明郎相, 경쾌상輕快相, 그리고 그 근대적인 구도構圖, 단적인 수법 등은 확실히 다완茶碗 중의 특이한 존재라 할 수 있다. 또한 회고려가 일절 조화를 파탄일로破綻一路로 인도引導하느냐고 하면 그렇다고 단언할 수는 없다. 더욱이 회고려가 다기茶器의 한 분야를 점유하고 있는 확고한 존재임을 부정할 수는 없다.

회고려의 명칭은 심히 막연하게 부르고 있는 것이다. 일본의 다인들은 조선 것이든 중국 것이든 간에 다른 나라의 제품들을 묶어서 당물唐物이라고 칭했다. 당물은 고려 곧 조선과 중국 등 모든 외국外國의 것을 총칭하는 것이다. 정호쇄모목井戸刷毛目, 웅천熊川 등도 일괄해서 고려高麗라고 부르고 있다. 회고려라 하면 백약白藥 상에 철색鐵色이든 가 갈색이든가 때로는 엷은 남색藍色, 초화草花, 어조魚鳥, 당초唐草 등등 의 모양이 그려져 있는 것들을 총칭한다.

그 산지는 조선과 중국으로, 중국에서 조선을 통해 일본으로 들어 간 것도 있다.

회고려다완繪高麗茶碗 중 왕좌를 차지하고 있는 '매발회梅鉢繪'가 경북 에서 발굴된 것으로 보아 그 산지의 증거는 충분하다. 또 충남 계룡 산 요窯에서 회쇄모품繪刷毛品이 발굴되었으며, 또 전남 무안務安 지방 에서도 같은 종류가 발굴되었고, 제주도에서도 출토되었다. 우리나라 쇄모품刷毛品, 또는 무지쇄모품無地刷毛品에 철회鐵繪·어조魚鳥·초화草花 등 을 유치幼稚하나 건달健達한 필법으로써 그린 소물燒物은 고려 말기에 서 그 이후로도 그 제작이 성행했다.

중국에서 제작된 것의 경우는, 지금까지 다인들이 회고려라고 칭 했던 것들이 우리나라朝鮮 것이냐 하면 그렇지 않고 중국 자주요산磁 州窯産이 흔히 혼재된 것이다. 자주요품磁州窯品 뿐만 아니라 중국 북방 제품도 많은 것이다.

중국에서 조선을 통해 일본에 들어간 경우 회고려가 어디에서 먼 저 제작되었느냐 하는 문제가 있다. 우선 우리나라에서 만든 것을 중 국이 모방했는가, 아니면 중국에서 먼저 제작해서 우리나라가 모방 했는가 하는 문제는 여러 설이 있지만 현재까지는 우리의 수법을 중 국이 흉내 낸 것으로 추정하고 있다.

회고려의 다완은 대체로 태토胎土 상에 천황색淺黃色을 칠하여 그 위 에 백유白釉로 묵중하게 발라 붙이고 그 위에 철사鐵砂로 문자文字, 화

花, 당초唐草, 어魚, 조鳥 등의 모양을 그려 넣었다. 다완으로는 깊은 것은 적고 완형椀形 또는 평다완平茶碗이 많다. 굽은 윤輪 굽으로 할割굽 등은 없다. 손잡이는 어느 것이든 편하고 경쾌하다.

회고려라 하면 누구나 머리에 떠올리는 것이 저 매발형梅鉢形이다. 주둥이 내외에는 녹로를 회전하면서 가볍게 인引한 두 개의 환선環線이 보인다. 그리하여 내부는 이 선線 뿐이고 외부 체동體胴에 해당하는 곳에 매발梅鉢이라고 했어도 칠요문七曜紋으로 5~6처處 정도의 위치에 보기 좋게 그려져 있다. 체동과 굽 사이는 흙이 드러나 보이고 이중유二重釉의 중복이 자미 있으며, 굽은 나직하고 가는 선線이 한 줄로 둘러진 윤굽이다. 또 굽 사이로 싹 돌린 비篦 자국은 활기차게 되어 있다. 밑바닥의 특색은 내부 다물의 유재溜在한 곳에 가급적 큰 사목蛇目(磁器 내부 밑바닥에 있는 눈)이 있는 것이다. 사목이라고 하는 것은 자기를 포개서 소燒 작업作業을 할 때에 유釉가 칠해져 있는, 즉 상하 것이 밀착되는 고로 그 병폐를 제거하기 위해 아래 싸여 있는 것의 위에 재재載在한 굽의 부분만은 유釉를 바르지 아니하고 놓아서 생기는 것이다. 그것이 흡사 태환太丸의 륜輪이 되어 볼 만한 것이 된다. 이것을 다인들은 사목이라고 칭했다. 지금까지는 대표적으로 매발형만을 설명했으나 일반적으로 회고려는 내부에 사목의 유독釉禿(釉藥이 부서진 것)이 없는 것들이다. 그 대신 눈 자국이 있든지 또는 환선이 그려져 있고 어魚·조鳥·초화草花 기타 문양 및 문자 등 여러 가지 것이 그려져 있다.

청자다완
청자青磁라고 하면 잘록한 향로와 유병遊瓶의 물방울 뿌린 것 같은 취색翠色을 연상할 수 있다. 명칭은 청색을 가진 석소품石燒品을 말한다. 청자를 소출한 요窯는 실제로 다양하여 다 말할 수 없으나 대개 절강성浙江省 용천요龍泉窯에서 만들어진 것이다.

청자의 단초는 육조六朝시대에서 단서를 발견할 수 있고, 당 이래로 각지의 요窯에서 만들어졌다. 용천요의 청자는 대개 송末(960)에서 명明초(1368)까지 만들어졌다.

그 종류는 침청자砧靑磁, 천룡사청자靑磁天龍寺, 칠관청자七官靑磁 등 3종으로 분류할 수 있다. 이 외에도 삽화분揷花盆, 향로香爐, 발우鉢盂 등으로도 나눈다. 특히 다완은 거의 침청자砧靑磁 하나뿐이다. 침청자만이 진귀한 다완이다. 그러나 다자茶磁로 낙인烙印한 '주광청자珠光靑磁', '인형식청자人形式靑磁'도 환영받고 있다.

침청자砧靑磁는 취색翠色 물방울뿐만 아니라 물빛 같은 청색의 낭우琅玕(玉과 같은 美石의 이름)에 백선白線을 용해한 것과 같은 미모를 가진 순결한 청자다완靑磁茶碗이다. 종래從來로 중국에서는 청자를 비색秘色이라고 해서 우과천청雨過天靑에 비해 자기磁器 중의 왕자王者로 존경尊敬하고 있다. 혹자는 청자의 빛이 내부에서 점음點飮한 다색과 공통적으로 또는 시각상視覺上으로 이것은 좀 경원敬遠할, 즉 청자가 보유하고 있는 견堅·냉冷의 느낌 또는 촉각觸覺, 미각상味覺上으로도 이것을 환영한다고 말할 수 없다고 한다. 그리고 청자의 상유上釉는 유연柔軟한 성질로서 조금만 잘못해도 상처가 생기기 쉬운데 하물며 차를 점시點時할 때 다선茶筅이 싹싹 교반攪拌하므로 조금만 잘못해도 곧 내부에 상처가 생기게 된다. 이것은 청자색의 아름다움, 청자다완의 존경을 전연全然 무시하는 결과를 초래하는 것으로서 기물을 존중하는 이외에 실용에 사용하는 것을 꺼려 완관용翫觀用으로 존중되고 있다.

그러나 청자다완은 뭐라 할지라도 침청자가 최고 지위에 군림하고 있는 것이다. 또 화형청자禾形靑磁도 이름이 나 있다. 체동體胴에 화禾의 견선堅線이 흡사 국화菊花의 판瓣을 병렬한 모양으로 아름답게 그려져 있는 것 등이다. 이것이 침청자의 그 녹색의 짙은 것 그 자윤滋潤한 광택이 심심深深하여 마치 우과천청雨過天靑의 미美를 완관翫觀하게 되는 것, 이 점이 침청자의 대열에 설 수 있는 것이다. 침청자의 일종으로 비청자飛靑磁라고 해서 청색의 유약 중에 비색緋色의 반문班紋이 나타나 있는 것이 있다. 때로 다완으로서 진중珍重하게 생각되어 왔다. 그런데 이 비청자는 용천요龍泉窯에서 만든 것이 아니라고도 한다. 그리고 자연스럽지 않고 인공적 경치라고도 한다.

인형식청자도 청자라고 한다. 황적빛의 비파유枇杷釉 다완이다. 내부 밑바탕 또는 주둥이선 내에 당인형唐人形과 같은 조문彫紋이 있음으로 해서 명명된 것이다. 모양은 평평한 완형으로서 주둥이 작법은 어느 정도 수그러진 느낌이다. 내부 밑바탕의 주위에 당인형문唐人形紋이 있는 것이다. 그 인형문이 네 개가 있는 것이 상품이고 두 개가 있는 것도 있다. 일정하지는 않다. 때로는 인형문과 당화唐化로 되어 있으며 간단히 당화만으로 된 것도 있다. 또 운형雲形과 복자福字로 된 것도 있다. 그리고 입시울 내외에는 뇌문조각雷紋彫刻으로서 정성스럽게 된 것도 있다. 외부는 대개 화문조각禾紋彫刻이고 굽은 조금 높은 태식 굽이다. 비파색의 유약은 그 굽 외부의 겹쳐 있는 곳까지 많이 발라져 있고 굽 내부만은 흙빛이 드러나 있다. 그 흙은 적갈색인데 조금 거칠어 보인다. 총체적으로 가느다란 금이 아름답게 들어가 있다. 전

체는 순한 광택이 없는 비파색이나 때로는 화변火變이 생기어 일부 녹
진 것도 있다. 내외가 아무런 문양도 없는 것을 무지인수식無地人手式
이라고 한다. 인형문은 명대明代 복주요福州窯에서 구웠다는 것이 일반
적인 통설이다.

제9장 우리나라의 다서와 초의선사

1. 『다신전』

차 따기

차를 따는 시기는 그 때를 맞추는 것이 중요하다. 너무 이른 시기에 (차를 따면) 향과 색, 기미氣味가 모두 드러나지 않고, 너무 늦게 따면 차의 향과 기미가 흩어진다. 곡우 전 5일에 따는 차가 가장 좋고, (차를 딴 후) 5일이 지난 다음 (차를) 따는 것이 다음이고, 그 다음 5일이 지난 후 따는 차가 그 다음이다. 차 싹은 자주 빛이 나는 것이 가장 좋고, 쭈글쭈글한 것이 그 다음이며, 오므라져 있는 잎이 그 다음이고, 번들거리거나 조릿대 잎처럼 퍼진 잎이 최하품의 차이다. 밤새도록 구름 한 점 없는 날, 밤이슬이 흠씬 젖어 있는 차를 따는 것이 최상이고, 한낮에 따는 것이 그 다음이다. 잔뜩 구름이 낀 날이나 비가 내리는 날 차를 따는 것은 좋지 않다. 깊은 산 속에서 자라는 차가 가장 좋고, 대나무 아래에서 자란 차가 다음이고, 자갈밭에서 자라는 것이 그 다음이고, 황토에서 자라는 차가 또 그 다음이다.

[採茶] 採茶之候 貴及其時 太早則味不全 遲則神散 以穀雨前五日爲上 後五日次之 再五日又次之 茶芽紫者爲上而皺者次之 團葉又次之 光而如篠葉者最下 撤夜無雲露採者爲上 日中採者次之 陰雨下不宜採 産谷中者爲上 竹下者次之 爛石中者又次之 黃砂中者又次之.

차 만들기

새로 딴 찻잎에서 묵은 잎과 줄기, 나무 부스러기, 부스러진 잎을 가려낸 후, 너비 2척4촌(솥의 지름이 70cm정도)쯤 되는 솥에 한 근 반(700~900g)정도의 차를 넣고 덖어낸다. 솥이 뜨거워지기를 기다렸다가 (솥이 뜨거워지면) 찻잎을 넣고 급히 덖기 시작하는데, (이때) 불의 온도를 낮추어서는 안 된다. (찻잎이) 잘 덖어졌으면 불을 물리고, 덖은 찻잎을 꺼내 소쿠리에 담고 가볍게 둥글려 여러 번 비빈다. (비빈 찻잎을) 다시 솥에 넣고 불을 조금씩 줄여가면서 건조하는데, (이것이 차를) 건조하는 법도이다. 이 중에 현묘하고도 미묘한 차의 세계가 있으니 말로 드러내기는 어렵다. (차를 덖고 건조할 때) 불이 고르면 색과 향이 온전하다. 차의 현미한 세계를 깊이 탐구하지 않으면 차의 오묘한 맛이 모두 다 드러나지 않는다.

[造茶] 新採揀去老葉及枝梗碎屑 鍋廣二尺四寸將茶一斤半焙之 候鍋極熱 始下茶急炒 火不可緩 待熟方退火 徹入篩中 輕團數遍 復下鍋中 漸漸減火 焙乾爲度 中有玄微難以言顯 火候均停 色香全美 玄微未究 神味俱疲.

차의 분별

차의 오묘한 세계는 차를 정밀하게 만드는 데에서 시작된다. (차) 보관에 법도를 얻어야 하고, 차를 우림에 정도正道를 얻어야 한다. (차의) 우열은 솥에서 처음(차를)덖음에 (차 덖기를) 알맞게 하였는가에 달려 있고, (차의) 맑음과 탁함은 물과 불에 달렸다. (차를 덖을 때) 불이 뜨거우면 향이 맑아지고, 솥이 너무 뜨거우면 차의 색과 향, 맛, 기운이 드러나지 않는다. 불이 너무 뜨거우면 (차를) 태우고, 땔나무를 성글게 넣어 화력이 약하면 차의 청초한 빛이 사라진다. 오래 (차를) 덖으면 찻잎이 너무 익고, 너무 일찍 (찻잎을) 꺼내면 도리어 풋내가 난다.

너무 익으면 (차가) 누렇게 되고, 덜 익히면 검은 빛을 띤다. (차를 덖고 건조시키는 과정이) 법도에 따라 알맞게 하면 (차 맛이) 달고, 법도에 어긋나게 하면 떫어진다. 차가 희끗희끗한 빛을 띠는 것은 무방하지만 태우지 않은 것이 제일 좋다.

[辨茶] 茶之妙在乎始造之精 藏之得法 泡之得宜 優劣宜乎始鍋 淸濁係水火 火烈香淸 鍋勝神倦 火猛生焦 柴疏失翠 久延則過熟 早起却辺生 熟則犯黃 生則著黑 順那則甘 逆那則澁 帶白點者無妨 絕焦者最勝.

차의 저장

차를 만듦에 우선 건조된 차를 오랫동안 쓰던 함에 가득 담아 종이로 (함의) 입구를 봉해 3일이 지난 뒤, (화기를 빼서) 차의 향미가 회복되기를 기다렸다가 다시 은근한 불에 말린다. 완전히 (차가) 건조되면 열기가 빠지기를 기다렸다가 질그릇 속에 보관하는데, 살살 (질그릇 속을) 꼭 채운 다음 대껍질로 꼭 막고, 죽순껍질이나 종이로 옹기 입구를 여러 겹 싸서 팽팽하게 묶는다. 질그릇 위에는 불에 달군 흙벽돌을 약간 식혔다가 눌러 고정시킨다. 차를 보관하는 다육茶育에 보관하는데, (차를) 바람이나 불에 가까이 두지 말아야 한다. 바람이 들어가면 (차가) 냉해지기 쉽고 불 가까이 두면 (차가) 누렇게 변한다.

[藏茶] 造茶始乾 先盛舊盒中 外以紙封口 過三日 俟其性復 復以微火焙 極乾待冷 貯壜中 輕輕築實 以箬襯緊 將花筍籜及紙 數重封紮壜口 上以火煨甎冷定壓之 置茶育中 切勿臨風近火 臨風易冷 近火先黃.

불 다루기

차를 끓일 때의 중요한 요점은 불의 온도가 가장 중요하다. 화로의 숯불이 온통 붉어지면 다관(茶瓢)을 올려놓고, 가벼우면서도 빠르게 부채질을 하는 것이 중요하다. (물이 끓는) 소리가 나기를 기다렸다가 (끓는 소리가 나면) 점점 세고 빠르게 부채질을 하는데, 이것이 약하고 센 불이다. 약한 불로 오래 물을 끓이면 수성이 약해지고, 수성이 약해지면 물이 차의 기운을 누르게 된다. 센 불로 오래 끓이면 불기운이 강해진다. 불기운이 강하면 차가 물을 제압하게 되므로 모두 차를 잘 다루기에 부족하니 차를 다루는 사람의 중요한 요지는 아니다.

[火候] 烹茶旨要 火候爲先 爐火通紅 茶瓢始上 扇起要輕疾 待有聲稍稍重疾 斯文武之候也. 過于文則水性柔 柔則水爲茶降 過於武則火性烈 烈則茶爲水制 皆不足於中和 非烹家要旨也.

끓는 물 분별하기

끓는 물은 세 가지 큰 분별법과 열다섯 가지의 자잘한 분별법이 있다.

세 가지 큰 분별법은 첫 번째 모양으로 분별하고, 두 번째 소리로 분별하며, 셋째 김으로 분별한다. 모양을 보고 분별하는 것은 내변內辨이고, 소리로 분별하는 것은 외변外辨이며, 김으로 분별하는 것은 첩변捷辨이다.

(물 끓는 모양이) 마치 게 눈이나 새우 눈, 물고기 눈처럼 끓어오르다가 구슬이 연이어지듯이 끓어오르면 모두 맹탕이다. 곧 뛸 듯이 끓다가 마치 펄펄 끓어 격랑이 치는 듯하면 수기가 모두 사라진 것이니 이것이 순숙이다. 물이 끓기 시작하여 소리가 나기 시작하다가 끓는 소리가 마치 구르는 듯하다가 떨치는 소리가 나고, 이어 말들이 한꺼번에 내쳐 달리는 듯한 소리가 나면 모두 맹탕이다. 곧 끓는 소리가 잦아들면 이는 결숙이다. 마치 한 오라기 김이 피어오르다가, 두 가닥 김이 피어나고, 서너 가닥 김이 피어나다가 어지러이 섞여 구분할 수 없이 김이 어지럽게 피어오르면 모두 맹탕이다. 곧 김이 가운데로 모여 한 가닥으로 피어오르면 이것이 경숙이다.

[湯辨] 湯有三大辨十五小辨 一曰形辨 二曰聲辨 三曰氣辨 形爲內辨 聲爲外辨 氣爲捷辨 如蝦眼 蟹眼魚眼連珠皆爲萌湯 直至湧沸 如騰波鼓浪 水氣全消 方是純熟 如初聲轉聲振聲驟聲皆爲萌湯 直至無聲 方是結熟 如氣浮一縷 浮二縷三四縷 亂不分氤氳 亂縷 皆爲萌湯 直至氣直沖貫 方是経熟.

너무 끓은 물과 덜 끓은 물

채군모는 '탕수湯水는 방금 끓인 물을 쓰고, 너무 많이 끓은 물을 쓰지 않는다'고 하였다. 옛 사람의 차를 만드는 방법에 의하면 차를 만들면 반드시 연자매로 갈았고, 연자매로 갈면 반드시 고운 체로 쳤으니 날아갈 듯 미세하게 가루로 만드는 것이 (당시의) 취향이었다. 이에 단단히 뭉쳐 틀에 찍어 용봉단을 만들었으니, 즉 끓은 물을 가루차에 부어야 차의 맛과 향이 피어난다. 이런 차는 막 끓기 시작한 물을 사용하되 지나치게 끓은 물은 사용하지 않는다. 지금(초의 당시) 만든 차는 갈거나 고운 체로 치지는 않지만 차의 정수가 다 드러난다. 지금 만든 차는 잘 끓은 탕수를 써야 차의 맛과 향이 피어나기 시작한다. 그러므로 끓은 물은 순숙이 된 탕수여야 참다운 차의 색과 맛, 향기가 드러난다.

[湯用老嫩] 蔡君謨湯用嫩而不用老 蓋因古人製茶 造則必碾 碾則必磨 磨則必羅則味爲飄塵飛粉矣

於是和劑印作龍鳳團則見湯而茶神便浮 此用嫩而不用老也 今時製茶 不假羅磨 全具元體 此湯須純

熟 元神始發也 故口湯須五沸 茶奏三奇.

차 끓이는 법

물이 잘 끓었는지를 살펴 바로 차를 달이기 시작한다. 먼저 조금 넉넉히 끓은 물을 다호에 부어 냉기를 없앤다. (다호에 부었던 물을) 따라 버린 후, 차의 양을 알맞게 넣고, (차를) 따를 때에는 중정을 잃지 않아야 한다. 차를 너무 많이 넣으면 맛이 쓰고 향이 드러나지 않고, 물이 (차의 양보다) 너무 많으면 다색과 기운이 엷어진다. 다시 다호를 쓴 뒤에는 맑은 물로 다호를 씻어 (다호를) 청결하게 해야 한다. 그렇게 (다호를 관리)하지 않으면 차향이 줄어든다. 다관을 너무 뜨겁게 하면 차의 향과 맛이 온전하게 드러나지 않고, 다호가 깨끗하여야 수성이 신령하게 드러난다. 잠시 차와 물이 조화되기를(차가 적정하게 우러나기를) 기다린 연후에 거름망에 걸러 마신다. (잔에) 차를 따르는 것은 너무 빨리 하지 않아야 한다. 마실 때에는 (차를 식혀서) 늦게 마시는 것은 좋지 않다. 너무 빨리 (잔에) 따르면 차의 색향미가 드러나지 않고, 차를 식혀 천천히 마시면 묘한 차향이 먼저 사라진다.

[泡法] 探湯純熟便取起 先注少許壺中 祛蕩冷氣 傾出然後 投茶多寡宜 酌不可過中失正 茶重則味苦香沈 水勝則色淸氣寡 兩壺後又用冷水蕩滌 使壺涼潔 不則減茶香矣 礶熟則茶神不健 壺淸水性當靈 稍俟茶水沖和然後分釃布飮 釃不宜早 飮不宜遲 早則茶神未發 遲則妙馥先消.

차 달이는 법

차를 우리는 일에는 절차가 있으니 그 마땅함을 잃지 말라. 먼저 (다호에) 차를 넣은 후 탕수를 붓는 것을 하투下投라 하고, 다호에 탕수를 반쯤 채운 다음 차를 넣고 다시 (다호에) 탕수를 가득 채우는 것을 중투中投라 한다. 탕수를 먼저 (다호에) 부은 후 차를 넣는 것을 상투上投라 한다. 봄과 가을에는 중투법으로 차를 달이고, 여름에는 상투법으로, 겨울에는 하투법으로 차를 달인다.

[投茶] 投茶行序 毋失其宜 先茶後湯曰下投 湯半下茶 復以湯滿曰中投 先湯後茶曰上投 春秋中投 夏上投 冬下投.

차 마시는 법

차를 즐길 때 손님이 적은 것이 가장 좋다. 손님이 많으면 (분위기가) 시끄러워져 차의 진수를 즐길 수 없다. 시끄러우면 (차의) 고상한 정취를 즐기기에는 (그 분위기가) 만족스럽지 않다. 혼자 마시면 차의 오묘한 정취를 즐기기에 좋고, 손님과 함께 즐기면 (차의 정취를 즐기기에) 좋고, 서넛이 마시는 것은 (차의 정취를) 즐길 만하고, 대여섯 명이 마시는 것은 (차를 즐기기보다) 분위기에 들뜨기 쉽고, 일고여덟 명이 마시는 것은 베푼다고 하였다.

[飮茶] 飮茶以客少爲貴 客衆則喧 喧則雅趣乏矣 獨啜曰神 二客曰勝 三四曰趣 五六曰泛 七八日施.

차의 향기

차에는 구수하고 싱그러운 향과 화한 향, 맑은 향, 순수한 향이 있다. 겉과 속이 똑같이 잘 익은 것을 싱그럽고 순수한 향이라 하고, 풋내나 설익지 않은 것을 맑은 향이라 하고, 불의 온도가 균일한 것을 화한 향이라 한다. 곡우 전에 만든 차에는 신묘한 차의 진수가 모두 갖추어져 있으니 구수하고 싱그러운 향이라 한다. 다시 (불의 온도가 고르지 않아) 화근 내 나는 향, 설익은 향, 눅은 내 나는 향, 풋내 나는 향이 있으니 이는 모두 바른 차의 향이 아니다.

[香] 茶有眞香 有蘭香 有淸香 有純香 表裏如一曰純香 不生不熟曰淸香 火候均停曰 蘭香 雨前神

具曰眞香 更有含香漏香浮香間香 此皆不正之氣.

차의 색

우린 차의 빛은 투명한 연두색을 띠는 것이 가장 좋다. 우려낸 차의 빛이 연한 연두 빛을 띠는 것이 가장 아름답다. 누렇거나 검거나 붉거나 칙칙한 다색은 모두 좋은 차가 아니다. 맑은 구름처럼 투명한 차 빛을 띠는 것이 가장 좋고, 녹색 차 빛은 그 다음이며, 누런 차 빛을 띠는 것은 하품의 차이다. 새로 길어온 맑고 신선한 물을 알맞은 불에 끓이는 것은 차를 달이는 오묘한 기술이다. 옥 같이 맑고 투명한 차가 물에 드러난 것을 찻잔에 담았으니 절묘한 재주라 하겠다.

[色] 茶以靑翠爲勝 濤以藍白爲佳 黃黑紅昏 俱不入品 雲濤爲上 翠濤爲中 黃濤爲下 新泉活火

煮茗玄工 玉茗水濤 當杯絶技.

차의 맛
맛이 달고 부드러우면 상품, 쓰고 떫은맛이 강하면 하품이다.

[味] 味以甘潤爲上 苦澁爲下.

차가 오염되면 진수를 잃는다
차에는 고유한 향과 색과 맛이 있다. 한 번이라도 오염되면 차의 고유한 맛과 향과 색을 잃게 된다. 만약 물에 염분이 있거나 차에 음식 맛이 배거나 찻잔에 생강 같은 것이 묻으면 모두 차의 진수를 잃는다.

[點染失眞] 茶自有眞香有眞色有眞味 一經點染便失其眞 如水中着鹹 茶中着料 碗中着薑 皆失眞也.

변질된 차는 쓸 수 없다
방금 만들어진 차는 맑고 또렷한 청취靑翠색을 띤다. (차) 보관함에 옳은 법도대로 갈무리하지 않아 한 번이라도 변질되면 청취한 빛이 사라져 녹綠색을 띠게 되고, 이어 다시 변하면 황黃색을 띠게 된다. 황색을 띤 차는 검은 빛을 띠고, 검은 빛을 띤 차가 다시 변하여 흰 빛을 띤다. (이렇게 변질된 차를) 마시면 위가 냉해지고, 더 심해지면 수척해지는 기운이 쌓인다.

[茶變不可用] 茶始造則靑翠 收藏不得其法 一變至綠 再變至黃 三變至黑 四變至白 食之則寒胃 甚至瘠氣成積.

물 가리기

차는 물에 의해 그 색향기미가 드러나고, 물은 차를 드러나는 본체이다. (차를 달이기에) 알맞은 물이 아니면 그 (차의) 신묘한 세계가 드러나지 않고, 잘 만들어진 차가 아니면 좋은 물의 근본을 엿볼 수 없다. 산 정상에서 나는 물은 맑지만 가볍고, 산 아래에서 솟는 샘물은 맑지만 무겁다. 돌 속에서 솟는 물은 맑고 달며, 모래에서 솟는 물은 맑지만 달고 가볍다. 흙에서 솟는 물은 싱겁고 담백하다. 누런 돌에서 흐르는 물이 가장 좋고, 푸른 돌에서 솟는 물은 쓰지 않는다. 흐르는 물은 고여 있는 물보다 낫다. 그늘진 곳에 있는 물이 햇빛을 받고 있는 물보다 실로 좋다. 차를 달이기에 좋은 샘물은 맛이 없고 좋은 물은 특이한 물 냄새가 없다.

[品泉] 茶者水之神 水者茶之體 非眞水莫顯其神 非精茶莫窺其體 山頂泉淸而輕 山下泉淸而重 石中泉淸而甘 沙中泉淸而冽 土中泉淡而白 流于黃石爲佳 瀉出靑石無用 流動者 愈于安靜 負陰者 眞於陽 眞原無味 眞水無香.

우물물은 차 달이는 물로 적당치 않다

『다경』에 이르기를 산에서 나는 물이 가장 좋고, 강물은 하품이며, 우물물이 가장 나쁘다 하였다. 다만 어느 지역에서 가까이에 산이 없어 결국 샘물이 없다면 오직 봄철 우기에 빗물을 받아 놓는 것이 마땅하다. (빗물은) 물맛이 달고 부드러워서 만물을 길러내는 물이다. 눈을 녹인 물은 비록 맑으나 기질이 무겁고, (사람의) 비위에 차고 습한 기운이 들어가 적체가 많이 쌓이게 하니 마땅하지 않다.

[井水不宜茶] 茶經云山水上 江水下 井水最下矣 第一方不近山 卒無泉水 惟當春積梅雨 其味甘和

乃長養萬物之水 雪水雖淸 性感重 陰寒入脾胃 不宜多積.

물 보관하기

물을 보관하는 항아리는 그늘진 뜰에 놓아두고, 얇은 비단으로 덮어서 밤이슬의 기운을 받으면 영롱한 기운이 흩어지지 않고, 신령스런 기운이 항상 깃든다. 가령 나무나 돌로 눌러 놓고, 종이나 조릿대로 봉해서 햇볕이 내리쬐는 곳에 놓아둔다면 한편으론 신령스러운 기운이 흩어지고, 다른 한편으론 물의 기운이 막혀서 신령한 기운이 가려진다. 차를 마심이 오직 귀함이로다. 신선한 차, 신령한 물이여! 차가 그 신선함을 잃고, 물이 그 신령함이 사라진다면 도랑물과 무엇이 다르겠는가.

[貯水] 貯水甕須置陰庭中 覆以紗帛 使承星露之氣則英靈不散 神氣常存 假令壓以木石 封以紙箬

暴於日下則外耗其神 內閉其氣 水神弊矣 飮茶惟貴夫 茶鮮水靈 茶失其鮮 水失其靈則與溝渠水何

異.

다구

상저옹(육우)은 차를 달일 적에 은주전자를 사용하였는데, 지나치게 사치해짐을 절제했다. 후에 자기 그릇을 썼지만 다시 오래 쓸 수가 없었다. 결국 다시 은으로 만든 다구를 사용하였다. 내 생각에는 은으로 만든 다구는 고관대작의 집에서나 쓰는 것이다. 산에서 은거하는 사람이나 초가집에서는 주석으로 만든 주전자를 사용해도 (차의) 색과 맛을 손상시키지는 않는다. 청동이나 철로 만든 것은 피한다.

[茶具] 桑苧翁煮茶用銀瓢 調過於奢侈 後用磁器 又不能持久 卒歸于銀 愚意銀者宜貯朱樓華屋 若山齋茅舍 惟用錫瓢 亦無損于香色味也 但銅鐵忌之.

찻잔

찻잔은 설백색이 가장 좋다. 남백藍白색은 차색을 덜 드러나게 하는 것은 아니나 (설백색 찻잔의) 다음이다.

[茶盞] 盞以雪白者爲上 藍白者不損茶色次之.

잔을 닦는 수건

차를 마시기 전이나 마신 후에는 가는 마포를 사용하여 찻잔을 닦는다. 다른 것은 더럽혀지기 쉬워 감당할 수 없다.

[拭盞布] 飮茶前後 俱用細甁布拭盞 其他易穢 不堪用.

다도

(차를) 만듦에는 정밀하게 만들고, 갈무리함에는 건조하게 하고, 차를 달임에는 청결해야 한다. 정밀하고 건조하고 청결해야 다도를 다함이다.

[茶道] 造時精 藏時燥 泡時潔 精燥潔 茶道盡矣.

무자년(1828) 곡우 무렵, 스승을 따라 지리산 칠불암 아자방에서 (『만보전서』를) 등초하여 다시 정서하려다가 병이 나서 완성하지 못했다. 수홍 사미가 시자방에 있으면서 다도를 알고 싶어 했다. 바로 정서正書하려 했지만 다시 병이 나서 끝내지 못했다. 그러므로 참선하는 여가에 겨우 붓을 들어 정서를 마쳤다. 시작이 있으면 끝이 있다는 것이 어찌 군자만이 하는 것이랴. 총림에는 혹 조주의 끽다 풍속이 있었지만 거의 다도를 모른다. 그러므로 정서해 보지만 가히 두려운 일이로다.

 _ 경인년(1830) 봄 휴암병선(초의의 별호)이 눈 내리는 창가, 화로 곁에서 삼가 쓰노라

戊子雨際 隨師於方丈山七佛啞院 謄抄下來 更欲正書而因病未果. 修洪沙彌時 在侍者房 欲知茶道 正抄亦病未終 故禪餘强命管城子成終 有始有終 何獨君子爲之 叢林 或有趙州風而盡不知茶道 故 抄示可畏.

 _ 庚寅ᖱ春休菴病禪雪窓擁爐謹書

2. 『동다송』

『동다송』의 저술 배경

먼저 『동다송東茶頌』의 저술 배경을 살펴보자. 두륜산 미륵봉 아래 산 중턱에 있는 일지암의 초의대종사草衣大宗師는 성동병사(城東丙舍; 홍현주의 별장)에 갔을 때 홍현주의 주선으로 청량산방清凉山房에서 실학파 정유산丁酉山 및 거유巨儒 학자들과 시회詩會를 열었는데 이는 초의대종사와 해거도인海居道人(홍현주)의 교유에 인연이 깊어지는 계기가 되었다. 이후 1837년경에 해거도인은 진도목사인 변지화卞持華를 통하여 차에 대한 글을 지어 보낼 것을 청함에 따라 초의대종사는 『동다송』을 지은 후 편지와 함께 이를 올렸는데 이때 올린 편지 내용은 다음과 같다.

(중략) 근간에 북산도인이 존하尊下의 가르침에 따라 다도를 하문하심이 있으므로 고인의 전하는 뜻에 의하여 『동다송』 일편을 조심스럽게 지어서 올립니다. 말이 잘 통하지 않는 부분은 별도로 본문을 뽑아 뜻을 밝혀서 하문하신 뜻에 답하려 했습니다. 그러나 제 자신은 글재주가 변변치 않아 듣기에 번거로울 것입니다. 혹 볼만한 구절이 있으시면 비판하는 수고를 아끼지 마십시오.

이 편지의 내용처럼 초의대종사가 『동다송』을 지은 취지는 분명했고, 그 배경 역시 명확했다.

『동다송』 원문 및 번역문

后皇嘉樹配橘德 하늘이 차나무를 귤나무와 짝하시어

受命不遷生南國 옮기지 못하는 천명대로 남쪽에서 산다네.

密葉鬪霰貫冬靑 푸른 잎, 싸락눈에도 견디어 겨우내 푸르고

素花濯霜發秋榮 해맑은 꽃, 서리에 씻긴 듯, 하얗게 가을에 피었네.

茶樹如瓜爐 葉如梔子 花如白薔薇 心黃如金 當秋開花 淸香隱然云

차나무는 마치 고로나무와 같으며, 잎은 치자와 같다. 꽃은 마치 백장미와 같고, 꽃술은 황금과 같다. 가을에 꽃이 피니 맑은 향이 은은하다고 한다.

姑射仙子粉肌潔 (차 꽃은) 고야산 신선의 분바른 듯 맑은 살결이요

閻浮檀金芳心結 염부단의 노란 황금이 꽃술에 맺힌 듯하여라.

沆瀣漱淸碧玉條 맑은 이슬에 말끔히 씻긴 듯 (비취 같은) 푸른 줄기요

朝霞含潤翠禽舌 (차 싹은) 아침이슬 함초롬히 머금은 푸른 새의 혀 같
구나.

李白云 荊州玉泉寺靑溪諸山 有茗艸羅生 枝葉如碧玉 玉泉眞公常采飮.

이백(701~762)이 말하기를 '형주 옥천사의 맑은 계곡이 흐르는 산에는 차나무가 널리 퍼져 있다. 차나무의 가지와 잎이 마치 푸른 옥과 같음이라. 옥천사 진공이 항상 따서 마신다'고 하였다.

天仙人鬼俱愛重 하늘과 신선, 사람과 귀신이 모두 (차를) 아끼고 중히
　　　　　　　　여기니
知爾爲物誠奇絶 너의 품성이 참으로 기이하고 빼어났음을 알겠노라.
炎帝曾嘗載食經 염제께서 일찍이 (차를) 맛보시고 『식경』에 실으니
醍醐甘露舊傳名 제호나 감로(같이 맛있는 차)는 예로부터 전해짐이라.

炎帝食經云 茶茗久服 人有力悅志云. 王子尙 詣曇齋道人于八公山 道人設茶茗 子尙味之曰 此甘露
也. 羅大經瀹湯詩 松風檜雨到來初 急引銅瓶離竹爐 待得聲聞俱寂後 一甌春雪勝醍醐.

염제의 『식경』에 '차를 오래도록 마시면 사람에게 힘이 생기고 마음이
즐겁다'고 하였다. 왕자 상이 팔공산으로 운재도인을 찾아가니 도인이
차를 내었다. 왕자 상이 맛보고, '이는 감로로다' 하였다. 나대경의 「약
탕시」에 '물 끓는 소리[松風檜雨]가 들리기 시작하면 죽로에서 급히 동병
을 들어냄이라. (물 끓는) 소리가 고요해지기를 기다린 후, (마신) 한 잔의
춘설차는 제호 맛보다 낫다'고 하였다.

解醒少眠證周聖 술을 깨게 하고 잠을 적게 함은 주공께서 증명하셨고

脫粟伴菜聞齊嬰 거친 밥과 차 나물을 먹은 이는 제나라 재상 안영이라네.

虞洪薦犧乞丹邱 우홍은 단구자의 청으로 (차) 제물을 올렸고

毛仙示叢引秦精 털복숭이 신선은 진정을 끌고 가 차나무를 보여줌이라.

爾雅 檟苦茶 廣雅 荊巴間 采葉其飮 醒酒令人少眠. 晏子春秋 嬰相齊景公時 食脫粟之飯 炙三戈五卵茗菜而已.

『이아』에 가檟는 쓴 나물이라 하였고, 『광아』에 형주와 파주 지방에서는 찻잎을 따서 (차를) 마시면 술이 깨고, 잠을 적게 한다고 하였다. 『안자춘추』에 '안영이 제나라 경공 때 재상으로 있으면서 거친 밥을 먹고, 세 꼬치의 구운 고기와 다섯 개 계란, 차 나물을 먹었을 뿐이다'고 하였다.

神異記 餘姚人虞洪 入山採茗 遇一道士 牽三靑牛 引洪至瀑布山曰 予 丹丘子也 聞子善具飮 常思見惠 山中有大茗 可相給 祈子他日 有甌犧之餘 乞相遺也 因奠祀後入山 常獲大茗 宣城人秦精 入武昌山中採茗 遇一毛人 長丈餘 引精至山下 示以叢茗而去 俄而復還 乃探懷中橘 以遺精 精怖負茗而歸.

『신이기』에 '여요지방 사람 우홍이 산에 들어가 찻잎을 따다가 한 도인을 만났더니 세 마리의 푸른 소를 끌어왔다. 우홍을 데리고 폭포산에 이르러 말하기를, "나는 단구자이다. 그대가 차를 잘 만들어 마신다고 하니 늘 (차를 얻어 마실 수 있는) 은혜를 입을 수 있을까 생각했다. 산속에는 차나무가 많으니 내가 (그대를) 도와줄 수 있노라. 그대가 다음에 제사를 지낼 때, 남은 차가 있으면 도와주기 바란다"고 하였다. 이로부터 (단구

자에게) 제사를 지낸 후, 산에 들어가면 늘 많은 차를 딸 수 있었다'고 하였다. 선성지방 사람 진정이 무창산에 들어가 찻잎을 따다가 어떤 털복숭이를 만났는데, 키가 십 척이 넘었다. (그가) 진정을 데리고 산속으로 가서 울창한 차나무를 보여주고 사라졌다가 잠시 후에 다시 돌아와, 품속에서 귤을 꺼내서 진정에게 주거늘, 진정이 놀라서 찻잎을 지고 돌아왔다.

潛壤不惜謝萬錢　땅 속의 귀신마저 만전을 아까워하지 않았고
鼎食獨稱冠六情　좋은 음식[鼎食] 중에도 (차는) 육정六淸 중 으뜸이라네.
開皇醫腦傳異事　수나라 문제의 아픈 머리를 낫게 함은 기이한 일로 전해졌고
雷笑葺香取次生　뇌소와 이향이 차례대로 만들어졌네.

莞劍縣陳務妻 少與二子寡居 好飮茶茗 宅中有古塚 每飮輒先祀之 二子曰 古塚何知 徒勞人意 慾掘去之 母禁而止 其夜夢 一人云吾止此三百年餘 卿子 常欲見毁 賴相保護 反享佳茗 雖潛壤朽 豈忘翳桑之報 及曉 於庭中 獲錢十萬. 張孟陽 登樓詩 鼎食隨時進 百和妙且殊 芳茶冠六情 溢味播九區.

완섬현 사람 진무의 처가 젊어서 두 아들과 함께 홀로(과부로) 살면서 차 마시기를 좋아했다. 집 안에 오래된 무덤이 있었는데, 차를 마실 적마다 무덤에 먼저 올렸더니 두 아들들이 '옛 무덤이 무엇을 알겠습니까? 공연히 마음을 번거롭게 할뿐입니다'라 하고, 무덤을 파버리려 하자 어머니가 만류하여 그만두었다. 그날 밤 (어머니의) 꿈에 어떤 사람이 나타나서 말하기를 '내가 여기에 있은 지도 300년이 넘었다. 그대의 아들이 무덤을 허물려고 할 때마다 (그대의) 보호를 받았을 뿐 아니라 향기로운 차

까지 주었으니 설령 흙에 묻혀 썩었을지언정 어찌 은혜를 잊을 수 있으리오'라고 하였다. 날이 밝자 뜰에서 십만 금이나 되는 돈을 얻었다. 장맹양의 「등성도루」에 '진수성찬이 수시로 나오니 모든 음식은 묘하고도 특별하여라. 향기로운 차는 육정의 으뜸이고, 오묘한 맛 세상에 퍼졌노라'라고 하였다.

隋文帝 微時 夢神易其腦骨 自而腦痛 忽遇一僧云 山中茗草可治 帝服之有效 於是 天下 始知飮茶.

唐覺林寺僧志崇 製茶三品 驚雷笑 自奉 萱草帶供佛 紫茸香待客.

수나라 문제가 세자 때 꿈에 귀신이 그의 골수를 바꾸었더니 이로부터 머리가 아팠더라. 홀연히 만난 어떤 승려가 말하기를 산중의 차를 마시면 고칠 수 있다고 하였다. 문제가 차를 복용하자 효과가 있었다. 이로부터 세상에서 차 마시는 것을 알게 됨이라. 당나라 각림사의 승려 지숭이 세 종류의 차를 만들었다. 경뢰소는 자신이 마시고, 헌초대는 부처님께 올리고, 자이향은 손님에게 대접했다.

巨唐尙食羞百珍 당나라에서는 여러 가지 진기한 음식을 숭상하여
沁園唯獨記紫英 심원에는 오직 자영만이 기록됨이라.
法製頭綱從此盛 법제된 두강차는 이로부터 성해졌나니
淸賢名士誇雋永 어질고 청렴한 선비 준영을 자랑하네.

唐德宗 每賜同昌公主饌 其茶 有綠花紫英之號.

당나라 덕종이 매번 동창공주에게 하사품을 내릴 적에 주시는 차에 녹화자영이 있었다.

茶經稱茶味雋永.

『다경』에 차 맛을 준영이라 했다.

綵莊龍鳳轉巧麗 장엄하게 장식한 용봉단차가 점차 화려해져서
費盡萬金成百餠 만금을 써야 (차) 100병을 만듦이라.
誰知自饒眞色香 풍요롭고 순수한 색향을 누가 알리오.
一經點染失眞性 한번이라도 오염되면 (차의) 진성이 사라진다는 것을.

大小龍鳳團 始於丁謂 成於蔡君謨 以香藥合而成餠 餠上飾以龍鳳紋 供御者以金莊成 東坡詩 紫金百餠費萬金.

대·소용봉단은 정위가 처음 만들기 시작하였고, 채군모가 완성하였다. 향약을 섞어서 차를 만들었으며, 단차에 용과 봉황 문양을 장식했다. 임금에게 올리는 진상품 차에는 금으로 장식했다. 동파의 시에 '백병의 자금차는 만금이나 되는 비용이 들어간다'고 했다.

萬寶全書茶自有眞香眞色眞味 一經點染 便失其眞.

『만보전서』에 '차는 진향과 진색과 진미가 있으니 한 번이라도 오염되
면 곧 차의 진성을 잃는다'고 했다.

道人雅欲全其嘉 부대사는 평소 좋은 차를 얻으려고

曾向蒙頂手栽那 몽정산에 손수 (차를) 심음이라.

養得五斤獻君王 다섯 근을 만들어 임금에게 올렸으니

吉祥蕊與聖楊花 길상예와 성양화라.

傅大士自住蒙頂 結庵種茶 凡三年 得絶嘉者 號聖楊花 吉祥蕊 共五斤持歸供獻.

부대사는 몽정산에 암자를 짓고 살면서 차나무를 심어 대략 3년 만에
절품의 차를 얻었는데, 이를 성양화와 길상예라 하였다. 모두 5근을 만
들어 가지고 와서 임금에게 올렸다.

雪花雲腴爭芳烈 설화, 운유 차가 맑은 향기를 뿜내니

雙井日注喧江浙 쌍정, 일주는 강·절에서 소문남이라.

建陽丹山碧水鄉 건양과 단산, 벽수 지방에서

品題特尊雲澗月 차품 중에는 다만 운간월을 귀하게 여겼노라.

東坡詩 雪花兩脚何足道 山谷詩 我家江南採雲腴 東坡至僧院 僧梵英葺治堂宇嚴潔 茗飮芳烈 問此 新茶耶 英曰 茶性新舊交則香味復 草茶盛於兩淅而兩淅之茶品 日注 爲第一 自景祐以來 洪州雙井 白芽漸盛 近世製作尤精 其品遠出日注之上 遂爲草茶第一.

소동파의 시에 '설화의 우각(흩어지는 茶花)을 어찌 다 말할까'라고 했고, 황산곡의 시에 '강남에 나의 집, 운유를 딴다네'라고 하였다. 동파가 절에 이르니 범영스님이 집을 수리하여 정갈하였고 차를 마시니 맑고 향기로웠다. '이것이 새로 만든 차인가'라 물었다. 범영이 말하기를 '차의 성질은 새 것과 묵은 것을 섞으면 향과 맛이 다시 처음과 같아집니다'라고 하였다. 산차(散茶: 잎차)는 양절에서 성행하였고, 양절의 차품 중에는 일주차가 으뜸이다. 경우(송나라 이종, 1034~1038) 이래로 홍주(강서 남창)의 쌍정차와 백아차가 점차 성행했다. 근래에 만든 차는 더욱 정밀해져서 그 품질이 일주차보다 뛰어나다. 마침내 산차가 으뜸이 되었다.

遯齋聞覽 建安茶爲天下第一 孫憔送茶焦刑部曰 晚甘候十五人 遣侍齋閣 此徒乘雷而摘 拜水而和 蓋建陽丹山碧水之鄉 月澗雲龕之品 愼勿賤用. 晚甘候 茶名. 茶山先生乞茶疏 朝華始起 浮雲晶晶 於晴天 午睡初醒 明月離離於碧澗.

『둔재문람』에 건안차가 세상에서 제일이라 하였다. 손초가 초형부에 차를 보내면서 말하기를 '만감후 15편을 시제각에 보냅니다. 이것은 우레가 치는 사이사이에 찻잎을 따서 만든 것입니다. 아마 건양과 단산, 벽

수 지방에서 나는 월간차와 운합차는 삼가하여 함부로 쓰지 말아야 합니다'라고 하였다. 만감후는 차의 이름이다. 다산 정약용의 「걸다소」에 '차를 마시기에 좋은 때는 먼동이 트기 시작할 때, 비가 갠 맑은 하늘에 흰 구름이 또렷하게 빛날 때, 낮잠에서 깼을 때, 밝은 달이 고요한 시냇물에 비칠 때'라고 하였다.

東國所産元相同 우리나라에서 나는 차는 원래 중국과 같아서

色香氣味論一功 색, 향, 기운, 맛이 같음이라.

陸安之味蒙山藥 육안차의 맛과 몽산차의 약성을 갖췄으니

古人高判兼兩宗 옛 사람은 (우리 차가) 이 두 가지 특징을 두루 갖췄다고 높게 평가하리라.

東茶記云 或疑東茶之效 不及越産 以余觀之 色香氣味少無差異. 茶書云 陸安茶味以勝 蒙山茶以藥 勝 東茶蓋兼之矣 若有李贊皇陸子羽 其人必以余言 爲然也.

『동다기』에 이르기를 '어띤 사람은 우리 차의 효능이 중국에서 나는 차에 미치지 못한다고 생각하지만 내가 보기엔 색·향·기운·맛이 조금도 차이가 없다'고 하였다. 다서에 이르기를 '육안차는 맛이 뛰어나고, 몽산차는 약효가 뛰어나다' 하였다. 우리 차는 아마도 두 가지를 겸했다. 만약 이찬황과 육우가 있다면 그들은 반드시 내 말이 옳다고 여기리라.

還童振枯神驗速 (차를 마시면) 늙음을 떨치고 아이로 돌아가는 신묘한 증
　　　　험이 빠르니

八耋顔如夭桃紅 팔십에 얼굴빛이 붉은 복숭아꽃과 같음이라.

我有乳泉把成秀碧百壽湯 나에게 있는 좋은 샘물, 수벽, 백수탕을 만들어

何以持歸木覓山前獻海翁 어떻게 남산으로 가져가 혜옹에게 올릴까.

李白云 玉泉寺眞公年八十 顔色如桃李 此茗香淸異于他 所以能還童振枯而令人長壽也.

이백이 이르기를 '옥천사 진공은 팔십 나이에도 얼굴색이 복숭아 빛'이
라 하면서, '이 차의 맑은 향기는 다른 것과 다르니 늙음을 떨치고 아이
로 돌아가 사람을 오래 살게 하는 것이다'라고 하였다.

唐蘇廙 著十六湯品 第三曰 百壽湯 人過百息 水踰十沸 或以話阻 或以事廢 始取用之 湯已失性矣
敢問膰鬢蒼顔之老夫 還可執弓挾矢以取中乎 還可雄潤步以邁遠乎 第八曰 秀碧湯 石凝天地秀氣而
賦形者也 琢以爲器 秀猶在焉 其湯不良 未之有也. 近 酉堂大爺 南過頭輪 一宿紫芋山房 嘗其泉曰
味勝酥酪.

당나라 소이가 『십육탕품』을 지었다. 그 세 번째를 백수탕이라 하니, 끓
이는 사람이 그 순간을 놓치면 순숙純熟을 지나치게 된다. 어떤 사람은
말하다가 놓치며, 혹은 일을 하다가 지나치니 차를 달이는 탕수로는 이
미 참됨을 잃은 것이다. 감히 묻노니 흰 살쩍과 창백한 노인이 다시 활
과 화살을 잡고서 과녁을 맞출 수 있겠는가. 다시 씩씩한 걸음으로 멀리
갈 수 있겠는가. 그 여덟 번째를 수벽탕이라 한다. 돌에는 천지의 빼어
난 기운이 모여서 그 형체를 이룬다. 깎아서 그릇을 만들어도 빼어난 기
운이 그대로 남아 있다. 그 탕수를 제대로 끓이지 않으면 (빼어난 기운이)
없어진다. 근래에 유당어른(김노경)께서 남쪽의 두륜산을 지나다가 자우

산방에서 하루를 묵으셨다. 그 샘물을 맛보시고 물맛이 호락보다 낫다고 하셨다.

又有九難四香玄妙用 또 (차에는) 아홉 가지 어려움과 네 가지 향의 현묘한 이치가 있으니

何以敎汝玉浮臺上坐禪衆 어떻게 너희 옥부대에서 좌선하는 무리를 가르칠 수 있을까!

九難不犯四香全 구난을 범하지 않아 네 가지 향이 온전하고

至味可獻九重供 지극히 훌륭한 차를 궁중에 올리리.

茶經云茶有九難 一曰造 二曰別 三曰器 四曰火 五曰水 六曰炙 七曰末 八曰煮 九曰飮 陰採夜焙非造也 嚼味嗅香則非別也 羶鼎腥甌非器也 膏薪庖炭非火也 飛湍壅潦非水也 外熟內生非炙也 碧紛飄塵非末也 操艱攪遽非煮也 夏興冬廢 非飮也. 萬寶全書茶有眞香有蘭香有淸香有純香 表裏如一日純香 不生不熟日淸香 火候均停日蘭香 雨前神具日眞香 此謂四香. 智異山花開洞茶樹羅生四五十里 東國茶田之廣料無過此者 洞有玉浮坮 坮下有七佛禪院 坐禪者常晩取老葉 晒乾然柴 煮鼎如烹菜羹 濃濁色赤 味甚苦澁 政所云 天下好茶 多爲俗手所壞.

『다경』에 이르기를 '(좋은) 차에는 아홉 가지의 어려움이 있으니 첫째는 만드는 것이요, 둘째는 분별하는 것이요, 셋째는 그릇이요, 넷째는 불이요, 다섯째는 물이요, 여섯째는 굽는 것이요, 일곱째는 가루를 만드는 것이요, 여덟째는 끓이는 것이요, 아홉째는 마시는 것이라. 구름이 낀 날 차를 따거나 밤에 만드는 것은 차를 만드는 것이 아니요, 쩝쩝거리며 맛보거나 킁킁거리며 향기를 맡는 것은 분별하는 것이 아니요, 누린내

나는 솥과 비린내 나는 잔은 (차)그릇이 아니요, 냄새 나는 나무와 부엌에서 쓰던 숯은 불이 아니요, 여울물과 웅덩이 물은 찻물이 아니요, 겉만 익고 속이 설은 것은 구운 것이 아니요, 푸르고 거친 가루는 차 가루가 아니요, 거칠게 젓거나 갑자기 휘젓는 것은 차를 달이는 것이 아니요, 여름에만 마시고 겨울에 그만두는 것은 차를 마시는 것이 아니다'라고 하였다. 『만보전서』에 '차에는 진향, 난향, 청향, 순향이 있다. 겉과 속이 같은 것은 순향이요, 설익거나 너무 익지 않은 것은 청향이요, 불기운이 고른 것은 난향이요, 곡우 전 신묘한 기운을 갖춘 것은 진향이니, 이것이 (차의) 네 가지 향이다'라 하였다. 지리산 화개동에는 차나무가 사오십리 퍼져 있다. 우리나라 차밭으로는 이보다 더 넓은 것이 없다. 화개동에 옥부대가 있는데, 옥부대 아래에 칠불선원이 있다. (이곳에서) 수행하는 사람들이 항상 늦게 딴 큰 잎을 햇볕에 말려, 삭정이[말라죽은 가지] 나무로 불을 때서 나물죽처럼 끓인다. 차가 진하고 탁하며 색이 붉다. 맛이 매우 쓰고 떫다. 다시 정확하게 말하면 천하의 좋은 차가 미숙한 솜씨로 훼손되는 것이 흔하다.

翠濤綠香纔入朝 좋은 차가 몸에 들어감에

聰明四達無滯壅 귀와 눈으로부터 온몸으로 퍼져서 막히고 답답한 것이
　　　　　　　　사라짐이라.

矧爾靈根托神山 더구나 너의 신령한 뿌리는 신선의 산에 의탁했으니

仙風玉骨自另種 신선처럼 맑은 차는 그 품격이 다름이라.

入朝于心君. 茶序曰 甌泛翠濤 展飛綠屑 又云茶以靑翠爲勝 濤以藍白爲佳 黃黑紅昏 俱不入品 雲濤爲上 翠濤爲中 黃濤爲下. 陳糵公詩 綺陰攢盖 靈草試旂 竹爐幽討 松火怒飛 水交以淡 茗戰以肥 綠香滿路 永日忘歸. 智異山世稱方丈.

마음에 들어가 살펴봄이라. 다서에 이르기를 '그릇에 푸른 거품이 떠있고, 푸른 가루가 날리네'라 하였다. 또 이르기를 '차는 푸른 것이 가장 좋고, 거품은 남백색이 아름답고, 누렇고 검고 붉고 탁한 색은 모두 가품佳品에 들지 않는다. 구름 같은 거품이 가장 좋고, 푸른 거품이 그 다음이요, 누런 거품은 하품이다'라고 하였다. 진미공의 시에 '얼룩거리는 그늘 아래에서 싹이 올라와 다투어 피어나네. 풍로에서는 솔바람 소리 내며 물이 끓음이로다. 물과 차가 섞여 고요해짐에 서로 어우러져서 맛을 낸다네. 가득한 차 향기에 취해 오래도록 돌아가는 것을 잊었노라'라고 하였다. 지리산을 방장산이라고도 부른다.

綠芽紫筍穿雲根 푸르거나 붉은 싹이 바위를 뚫고 나왔고

胡靴犎臆皺水紋 호족의 가죽신이나 물소의 가슴처럼 주름진 물결무늬라.

吸盡瀼瀼清夜露 맑은 밤하늘, 촉촉이 내린 이슬을 머금은 (찻잎)

三昧手中上奇芬 삼매의 손끝에서 기이한 향기가 피어남이라.

茶經云生爛石者爲上 礫壤者次之 又曰谷中者爲上 花開洞茶田 皆谷中兼爛石矣. 茶書又言茶紫者爲
上 皮者 次之 綠者次之 如筍者爲上 似芽者次之 其狀如胡人靴者蹙縮然 如犎牛臆者廉沾然 如輕
飆拂衣者 涵澹然 此皆茶之精腴也.

『다경』에 '난석에서 나는 것이 가장 좋고, 자갈과 흙이 섞인 곳에서 나는 것이 그 다음'이라고 하였다. 또 '골짜기에서 나는 것이 가장 좋다'고 하였다. 화개동의 차밭은 모두 골짜기와 난석이 있는 곳이다. 다서에서 또 말하기를 '찻잎은 붉은 것이 가장 좋고, 쭈글쭈글한 것이 그 다음이며, 녹색이 그 다음이다. 죽순처럼 생긴 것이 가장 좋고, 뾰족한 것이 그 다음이다. 그 모양은 호인의 가죽신처럼 쭈글쭈글하며 물소의 가슴처럼 촉촉한 듯하며 가벼운 바람이 옷깃을 스치는 것처럼 함초롬하다. 이는 모두 가장 좋은 찻잎이다'라고 하였다.

茶書云 採茶之候貴及時 太早則香不全 遲則神散 以穀雨前五日 爲上 後五日 次之 後五日又次之
然 驗之東茶 穀雨前後太早 當以立夏後爲及其時也 其採法 徹夜無雲浥露採者爲上 日中採者次之
陰雨下不宜採. 老坡 送謙師詩 道人曉出南屏山 來試點茶三昧手.

다서에 이르기를 '차를 따는 시기는 때를 맞추는 것이 가장 중요하다. 너무 이르면 진향이 피지 않고 늦으면 차의 기미가 흩어진다. 곡우(양력 4월 20일) 전 5일에 따는 것이 가장 좋고, 그 후 5일 뒤에 따는 것은 그 다음이고, 또 5일 뒤에 따는 것은 하품이다'라고 하였다. 그러나 내가 경험해보니 우리나라 차는 곡우 전후는 너무 이르고, 입하(양력 5월 5일) 이후에 따는 것이 마땅하다. 차를 따는 방법은 밤새 구름이 없는 날에 촉촉하게 이슬을 머금은 것을 따는 것이 가장 좋고, 한낮에 따는 것은 그 다음이다. 비가 내릴 때는 따지 않는 것이 좋다. 소동파의 「송겸사送謙師」 시에 '새벽에 남병산에서 내려온 도인, 삼매의 솜씨로 차를 달이네'라고 하였다.

中有玄微妙難顯 그 중에 현미하고 오묘한 이치, 드러내기 어려우니
眞精莫教體神分 (차의) 진수를 체[물]와 신[차]으로 나누지 마라.
體神雖全猶恐過 물과 차가 설령 온전하더라도 오히려 지나칠까 두려우니
中正不過健靈倂 중정을 넘지 않아야 (차의) 진수가 다 드러나느니라.

造茶篇云 新採揀去老葉 熱鍋焙之 候鍋極熱 始卜茶急炒 火不可緩 待熟方退 徹入筬中 輕團枷數遍 復下鍋中 漸漸減火 焙乾爲度 中有玄微 難以言顯. 品泉云 茶者水之精 水者茶之體 非眞水 莫顯其神 非眞茶 莫窺其體.

「조다편」에 이르기를 '새로 딴 찻잎에서 묵은 잎을 가려내고 뜨거운 솥에서 덖어낸다. 솥이 뜨거워지기를 기다렸다가 찻잎을 넣고 급히 덖어내는데 이때 불을 늦춰서는 안 된다. 알맞게 덖어지면 꺼내서 대자리에 놓고 여러 번 가볍게 둥글리듯이 비비고 털어서, 다시 솥에 넣고 불을 점점 줄이면서 덖는다. 덖고 말리는 것에는 법도가 있다. 차를 만드는

데에는 묘하고도 은미함이 있으니 말로 드러내기 어렵다'라고 하였다. 「품천」에 이르기를 '차는 물의 정(精)이요, 물은 차의 체(體)라. 좋은 물이 아니면 그 신묘함이 드러나지 않고, 좋은 차가 아니면 그 근본을 엿볼 수 없다'고 하였다.

泡法云 探湯純熟便取起 先注壺中 小許盪祛冷氣 傾出然後 投茶葉 多寡宜酌 不可過中失正 茶重

則味苦香沈 水勝則味寡色清 兩壺後 又冷水蕩滌 便壺 凉潔 否則減茶香 盖罐熱則茶神不健 壺清

則水性當靈 稍後茶水沖和然後 冷布釃飲 釃不宜早 早則茶神不發 飲不宜遲 遲則妙馥先消. 評曰

採盡其妙 造盡其精 水得其眞 泡得其中 體與神相和 健與靈相倂 至此茶道盡.

「포법」에 이르기를 '물이 순숙이 될 때를 살펴서 바로 (탕호를) 들어낸다. 먼저 다호에 끓은 물을 조금 부어 냉기를 없앤 후 따라버린다. 그 다음 차를 넣고 끓은 물을 적당히 붓는데, 중정을 넘거나 잃지 않아야 한다. 차가 많으면 맛이 쓰고 향이 가라앉으며, 물이 많으면 차 맛이 드러나지 않고 색이 옅어진다. 다호를 쓰고 난 후에는 깨끗한 물로 씻어낸다. 다호는 청결히 해야 한다. 그렇지 않으면 차향이 감소된다. 대개 다관이 너무 뜨거우면 차의 향과 맛이 온전하지 않고, 다호가 청결해야 수성이 드러난다. 차와 물이 어우러지기를 얼마간 기다린 후에 베에 걸러서 마신다. 차를 너무 일찍 따르지 않아야 한다. 일찍 따르면 다신이 드러나지 않는다. 차를 굼뜨게 마시지 않아야 한다. 차를 늦게 마시면 (차가 식어서) 묘한 향기가 이미 사라져 버린다'고 하였다. 또 '차를 따는 것은 그 오묘함을 다 해야 하고, 만드는 것은 그 정밀함을 다 해야 한다네. 물은 좋아야 하며 포법은 그 중도를 지켜야 체와 신이 서로 어우러져 건령(차의 진수)이 드러난다네. 여기에 이르러야 온전한 다도라네'라고 하였다.

一傾玉花風生腋 옥화를 마시자 겨드랑이에서 바람이 스멀스멀 일어나
니

身輕已涉上清境 몸이 가벼워져 이미 신선의 경계를 건넘이라.

明月爲燭兼爲友 밝은 달은 등불이라 아울러 벗으로 삼고

白雲鋪席因作屛 흰 구름은 자리와 병풍으로 삼음이라.

陳簡齋茶詩 嘗此玉花句 盧玉川茶歌 惟覺兩腋習習生淸風.

진간제의 다시에 '일찍이 이 옥화를 맛보았다'라는 구절이 있고, 노옥천
의 다가에 '양 겨드랑이에서 솔솔 맑은 바람이 일어나는 것을 알겠다'
하였다.

竹籟松濤俱蕭涼 화로에 물 끓는 소리 잦아드니

淸寒瑩骨心肝悍 맑고 가뿐한 몸, 정신마저 또렷함이라.

惟許白雲明月爲二客 오직 백운과 명월 두 객만을 허락하니

道人坐上此爲勝 도인의 자리, 이것이 가장 좋음이라.

飮茶之法 客衆則喧 喧則雅趣索然 獨啜曰神 二客曰勝 三四曰趣 五六曰泛 七八曰施也.

차를 마시는 법은 사람이 많으면 어수선하고, 어수선하면 아담한 정취
가 사라진다. 혼자 마시면 신묘한 경계에 들고, 둘이 마시면 좋고, 서넛
이 마시면 정취가 있고, 대여섯이 마시면 들뜨게 되고, 일고여덟이 마시
면 그저 마실 뿐이다.

『동다송』을 번역하면서

아무것도 아는 바 없는 비재非才로서 『동다송』을 번역하고 나니 느낀 바가 없지 않다. 『동다송』 번역은 과거에 여용약호如龍若虎한 눈 밝은 벽안학자碧眼學者들이 많이 있었고 현재에도 또한 그러하다. 그러나 이들의 번역이 과연 초의대종사의 뜻한 바와 괴리된 바는 없는지 의심스럽고 작자의 지은 뜻에 부합되거나 차이가 있는 것은 아닌지 조심스러울 뿐이다.

더구나 졸필拙筆인 필자가 무슨 고증과 깊은 연구에 매진하고 이에 혼신의 노력을 다 기울였을까마는 결론적으로 이 번역에 대해 초의대종사께서 미소로 긍정肯定을 보낼지는 의문이 든다. 물론 번역에 임하여 『동다송』의 내용이 어렵고 난해한 점은 초의대종사도 이미 말한 바이니 더 말한 것은 없는 듯하다. 하지만 『동다송』의 요체, 다시 말해 그 큰 뜻이 드러났는지에 대해서는 무어라 말할 수 없을 정도로 미흡하다.

『동다송』의 대의총판大義摠判은 결국 '채진기묘採盡其妙 조진기정造盡其精 수득기진水得其眞 포득기중泡得其中'의 네 구절의 풀이가 옳고 그름에 따라 『동다송』의 진면목이 드러났다 해도 지나친 말은 아니다.

어떤 사람의 번역에 '포득기중泡得其中 체여신상화體與神相和'를 '차를 달여 내는 데 있어서는 그 간이 알맞아야 하며 그 차의 체體가 되는 물과 그 차의 정신, 기운 되는 것이 서로 어우러져서'라고 했다. 그러나 이 번역은 잘못된 것이므로 이를 바로 잡으면 '포득기중泡得其中'이란 '찻물을 침출沈出하는 방법에 있어서는 차와 탕수湯水를 각각 적정한 비율로 계량을 해서 정도正道를 잃지 않아야 한다'는 뜻이다. 또 '체여신體與神'은 물의 신神인 차와 차의 체體인 물이 서로 어울려 물도 아니고 차도 아닌 제3물第三物인 다액茶液이 침출되어야 한다는 뜻으로 번역하는 것이 바로 초의대종사의 뜻일 것이다. 이와 같은 것은 문구의 오역誤譯이니 그다지 큰 문제가 아니고 『동다송』의 대의는 다선일여茶禪一如이니, 이 번역에서는 다선일여를 명명백백하게 발양發揚해야 초의대종사의 뜻에 합일된 것이리라.

草衣禪師의 黑釉茶瓶 − 著者所藏 草衣禪師 遺品

3. 초의선사의 생애와 저술

행장行狀

초의대종사는 정조 10년(1786) 4월 5일에 전남 나주군 삼향면三鄕面 신기리新基里(현재 무안군)에서 무안務安 장씨의 4남으로 태어났다. 어머니의 꿈에 큰 별을 품에 안은 후 그를 낳았다고 전한다. 초의는 그의 호이며 법명은 의순意洵, 자는 중부中孚이다. 그의 나이 5세 되던 해 강가에서 놀다가 잘못하여 격류에 떠내려가던 중, 어떤 역사力士의 도움으로 겨우 죽음을 면했다고 한다. 17세에 나주군 남평의 운흥사雲興寺에서 벽봉화상碧峯和尚에게 계를 받았고 대흥사에 와서 완호화상玩虎和尚에게 구족계具足戒를 받았다.

약관弱冠에는 영암 월출산정에 올라 바다에서 솟아오르는 만월滿月을 보고 황홀함이 일광日光과 같음을 느끼고, 과거의 업業이 사라지고 마음의 걸림이 없어졌으니 이는 과거의 숙기宿機가 있었기 때문이다. 선교禪敎를 습득하는 여가에 범자梵字를 아울러 익혀 통달했으며 오도자吳道子의 화법畵法에 능히 들어가 불화의 신상화神像畵에도 능하였다.

다산茶山의 문하에 나아가 시도詩道를 서로 연마하는 한편 불교 교리에 정통했다. 특히 선리禪理를 널리 넓혀나가 종래의 선객禪客들이 중국 선사禪師들의 어록을 수습하는 데에 지나지 않았던 선경禪境을 배격하고 주체적 선경을 홀로 펼쳐 나갔다.

그 후 금강산을 운유雲遊하며 비로봉毘盧峰에 올라 영동산해嶺東山海의 승경勝景을 다 관람하고 돌아오는 길에 한양의 모든 산들을 역방歷訪

한 후 해거도인海居道人, 신자하申紫霞 및 추사秋史 등과 더불어 시를 지었다. 중국의 동림원공東林遠公이나 서악西嶽의 관림貫林처럼 그의 명성이 일시에 세상에 드러났다.

초의대종사는 곧 성적聲跡을 거두고 두륜산정頭輪山頂에 나아가 등나무와 다래덩굴이 엉켜진 그늘 중에 작은 암자를 짓고 일지암一枝菴이라는 편액을 걸었다. 이곳에서 홀로 40여 년간 참선參禪하며 지냈다. 혹 어느 사람이 찾아와 묻기를 '선사禪師는 선禪에 전공專工하느냐'고 하니 초의대종사가 말하길 '선禪에 전공하는 것이나 교敎에 전공하는 것이나 다 같이 다름이 없나니 내 어찌 구차하게 이렇게 하겠느냐? 대개 교에 전력專力하는 사람도 반드시 과실이 없는 것이 아니고 선禪에 전력하는 사람도 또한 잘못이 없지 아니함이 없다'고 하였다. 특히 그가 백파화상과 벌인 선리의 논쟁은 조선 후기 불교사를 풍미하였다. 백양산白羊山에서 80여 년을 은거한 백파화상은 스스로 말하길 '내가 16세 때부터 선禪에 투신하여 일념도 퇴전退轉함이 없이 마냥 임제화상臨濟和尙의 현玄, 요要, 구句를 연설해서 기機와 용用에 분첩分貼함으로써 깨달음의 토대를 삼았다'고 하였다. 초의대종사는 백파화상이 말한 선리의 문제에서 오차誤差한 곳을 변론해서 강추금姜秋琴(초의선사의 비문을 썼던 인물)에게 보였던 바 강추금 또한 초의선사의 오처誤處를 변박하였다. 하지만 초의대종사는 웃으면서 말하길 '다 같이 잘못되었으니 방해될 것 없다'고 하며 '잘못된 것이 바로 깨달음의 경지'라고 말했다고 한다.

그의 신체는 넉넉하고 컸으며 범상梵相이 기이奇異하여 고존자상古尊者像을 닮았다고 하고 이미 늙었지만 경건함이 소년과 같았다고 한다.

봉은사奉恩寺의 화엄경 간행 분포에 증사證師로 참여했으며, 또 달마산達摩山의 무량법회無量法會를 열었을 때에 그를 주선사主禪師로 모셨다. 하지만 이런 일련의 일들은 모두 잠깐의 헛된 일이었다고 하면서 대흥사로 돌아와 쾌연각快年閣(현 光明殿)에 열반하였으니 이때가 바로 병인丙寅년 고종 태황太皇 3년(1866) 8월 2일이었다. 상서로운 징후가 나타났는데 이는 비성飛星이 출현한 때와 더불어 겨우 수일 차이였다. 이 또한 기이한 징후이다. 그의 세수世壽는 81세요, 법랍法臘은 64세이다.

동림東林 원공遠供·서악西嶽 관휴貫休 : 중국 강서성 구강부九江府에 위치한 노산廬山의 동림東林에서 천태종天台宗 승려 혜원법사惠遠法師가 백련결사白蓮結社를 하였다. 혜원은 동파東坡 등 여러 학자들을 모아놓고 정토사상을 고양하면서 간혹 시서회詩書會를 열고 불교를 현양顯揚하였다. 서림西林에서는 관휴선사貫休禪師가 혜원법사와 같이 불사佛事를 행했다. 따라서 초의대종사가 홍현주, 신자하, 김추사 등 여러 학자들과 더불어 교유하면서 선교禪敎를 논하는 한편 이들과 시회詩會를 열었던 것은 바로 동림의 원공遠公이나 서림의 관휴貫休처럼 문사들과 종유한 것과 같은 것이었다.(응송스님의 원주)

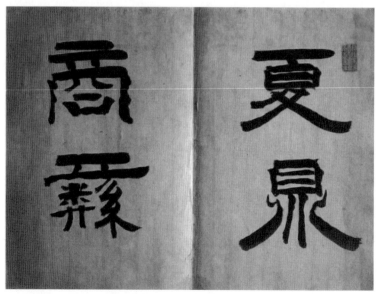

草衣禪師 手蹟 — 著者所藏 草衣禪師 遺品

초의선사의 비명碑銘

달마가 인도에서 중국으로 온 것은 제1의 의義(禪義)를 건립한 것이 니 마음이 비어 부처도 없으니 이 또한 문자이다. 따르거나 떠난 것도 아니니 이것이 바로 불이不二의 법문法門이다. 대개 말하되 쓸어버렸으 니 열에 팔구는 조사祖師의 뜻이 아니다. 오직 초의선사의 안중에는 8 만4천 법문이 있으니 한 자 한 자마다 원만무결圓滿無缺한 광명을 방광 하네. 경전 속에 감추어진 1,700칙의 공안은 곧 42장의 장경을 요약하 여 보면 길고 짧은 것이 없네. 세속에 살아도 더럽혀지거나 물들지 아 니하고 출세간出世間의 세상에 살아도 청정할 것도 없다. 오직 세상의 정인情人으로서야 능히 그 불성佛性을 볼 수가 있다. 고도의 파도가 빙 빙 어지러운데 밝음이 경면鏡面과 같이 위험한데 어찌하여 한낮의 동 정動靜이 두렵지 않을쏘냐. 해남의 남쪽에 있는 두륜산의 정수리에 일 지암을 얽어서 깃드니 태백노호太白老胡가 다시 빌려서 의지하다. 문수 와 부처의 혜명은 겨우 매달려 있는 실과 같고 종풍이 다시 떨쳐 널 리 모든 기미에 미치네. 선에 들어갈 것이 없고 교도 버린 것이 아니 니 묵묵하게 말없음을 무슨 일인들 꾸짖을까. 한번 꾸짖음에 귀먹은 중 앉았으니 이것이 초의인草衣人인 보제존자普濟尊者로다.

初祖西來建第一義　廓然無聖是亦文字　弗即弗離始名不二　槪云歸除殆非祖意

惟師眼中有八萬藏　是一字字皆放圓光　藏經千七百則四十二章　約而觀之無短無長

處世非染出世非淨　惟有情人能見其性　鯨濤眩轉履之如鏡　何以無畏一於動靜

頭輪之頂借棲一枝　太白老胡復借之衣　文佛慧命僅如縣絲　宗風再振廣被諸機

禪無可入講無可捨　從容而至何事呵罵　一喝而聾頑禪打坐　是草衣人普濟尊者

草衣禪師의 印櫃 — 著者所藏 草衣禪師 遺品

초의시집草衣詩集 서序

당나라 한퇴지韓退之는 평소에 불법佛法과 승려들을 좋아하지 아니했으나 원혜元惠와 문창文暢 영사靈師들의 시를 보고 그 재주를 극찬하였으며 자양부자紫陽夫子는 유도를 본분사로 삼았으면서도 남쪽 스님의 간행권刊行卷에 발문을 쓰면서 그의 문집에 들어있는 '살구 꽃 비를 맞자 옷도 촉촉이 젖고[沾衣欲濕杏花雨] 버드나무에 부는 바람 얼굴에 스쳐도 차지 않네[吹面不寒揚柳風]'라는 구절을 칭송하였다.

석씨釋氏의 학문이 모든 소유를 다 공空한 것이라 여기므로 문장 또한 소용이 없는 것이지만 저들이 문사文詞에 종사했던 것은 다 오도吾道에 뜻을 둔 것이다.

두 공이 이런 즐거움에 나간 것은 대개 이 때문인 것이라. 그러나 문사를 일삼는 무리 중에는 이따금 음탕하고 사치스럽게 방탕하는 무리들이 있으니 혜원이나 관휴·보월寶月 같은 이들은 몸에 가사와 장삼을 입었으나 입으로는 음란한 소리를 하니 이는 불가에서도 적이 되고 유가에서도 용납하지 못할 것이니라.

호남湖南 승려 초의는 사대부들과 종학從學하여 놀기를 좋아하며 특히 시를 짓기를 좋아하되 시어가 맑고 간결하며 투박하면서도 잘 다듬어졌으니 마치 당송의 시풍을 넘나들었고, 담긴 뜻이 맑고 원대하며 번잡한 수식이나 화려한 장식을 가차 없이 잘라냈다. 그의 시집 중에는 창여昌黎의 시운을 차용한 시가 여러 편 있다. 또 때로는 어짊을 이야기하고 의리를 담거나 마음은 투명한 물과 같다는 말이 있는데 이는 아마 주자서와 부합되는 것이 많다. 애석하구나! 이것이 어찌 우리 도에 뜻을 둔 연유가 아니겠는가. 그러므로 내 기꺼이 『초의

집』에 서문을 쓰노라. 그의 시는 세인을 깨우치는 구절이 많고 그의 고체시의 '신발로 물속의 구름을 헤집고[履雜澗底雲] 창문엔 소나무 위에 뜬 달을 머금었네[窓含松上月]'라는 구절은 어느 것이 좋은지를 말하기 어렵다.

　_ 신유(辛卯, 1831) 맹춘孟春에 연천거사淵泉居士 홍석주洪奭周는 초의시권草衣詩卷의 첫머리에 쓰다.

韓退之平生不喜浮屠 其與元惠文暢靈師 詩皆極稱其才調 紫陽夫子以衛道爲已任 嘗跋志南上人行卷湙賞其沾衣欲濕杏花雨吹面不寒楊柳風之句釋氏之學空諸所有固無所用文詞爲彼從事於文詞皆有意於吾道者也二公之樂與其進盖以是歟然文詞之流往往爲淫靡蕩治如惠休寶月之類身緇衲而口桑濮是又浮屠氏之賊吾道之所不容也湖南僧草衣喜從學士大夫遊亢好爲有韻語灑削陶煉出入唐宋而寄意淸遠絶去粉澤其卷中有用昌黎韻數篇又時有戴仁抱義靈臺止水語若有得于朱子書者乎是豈眞有意於吾道者歟吾是以樂爲之書草衣詩警語甚多其古體有曰履雜澗底雲窓含松上月者與杏花楊柳之句未知其孰爲甲乙也姑擧是以質于當也之知詩者.

　_ 辛卯孟春　淵泉居士　洪奭周書于草衣卷首

초의시고草衣詩藁 발跋

신해년 겨울은 너무 추워 내가 병으로 근심이 있었는데, 집안 심부름꾼으로 있는 이가 '초의노사께서 사립문에 와 있다'라고 하기에 나는 곧 버선발로 나가 맞이하여 자리에 앉으니, 나는 지는 꽃처럼 병으로 초췌함을 염려하며 광장설廣長舌로 병과 싸우는 여러 가지 이야기를 바닷물을 기울이듯 하였더니, (초의는) 소매에서 두루마리를 꺼내 보여 주었다.

나는 일찍이 소문을 들은 터라 (그와) 한번 뺨과 어금니가 시리도록 이야기하고 싶었다. 곧 촛불을 밝혀 시를 감상하니 경책과 일깨움이 세속의 꾸밈을 초월하였고, 높은 뜻과 격식이 마치 소반에 구슬이 구르는 듯하여 종횡으로 눕고 섬에 진실로 밤을 따다 떡을 빚은 듯, 초의의 시격이 홀로 아름다웠다.

연천 상공이 책의 첫머리에 서문을 쓰고 자양부자가 지남스님의 서문을 쓰면서 '앵두꽃과 버들, 시구로 우열을 다툰다'고 하였으니 큰 재질을 가릴 만하다. 또한 '정신은 원래 굳은 터가 있고 지수는 본디 맑은 근원이 있다'라고 한 시구가 있으니 유가의 학사나 대부들과 노닐어 유가의 도에도 뜻이 있었음이 분명하다. 한유의 시대에 살았더라면 원혜와 문창보다 누가 더 나은지를 알 수 없을 것이다.

저 '빈 숲 하늘가에 달이 비쳐들고[空林照入天涯月] 들에 흐르는 강물은 눈 온 후에 산을 맑게 머금었네[野水明涵雪後山]'라고 한 시구는 당송에 드나들만하니 자하가 '속기를 모두 벗어났다'고 한 말은 허무한 말이 아니다.

또 『동다송東茶頌』 1편은 상저서桑苧書와 더불어 우열을 다투지만 조용히 담담하게 세속을 떠나 피안에 이를 수 있는 자에게는 더 말할 나위가 없는 것이다. 어찌 저 혜원이나 보월의 무리와 견줄 수 없겠는가. 돌아보건대 질박하기가 나비와 같은 나로서는 달밤이나 해 뜨는 아침을 말할 수 없으나 나와 함께 노닌 느낌으로 책 끝에 붙여둔다.

　_ 석오 윤치영이 쓰다.

歲金豕積寒 余屬疾端憂瀧 吏報涉草衣老師利扉 乃躑履捉坐憂 余蕉萃如三花 以廣長舌論流別競病 就傾海 袖攜行卷以示余 嘗飫聞思一侈煩牙 遂燃燭吟賞其詩 多警悟絶 粉賸崇意布格 如盤走丸橫 斜超 縱嬪徵栗 題糕苔花獨美 淵泉相公弁其首 以紫陽夫子所跋志南上人 杏花楊柳句 爲甲乙 足驗 其大辨才 且有靈臺元固基 智水本澄源之句 嘗從學士大夫遊其有意於吾道審矣 使在昌黎之世 未知 元惠文暢 孰爲紫標黃標 如空林照入天涯月 野水明涵雪後山之句 果出入唐宋紫霞 所謂盡脫蔬筍氣 者 信非謔語 又東茶頌一篇 與桑苧書相上下 況其沈靜澹泞避泠塗謝 悠謬能到彼岸者 豈惠寶輩所 敢肩哉 顧余蟬花樸陋 不足爲月朝語而以從余遊處 爲感用托卷尾云.

　_ 石梧尹致英書

草衣禪師의 石印 — 著者所藏 草衣禪師 遺品

사대부 등과의 시詩·서한書翰 목록(연대순)

「雙峰寺曉坐」(1807, 22세)

「奉呈籜翁先生」(1809, 24세)

「采山蕲行」(1810, 25세)

「悼理贊學者」(1812, 27세)

「阻雨未往茶山草堂」(1813, 28세)

「登寒碧堂」(1815, 30세)

「宿涵碧學皐道人」(1816, 31세)

「送製禪師」(1817, 32세)

「佛國寺懷古詩」(1817, 32세)

「方榮感舊傷懷隊和前篇」(1817, 32세)

「題山水圖八怗」(1822, 37세)

「九日與縞衣石□荷衣師遊山」(1823, 38세)

「松月」(1824, 39세)

「道春十咏」(1829, 44세)

「菜花亭賦閣梅」(1830, 45세)

「淵泉居士序文」(1831, 46세)

「與海居道人淸凉松軒詩會」(1832, 46세)

「隨行」(1831, 46세)

「具綾山壽宴詩」(1831, 46세)

「北禪院謁紫霞杏人」(1831, 46세)

「故漁山庄留別金夏篆」(1831, 46세)

「花源奉和北山道人」(1832, 47세)

「種竹」(1833, 48세)

「琴湖留別山泉道人」(1834, 49세)

「關西贊上人語聊以一偈贈送」(1836, 51세)

「遊金剛山」(1838, 53세)

「風入松」(1838, 53세)

「白雲洞見白鶴翎有作」(1839, 54세)

「春日雲山見奇一絶奉和答之」(1840, 55세)

「臨江山」(1841, 56세)

「奉和御題詠新月」(1841, 56세)

「全州李三晩與詩會」(1842, 57세)

「徐處士尙君挽詞」(1842, 57세)

「濟州牧李公」(1843, 58세)

「獨樂齊次韻」(1843, 58세)

「瀛州答李然竹」(1843, 58세)

「次雲巖道人韻」(1843, 58세)

「歸故鄕」(1843, 58세)

「奉和酉山見奇」(1845, 60세)

「一粟菴歌」(1849, 64세)

「奉和山泉道人謝茶之作」(1850, 65세)

「阮堂金公祭文」(1858, 73세)

「海印寺大雄殿又大藏閣重修勸善文」(1860,75세)

「秋史與書翰」(1862, 76세)

著書와 簡札의 一部 - 著者所藏 草衣禪師 遺品

4. 초의선사의 기타 저술

상해거도인서上海居道人書
(이 편지는 초의선사가 『동다송』을 지은 후 올린 것이다.)

초의산인 모는 삼가 재배하고 해거도인 앞에 글을 올립니다. 우러러 문안을 여쭈어 보건대 몸은 두루 평안하신지요. 아! 지난 신유년 청량산의 송헌에서 모시고 있을 때 외람되게도 미천한 몸으로 과분한 은혜를 입어 깊이 감격하고 있습니다. 향화香火의 인연이 깊고 한묵翰墨의 은혜가 무겁습니다. 일찍이 들으니 초목의 맹아萌芽도 고토故土의 은혜를 잊어버리지 않는다고 했습니다. 하물며 사람이 일을 시작할 때, 은혜를 입은 곳으로 머리를 돌리는 법입니다. 비록 깊은 산골에 자취를 숨기고 소문의 흔적을 없앴다 하지만 어찌 무지한 초목만도 못하겠습니까? 다만 구름과 진흙으로 막혀 있고 산과 바다로 막힌 먼 길이라 뵙기를 고대하여도 인연이 이어지지 않아 때로 문안을 드리려 해도 전해지지 않았습니다. 옛말에 '정이 어긋나면 한 방에 있어도 서로 어긋나고 도가 맞으면 천 리에 떨어져 있어도 더 가깝다'고 하였습니다. 찾기 어려운 말과 모습에 서글퍼하기보다는 차라리 친하기 쉬운 도리의 든든함에 맡겨 두는 것만 하겠습니까. 그러므로 마음 향불 하나가 굳건하여 본성의 하늘에서 흩어지지 않습니다. 장지화가 말하되 '천지로 집을 삼고 일월로 등촉을 삼아 천하의 여러 군자와 함께 있어 막힘이 없다'고 하였으니 비록 통달한 사람의 소견이라 할지라도 오히려 언어와 형상의 흔적에 막혀 있음을 면할 수 없습니다. 옛말에 이르기를 '눈꺼풀이 3천대천 세계를 다 덮고眼皮盖盡三千界 콧구멍에 백억의 화신불을 담는다鼻孔盛藏百億身'라고 하였으니 이와 같은 코와 눈은 사람이 본래로 갖추어 있나니 천지일월이 이 눈에 있어 뜨고 지는 운행이 눈빛에 가리어지는 적이 없을 것입니다. 하물며 이 온 천하 안에 어찌 막힘이 있어 떨어지겠습니까. 천 그루 소나무 아래에 밝은 달을 보고 수벽탕을 달이니 백수탕이 완성되면 이것을 가져다가 도인께 바치려 생각하지 않은 적이 없습니다. 생각해보면 밝은 달과 함께 모시고 있는 것이 낫겠습니다. 이것이 서로 막힘이 없는 도리이니 따로 신통한 묘술이 있어 그런 것은 아닙니다.

요사이 북산도인 편에 다도를 물으셨으니 마침내 옛 사람들이 전하신 뜻을 따라 삼가 동다행 일편을 지어 올립니다. 말이 분명하지 못한 곳은 별도로 본문에서 뽑아 뜻을 밝혀서 물어보신 뜻에 답하려 하였습니다. 제가 글재주가 변변치 않아 들으시기에 번거로울 것입니다. 혹 구절구절에 지적할 것이 있으면 비판하시는 노고를 아끼지 마세요.

草衣山人某謹再拜　上書干海居道人隱几座前　仰問尊候萬安　憶昔辛卯獲奉巾拂於淸凉松軒　猥以微賤　蒙恤過情深感　香火綠深　翰墨恩重　嘗聞草木之萌芽　難忘于故土　人生發軔　每回首干恩門　雖鑣跡　消聲於竆谷　豈草木無知之不若　但雲泥分隔山海程遙　愴枯謁之無緣時　獻訊而未達　古語有之　情睽則共一室而相忤　道合則隔千里而彌親　與其恓恓於言相之難求　寧任坦蕩於道理之易親　所以心香一炷　凝然不散於性天　張志和云　以天地爲遽廬　日月爲燈燭　與四海諸公其處　未嘗相隔　此雖達人之見　未免猶滯言象之迹　古亦有言　眼皮盖盡三千界　鼻孔盛藏百億身　如此鼻眼人人本具　天地日月在此眼中　運旋出沒　未嘗爲碍眼光　況此一四海之內　焉有防碍而相隔也　千株松下對明月而煎秀碧湯　湯成百壽則未嘗不思持獻道人　思則便與明月爲侍座側而爲勝　此其所以不相隔礙之道理也　非別有個神通妙術而然也　近有北山道人承敎垂問茶道　遂依古人所傳之意　謹術東茶頌一篇　以進獻語之未暢處　抄列本文而現之　以對下問之意　自爾陳辭亂煩冒瀆　鈞聽極切主臣　如或有句可存者　無惜一下金鎞之勞．

草衣禪師 筆 梵書

清凉山房 詩會軸

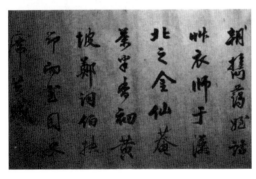

金山菴 詩會軸

중성일지암重成一枝菴

짙은 안개도 옛 인연 끊기 어렵고 烟霜難沒舊因緣

수행 생활할 수 있게 두어 칸 모옥을 지었네 瓶鉢居然屋數椽

그 곁에 못을 파서 허공의 달을 머물게 하고 鑿沼明涵空界月

대나무 통이어 백운천을 끌어왔네 連竿遙取白雲泉

새 향보를 참고하여 영약을 찾아서 新添香譜搜靈藥

때로 원만한 체를 접함에 묘법연화 세계가 열리누나 時接圓機展妙蓮

눈에 걸리는 걸 다 잘라버리니 礙眼花枝剗却了

아름다운 산에 이어 석양의 하늘이 있구나 好山仍在夕陽天

금령의 시

선의 인연으로 맺은 글의 인연 禪因緣結墨因緣

푸르름 얽어 하늘 높이 서까래 얹은 집이라 架翠空濛屋聚椽

우뚝한 지팡이, 나는 학 울음보다 앞섰고 卓錫先於飛鶴響

향을 따라 흐르는 유천을 찾네 尋香從自下流泉

손수 삼화수를 심고 手栽之出三花樹

몸은 청정하여 구품의 연꽃에 의지했네 身淨長依九品蓮

시구를 찾다가 때로 색상에 잠기니 覓句有時參色相

눈 내리는 날에 진분홍 동백꽃이 피었구나 山茶紅發雪中天

앞의 시에서 삼화수의 뜻을 살펴보면 선문禪門에서 삼화수三花樹의 정定을 말하는데 선禪은 범어로 선나禪那이다. 선나를 한역漢譯하면 정려靜慮이다. 정靜에서 정定이 생기고 여慮에서 혜慧가 나온다고 한다. 정定은 삼매三昧라고도 말한다. 따라서 이 정定에서 나온 삼화수三花樹란 것은 선禪을 수습修習해서 생겨나는 삼화수라는 뜻이다. 바로 삼화三花의 3은 석가의 3처전심三處傳心의 3이요, 화花는 위 3처전심 중 제2의 영산회상거염화靈山會上擧拈花의 화花요, 수樹는 문맥상 어조사로 쓰인 것이다.

또한 구품연화九品蓮華란 극락세계에 연화대蓮華臺가 있는데 복을 지은 경중輕重에 따라 올라가는 자리가 있다. 임제臨濟 3구는 제1구 제2구 제3구를 말하는 것인데 이 3구에 대한 설명이 있으나 좀 복잡하므로 이는 생략한다.

삼색상蔘色相이란 불교에서 이 세상을 욕계欲界, 색계色界, 무색계無色界 등으로 분류하는데 색계는 색상세계色相世界라고 한다. 이 색상色相은 모두 물질계를 뜻하는 것이다. 곧 물질의 계상界相이라는 말이다. 따라서 색상은 곧 물질의 현상에 간여하게 된다는 뜻이다.

5. 초의선사의 저서 및 장서 목록

1. 『사변만어四辨漫語』(1권)

2. 『초의선과草衣禪課』(1권)

3. 『상저서桑苧書』(2권)

4. 『대둔지상하편집大芚志上下編輯』(2권)

5. 『진묵조사유적방震默祖師遺跡坊』(1권)

6. 『한산습득집寒山拾得集』(2권)

7. 『다신전초본茶神傳抄本』(1권)

8. 『화초보花草譜 및 원예園藝』(1권)

9. 『마하반야바라밀다심경주역摩詞般若婆羅密多心經註譯』(1권)

10. 『주역주해周易註解』(1권)

11. 『장자주해莊子註解』(1권)

12. 『사산비명주해四山碑銘註解』(1권)

13. 『진불암지편집眞佛菴志編輯』(1권)

14. 『해거도인문집발海居道人文集跋』(1권)

15. 『화엄입법계품중총별華嚴入法界品中總別 답서(秋史向疑)』(1권)

16. 『해인사대웅전海印寺大雄殿 및 장경각권선문藏經閣勸善文』(1권)

17. 『대흥사승보안서大興寺僧譜案序』(1권)

18. 『대흥사대광명전상량문大興寺大光明殿上梁文』(1권)

19. 『김추사제문金秋史祭文』(1권)

20. 『관음보살경觀音菩薩經(草衣手寫)』(1권)

21. 『구지다라니경俱胝陀羅尼經』(1권)

22. 『불설말겁구급진경佛說末劫救急眞經』(1권)

23. 『대동선교고大東禪教考』(1권)

24. 『주대기록奏對機綠』(1권)

25. 『제경요문諸經要問』(1권)

26. 『대도편大道篇』(1권)

27. 『선교요람禪教要覽』(1권)

28. 『선문염송선요소禪門拈頌選要疏』(1권)

29. 『선근증장론善根增長論』(1권)

30. 『황석공소서黃石公素書』(1권)

31. 『청야집青野集』(1권)

32. 『작비암昨非菴』(2권)

33. 『나호야록羅湖野綠』(1권)

34. 『표중랑척독表中郎尺讀』(1권)

35. 『연사정연록첩蓮社淨緣綠帖』(1권)

36. 『관음점첩觀音占帖』(1권)

37. 『열조시초烈朝詩鈔』(3권)

38. 『열조시선烈朝詩選』(1권)

39. 『황명시皇明詩』(1권)

40. 『복초제집復初齊集』(2권)

41. 『당시唐詩』(1권)

42. 『고문古文』(1권)

43. 『원시元詩』(1권)

44. 『주역전周易箋』(2권)

45. 『당사걸집唐四傑集』(2권)

46. 『목재유학牧齊有學』(2권)

47. 『두시비율杜詩批律』(2권)

48. 『추론정선鄒論精選』(1권)

49. 『문자반고집文字般苦集』(2권)

50. 『동다송東茶頌』(1권)

51. 『다보서기茶譜序記』(1권)

52. 『다경茶經』(1권)

53. 『문자반고집초文字般苦集抄』(2권)

54. 『일속산방가一粟山房歌』(1권)

6. 초의선사와 교유했던 다인들

추사 김정희

한국차에 대하여 설명하려 할진대 초의선사를 빼놓을 수가 없고, 초의선사의 차를 말함에는 김추사金秋史를 빼놓을 수가 없다. 그러므로 김추사 선생을 말하는 과정에서 추사와 차의 관련성도 밝혀질 것이라 생각한다. 우선 김추사의 생애를 살펴보면 그의 자字는 원춘元春이고 추사秋史, 완당阮堂이라는 호를 썼다.

경주慶州 명족名族으로서 그의 아버지는 노경魯敬이요, 그의 할아버지는 이주頤柱, 증조曾祖는 한신이다. 추사의 부친 김노경은 이주의 4남이다. 자字는 가일可一, 호號는 유당酉堂이다. 그는 순조純祖 6년(1805) 문과에 급제하였고 이조판서를 역임하였다. 추사는 그의 장남이다. 추사는 정종正宗 10년 병오丙午(1786) 6월 3일에 충청남도 예산군 신암면 용산월궁리龍山月宮里에서 태어났다.

어릴 때부터 다른 아이들과는 달랐다. 석양이 되면 그 마을에 위치한 용봉산龍峰山의 모습을 바라보면서 몸과 마음을 단련하였다. 그리고 앵무봉鸚鵡峰의 화엄사華嚴寺에 들러 승려들과 같이 범경梵經을 암송하는 등 세간을 초월한 탈진脫塵 생활을 하였다. 고향을 떠나서 서울 장동壯洞에 있으면서 연경硏經과 서도書道에 전심전력으로 정진하였다. 박초정朴楚亭은 당시 유명한 박학博學 달사達士로서 추사의 천재天才를 격려하고 권장하였다. 추사는 조선 5백 년 이래로 절무絶無한 인물이었다. 이와 같은 추사를 지도한 사람은 초정 박제가이다. 추사는 일찍이 조선의 고리타분한 냄새를 탈각脫却하였다. 추사에게는 조선 사람들의 학업이 너무 어리석게 보여 '우리 조선에는 교유할 만한 인사가 한 사람도 없다'고 여기고 장래 중국 명사들과 교유할 것을 서원하였다.

① 연경에 가다

추사는 순조 10년(1809) 10월에 동지겸사은정사판중추冬至兼謝恩正使判中樞 박종래朴宗來, 부사副使 이조판서 유당 김노경의 일행을 따라 한양을 출발하였다. 김추사는 의기충천한 기세로 그 부친 유당酉堂을 수행하였다. 당시 유당은 44세이고 추사는 24세의 청년이었다. 조선의 뛰어난 인재였던 추사가 청의 수도 연경에 첫발을 내디딜 때에 그의 마음을 움직인 것은 우뚝하게 높은 성벽이나 호화찬란한 궁궐이 아니라 그의 지적 욕구를 충족시킬 석학홍유碩學鴻儒들과의 교유였다.

② 김추사와 옹담계

김추사가 연경에 있을 때 절실하게 감격한 것은 담계覃溪가 자신의 만권 장서가 보관된 서루書樓를 열어서 추사의 지적 호기심을 만족시킨 일이었다. 바로 담계는 옹방강翁方鋼의 호號요, 그 자字는 정삼正三, 또는 소재이다. 순천 대흥大興 사람이요, 옹희순翁希舜의 장자로서 옹정雍正 11년(1733) 8월 16일 생이다. 건륭乾隆 17년(1752) 20세 때 진사에 급제하였다. 벼슬은 정삼품이고, 80세에 죽었다. 담계는 당대唐代 구양순歐陽詢, 송대宋代 구양수歐陽修 및 소동파蘇東坡 등으로부터 금석학金石學의 종통宗統을 이어받음으로써 중국 금석학 및 서첩학書帖學의 태두泰斗

이며 실학파實學派의 대종大宗이다.

따라서 그가 소장한 서첩이 수백 종이었다. 그 중에 세상을 놀라게 할 만한 것은 첫째 예천명첩醴泉銘帖(구양순이 楷書하여 刻石한 것을 拓本한 것), 둘째 화도사化度寺 옹선사邕禪師 금리탑명金利塔銘(구양순이 해서해 각석한 것을 탁본한 것), 셋째 시경첩詩境帖(陸放翁이 해서하여 각석한 것을 탁본한 것), 넷째 조운첩鳥雲帖(宋 蔡君謨의 夢中詩를 소동파가 力書 각석한 것을 탁본한 것) 등인데 이것들은 다 세상을 놀라게 할 만한 진보眞寶들이다.

그의 학문은 원래 박학을 종宗으로 삼았으나 실사구시實事求是의 실학實學을 존중하였다. 동시에 송학宋學 곧 정주학程朱學을 신봉하여 박학樸學 양학절중주의兩學折中主義를 취하였다. 곧 '박종마정博綜馬鄭 물반정주勿畔程朱'란 것을 신조로 삼았다. 그러나 담계는 실사구시, 곧 세상 명예世相名譽, 영리營利 등에 가장假裝이 없는 천진적天眞的인 순수한 학문을 주장하였다.

김추사는 가경嘉慶 15년(1810) 정월에 담계의 문인門人 서성백徐星伯의 안내로 보안사가保安寺街에 있는 담계를 방문하였다. 담계 노사의 나이 78세이고 추사는 25세였다. 안내를 맡았던 서성백의 나이는 30세였다.

이에 담계는 흔연하게 추사를 환영하였다. 담계는 강도强度의 근시 안경近視眼鏡을 끼었다. 그의 앞에 단구短軀의 정예精銳한 기백의 자유자재한 청년 추사를 보고는 치열熾熱한 호학심好學心과 설두舌頭부터 쏟아져 나오는 경의한묵經義翰墨에 대한 놀랄 만한 조예들은 담계를 감동시키고 말았다. 따라서 담계는 "해동海東에도 오히려 이와 같은 영물英物이 있느냐"라고 하면서 추사를 "경술經術 문장文章이 해동 제일"이라

칭찬하였다. 추사도 또한 담계의 특수한 간정懇情과 탁월한 학문풍격
學問風格에 감동하여 그 감격을 감당하기 어려웠다. 담계는 자신이 늙
었음도 잊어버리고 추사는 자신이 어리다는 것도 잊은 채 마음에서
마음으로 전하는 사자상계師資相契의 인연을 맺는다. 이와 같은 만남이
야말로 청한淸韓의 문화 교류사에 특필特筆한 점이다.

이처럼 추사는 연경에 있는 동안 담계의 탁묵서루拓墨書樓에 보관된
수만 종의 도서에서 특히 금석학·서첩학·서도書道·실사구시의 오묘의
진수를 얻었고, 다도의 조예도 확철確澈하는 계기가 되었다.

③ 김추사와 원예대

원예대阮藝臺는 건륭乾隆·가경嘉慶·도광道光 3조朝에 걸친 경학經學의 대
종사大宗師로서 장래 청한조淸韓朝 문화의 완성 선양에 대한 일대 보호
자保護者요 제1인자였다.

완원阮元의 자字는 백원伯元, 예대藝臺는 그의 호다. 강소성江蘇省 의징
儀徵 사람이나 건륭 54년(正祖 13년 己酉, 1789)에 진사進士가 되었고, 벼슬
은 태자태보직太子太保職에 이르렀다. 도광 29년(憲宗 15년 己酉, 1849)에 졸
卒하였다. 문달文達이라는 시호諡號를 받았다. 평생 몸가짐이 청신淸愼
했고 일을 맡음에는 부지런함에 힘썼을 뿐 아니라 이를 대체大體로 삼
았다.

예대는 절강浙江에는 고경정사詁經精舍, 광동廣東에는 학해당學海堂을
건립하여 실학實學을 애쓰는 자들을 뽑아 학업을 익히게 하였다. 그러
하니 그 학문은 담계처럼 실사구시의 실학파에 속한다.

추사는 가경 15년(1810) 정월 태화쌍비관太華雙碑館으로 예대를 방문

하였다. 이때에 예대는 47세였다. 예대는 추사를 일견一見하고는 비범한 영걸英傑이라고 하면서 신을 거꾸로 신고 나와서 맞이하였다. 예대는 태화쌍비관에 추사를 청하여 희대稀代의 명차茗茶 용원승설龍園勝雪을 달여 환대하였다.

그런데 승설勝雪이 당시 북송北宋 조정으로부터 고려 조정에 증래贈來되었다. 또 사람들도 또한 통판通販하였다고 『고려도경高麗圖經』에도 기재되어 있다. 뿐만 아니라 의천義天·나옹懶翁 등의 입송入宋 승려들이 환국還國할 때에도 가져왔던 명차이다. 그러나 이와 같은 진품珍品은 조선에 와서는 그 성적聲跡도 볼 수가 없이 적연寂然하였다. 그리고 음다풍飮茶風도 거의 그림자를 찾아볼 수 없었다. 그러나 오직 일루一縷의 승려들 사이에는 보유되어 있었다. 그래서 추사는 일찍부터 다도茶道에 조예가 심심甚深하였다. 이때 예대의 특별한 대접에 감격하였다. 승설의 풍미에 말할 수 없는 감격을 받았다. 그래서 자기 호를 승설학인勝雪學人이라고 했다. 추사는 이와 같이 담계노사覃溪老師와 예대경사藝臺經師 등과 교유하면서 금석학·서첩학 및 실학에서 배우고 얻은 것은 말할 것도 없고 다도를 배우고 익힌 점도 충분히 드러난다.

추사는 연경에 들어가 다도의 풍미를 잘 이해했으므로 조선으로 돌아온 후 초의선사에게 보낸 편지에서(어느 때인지 그 연대를 말하지 않았지만 그의 나이가 70이라는 사실에서 1856년경에 보낸 편지라 추정된다) 말하되 '불과 십 수 일이면 초의도 70이고 나 역시 70인데 어찌 차를 보내는 것이 이리 늦은가'라고 하였다. 이 서신을 통해 추사가 얼마나 차를 그리워했던가를 가히 짐작할 수 있다. 앞서 말한 바와 같이 초의선사와 추사 사이에 있어서는 다도조예가 지음상견知音相見의 격을 이뤘다는 것을 알 수 있거니와 학문에 있어서도 초의선사는 선교禪敎의 해석에 있어서 담계의 실학에 영향을 받아 그 진수를 체득했다고 할 수 있다.

추사는 입연入燕하여 담계와 예대 두 경학자들과 교유하면서서 금석학·서첩학·서도書道·실학 등 정통을 전수하여 온 것은 물론이거니와 특별히 다도의 깊은 조예를 받아왔으나, 환국 후 다도의 이해자가 없어 심심히 고적감을 금치 못하던 차에 초의선사를 만나 선교禪敎 및 시에 대한 지음상견知音相見의 회포를 풀었다. 따라서 추사는 다도의 선각자로 매우 존경하는 마음을 갖게 한다.

소치 허유

소치小痴 허유許維는 진도군 의실면 쌍계사가 위치한 사천리에서 태어났다. 어렸을 때 진도에 유배 오는 사대부에게서 한학을 공부했다. 17세 때에 해남군 삼산면에 있는 대둔사의 한산전寒山殿으로 초의스님을 찾아왔다. 스님께서 인자한 마음으로 그를 보살펴주었고 별도의 방을 마련해 주었다. 당시 소치는 스님께서 그리시는 불화佛畵에 뜻을 가지고 공부를 하려고 하였다.

어느 날 초의스님께서 말씀하시기를 '너는 불화에 뜻을 두지 말고 일반 그림을 공부하라'고 하시면서 해남 연동蓮洞 윤공재尹恭齊의 손자에게 서신을 보내 공재 선생의 유적인 화첩을 빌려와서 그것을 모사하게 하는 등 그림 공부를 지도해 주셨다. 스님의 훈도에 따라 열심히 그림 공부에 매진하던 소치의 산수화 몇 폭을 추사가 보게 된다. 이는 초의스님께서 서울 가시는 길에 소치의 그림을 가져갔기 때문이다. 추사는 소치의 그림을 보고 이렇게 그림에 소질이 있는 천재가 시골에 묻혀 있는 것이 아깝다고 하시면서 서울에 불러오라고 하매, 초의스님께서 소치를 불러 추사에게 소개한다. 따라서 소치가 김추사 대가의 지도에 의해 남종화의 일대자성가一大自成家로 성장할 수 있었던 것은 추사와의 학연 때문이었다. 이들의 인연에 대해서는 소치의 『몽연록』에 자세한데 이를 참조하여 살펴보았다.

① 소치의 생애

『몽연록』에 의하면 소치는 정미년丁未年(1847) 여름, 상공相公 권돈인權敦仁(1783~1859)의 집에 있을 때에 그의 그림을 상감上監께서 감상하였다고 한다. 이에 앞서 정미년丁未年 봄에는 고향 진도로 돌아갔다가 제주도에 유배된 김추사 선생을 찾았다. 그가 제주도로 간 것은 세 차례였다.

무신년(1848) 8월 27일에 우수영 이용현李容鉉이 특사를 통해 편지를 보냈는데, 편지를 열어보니 신관호申觀浩(1860~1866)의 편지였다. 신관호의 편지에는 상감께서 그를 부르신다는 내용과 함께 추사 글씨 몇 편을 가지고 오라는 내용이 있었다. 그는 이 편지를 받은 즉시 상경하여 9월 13일에 한양에 도착한 후 신관호의 초동에서 상감께서 감상할 그림을 그려 올리는 일을 일과로 삼았고 집에서 가져온 서폭을 대내大內에 진상하였다고 한다. 어느 날 밤에는 신관호申觀浩와 과거科擧에 대한 일을 상의하여 10월 11일에 훈련원訓鍊院의 초시初試에 합격하고 28일에 상감께서 친히 납신 춘당대春塘臺의 회시會試에 합격했다. 11월 6일에 창방에 의해 다음날 사은謝恩을 받았는데 사은을 받은 후에는 반드시 곧바로 대궐에 들어가야 하지만 이듬해 겨울에야 비로소 대궐로 들어갔는데, 신관호가 소치에게 이르기를 '상감의 뜻'이라고 하며 계속 머무르도록 배려해 주었다. 더구나 겨울철 객지에서 지낼 수 있도록 300금을 주기에 어찌할 바를 몰랐다고 한다.

고향에 갈 것을 중단한 소치는 그림 그리기에 열중했는데, 다음 해 을유년乙酉年 정월 15일에야 입시入侍하게 되었다. 그가 기별을 받은 것은 이날 아침을 먹은 후이다. 식감式監 하나가 대내로부터 와 구두로 상감의 뜻을 전하므로 신관호가 다시 소치에게 그 뜻을 전해 주었다. 곧 말을 타고 신관호를 따라 대궐 밖에 도착하니 이곳은 바로 군직청軍職廳이었다. 이하는 소치 자신의 술회다.

말에서 내려 상감을 배알하기 위해 들어가는 절차를 생략하고 상감을 배알했더니 시자侍者를 시키어 벼루를 내어 먹을 갈게 한 후 양모필羊毛筆 두 자루를 내어 친히 뚜껑을 열어 보인 후 '네 것이니 마음에 맞느냐'고 하문하면서 마음대로 가지고 사용하라고 하시고 평상에 가져다 놓으라고 하셨다. 내가 외람되게도 운필運筆에 불편하다고 하니 서상書床을 치우라고 하면서 당편唐扁 하나를 내어 놓고 손가락으로 그리라고 하였다. 그래서 나는 손가락 끝으로 '향은 꽃술에 있는 것이 아니며[香非在蘂] 향은 꽃받침에 있는 것도 아니다[香非在萼] 골 중에 있는 향을 뽑아 함께 감상하다[骨中香撤供鑑賞]'라는 화제畫題를 썼다.

또 상감은 오래된 족자 한 개를 내어 놓고 친히 그 윗부분을 잡고는 나더러 두루마리를 풀게 한 후에 '이것은 누가 쓴 것이냐'고 하문하시기에 '원나라 황대치黃大痴의 산수화 진품'이라고 답하였다. 다시 소동파의 진품 책첩冊帖을 가져다가 그 끝에 고목枯木과 대나무와 돌을 그리라고 분부하기에 그렸다. 이 외에 여러 많은 서화첩을 내어놓고 감정監定하라고 하시기에 아는 대로 다 감정하였다.

그리고 임금께서는 '추사의 귀양살이 형편이 어떠한지'를 하문하였고 또 '호남에 초의라는 승려가 있다는데 특별히 행적이 어떠하냐'고 물으시기에 '세상에서 고승高僧이라고 칭송하며 내외전內外典에 정통하여 많은 사대부들과 종유從遊한다'고 답했다. 상감께서는 친히 붓을 주시고 또 친히 감으신 화첩을 함께 구경했으니 지극히 가까운 은총을 무엇과도 비길 것이 없었다. 또 상감께서는 앉아서 내가 그림 그리는 것을 내려다보셨으니 바로 상감의 무릎 앞에서였다. 상감이 하문하시길 '그대가 세 차례 제주에 들어갈 때마다 바다의 파도 속으로 왕래한다는 것이 어렵지 않더냐'라고 하시기에 내가 답하길 '하늘이 맞닿은 큰 바다에 거룻배를 이용해서 왕래한다는 것은 생사의 갈림길에서 운명을 하늘에 맡겨버린 것이었습니다'라고 하였다. 또 하문하시되 '배의 꼬리에 빈 바가지를 매단다는 것은 무엇 때문인가' 하셨다. 이에 '그런 것이 아닐 것입니다. 가령 배를 운행하다가 별안간 바람과 파도가 휘몰아치면 배 안에서 밥 짓는 솥을 굵은 새끼로 묶어 배꼬리에 매어다는 것은 구태의연한 방법이라고 합니다. 빈 바가지란 것은 아마 전복 따는 해녀들이 목에 걸어놓은 빈 바가지입니다. 몸은 다 물속에 있어도 바가지만은 수면에 떠 있어서 줄을 잡고 올라와서 숨을 쉬게 하는 것입니다'라고 답했다. 또 하문하시길 '김추사의 귀양살이가 어떠하던가?' 하시기에 내가 대답하길 '그것은 소신이 목격했사오니 상세하게 말씀드리지 않을 수 없습니다. 위리圍籬 안의 벽에는 도배도 하지 않고 찬 방에 북향으로 꿇어앉아 정丁자 모양으로 막대기에 몸을 의지하고 있습니다. 밤낮 마음을 놓은 적이 없으며 밤에는 늘 등잔불을 끄지도 않습니다. 숨이 경각에 달려 얼마 보전하지 못할 것 같습니다'라고 답하였다. 다시 임금께서 '먹는 것은 어떠하던가?'라고 하시기에 내가 답하기를 '생선 등이 없지는 않으나 비린내가 위를 상하게 하는 것은 싫어합니다. 혹 멀리 본가에서 반찬을 보내오지만 모두 너무 짜서 오래 두고 비위를 맞출 수가 없습니다'라고 하였다. 다시 물으시길 '무엇을 하면서 날을 보내던가?' 하시기에 대답하길 '마을 아동들이 서너 명 와서 배우므로 글씨도 가르쳐줍니다'라고 하였다. 이어 '제주도의 풍토와 민물民物이 어떠하던가?'라고 물으셔서 '산야의 초목과 인물, 새와 짐승, 사는 집과 농사짓는 법 등이 아주 다른 지역입니다. 만일에 성스러운 상감님의 지도와 교육이 아니면 통치가 어려울 것입니다'라고 대답하였다.

이뿐 아니라 임금께서는 남방南方의 풍기風氣와 진도珍島의 민속 등
까지 언급하여 물으셨다고 한다.

소치가 김추사와 처음 인연을 맺게 된 사연 또한 그의 『몽연록』에
자세한데, 어떤 사람이 그와 김추사와의 인연을 물으니 "그 대목을
말하면 목이 메고 생각하면 망연해질 뿐입니다. 30여 년간에 난새와
봉황이 다급하게 떠돌다가 구름이 소멸 변환變幻한 것을 어떻게 낱낱
이 말씀할 수 있겠습니까"라고 말하며, 그 사연을 이렇게 말하였다.

을미년乙未年(1835) 두륜산 대둔사大芚寺에 들어가 초의선사가 있는 일지암
에 방을 빌려 거처했다. 속세 밖에서 생활하는 운치運致가 있었다. 서화
書畵로 자신을 즐겼다. 초의선사는 매양 추사 선생의 높고 뛰어난 점을
말씀하시기로 나는 귀가 닳도록 듣다 보니 그 분을 만나 알기를 간절히
원했고 마음은 늘 편하지 못했다. 그러다가 을해년乙亥年(1839) 봄에 초의
선시기 두릉(다산 정약용이 실던 곳)에 가게 될 즈음에 서울에 들렀다. 그때
나는 윤공재尹恭齋(尹斗緖)의 그림 몇 첩과 스스로 만들어본 몇 폭의 그림
을 초의선사 편에 보내 추사께 한번 증질證質을 보이고 싶었다.

그가 그림을 보내놓고 집에 돌아오니 마음에는 한 가지 생각밖에
없었는데 이는 오직 반가운 소식이 오기를 바랄 뿐이었다는 것이다.
그렇게 보내던 어느 날 과연 초의선사에게 (한양) 편지가 왔다. 편지
속에는 추사와 주고받던 한 쪽지가 들어 있었는데 눈을 부릅뜨고 자

세히 읽어보니 '허군許君의 화격畵格은 거듭 볼수록 더욱 묘하니 이미 품격은 얻었으나, 다만 견문이 아직 좁아 그 좋은 솜씨를 마음대로 구사하지 못하니 빨리 서울로 올라와서 안목을 넓게 함이 어떠하오?'라고 쓰여 있었다. 또 조그마한 편폭片幅에 쓴 추사의 편지에는 '이와 같이 된 인재를 어찌 손잡고 함께 오지 아니했소? 만약 서울에 와서 있게 되면 그 진보는 측량할 수 없을 것이오. 그림을 보면 마음 흐뭇하게 기쁠 것이니 즉각 서울로 올라오도록 하시오'라고 쓰여 있었다. 이 소식은 받은 소치는 8월에 소치의 종형從兄을 따라 한양으로 출발했다.

처음 상경 길에 오른 소치는 한양으로 가는 길이 처음 길이라 지나는 곳마다 산천과 성읍이 먼저 안목을 넓혀주었다. 길 가면서 십 리를 가고 오 리를 더 가면서 갈 때마다 마음속으로 초의선사를 도중에서 만날 수 있게 되기를 마음속으로 빌었다고 한다. 소사로 가는 길가에서 초의선사를 만나 곧 오던 길을 되돌아 나와 함께 칠원관漆院官에 가서 머물고, 다음날 아침에 초의선사가 추사에게 보내는 편지를 한 장 써 주기에 곧 인사를 나누고 헤어졌는데 갈림길에서 두 사람의 심정은 의연했다고 한다. 초의선사는 본래 한양에는 들어가지 아니했다고 한다. 그는 청량사清凉寺에 머물면서 월성궁月城宮의 추사공과 편지를 주고받고 했을 뿐이었다.

소치가 한강을 건너가서 남대문을 지나 바로 수동壽洞에 있는 추사공의 월궁댁月宮宅에 도착하여 쉬었다가 초의선사가 전하는 편지를 추사에게 올리고 인사를 드렸다. 처음 만나는 자리였지만 많은 말을 나눈 사이인 듯 서로 옛날부터 아는 사람처럼 느껴졌다고 한다. 더구나

추사의 위대한 덕화德化가 사람을 감싸는 듯 했다고 한다. 당시 추사
는 상중喪中이었고, 여막廬幕의 북쪽 문으로부터 상제喪制가 한 분 들어
왔는데 바로 추사의 아우 산천 김명희(강동댁이라 불렸다)였다. 그와 소
치는 처음 보는데도 관대하게 대접하였으며, 조금 있다가 추사의 아
우 금미琴糜 교관댁教官宅이 들어왔는데 그 또한 옛날부터 서로 사귄
사람 같았다고 한다. 이들을 만난 소치가 바깥사랑으로 물러나오니
추사의 자제 상우商佑가 기쁘게 대해주었다. 당시 소치는 계속 바깥사
랑에서 거처했는데, 매일 아침마다 큰사랑에 나가 추사에게 인사를
드렸고 아침저녁 끼니는 바깥사랑에서 먹었다고 한다. 그리고 큰사
랑에 있으면서 추사의 화품畵品에 대한 논평을 경청하고 아울러 공의
필법筆法의 묘경妙境을 터득했는데 어느 날 저녁에 추사께서 미소를
지으며 소치에게 이르기를 '화도畵道란 참으로 어려운 것이다. 자네는
그림에 있어서는 이미 화격을 터득했다고 생각하는가? 자네가 처음
배운 것은 바로 윤공재尹恭齋 화첩인 줄 아네. 우리나라에서 옛 그림
을 배우려면 곧 공재로부터 시작해야 하네. 그러나 신운神韻의 경지가
결핍되어 있네. 정겸재鄭謙齋, 심현재沈玄齋가 모두 이름만 떨치고 있지
만 화첩에 전하는 것은 한갓 안목만 혼란하게 할 뿐이니 결코 들여다
보지 말도록 하게. 자네는 화가의 삼매三昧에 있어서 천리千里에 겨우
새 걸음을 옮긴 것과 같네'라고 하였다. 이 말씀을 들은 소치는 두려
움을 억제하지 못하고 마음속으로 '앞서 나에 대한 헛된 칭찬이 이처
럼 많아 자존自尊하는 생각이 없지 않았는데, 오늘 어찌 갑자기 이렇
게 말씀하시는 것일까'라고 생각했다고 한다. 어느 날 추사는 백운산
白雲山 초왕안焦王岸의 화첩 하나를 내어주며 말씀하시길 '어느 원나라

사람의 필법을 모사한 것이네. 이것을 익히고 나면 점차 느껴 아는 바가 있을 것이네. 한 본 한 본마다 열 번씩 본떠 그려보는 것이 좋을 것이네'라고 하였다. 이에 소치는 추사의 가르침을 받들어 그대로 이행하여 그가 매일 그린 그림을 바치면 추사께서 그가 그린 그림을 책상 위에 올려놓으시고 손님들이나 제자 중에 그림을 아는 자가 오면 곧 한 폭씩 주면서 칭찬하기를 마지않았다고 한다. 실제 소치小癡라는 호도 추사가 지어준 것인데 이는 원나라의 황대치黃大癡(황공망)처럼 그의 그림의 격이 이에 준隼하라는 뜻이 담겨 있다. 본시 완개지顧凱之의 '삼절三絶'인 재절才絶, 치절癡絶, 화절畵絶 중에서 치癡 자 하나를 딴 것인데 재절과 화절 두 말의 뜻은 치癡 자 속에 포사시킨 것이다. 그 해 겨울에 소치는 고종아우 안여安汝가 한양으로 와서 함께 고향에 돌아갔다고 한다. 그 이듬해(庚子年) 이미 고인이 되신 숙부님과 함께 바다로 해서 다시 한양에 올라와 월성궁에 기숙하면서 추사의 소장본인 고명화古名畵와 법서法書들을 거의 다 열람한다. 추사는 탈상 후에 형조참판刑曹參判이 되었고 6월에는 곧 동지사사冬至嗣使가 되었는데, 이 해 7월에 재상 김홍근金弘根(1788~1842)이 소疏를 올려 추사를 공격했다고 한다. 추사는 직첩職帖을 회수당할 지경에 이르러 금호로 물러나왔다가 8월 초에는 예산에 계시다가 같은 달 20일 밤중에 붙잡혀 갔다. 당시 소치는 한양에서 고향으로 내려갔다가 다시 추사를 찾아가 뵌 날이었다. 소치는 '당시의 두려웠던 처지를 어찌 다 말로 하겠습니까? 일이 이렇게 되어 나는 이미 길을 잃고 갈 곳이 없었습니다. 할 수 없이 마곡사 상원암上院菴에 찾아가서 약 10일간 머물다가 강경포江鏡浦에서 배를 타고 내려오니 이때가 9월 저녁이었습니다. 체포되어

간 추사 선생은 형을 받아 제주도 대정에 유배 안치되었습니다'라고 증언하였다.

이듬해 신축년辛丑年(1841) 2월에 소치는 대둔사를 경유하여 제주도에 들어갔는데 대정은 제주 서쪽 백리에 있었다. 추사가 위리안치圍籬安置된 곳으로 찾아가서 선생에게 예배하는데 자신도 모르는 사이 눈물이 앞을 가렸다고 한다. 이때에 사제의 심경이야 어떠했겠는가? 소치는 추사의 적소謫所에 머물며 그림을 그리거나 시를 짓는 일로 나날을 보내다가 1841년 6월에 부친의 부음을 받고 제주를 떠나 진도에 도착하니 이때가 6월 19일이었다.

1842년에는 유영柳營(順天監令)의 막하幕下에 있었는데 병사兵使는 수원水原 이덕민李德敏 공公이었다.

1843년 7월에 온양의 병사兵使 이용현李容鉉 씨가 제주목사로 부임한다. 당시 소치는 대둔사에 있었는데 제주로 부임하는 길에 함께 제주로 들어가 이용현의 막하에 있으면서 끊임없이 추사의 적소를 왕래하였다고 한다.

1844년 봄에 소치는 제주를 떠나면서 대정으로 가서 추사께 하직 인사를 드렸다. 선생께서 말씀하시길 '자네의 능력을 알아볼 만한 사람은 하나도 없네. 듣자니 신관호申觀浩 공公이 우수영右水營 수사水使가 되었다고 하네. 나와는 세교世交가 있네. 문장의 솜씨가 높고 인품도 고상하니 자네가 찾아가서 뵙게'라고 하면서 시 한 수를 써서 주셨는데 내용은 다음과 같다.

보랏빛 제비 날아와 단청한 들보를 돌면서

뜻 깊은 사실을 말하는지 그 소리 낭랑하여라.

수없이 지껄여도 알아듣는 사람 없는데

또다시 꾀꼬리 쫓아 남의 담장 넘어가네.

추사는 이 시의 말미에 '이 시는 뜻이 매우 심오하니 시험 삼아 연화세계蓮華世界에 올라가면 혹시 아는 사람이 있으리라'라고 썼다.

소치는 추사의 시를 받아가지고 집에 돌아온 지 며칠 안 되어 관아로부터 부름을 받았다(당시 관아 官長은 밀양 사람 李儒鳳이었음). 관아에서 온 사람이 말하기를 '연영사蓮營使 우수사右水使 신관호申觀浩 공公께서 감영에 취임하신 지 얼마 안 되었는데 그대를 찾소. 그래서 제주에 가서 돌아오지 아니 했다고 하였소. 이제는 그대가 찾아가 보시오'라는 것이었다.

소치는 곧 신공을 찾아가 인사를 드렸는데 처음 만났지만 밝은 표정으로 대하는 그의 기상은 사람을 압도하였고 맑고 부드러운 자세와 고상한 모습은 마치 신선 같았다고 한다. 신공이 천천히 말씀하시기를 '내가 이곳에 와서 그대를 한번 보기를 간절히 바랐는데 어찌 이리 늦었는가? 이미 이렇게 왔으니 나와 시종 같이 지내는 것이 매우 좋을 것이네'라고 하니 소치는 이 말에 감격하여 감사를 드렸다고 한다.

제주 대정에서 추사가 지은 시를 소매 속에서 꺼내 천천히 펼쳐서 드렸더니 신관호는 그것을 살펴보고 더욱 다정하고 친밀히 대해주었다. 영사는 소치가 잠시도 그의 곁을 떠나지 못하게 하였다. 집에 갈

때마다 말을 태워 보내고 다시 불러오게 했다. 신관호의 문정필취文情
筆趣가 마침내 그림을 좋아하고 시를 읊게까지 되었다. 그래서 글씨를
쓰고 그림을 품평하고 하는 일이 거의 하루도 빠짐없다시피 했다. 멀
고 가까운 곳까지 이런 소문이 퍼져 찾아온 사람들은 모두 훌륭한 선
비들이었는데 제승당制勝堂에서의 우아한 풍류는 당세를 떠들썩하게
했다고 한다.

신관호의 막하에는 신의한申義翰이 있고 관제官齊에는 해사海史 김용
金鏞이 있었는데 모두 시를 잘했다. 이 무렵 소치의 아우는 나이 17세
의 소년이고 죽은 소치의 아들은 당시 14세였는데 그 신묘한 재주들
을 사랑한 신관호는 관하官下에 이들을 머물게 하여 항상 시를 짓게
했다. 원鋺이 지은 시 중에 '나라가 태평하니 관청에는 일이 없고[國泰
公無事] 연연히 풍년드니 들에 사람이 있네[年豊野有人]'라는 구절이 있었
는데 영사가 이 시를 지은 원을 매우 기특히 여겨 손수 이 시를 써서
앞 기둥에 붙였다고 한다.

소치는 전라감영에 있으면서 제주로 가는 배가 있을 때마다 추사
께 편지를 올렸다. 1846년 정월에 영사 신공申公은 조정에 돌아갔는데
당시 소치의 이름을 노문路文(馬牌 대신 발급하는 문서)에 넣어 함께 가게
되었다. 소치는 한양에 도착해 초동椒洞에서 두어 달 묵다가 북쪽으로
거처를 옮겼다고 한다. 어떤 객이 소치에게 '듣자하니 동녕댁東寧宅에
서 지냈다고 하던데 어떠한 인연으로 동녕위를 알게 되었는가'라고
묻기에 소치가 답하길 '스스로 바란 것이 아니라 기유년己酉年(1849) 3
월 동산천東山泉에서 지낼 때 도위공都尉公(이름은 賢根, 호는 竹史, 대를 잘 그
린 순조의 부마)께서 사람을 시켜 부채 두 자루에 그림을 받아가고 그

보수로 당포唐布 두 필을 주고 갔습니다. 너무나 감사해서 몸소 찾아가서 인사를 했지요. 공公이 매우 기뻐하며 나를 대해주어 때때로 찾아뵈었지요. 이 해 6월 이후로 내 사정이 뜻대로 안 되어 이리저리 돌아다니다가 그 집에 있게 되었지요. 동위공은 퍽 인자하고 상냥하여 나를 퍽 우대했습니다. 내가 외출할 때면 나를 말에 태워 보냈고 아침저녁에도 특별히 후대해 주었습니다. 이것은 얻기 어려운 특별한 인연이었지만 부모님 밑에 있는 처지이기 때문에 끝까지 모시고 있지 못했습니다. 병인년丙寅年(1866) 여름에 다시 도위공을 찾아가서 뵈었던 바 머리와 수염이 모두 하얗게 되어 전날의 품채가 아니었습니다. 나를 보더니 다정하고 알뜰한 정이 말끝마다 넘치었습니다. 술과 부채 둘을 주셨습니다. 나는 은혜에 감사를 드리고 돌아왔습니다'라고 답하였다.

② 초의스님과의 결연

소치의 『몽연록』에는 초의스님과의 인연이 소상한데 그 내력을 살펴보자. 어떤 사람이 소치에게 묻기를 '그대는 다른 법문法門과 연계緣契를 맺었거니와 초의라는 선사 한 분이 있었는가'라고 하였다. 이에 대한 소치의 답이다.

초의는 대흥사 승려로 법명法名은 의순意恂이고 자字는 중부中孚로 고승高僧이다. 일찍이 다산茶山 정공丁公에게서 내전內傳을 배웠고 허다한 사대부들과 종유從遊했으며, 호남8고湖南八高(호남지방에서 學行과 德望이 뛰어난 여덟 명의 역사적 인물들. 尹恭齋, 魏存齊, 李三晩 등과 함께 초의선사 역시 손꼽는다)였으며,

조정에까지 명성이 자자했다. 스님으로서의 범행梵行이 고고孤苦하여 중인衆人들과 함께 지나지도 아니하고 외따로 초암草菴을 짓고 살았기 때문에 보는 사람도 적었다. 바로 그 노장老長님이 내 평생을 그르치게 만들어 놓았다고나 할까. 아주 어릴 때에 내가 초의선사를 만나지 않았더라면 어떻게 내가 그렇게 멀리 돌아다닐 생각을 했겠으며 오늘까지 이렇게 고고孤苦하고 담적淡寂하게 살아올 수가 있었겠는가.

을미년乙未年(1835)에 나는 대둔사 한산전으로 들어가서 초의선사를 뵈었다. 초의선사는 나를 대단히 따뜻하게 대접하여 곧 방을 마련해 주며 거처하도록 해주었다. 그렇게 하여 수년 동안 왕래하다 보니 기질과 취미가 서로 동일하여 노년에 이르기까지 변하지 않았다. 선사가 거처하는 곳은 두륜산 꼭대기에 있었다. 소나무가 울창하고 대나무도 무성한 곳에 두어 칸 초암을 지어 편왈篇曰 일지암一枝菴이라고 했다. 그 속에서 살았다.

백운白雲은 나뭇가지에 걸쳐 수건이 되고 수많은 꽃들은 정원에 장엄하여 함께 어울리면서 뜰 한쪽에 파놓은 백운천白雲泉에는 항시 하늘에 떠 있는 달이 비치지 않은 적이 없었다. 추녀 밑에는 크고 작은 차 절구들을 마련해 두고 있다.

초의스님이 지은 시에 '파놓은 못에는 허공의 달이 훤하게 비치고[鑿沼明涵空界月] 멀리 대나무를 이어 백운천을 취하네[連竿遙取白雲泉]'라 하였고, 초의스님의 다른 시에는 '눈를 가리는 꽃가지를 꺾으니[碍眼花枝剗却了] 아름다운 산이 석양하늘가에 이어지누나[好山仍在夕陽天]'라고 하였다. 이런 시구들이 많았다. 초의스님의 청고淸高하고 담아淡雅한 경지는 세속인들이 입으로 감히 말할 수 없는 것이다.

매양 구름이 오락가락하는 새벽이나 달 뜬 저녁이면 선사는 고요에 잠긴 채 시를 읊으면서 흥얼거린다. 향불을 피우고 응연凝然하게 방 안을 훈연熏然할 때 차를 반쯤 마시다가 문득 일어나 뜰을 거닐면서 스스로 취흥에 취해 들곤 했다. 정적에 잠긴 즐거움, 난간에 기대어 지저귀는 새소리를 들으며 새들과 상대하고 깊숙한 오솔길을 따라 손님이 찾아올까 두려워 슬며시 숨어버리기도 한다.

許小痴 筆 白衣觀音圖(紙本墨畵)

초암에 있는 선사의 서가에는 책들이 가득하였는데 그 모두가 화엄선문華嚴禪門에 관한 것들이었다. 특별히 차에 관한 것도 꽂혀 있었다고 한다. 그리고 상자 속에 가득 찬 구슬 같은 두루마리는 법첩法帖과 명화가 아닌 것이 없었다고 한다. 소치는 초암에서 그림을 그리고 글씨를 배우며 시를 배우고 경經을 배웠던 것이다. 참으로 그의 인격이 완성된 곳이었다. 더구나 초의선사와의 대화는 모두 물욕物欲을 떠난 세계였다.

소치는 비록 평범한 세속의 사람이지만 어찌 선사의 광채를 받아 그 빛에 물들지 아니할 수가 있었겠는가? 그 빛을 받고서도 어찌 세속의 진구塵垢와 함께 살 수 있었겠는가. 초의스님이 소치 자신을 그르치게 했다는 것은 바로 이를 두고 하는 말일 것이다.

어느 날 초의스님이 비전하는 『심경心經』 한 권을 보이며 말하였다.

"해와 시를 가리키는 천간 두 글자를 취하여 사람의 한 평생을 알게 하니 이른바 운명을 헤아리는 문자이네. 내가 그 책을 받아 펼쳐보니 인품을 말하는 조목에 '옥기玉器는 모름지기 먼저 다듬고 갈아야 하며[玉器先須用逐磨] 진금眞金은 수백 번 연마해 공을 들여야 하리라[眞金百鍊費工夫] 남의 힘을 빌려 하늘의 궁궐에 올라간들[夫因人借力朝天闕] 고개를 들고 여러 신선들이 천상세계에 오름을 보겠는가[引領群仙上大羅]'라는 것이다. 아울러 그 책의 행장조行藏條에 '모름지기 조화가 사람의 손에서 행해짐을 안다면[須知造化行人手] 대낮에 용을 타고 옥황상제가 사는 곳에 오르리[白日乘龍上玉京] 귀인의 도움에 힘입어[賴有貴人相佑護] 영화와 부귀가 날로 높으리[兩重榮祿日崢嶸]'라고 하였다."

당시 소치는 초의스님이 보여준 두 조목의 뜻이 허망하다고 생각했지만 그 후 소치 자신이 두루 경험해본 후에야 그 말이 정확히 맞는다는 사실을 알게 되었다고 한다.

계축년癸丑年(1853)에 소치가 다시 초의선사를 방문하여 이런 이야기를 하면서 서로 마주보며 웃었다. 초의선사께서는 지난날 소치에게 말하기를 "그대가 헌종을 가까이 모시게 된 것은 틀림없이 부처님께서 도와주신 덕택일 것이다. 내가 비구比丘로서 새 불전을 만들어 재齋를 올렸다. 이때는 아직 초암에 있을 당시였다. 나는 준제불準提佛에서 참선을 하고 있었는데, 일심一心이 온통 정定의 경지에 들어갔었다. 하루는 뜻밖에 그대가 찾아와서 재齋를 드리겠다고 청했네. 나는 그때 사양하지 않고 온 정성을 기울여 재를 올렸네. 그 뒤에 그대가 서울에 올라가 명성이 대단히 자자하게 되었으니 불조佛祖께서 암암리에 도와주신 것이 아니겠는가?"라고 하였다. 이 말을 들은 소치는 두 손 모아 감탄하여 "제가 그렇게 된 것은 모두 까닭이 있었군요"라고 하였다.

초의선사는 새로운 불전佛殿의 공사를 마치고(대광명전 건립) 일로향실一爐香室로 옮겨 거처하다가 노년에 이르러 입적했다. 그의 상족上足인 서암恕菴과 선기善機 등이 의발衣鉢을 받았는데 지금 진불암眞佛菴에 보관하였다. 7월에 소치는 이송파李松坡 공公과 같이 초의선사의 종상終祥의 제사에 참여하고 곡을 하였다고 한다.

한편 소치는 초의선사의 초상화를 그렸다. 이 초상화는 그가 그린 추사의 초상화와 함께 가작佳作에 속한다. 초의선사의 초상화는 무채無彩 백묘법白描法으로 그렸고 추사가 찬讚하길 '초의의 실지 얼굴은 본래 원형圓形인 데 반하여 길쭉하기가 당나귀 얼굴과 흡사하다. 그러나 둥글고 긴 것은 본래 둘이 아니니 무슨 해로움이 있겠는가'라고 하였다. 그런데 이 초의 초상화는 일제 압정기에 해남서장海南署長이었던 일본인 심석心石이란 사람이 초의선사의 증법손曾法孫 김천오金千佐에게서 탈취해 갔다.

또 이풍희李豊喜(1816~1886)라는 사람의 호는 송파로, 시에 뛰어났으며 실학에 정진했던 인물이다. 민영목, 신헌, 이도재, 정만조 들과 교유했으며 초의스님, 소치와도 친근하였다. 그의 『송파유고』 2권이 전해진다. 그런데 그가 초의선사의 탑명을 지었다고 하는 것은 잘못된 것이다. 표면적으로 초의선사의 탑명은 신헌이 지었다고 하지만 실제로는 강추금姜秋琴이 지었다.

제10장 다사습유茶事拾遺

1. 초의선사의 「봉화산천도인사다奉和山泉道人謝茶」

산천도인山泉道人은 추사 김정희의 아우 김명희金命喜의 호이다. 초의
선사가 산천도인에게 차를 보냈는데, 산천도인은 이에 감사하는 시
를 지어 보냈다. 이에 초의선사가 이 시에 화답하여 지은 것이 이 시
이다. 그 원문의 내용은 다음과 같다.

예로부터 어진 선비와 성인은 모두 차를 즐겨 마셨으니 古來賢聖俱愛茶

차의 성품은 군자 같아서 사악함이 없네 茶如君子性無邪

사람이 차를 처음 마시게 된 것은 人間艸茶差嘗盡

멀리 눈 내리는 산마루에 들어가서 노아露芽를 채취하면서 부터라네

遠入雪嶺探露芽

법도에 맞게 차를 만들어 차를 품평했고 法製從他受題品

옥단지에 가득 담아 비단에 쌌네 玉壜盛裹一樂錦

찻물은 황하 최상류의 샘물을 찾았더니 水尋黃河最上源

여덟 가지 덕을 고루 갖춰 아름다움을 더하네 具合八德美更甚

(『서역기西域記』에 이르기를 '황하의 근원은 아누달지阿耨達池에서 시작되는데 이 물은 여덟

가지 덕을 간직하여 가볍고 맑고 차고 연하여 냄새가 없으니 마실 때에도 좋고 마신 뒤에

도 탈이 없다'고 하였다. 西域記曰 黃河之源 發於阿耨達池 水合八德 輕淸冷軟美不臭 飮時調適 飮後無患)

가볍고 연한 물을 길어다가 (차를) 달여보니 深汲輕軟一試來

참되고 정갈하고 조화로워 (차의) 체와 신이 드러나네 眞精適和體神開

(다서의 「천품泉品」에 이르기를 '차는 물에서 드러난 차의 색향미[神]이고 물은 차의 몸이다. 참된 물이 아니면 차의 맛과 향, 색과 기운을 드러낼 수 없고 잘 만든 차가 아니면 그 실체를 볼 수 없다'고 하였다. 茶書泉品云茶者水之神 水者茶之體 非眞水莫顯其神 非精茶莫窺其體)

더러움을 없애야 정기가 스며드나니　塵穢除盡精氣入

대도를 이루는데 어찌 멀다하랴　大道得成何遠哉

영산에 가져가 부처님께 올리네　持歸靈山獻諸佛

차를 달이는 것을 다시 불교의 법도에서 상고해 보니　煎點更細考梵律

알가의 본체는 오묘한 근원을 다하여　閼伽眞體窮妙源

(알가는 범어다. 중국말로는 차이다. 梵語閼伽華言茶)

오묘한 근원은 집착이 없는 바라밀이라　妙源無着婆羅密

대반야경에 이르기를 '일체법은 집착하는 바가 없으니 그러므로 바라밀이라 한다' 하였다. 大般若經云 於一切法 無所執着 故名婆羅密

아! 내가 삼천년 뒤에 태어나　嗟我生後三千年

법음도 아득하고 선천과도 막혔구나　潮音渺渺隔先天

오묘한 근원을 물어보려 해도 물을 곳이 없으니　妙源欲問無所得

니원 이전에 태어나지 못함이 한스럽구나　長恨不生泥洹前

(니원은 열반과 같은 뜻이다. 泥洹涅槃義同)

예로부터 차를 아끼는 것을 버릴 수 없어　從來未能洗茶愛

동쪽으로 가져오니 협소함에서 웃음거리가 되었네　持歸東土笑自隘

비단으로 싼 옥단지를 풀어내어　錦纏玉壜解斜封

우선 지기(알아주는 벗)에게 먼저 선사하노라　先向知己修檀稅

2. 산천도인이 초의에게 보낸 시

산천도인이 초의차를 받고 감사를 표하는 시를 지었다.

늙은 이 평소에 차를 좋아하지 않더니 老夫平日不愛茶

하늘이 그 어리석음을 미워하여 학질에 걸렸네 天憎其頑中瘧邪

더위는 걱정이 없으나 갈증이 근심되어 不憂熱殺憂渴殺

급히 풍로에 불을 지펴 차를 달이네 急向風爐瀹茶芽

연경에서 온 것은 가짜가 많아 自燕來者多贗品

향편이니 주란이니 해서 비단에 쌌네 香片珠蘭匣以錦

일찍이 들으니 좋은 차는 가인과 같다 했지만 曾聞佳茗似佳人

이(차는)는 천할 뿐만 아니라 추하고도 추하네 此婢才耳醜更甚

초의가 홀연히 우전차를 보내오니 草衣忽寄雨前茶來

죽순껍질로 싼 응조(가장 좋은 차)차를 손수 열었네 篛包鷹爪手自開

막힌 것을 풀고 번뇌를 없애는 공은 더할 것이 없는데 消壅滌煩功莫尙

우레와 같고 칼로 끊어낸 듯, 어찌 이리 웅장할까 如霆如割何雄哉

노승의 차 고르기 마치 부처님 고르듯 하니 老僧選茶如選佛

일창일기만을 엄하게 골랐네 一槍一旗嚴持律

덖고 말리기를 더욱 공교工巧히 하여 원통을 얻었으니 尤工炒焙得圓通

차의 향미를 따라 바라밀에 드누나 從香味入婆羅密

이런 비법을 오백년 만에 들추어냈으니 此秘始抉五百年

이 복은 옛날 인천人天을 만난 것보다 낫지 않은가 無乃福遇古人天

맛이 순수한 우유보다 좋다는 걸 분명히 알겠으니 明知味勝純乳遠

부처님 입멸 전에 태어나지 못한 걸 한탄할 것이 없다네 不恨不生佛滅前

차가 이처럼 좋으니 어찌 사랑하지 않으랴 茶如此好寧不愛

옥천자의 칠완차도 오히려 방해되고 싫어하네 玉川七椀猶嫌隘

또 함부로 바깥사람에게 말하지 말게 且莫輕向外人道

다시 산중에 차세를 내게 할까 염려가 되누나 復恐山中茶出稅

학질을 앓고 갈증이 심하여 신령한 차를 찾았더니 요사이 연경의 저자
에서 사왔다는 것이 수놓은 비단 주머니에 싸서 부질없이 겉꾸밈만을
힘썼을 뿐 거친 가지에 단단한 잎은 입에 넣을 수 없을 정도였다. 이때
초의가 보낸 응조맥과 차는 모두가 곡우 전에 만든 차로 훌륭한 품질이
었다. (차) 한 그릇을 마시기도 전에 답답함을 씻고 갈증이 해소되니 마
치 갑옷을 입은 전씨가 이미 3일 거리 쯤 물러난 듯하였다. 고려 때에는
차를 심어 공물로 바쳤고 궁중의 하사품도 모두 차였는데 조선조 오백
년에는 (조선에) 차가 있는 것을 몰랐다. 우리의 조선에 차가 있고 따고
덖는 오묘함이 삼매에 들게 한 것은 초의에게서 시작되었다. 그 터득한
공덕은 참으로 한량이 없다. 산천도인이 병든 팔뚝으로 썼다.

病瘧渴甚 乞靈茗椀 近日燕肆購來者 錦囊繡包 徒尙外飾 麤柯梗葉不堪入口 此時得草衣寄茶 鷹爪
麥顆儘雨前佳品也 一甌未了 頓令滌煩解渴 顓氏之胄已退三舍矣 麗朝令植茶土貢內賜 皆用茶 五
百年來不識 我東有茶採之焙之妙 入三昧 始於草衣 得之功德 眞無量矣. 山泉老人試病腕.

3. 범해의 「적다시摘茶詩」

다사의 유무를 어디에서 들었는가 <small>茶事有無何處聞</small>

청용굴 아래에서 스스로 알았다 하리 <small>靑龍窟下自知云</small>

옥색 바다 빛, 산색과 이어져 <small>海光縹紗連山色</small>

영롱한 구름 물결무늬 이루었네 <small>雲起玲瓏添水紋</small>

잎 안에 처음 피는 싹은 참새의 혀와 같고 <small>葉裡新開如雀舌</small>

우거진 차나무 처음 나온 차 싹에 온화한 봄바람 어리네 <small>叢中初出蒂風熏</small>

약하고 강한 불로 차를 달이니 차 향기 피어나고 <small>茶煎文火香烟起</small>

세 잔의 맑은 차는 각각 반 모금씩 마셔야 향기롭네 <small>三椀淸茶各半分</small>

범해梵海는 초의의 제자이다. 그는 차에 관한 애기를 누구에게 들었을까. 청용굴 아래에서 스스로 알았다는 것은 초의에게 들었다는 것이다.

4. 박영보의 「남다병서南茶幷序」

「남다병서南茶幷序」는 박영보朴永輔가 초의선사에게 보낸 시이다. 초의스님과 동시대 인물로서 초의에게 교유의 증표로 보냈다. 그의 호는 금령錦舲이요 이름은 박영보이다. 1830년 초의가 두 번째 상경에서 신위를 만난 후 신위의 제자였던 그와도 만났던 것으로 짐작된다. 차를 좋아했다. 그의 벗 이산중이 초의차를 얻어 나누어 주었다. 박영보는 스승 신위와 함께 초의차를 마시고 그 감상을 이 시에 담았는데 1830년에 지었다. 시의 내용을 살펴보자.

남쪽에 나는 차는 영남과 호남 사이에서 난다. 초의草衣가 그곳에 살고 있다. 정약용丁若鏞 승지와 김정희金正喜 교각이 모두 문자로서 교유하였다. 경인(1830)년 겨울 한양에 예방하실 때 예물로 가져온 손수 만든 차 한 포를 이산중이 얻었는데, 그 차가 여기저기 거쳐 나에게까지 오게 되었다. 차가 여러 사람을 거치면서 마치 금루옥대金縷玉帶처럼 귀하게 여긴 지도 이미 오래되었다. 자리를 깨끗이 하고 앉아 마시고 장구長句 시詩 20운韻을 지어 선사에게 보내니 혜안慧眼으로 정정訂正하시고 아울러 화운和韻을 보내주소서.

南茶湖嶺間産也 草衣雲遊其地 茶山承旨及秋史閣學 皆得以文字交焉 庚寅(1830)冬來訪于京師 以手製茶一包爲贄 李山中得之 轉遺及我 茶之閱人 如金縷玉帶 亦已多矣 淸座一啜 作長句二十韻 以寄禪師 慧眼正之 兼求郢和.

옛적에 차를 마시면 신선이 되었고

하품下品의 사람도 청현淸賢한 사람됨을 잃지 않는다.

쌍정雙井과 일주日注 차, 세상에 나온 지 이미 오래라 하고

우전雨前과 홍곡紅穀은 지금까지 전해진다.

아름다운 다기에 명차를 감상하여, 중국차의 진미眞味는 이미 경험했다.

우리나라에서 나는 차가 더욱 더 좋아

처음 돋은 차 싹, 여리고 향기롭다 하네.

이르기는 서주西周시대요 늦게는 지금이라.

중외가 비록 다르지만 서로 통한다네.

모든 꽃과 풀들은 각기 족보族譜가 있는데

사인士人 중에 누가 먼저 차를 알았을까.

신라의 상인商人이 당唐에 들어간 날,

만 리 길 창파를 건너 배를 타고 (차 씨가) 왔네.

강진康珍 해남海南 땅, 호주湖州 건주建州 지방 같다.

(남쪽 바다와 산 사이에 흔히 있는데 강진과 해남이 최고이다.)

한 번 파종하고 버려두곤 꽃 피고 잎 지는 세월 하릴없이 지나

공연히 홀로 청산靑山에서 지냈다네.

기인한 향기 오래도록 막혔다가 드러나니

봄에 딴 찻잎, 대광주리에 가득하네.

하늘에 뜬 달처럼 둥근 소룡단小龍團은

법제한 모양은 비록 거칠어도 차 맛은 좋다네.

초의노사草衣老師는 옛날부터 염불에(정업)에 힘써서

농차濃茶로 응체凝滯를 씻고 진선眞禪을 참구參究하네.

여가에 글 쓰는 일로 깊은 시름 밝혀서

당시의 명사들이 존경하며 따른다지.

눈보라 치는 천리 길을 건너온 초의草衣,

두강頭綱 같은 둥근 차 가지고 왔네.

오랜 친구 나에게 절반의 단차를 보내니

그냥 둬도 선명한 광채 자리에 찬란하다.

나에게 수액水厄인 차茶 마시는 버릇이 생겼더니

나이 들어 맑은 몸이 견고해졌다.

열에 셋은 밥을 먹고 일곱은 차를 마시니

집에서 담근 강초처럼 비쩍 말라 가련하다.

이제껏 세 달씩이나 빈 잔을 잡고 있으니

물 끓는 소리만 들어도 군침이 돈다.

오늘 아침, 차 한 잔에 마음과 몸이 씻기니

방 안 가득 차 향기 자욱하게 피어난다.

도화동桃花洞 신선에게 오래살기 비는 건 번거로우나

차 없어 백낙천에게 창수唱酬하지 못함이 부끄럽다네.

_ 1830년 11월 15일 금령 박영보 관수화납

古有飮茶而登仙　下者不失爲淸賢　雙井日注世已遠　雨前紅穀名今傳

花瓷綠甌浪珍賞　眞味中華已經煎　東國産茶茶更好　名如芽出初芳姸

早或西周晩今代　中外雖別太相懸　凡花庸草各有譜　土人誰識茶之先

鷄林商客入唐日　携渡滄波萬里船　康南之地卽湖建　一去投種遂如捐(南方海山間多有之康津海南其最也)

春花秋葉等閒度　空閼靑山一千年　奇香鬱沈久而顯　採春筐筥來夤緣

天上月揑小龍鳳　法樣雖麤味則然　草衣老師古淨業　濃茗洗積參眞禪

餘事翰墨倒廖辨　一時名士饗香處　雪飄袈裟度千里　頭綱美製玉團圓

故人贈我伴瓊玖　撒手的皪光走筵　我生茶癖卽水厄　年深浹骨冷淸堅

三分飡食七分飮　沈家薑椒瘦可憐　伊來三月抱空椀　臥聽松雨出饞涎

今朝一灌洗腸胃　滿室霏霏綠霧烟　只煩桃花乞長老　愧無菊虀酬樂天

＿ 庚寅 十一月 望日 錦舲 朴永輔 盥水和南

朴永輔 作 「南茶竝書」＿ 著者所藏 草衣禪師 遺品

동다정통고 후기後記

응송스님은 대흥사 승려이다. 그가 오래도록 초의선사의 유묵을 수습하여 연구한 것은 스승에 대한 흠모의 정이 남달랐기 때문이다. 늘 초의선사의 후학임을 자랑스러워했던 그가 본격적으로 차와 초의선사의 연구에 몰입한 것은 불교정화 이후이다.

백화사에 머물며 수행과 연구를 병행하던 그는 매해 봄마다 강진이나 진도, 담양 등지에서 찻잎을 가져와 차를 만들곤 하였다. 그가 만든 차는 초의선사가 전해준 대흥사의 제다법에 따라 만든 것으로, 이 무렵 그의 차에 대한 연구는 이론뿐 아니라 제다 방법에도 깊이 천착하였다. 그의 실증적인 경험을 수록한 원고지는 날로 늘어났으니 이를 책으로 묶은 것이 『동다정통고』이다. 이 책이 세상에 빛을 보기까지는 오랜 시간이 걸렸다. 200자 원고지에 국한문 혼용체로 눌러 쓴 그의 육필 원고는 여러 사람의 손을 거쳐 출판을 시도했지만 정착 이 원고가 출판된 것은 1985년 7월이다. 당시 『동다정통고』는 비매품으로 간행되어 각 대학과 지역의 도서관 및 다수의 다인들에게 무상 보시되었다.

책이 출판되던 날, 기쁨을 감추지 못하시던 노스님의 모습을 생생하게 기억한다. 그러나 필자는 이 책을 볼 때마다 마음이 무거웠다. 노스님의 훌륭한 원고가 제 빛을 발하지 못했다는 미안함이 마음에 빚으로 남아 있었다. 당시 엉성하게 책이 출판될 수밖에 없었던 전후의 사정이 없었던 건 아니지만 미흡한 결과는 전적으로 필자에게 있었다.

이제 『동다정통고』가 출판된 지 30년 만에 다시 마음을 가다듬고 정리한 『동다정통고』를 다시 출판하였다. 이 책을 노스님의 영전에 바친다.

『동다정통고』가 재간되는 동안 주변의 따뜻한 도움이 컸다. 먼저 어려운 출판환경 속에서도 약속을 지켜준 이른아침 김환기 사장과 직원들의 노고에 두 손 모아 고마움을 표하고 싶다.

지금 생각해보면 이 원고는 노스님과 필자를 연결한 인연의 끈이었다. 20대 후반 한문을 공부하던 필자에게 응송스님을 추천해 준 이는 모 박물관의 학예연구실장이었다. 당시 응송 노스님은 한문을 공부하는 젊은이를 찾아 자신의 원고를 현대어로 윤문하고자 했다. 노스님의 이런 뜻은 결과적으로 필자가 백화사를 찾은 이유였고 응송스님과 사제의 연을 맺게 된 계기였다.

필자는 1985년에 노스님이 전하신 '다도전계茶道傳偈'의 뜻을 마음에 새기고 있다. 실로 이는 스승이 필자에게 준 마음의 징표이다. 차를 대하는 겸허한 마음가짐도 그가 필자에게 전한 차의 정신이다. 항상 따뜻하고 깊은 배려로 필자를 독려했던 노스승의 은덕을 잊지 않고 있다.

차를 만들 때에 진중함과 화후의 절묘한 조화를 장악할 수 있는 지혜는 응송스님이 필자에게 전해준 것이다. 이 원리는 초의선사에게서 범해로, 그리고 응송스님에게로 이어진 비법이리라. 영산홍이 붉게 피던 날, 차를 마시던 툇마루에는 편백나무 위로 바람이 불었다. '세상에 이런 차 맛을 아는 이가 있을까'라고 되묻던 노스님의 뜻을 언제쯤이나 알게 될까. 다시 마음을 가다듬어야 하겠다.

2015년 10월 과천 용슬재容膝齋에서
제자 박동춘이 삼가 쓰다

應松스님과 朴東春

응송 박영희 스님
자서전

책을 내며

근현대의 변혁기를 몸소 겪었던 응송스님은 그 출가의 동기 또한 범상치 않았다. 청소년기에 왜경과 일전을 불살랐던 일이나 완도의 향교에서 유배 온 황준성 대령과의 인연도 그랬다. 가난한 농부의 아들로 태어나 '철글'을 익히던 그의 향학열은 식지 않은 용광로와 같았다. 천성이 충박(衷朴)했던 그에게 완도로 유배 온 황준성 대령은 가장 영향을 미친 인물이었다. 그의 단심(丹心)은 천성으로 타고난 것이기도 하지만 이를 더욱 단단하게 한 것은 황 대령이었다. 그의 자서전을 가만히 살펴보면 학생 신분으로 3.1독립운동에 참가한 일이나 신흥무관학교에서 독립군이 된 일이나 평생을 불의에 항거했던 연유도 결국은 황 대령과의 인연에서 시발된 것이라 하겠다.

그가 자신의 자서전을 집필한 것은 백화사 시절이다. 불교정화 이후 대외 활동을 접고 수행과 전통 차에 대한 탐구와 초의선사에 대한 연구에 몰두하던 시절, 자신의 일생을 담담히 적어 내려간 것이 바로 이 자서전의 초고이다.

그는 자서전에서 출생지와 유년시절로부터 대흥사 산내암자 심적암 사건의 내력을 소상하게 기록하여 해남 지역의 항일 운동에 귀중한 사료를 남겼고, 아울러 그가 입산 출가한 사유와 3·1운동에 참여한 바를 증언하였다. 한편 만주 신흥무관학교 시절에 그가 겪었던 독립군의 병영 생활과 일본군과의 교전 내용을 서술하였으니, 일제 압정기에 만주를 중심으로 활약했던 독립군의 활약상을 살필 수 있는 근거 자료를 남긴 것이라 하겠다.

이뿐 아니라 그의 자서전에는 해방 이후 불교계의 상황과 김구 선생의 최후를 목도目睹한 역사의 증인으로서 당시의 정황을 상세히 기술하였다. 이어 6·25사변과 불교정화의 과도기에 빚어진 혼란상이나 은거 중에 그가 매진한 일상도 가감 없이 서술하였다.

그의 자서전은 그가 경험했던 사실을 기록한 일종의 개인사이다. 하지만 그가 살았던 근현대는 격동의 시기였고 혼란의 시대였다. 이 역사의 흐름 속에서 그가 살았던 시대를 기록했다는 점에서 중요한 역사의 기록물로서의 가치를 지닌다 하겠다.

자서전 뒤에는 그의 사상과 삶의 편린을 살펴볼 수 있는 선시禪詩 36편을 〈수연설법제법문〉이라는 이름으로 따로 수록했다. 참선의 여가에 시를 짓는 일은 선가의 전통이다. 초의선사와 범해 또한 수 편의 선시를 남겼으니 이는 근현대까지도 선시를 짓는 승가의 전통이 이어졌음을 의미한다.

끝으로 필자가 스님의 자서전을 윤문한 것은 1980년경이다. 노스님의 생전에 노스님의 육필 자서전은 필자가 출판하기로 약속하였다. 물론 이는 말로 한 약속이지만 노스님 열반 25주년을 기념하여 이 약속을 이행할 수 있는 인연을 소중하게 생각한다. 이제 비로소 마음의 짐을 내려놓게 된 것이 홀가분할 뿐 아니라 노스님이 몸소 겪었던 격변기의 근현대사를 그 일부분이라도 세상에 알리게 된 점이 기쁘다. 이 책을 노스님의 영전에 바친다.

2015년 11월
과천에서 무공 박동춘이 삼가 쓰다

1. 나의 출생과 유년시절

나는 대한민국 태황제 29년 임진壬辰(1893) 음력 1월 1일 오전 4시경에 전남 완도군 완도읍 내리 서망西望의 삼간 초옥에서 태어났다. 실로 어머니의 태내胎內에서 우주宇宙의 태내胎內로 옮겨진 것이다. 나의 엄부嚴父는 밀양 박씨朴氏로 숙민공파 제27대 세손世孫이다. 아버지의 이름은 용권鎔權, 자字는 치준致俊이다. 어머니는 함양咸陽 박씨이다. 외할아버지의 존함은 충유忠逌요, 자字는 일명一溟이며 호號는 암애岩崖이다. 해남군海南郡 북평면北平面 조산리鳥山里 동복同福 오씨吳氏 가문家門과 혼인했다. 할아버지께서는 당시 아전으로 호방을 지내셨으며 덕망德望이 높았던 분이었다고 전해진다. 나의 형제로는 맨 위로 누님이 두 분 계셨고, 형과 동생 등 나를 포함하여 모두 오남매였다.

호방을 지냈던 할아버지께서 별세하시자 가정 형편은 점차 쓸쓸하고 가난해져서 내 나이 두 살이 되던 갑오년(1894)에 완도읍莞島邑 죽청리竹靑里로 이주했다. 죽청리로 이주한 우리 집안은 농사를 짓는 일에 전력하였으니 나는 이방의 손자에서 농민의 아들이 된 셈이다. 하지만 나는 천지가 만물을 포용하듯, 부모님의 지극한 사랑과 보살핌 속에서 점차 성장하였다.

세월이 흘러 내 나이 14세가 되던 해 할머니께서 세상을 떠나셨다. 두 누님들도 모두 시집을 가셨다. 당시 나의 큰아버지는 서당을 운영하셨지만 나는 다른 서당엘 다니며 공부했다. 당시 우리 선생님은 오남형吳南亨이란 분이었다. 이 무렵 내 나이는 14살 쯤 되었다. 당시 내가 다녔던 서당은 완도의 향교, 명륜당明倫堂이다. 여기에서는 『천자문

『』과 『명심보감』, 그리고 사서(논어, 맹자, 대학, 중용)를 가르쳤다. 나는 이미 큰아버지의 서당에서 『천자문』을 배웠기에 명륜당에서는 『명심보감』부터 배우기 시작했다. 당시 나는 서당엘 다니며 공부했지만 오직 공부에만 매진할 형편은 아니었다. 당시 완도는 오지의 농촌이었기 때문에 농사철에는 농사일을 거들고 농한기인 겨울에서 봄까지 공부하는 '철글'을 배웠다. 다시 말해 봄과 겨울 5~6개월 정도만을 공부하는 것이다. 이와 같은 방법으로 근 3년을 공부하던 나는 한말韓末 정미년(1907)에 군대해산령에 불복한 죄로 완도에 유배된 황준성黃俊成 선생을 완도향교에서 만난다. 이때가 내 나이 17세가 되던 해인 1909년경이다. 황 선생님은 군인軍人 출신이었지만 선비처럼 한학에 조예가 깊었으며 애국충정에 불타던 인물이다. 특히 항일抗日에 대한 그의 열정은 하늘을 찌를 듯하였다. 따라서 황 선생님은 항상 밤이 되면 학동들을 재워놓고는 장탄식을 하셨으며 나에게 우국충정에 대해 열변을 토하셨다. 때로 나라를 걱정하시어 잠을 이루지 못했다. 당시 어린 나는 황 선생님의 모든 것, 즉 정신적으로나 학문적으로나 그분의 인격을 존경했다. 황 선생님을 만난 후 나는 사람이 걸어가야 할 바를 정립하는 데 필요한 토대를 다지게 된 셈이었다. 더구나 황 선생님께서는 나를 무척 총애하셨다. 후일 대흥사 산내 암자인 심적암 의병사건, 다시 말해 왜병과 항전하는 의병義兵에 가담하게 된 인연도 이로부터 이어지게 된 셈이다. 이렇게 본다면 황 선생님은 내가 일생동안 독립운동을 할 수 있게 한 구심점이셨고 사표師表인 동시에 정신적 지주였다. 무엇보다 그는 나에게 애국애족 하는 정신을 심어준 대 스승이었다.

2. 소년 의병이 되다(심적암 의병사건)

왜놈들의 야심, 다시 말해 조선을 삼키려는 그들의 저의가 드러남에 따라 각 지방에서 '의병'이 일어났다. 이때가 대략 무신년(1908)경부터이다. 내가 살던 완도뿐 아니라 보성, 해남 등지에서도 의병이 일어났는데 이 지역의 대표적인 인물은 보성宝城의 안남일安南—과 해남海南의 황두일黃斗—이었다. 특히 해남의 황두일은 300여 명의 의병들을 인솔하고 해남 북평면 오십재(북평면 東海里에서 助日市 가는 길)의 산 속에서 해남에 주둔하고 있던 일본 수비대원들과 싸우다가 전사하였다. 당시 황두일을 따르던 의병들은 어찌할 바를 몰라 우왕좌왕하는 상황에 이르자 전열을 가다듬기 위해 구수회의에서는 황준성을 장군將軍으로 모시기로 결정한다. 이들은 암암리에 황준성 선생님과 교섭하여 의병대장을 맡아줄 것을 간청했는데, 황 선생은 이를 수락하였다. 그러므로 황준성 선생님은 신해년辛亥年(1909) 음력 5월 중순경, 야밤에 완도 죽청리를 빠져나가 해남 북평면 이진리의 모씨댁某氏宅 광장에서 출사식出師式을 거행한다. 이 날 밤에 세운 작전계획은 산악전山岳戰이었다. 당시 산악전을 치르기에 유리한 조건을 갖춘 곳은 대흥사였다. 따라서 그 다음 날 의병 조회식朝會式을 열기로 하고, 이날 오후 밤에 산악을 이용하여 해남 대흥사의 산내 암자인 심적암深寂菴으로 집합할 것을 명령하였다. 황준성 장군은 호신병인 정지우鄭志宇와 나를 데리고 해남 현산면 고현리의 이모李某씨 댁으로 갔다. 우리 일행이 이씨 집에 도착한 것은 이날 오후 경이었다. 원래 황 장군이 찾아간 현산면 고현리의 이씨는 조선시대 어느 왕조 때인지는 분명하지 않지만 그의 선조께서 해남으로 유배된 후 그의 가족을 데리고 지금의 고현리로 낙향했다고 한다. 바로 이씨는 고현리로 낙향했던 선비의 후손이 되는 셈이다. 선조가 올곧은 선비였던 탓인지 이씨는 왜놈들의 침략에 비분강개했다. 황준성 장군과는 나라를 생각하는 마음이 서로 통했기에 의병에 대한 그의 뜻을 알렸을 것이다. 황준성 장군은 이씨 집에 도착하자 주인과 밀담을 나누었다. 얼마 후 주인 이씨는 백미 두 섬과 소 한 마리를 황 장군께 주었다. 황 장군은 곧바로 대흥사 심적암深寂菴으로 가서 병사 5명을 파견하여 이씨가 제공한 물자를 운반케 하는 한편 그 다음 날 해남에 주둔하고 있던 왜군 수비대에게 일전一戰을 통보했다. 이씨댁에서 가져온 백미와 소를 잡아 음식을 마련해서 병사들을 위무하였다. 그리고 해남 대흥사로 들어오는 입구부터 심적암에 이르는 산길과 도로 양쪽에 보초를 면밀하게 배치하여 엄중감시嚴重監視했을 뿐 아니라 일본 군대의 동태를 보고케 하였다. 이날 밤이 지나 새벽 3시경에 보초들을 철수했다. 더구나 일본 군대가 아무런 이상을 보이지 않았다는 보고를 받은 후 의병들에게 취침토록 명령했다. 그러나 이것이 무슨 날벼락인가. 의병들을 취침시킨 지 약 30분쯤 지나자 별안간 심적암의 남측에서 총성이 울리고 탄환이 빗발치듯 퍼부었다. 일시에 심적암 전체가 탄연彈煙에 묻히어 아비규환을 방불케 했다. 일본군이 의병의 동태를 면밀히 감시하여 취침 명령이 나자마자 공격을 개시한 셈이다. 나와 황 장군, 그리고 황 장군의 호신병 정지우는 잠시 총성이 멎은 틈을 타서 암자 앞 쪽 옆에 10여척이나 되는 담장을 뛰어 넘었다. 이곳은 험준한 담장이 연결된 곳으로 왜병들의 접근이 없었기 때문에 무사히 탈출할 수 있었다. 황 장군과 나, 그리고 정지우는 그 길로 현산면 고현리 이 씨 댁으로 돌아와 이곳에서 비극적으로 끝나버린 의병사건의 수습책을 세웠다. 그 수습의 방법은 첫째 황 선생님은 완도로 가서 자수한다, 둘째 정지우는 어느 먼 곳 농촌으로 가서 품팔이라도 할 것, 셋째 나는 어느 깊은 섬 친척집에 피신했다가 기회를 봐서 입산하여 승려가 되어 오늘 이루지 못한 독립운동의 큰 뜻을 이루라는 것이었다. 하지만 이 수습책은 황 장군을 사지로 보내는 것이나 다름이 없었다. 그런데도 황 장군은 이렇게 말씀하셨다.

"내가 군대를 해산했을 때에 자결이라도 했어야 했는데 공연한 망상妄想으로 이렇게 되고 말았다. 유명계幽冥界에 계신 선배들의 영전을 무슨 낯으로 보겠는가? 내가 완도를 탈출한다면 나를 감시하던 면장이나 너희 집 가족들은 큰 고통을 겪게 된다. 더 이상 고통을 주지 않게 하기 위하여 나는 자수를 결심한다."

아! 슬프다. 황 장군이 때를 만나지 못해 그 뜻을 펴지 못하심이여! 우리 세 사람은 땅을 치며 통곡했지만 어쩔 수가 없었다. 그 당시의 일을 다시 생각하면 눈물이 앞을 가린다.

3. 입산하여 승려가 되다

심적암 의병사건 이후 황 장군과 헤어진 나는 강진과 고금면古今面을 지나 신지면新智面 대곡리大谷里에 사는 외가댁으로 우선 몸을 피했다. 이미 신분이 노출된 나는 걷고 걸어서 외가댁에 도착했다. 그러나 외가댁에서 얼마를 지내다 보니 이곳에도 오래 머물 수가 없어서 그 길로 해남 대흥사로 입산하여 승려가 되었다. 입산 후 황준성 장군의 소식을 여기저기 탐문해 보니 나와 헤어진 후 곧바로 완도로 가셔서 의병과 관련된 일을 다 해결하시고 자수하여 대구형무소로 넘어갔다가 사형을 당했다고 한다. 이 소식을 들은 나는 실로 하늘과 땅이 무너지는 듯 하였으며 가슴이 메어지는 고통을 느꼈다. 당시 조선의 애국열사愛國烈士들은 왜놈의 마수에 걸려 무참하게 산화하는 일이 비일비재하였다. 지금 우리들은 나라를 위해 목숨을 초개처럼 버렸던 이들의 자취를 모르고 있으니 진정 탄식할 일이 아닌가? 한편 내가 승려가 된 연유는 몇 가지 큰 뜻이 있어서였다.

우선 첫째는 심적암 의병사건으로 인해 왜경의 감시를 피해 몸을 숨기기 위한 것이며, 둘째는 내가 품은 큰 뜻을 성취하려면 깊고 깊은 불교의 진리 수련이 필요하다고 생각했다. 예를 들면 이 무렵 천도교 교주인 수운水雲이나 보천교주普天教主 강증산과 원불교圓佛敎 창주創主인 박중빈, 또 김구 선생과 한용운韓龍雲 선생 등도 처음에는 모두 큰일을 성취하기 위해 종교에 의탁해 수행했던 인물들이 아닌가. 나 또한 큰 뜻을 품고 불교에 의탁하여 입산 승려가 된 것이다.

4. 수행과 불교교리 연구에 정진하다

앞서 말한 바와 같이 해남 대흥사로 입산하여 승려가 된 것은 1911
년 1월 15일이다. 당시 대흥사의 정인담鄭印潭 스님을 은사恩師로 사미
계를 받았다. 허원응許圓應 스님을 스승으로 모시고 불교학 중에 4교
과四敎科를 수료하였다. 이후 불교의 현묘玄妙한 진리에 점차 흥미를
느꼈다. 내가 허원응 스님께 사교를 수료할 무렵 한국불교계韓國佛敎界
에는 유신維新의 바람이 불어왔다. 바로 젊은 승려들에게 유신적維新的
이고도 과학적인 교육을 시켜야 한다는 안案이 화두처럼 번졌다. 각
사찰에서는 사찰의 공비생公費生을 선발하여 서울로 유학시키자는 결
의가 있었다. 그러므로 대흥사에서도 본사 승려 대중大衆들이 회합會合
하여 유학 후보자를 선발하였다. 대흥사 공비생으로 내가 선발될 줄
이야! 꿈에도 그리던 유학길이 나에게 주어졌던 것이다. 나는 이 우
주 태중胎中에 온 후 이런 기쁨을 난생 처음으로 만끽했으니 당시의
기쁨을 어찌 언설로 표현할 수 있으랴! 이 당시 사중寺中에서는 절의
모든 공사公事의 처리를 사중의 모든 대중大衆들이 모여서 순수하고
민주적인 방법으로 처리하는 풍습이 있었다. 나는 서울로 유학이 결
정된 후 종무소로 가서 주지 스님을 만나 공부를 열심히 해서 장래에
불교 발전에 많은 공헌을 하겠다는 서약誓約을 하는 등 제반 수속을
마치고 이틀 후에 행장을 꾸려 유학길에 올랐다. 당시 서울에 가려면
걸어서 가는 것이 일반적이었던 시절이다. 대흥사엔 자동차가 없었
다. 더구나 수도였던 서울도 차가 귀했던 시절이었으니 산골의 교통
수단이란 보잘 것이 없었다. 대개 도회지 사람 중 경제력이 있는 사

람들은 인력거를 타던 시절이었다. 나는 하루 종일 걸어서 목포항 선두船頭에 도착, 이 근처의 여관에서 하룻밤을 묵은 후 그 다음날 목포행 배를 탔다. 항구를 출발하여 속칭 우미기도에 이르자 날이 저물었다. 이 무렵 별안간 폭풍이 일어나 꼼짝달싹할 수 없게 되었다. 부득이 육지에 바(배와 육지를 묶은 끈)를 걸어 매고 배 안에서 밤을 지새워야 했다. 날이 밝아 오니 풍랑도 잦아들었다. 주변을 살펴보니 밤사이 불던 풍랑 때문에 부서진 배 조각들이 표류하고 있었다. 요행히도 내가 탄 배는 풍랑의 피해를 입지 않았다. 이처럼 거친 풍랑에도 배가 온전할 수 있었던 것은 분명 부처님의 가피 덕분이었을 것이다. 나는 이 날 목포에 도착, 역전駅前 근처 여관에서 서울로 가는 기차 시간을 물어보니 "오늘은 서울로 가는 기차가 없고 내일이나 있을 것"이란다. 부득이 목포에서 하루를 더 묵었다. 다음 날 나는 오전 중에 서울행 기차를 타고 12시간 만에 꿈에도 그리던 서울에 도착했다. 서울역에서 인력거를 타고 숭일동崇一洞에 사는 친구의 하숙집을 찾아갔다. 친구는 나를 보자 놀랠 뿐 아니라 반갑게 달려와 맞아주었다. 이때가 1914년경이다.

5. 3·1독립운동 참여

3·1독립운동이 일어난 동기는 이미 세상에 널리 알려져 있기 때문에 많은 사람들이 그 내력을 짐작하고 있을 것이다. 그러나 나는 3·1독립운동에 직접 참여했던 사람으로서 내 경험을 토대로 당시의 상황을 회상해 보고자 한다. 실제 3·1독립운동이 일어난 계기는 세계 제1차 세계대전과 밀접한 관련이 있다. 우선 제1차 세계대전이 발발된 동기를 살펴보면 헝가리의 황태자와 독일의 어떤 고등학생 간의 사소한 충돌로 인해 제1차 대전으로 확대된 것이다. 당시 독일과 이태리 두 나라가 동맹국이 되었고 영국·미국·프랑스·일본·러시아 등이 연합국이 되어서 전쟁의 불꽃이 전 세계를 휩쓸었다. 그러나 전쟁이 끝나갈 무렵, 러시아는 단독 강화를 해버렸다. 그 나머지 나라들만 전쟁을 계속했으나 4개국 중에 영국·미국·일본 등은 지리적으로 멀리 떨어져 있어서 직접적인 피해는 그리 크지 않았다. 하지만 프랑스는 직접 코 밑에서 전쟁을 치렀기에 다른 나라보다 피해가 심각했다. 이로 인해 프랑스에서 강화문제를 제기하였던 것이다. 동맹국 측에서도 이를 수락하여 마침내 강화회의가 개최되어 쌍방 간의 조약이 조인되었으니 이것이 바로 세계평화조약이다. 이 세계평화조약문에는 '세계 인류들은 민족 자결의 원칙에 의해서 산다'는 내용이 들어 있었다. 하지만 우리 국민들은 왜놈들의 철통같은 장막에 가려져 이런 내용이 있는지도 알지 못했다. 그러나 일본 동경으로 유학을 갔던 우리의 청년학생들 사이에는 암암리에 이런 내용이 알려짐에 따라 암암리에 이 내용이 국내에 전달되었던 것이다. 그래서 일제의 강점

을 당하고 있던 우리나라의 애국지사, 열사들은 우리의 독립선언을 세계만방에 알릴 것을 계획했다. 이것이 바로 3·1독립운동이 일어나게 된 동기이다. 3·1운동의 거사 계획은 다음과 같았다.

첫째, 참모진은 장덕수·최남선·한용운·송진우·최린 등이었다. 둘째, 기관 조직 및 실천 방법은 다음과 같다. ① 전 국민 대표를 선출해서 이들로 하여금 전 세계 만민들에게 선언하는 책임자로 할 것 ② 제1선에서의 직접 행동은 전국 학생들을 동원해서 가두시위토록 하되 단 일체 폭력이나 무기를 잡는 것은 엄금할 것 ③ 시위 방법은 지극히 평화적이고 신사적이며 문화인답게 할 것 ④ 대표자 선출방법 및 총 단원의 수는 33인이며, 그 선출 방법은 5개 종교단체(천도교, 천주교, 예수교, 불교, 단군교)를 중심으로 하여 인원의 수를 배정할 것. 대표단원의 선출은 각 종단에 일임해서 선출한 후, 종합적인 심사를 거쳐 결정키로 한다.

이밖에 선언문의 작성은 최남선에게 일임하기로 하였다. 또 학생 동원의 책임은 전국학생회 회장에게 일임하였다. 이와 같은 계획을 수립한 후 각종 준비에 만전을 다해 가는 도중 문제가 돌발하게 된다. 바로 각종 준비를 보고하는 마당에 천도교 대표인 손병희가 참여 승낙을 거부한다는 것이었다. 천도교 측 책임자들이 아무리 설득을 하려 해도 막무가내였다. 당시의 계획은 만일 1보라도 잘못 디디면 대사가 모두 공염불로 돌아갈 뿐 아니라 여기에 참여한 인사들이 곤란해지는 것은 자명한 일이었다. 따라서 손병희가 참여하지 않는 일은 보통 큰 일이 아니었다. 여러 간부들이 깊이 숙고해 보았지만 별

다른 묘안이 떠오르지 않았다. 이때 만해 한용운이 말하길 '이런 때에는 비상수단이 아니면 큰 일이 어긋나게 된다'고 하면서 자기가 손병희 댁을 직접 방문하겠다는 것이었다. 즉시 인력거를 불러 타고 손씨 댁에 가서 끝내 승낙을 받아냈다. 만약 만해 선생이 아니었다면 이 거사는 물거품이 되었을지도 모를 일이다. 당시 손병희의 승낙 과정을 후문後聞으로 들으니 만해 선생은 손병희의 집을 방문할 때 이미 비수 한 자루를 몸에 품고 갔다고 한다. 처음엔 손병희가 막무가내로 승낙을 거부했다. 만해 선생은 준비해간 비수를 꺼내어 놓고 말하기를 '만일 승낙하지 않으면 이 칼로 너를 죽이고 나도 이 자리에서 죽겠다'고 했다는 것이다. 결국 손병희는 승낙을 하면서 눈물을 흘렸다고 한다. 실로 이 눈물은 만해 선생의 애국심에 감동하여 흘린 눈물인가 아니면 후일 자신에게 미칠 후환이 두려워 흘린 것인가! 실제 그가 눈물을 흘린 연유는 알려지지 않았다. 이 진실은 당사자인 손병희만이 알 뿐이다. 하여간 이런 우여곡절 끝에 최남선이 작성한 독립선언문이 채택되었고, 최후에 공약3장이 더 첨가되었다고 한다. 한편 독립선언에 참가한 사람의 숫자를 33인으로 한 것은 불교에서 나온 것이다. 바로 불타佛陀의 몸에는 33의 서상瑞相이 있다. 보통 사람과 달리 불타의 몸에는 상서로운 33상호相好가 갖추어져 있으니 이는 곧 32서상瑞相에 부처님 자체상自體相을 더하여 33호상으로 상징된다.

우여곡절 끝에 1919년 3월 1일 오후 정각 1시에 파고다공원(일명 탑공원) 육각정에서 대한독립선언문을 낭독하였다. 당시 이곳에 운집雲集한 학생, 국민 등은 대한독립만세 삼창을 입이 터지도록 불렀다. 아, 얼마나 통쾌한 순간이었던가! 이 소리는 국내는 물론 세계를 진동시켰다. 이때 운집했던 일반 대중들은 대한독립만세를 소리 높여 부르짖으며 종로대로로 나아가 광화문 네거리에 이르러 4개 분대로 나누어졌는데, 선두에 학생들이 서서 선도했다. 4개 분대 중 제1대는 현 중앙청 앞으로 나아갔고, 제2대는 서대문 쪽으로, 제3대는 정동 미국 영사관 앞으로, 제4대는 남대문 쪽으로 나누어져 각각 행진하기 시작했다. 당시 나는 제3대의 선두자로 행진하던 중 정동 대법원 앞에 이르러 부상을 입게 된다. 바로 손가락 끝을 잘라 길이 3~4척 정도의 흰 명주에 '대한독립만세'라는 혈서를 썼다. 혈서를 들고 행진하는데 어떤 승려가 대나무를 구해 와서 혈서로 깃발을 만들었다. 혈서 플래카드를 앞세우고 행진하니 그 기세가 하늘을 찌르는 듯했다. 우리 제3대열은 서대문거리에 이르러 제2대와 합세하고 광화문 네거리에 이르러 제1대와 합세하였다. 이것이야말로 인산인해人山人海와도 같았다. 이때 왜놈 기마 헌병들이 출동하기 시작해서 우리 시위군들과 충돌하기 시작했다. 내가 쓴 혈서 깃발은 왜병에게 탈취를 당했다. 우리 무리 중에 어떤 용맹한 사람은 헌병이 탄 말의 뒤꽁무니를 짧은 막대기로 쑤셔 말이 놀라는 바람에 왜병이 땅에 떨어지자 내가 쓴 혈서 깃발을 빼앗기도 하였다. 다시 빼앗은 혈서 깃발을 앞에 높이 들고 운집한 대중들이 합세하여 다시 남대문 쪽으로 행진하니 그 용맹은 맹호猛虎처럼 당당했다. 남대문 앞에서 지금의 한국은행 쪽으로 행진하여 충무로(일제 압정기엔 이곳을 본정통이라 불렀다) 입구에 들어서자마자 일본 기마 헌병대가 본격적으로 진압하기 시작하여 총을 쏘며 진압했다. 우리의 선두 대원들은 부상자가 속출해서 맨손으론 도저히 대항할 수가 없어서 불가피하게 시위를 중단하고 부상자들의 치료에 주력하였다. 시위는 이렇게 중단되었으니 그때가 3월 1일 오후 5시 반경이었다.

3·1運動 直前 撮影한 在京莞島學生클럽의 會員들(맨 앞줄 제일 右側이 著者)

6. 지하 독립운동으로

3·1독립선언 시위가 있은 후 왜경倭警의 감시가 더욱 강화되었다. 따라서 독립운동은 겉으로 드러내 활동할 수가 없었기 때문에 자연스럽게 지하운동으로 전개하라는 상부의 명령을 받는다. 당시 서울 동부 책임자로서 지하운동에 활약하던 나는 약 1주일이 지난 후 상부의 명령을 받는다. 바로 독립선언서를 휴대하고 해남군 대흥사에 돌아가서 이 지역 청년들을 집합한 후 독립운동의 취지와 세계정세의 흐름을 설명하는 것과 독립선언서를 다시 인쇄하여 해남 장날을 이용하여 선포하라는 것이었다. 나는 곧바로 선언서를 가지고 완도로 향했는데, 완도면 대지리, 속칭 '질매재'에 이르자 왜놈의 앞잡이 한인 순사를 만나 검색을 당하였다. 요행히 선언서를 얇은 전대에 넣어 양다리 사이에 차고 있었던 관계로 발각되지는 않았다. 검문을 무사히 통과한 나는 완도에 도착한 그날 죽청리에 있는 나의 친가에 들러 하루를 묵었다. 그 다음날 완도군 읍내리 오석균이란 친구를 찾아가 선언서를 주고 완도에서 독립선언을 발표해 달라고 부탁했다. 이후 해남을 거쳐 구례군 소재 화엄사로 가서 젊은 승려들을 모아 독립선언의 취지 및 동기 등을 설파하는 한편 이들에게 독립선언문 선포 방법을 알려준 후 서울로 돌아와 이런 전반적인 상황을 본부에 보고하고 몸을 숨겼다. 그러던 어느 날 내가 피신하고 있던 집으로 구례경찰서에서 파견한 왜놈과 한인 주구走狗 등 총 9명이 급습했지만 급히 몸을 숨겨 발각되지는 않았다.

당시 응송 노스님은 3·1독립운동 이후 상부의 지시로 완도와 화엄사에 독립운동선언문을 전달 배포하라는 지시를 받고 이 일을 완수한다. 하지만 이미 응송 스님의 독립 행적은 왜경에 알려진 후이다. 당시 석전 박한영 스님의 알선으로 응송 스님이 피신할 집을 소개 받았다. 응송 스님이 일시 피신한 집은 동대문에 위치한 기독교 신자의 집이었다고 한다. 응송 스님을 숨겨준 집주인은 독립운동을 은밀히 후원하는 분으로 독립운동에 참여하는 사람들을 물심양면으로 후원하였다고 한다. 당시 이 집에 숨어 지낼 때 응송 스님이 앞서 증언한 바와 같이 왜경과 한인 주구들이 응송 스님을 잡기 위해 이 집을 찾아와 수색했다고 한다. 당시 응송 스님은 숨을 죽이고 다락방 구석진 곳에서 키를 쓰고 곡물을 담은 자루 옆에 숨어 있었다고 한다. 이때 일본 경찰의 손이 바로 무릎 가까이까지 뻗쳐와 거의 닿을 듯했다고 한다. 당시 응송 스님은 숨을 죽이며 위기를 모면, 발각되지는 않았지만 가슴이 철렁했던 당시를 회상하면 지금도 숨이 멎고 식은땀이 난다고 하였다. 후일 그가 대처승이 된 연유도 3·1독립운동과 관련이 깊다. 3·1독립운동 당시 혈서를 쓰기 위해 손가락에 큰 상처를 입었던 응송 스님은 세브란스병원에서 상처 치료를 받는다. 3·1독립운동 당시 일경이 총을 쏘는 등 무자비하게 대응하여 다친 사람들이 많았다. 우선 부상을 당한 사람은 세브란스병원 등에서 치료를 받았는데, 당시 배화여전 여학생들이 다친 사람들의 치료를 돕는 자원봉사를 나왔다고 한다. 응송 스님의 다친 손을 치료하는 할 때에도 도움을 주었던 배화여전 여학생이 있었는데, 후일 응송 스님이 피신한 집이 바로 이 여학생 집이었다. 이 이야기를 듣던 나(박동춘)는 사람의 인연이란 참으로 기묘하다는 생각이 들었다. 하여튼 두 사람이 부부가 된 인연은 이렇게 시작된 것이라 한다. 후일 이 여학생은 응송 스님의 내자가 된다. 그는 신식 교육을 받았던 신여성이었다. 독실한 기독교 집안으로 독립운동을 도왔던 집안이었기에 일찍부터 독립운동에 관심을 가졌으리라 짐작된다. 이런 연유에서 응송 스님이 대처승이 된 연유는 3·1독립운동과 깊은 관련이 있는 듯하다. 일제 강점기에 불교 내에서 대처를 권장했던 세류에 동조한 경우와는 다른 것이라 할 수 있다.

7. 신흥무관학교에 입교, 독립군이 되다

내가 입교했던 신흥무관학교는 중국 만주 봉천성奉天省 유하현柳河縣 고산자孤山子에 위치한 독립군 양성소이다. 이 지역은 백두산의 산맥이 만주 쪽으로 약 400리 쯤 뻗어 내려온 산록山麓에 위치한다. 바로 중국 봉천성에서는 약 4~500리 쯤 되는 거리에 위치했던 난공불락의 요새와도 같았다. 이 학교는 한말, 국운이 쇠락해갈 무렵 학부대신學部大臣이었던 이시영李始榮 선생께서 설립한 학교이다. 처음엔 만주에 흩어져 있던 우리 동포들의 자제 교육을 위하여 설립 운영해 오던 학교였는데, 후일 3·1독립운동을 계기로 군관학교로 학제를 바꾸어 국내외의 청년들을 모집하여 군사교육을 시켰다. 나는 3·1독립운동 이후 지도부의 지시로 여러 명의 청년(대부분 학생들이었다)들과 출국 대열에 합류하였다. 나는 신흥무관학교로 출발하기 전 3일간 훈련을 받았다. 당시 훈련의 내용은 출국의 선線, 즉 목적지까지 갈 수 있는 연락처 및 암호, 중국의 풍속을 예습하고 암기하는 정도를 교육 받았다. 1919년 4월 초 어느 날 오전 10시경에 경성역(지금의 서울역)에서 신의주행 열차에 몸을 실었다. 신의주에 도착한 나는 곧바로 오성남吳成南이란 미곡상사米穀商社 주인을 찾아갔다. 이 미곡상 주인은 이미 내가 온다는 연락을 받고 기다렸다면서 반갑게 맞아주었다. 당시 미곡상사란 임시 가칭假稱으로 조국의 독립을 위해 만주에 온 사람들의 편의를 제공하고 연락해주던 곳이었다. 나는 미곡상사 주인 오성남의 안내로 도교(渡橋; 당시 다리를 건널 때 신분과 도교의 목적을 확인한 후 허가를 받았다) 수속을 마치고 안동현安東縣에 있는 조선상사朝鮮商社로 갔다.

오씨는 나를 안전하게 안동연락소安東連絡所까지 안내해주고는 신의주로 돌아갔다. 그가 곧바로 신의주로 돌아간 것은 뒤에 여기로 오는 동지들의 안내를 위한 것이었다. 나는 안동에서 강근섭姜根燮을 만나 함께 목적지인 봉천성으로 가기로 되어 있었다. 이 조선상사 또한 표면적으론 장사를 하지만 내면적으론 독립운동에 열중하고 있었다. 당시 이 상사에 근무한 인원은 대략 5~6명 정도였다. 그런데 기다리던 강씨姜氏가 오후 11시경이 되어서야 도착한 것이다. 게다가 갑자기 문제가 생겼는데, 그의 상황은 이랬다. 바로 강씨의 인력거에 어떤 청년 한 사람이 함께 오다가 내가 있는 상사로 곧바로 오지 않고 건너편 좀 떨어진 곳에서 그 청년이 내리고 강씨만 이곳으로 오는 것이 아닌가! 상사의 사람들이 강씨에게 그 상황을 물었다. 강씨가 대답했다.

"그 청년과는 초면이었지만 내가 의주역義州驛에서 하차하려고 했더니 그 청년이 말을 붙이길 '나도 독립운동 하는 사람의 일원이다. 동지들이 출국할 때 도교渡橋의 일익을 담당하고 있다'면서 '의주에 내릴 것이 없이 바로 도교渡橋하자'고 하더라."

그의 말이 끝나자 상사의 동지들 안색이 달라지면서 하는 말이, "이것은 일은 터진 것"이라는 것이다. 함께 동행했던 청년이 바로 의주義州 왜경의 주구走狗라는 것이다. 그러니 왜놈들이 먼저 급습해 올 것에 대비해 밤에 나와 강씨를 다른 지역으로 옮겼다가, 날이 밝으면 출발하여 걸어서 오룡역으로 가서 승차하라는 것이었다. 상사 측에서는 만일의 경우를 대비하여 선수를 쳐서 상대측을 처벌해 버린 후 다른 지역으로 옮기는 등 대책을 세우고 나니 벌써 날이 밝아왔다.

이 계획대로 나와 강씨는 꿈에도 몰랐던 만주의 망망한 벌판을 안동현安東縣에서부터 걷기 시작했다. 당시 안동에서 떠날 때 동지들에게 들으니 우리가 가는 길은 매우 험악하다는 것이며 중국인들이 기르는 개도 몹시 사납다는 것이다. 이뿐 아니라 촌사람들이 무자비無慈悲하니 주의하라는 것이다. 중국말을 모르던 나는 그때그때 필요한 몇 마디의 말을 간단히 익힌 후 험난한 길을 떠나야 했다. 당시 상황은 이처럼 열악했다. 참으로 독립에 대한 열정과 나라를 위한 충심이 없었다면 이런 고생을 견디기는 어려웠을 것이다. 그러나 이런 상황에서도 우리의 충심과 혈기는 창대하였다.

한편 우리가 길을 떠나던 날엔 비가 내렸다. 나와 강씨는 길에서 맹견猛犬을 만났을 때를 대비하여 봉장棒杖 하나씩을 들고 길을 나선 것이다. 결국 험난한 길을 가야 하는 우리가 의지한 것은 고작 몽둥이 하나였던 셈이다. 나와 강씨는 비가 내리는 길을 한 80리쯤 걸었다. 날이 저물어 어느 농가에 들어가 밥을 달라고 했지만 밥은 얻지 못하고 사나운 맹견猛犬들에게 봉변만 당하는 꼴이 되었다. 도중에 어떤 소학교에 들어가 투숙投宿을 요청했지만 또 실패하고 마가점馬家店에 들어가 겨우 승낙을 얻었다. 떠날 때 동지들이 하던 '투숙할 때 도난을 당하는 일이 있으니 주의해야 한다'는 당부가 생각났다. 우린 한 사람씩 교대로 보초를 서기로 했다. 하지만 빗속을 걸어온 터라 피곤과 배고픔으로 인해 눈꺼풀이 저절로 감겼다. 이런 상황이니 어찌 잠을 참을 수 있었으랴! 두 사람은 보초고 뭐고 지쳐 자다 깨보니 새벽이 되었다. 서로 무사한 것을 감사하며 우린 웃으면서 다시 길을 떠났다. 이날 오후 경이 되어서야 겨우 오룡五龍역에 도착, 기차에 몸을 실은 후에야 비로소 안도의 숨을 쉴 수 있었다. 이처럼 갖은 고행 끝에 봉천역에 도착하여 지정받은 조선여관朝鮮旅館에서 3일을 쉬었다. 다시 3일 만에 개원開原에 도착하여 조선여관이란 곳에 투숙했다. 본래 개원이란 곳은 고대 사평양四平壤 중의 한 곳이다. 나와 강씨는 이곳에서 이틀간 휴식을 취한 후 강씨는 자신의 목적지로 떠나고, 나는 안동현安東縣에서 어떤 연락을 기다리고 있었다. 그러던 어느 날 일본 영사관領事館 형사에게 끌려가 내가 독립군이라는 사실을 조사당했다. 왜놈들은 나를 고문하면서 사실을 말하라고 했으나 끝내 완강히 부인해 버렸다. 이렇게 근 5일간이나 고문을 당했지만 물적 증거가 없으므로 6일이 지난 후 석방되었다. 당시 제일 가증스러운 것은 한국 사람이었다. 바로 일본에 붙어 형사 노릇하는 사람의 행동이다. 나는 처음부터 일본어를 하지 못했으므로 통역을 붙였다. 그랬더니 일본 형사가 나를 취조할 때 갖은 모략을 다해서 주구走狗의 충성을 다하던 놈이 내가 석방되었을 때에는 자기가 일본 순사를 잘 설득해서 내가 석방되었으니 그런 줄 알라는 것이었다. 바로 그 사람이 전남 강진 출신이었음은 나중에야 알게 되었다. 이처럼 나는 갖은 고문을 당하고 난 터라 한시도 이곳에 머물고 싶지 않았기 때문에 곧바로 차편으로 목적지로 떠나기로 했다. 여관에서 함께 머물고 있던 동지들은 한사코 나를 만류했다. 이들이 나를 만류한 이유는 개원에서 목적지인 고산자孤山子에 이르는 길은 대단히 위험한 지역이라는 것이다. 따라서 만주의 현지 사정과 지리에 익숙한 사람도 홀로는 여행하지 않는다는 것이다. 이곳의 지리와 관습에 대해 아는 것도 없는 사람이 어떻게 400여 리나 되는 길을 혼자 가겠느냐는 것이 이들이 나를 만류한 이유였다. 하지만 나는 이곳에 더 있다가는 왜놈들에게 또다시 고문을 당할 것 같아 그런 고통을 당하는 것보다는 차라리 외적外敵의 손에 죽더라도 떠나겠다는 결심을 하고 길을 나섰다. 이때가 오후 3시경이었다. 이곳을 출발한 후 한 30리쯤을 걸어가니 날이 저물었다. 나는 중국인촌中國人村에서 중국인이 운영하는 여관에서 투숙하였다. 나는 이곳에서 평생 잊지 못할 은인을 만나게 되었다. 지금도 그 당시를 생각하면 절로 고개가 숙여진다. 나에게 은혜를 베푼 사람은 개원중학開原中學 4학년 학생이었다. 그의 이름이 왕청王淸이란 사실은 이 여관의 주인 여자를 통해서 알았다. 왕청과 나는 당시의 정세와 왜적倭敵에 대해 분개하는 감정을 털어놓고 이야기하면서 밤을 지새웠다. 왕씨는 한국의 독립이 중국에 매우 연관성이 크다고 생각하고 있었다. 이런 것들은 학교에서 배워 알고 있는 듯했다. 내가 군관학교를 마치고 독립운동을 할 때가 되면 그가 협력을 아끼지 않겠다고 맹세했다. 이뿐만 아니라 내 여관비까지 청산해주면서 마차꾼에게 저물 때까지 달려가 그곳에 내가 묵을 여관은 물론 다음날 내가 타고 갈 마차꾼까지 잘 알선해 주도록 부탁하는 것이 아닌가. 더구나 험난한 길을 떠나는 나에게 부디 조심하라는 격려도 아끼지 않았다. 처음 만난 외국인도 나처럼 조국을 위한다는 점에서는 서로 공통적인 생각을 가졌다는 것을 절감했다. 이처럼 융성한 대우를 받은 후 그 중국 학생과 아쉬운 석별의 정을 나눈 후 다시 길을 떠났다. 훈훈한 정을 느끼며 중국인촌을 떠난 지 근 3일 만에 목적지인 고산자에 무사히 도착하였다. 내가 고산자에 무사히 도착할 수 있었던 것은 한없이 큰 은혜를 베푼 왕씨와 마차꾼의 도움이 컸다. 이들의 도움이 아니었다면 이리 편하게 고산자에 도착하기는 불가능했을 것이다. 그 당시 이들의 도움을 생각하면 절로 눈물이 난다.

한편 고산자에 나보다 먼저 와 있던 강씨와 다른 여러 선생들은 모두 놀라면서 나를 맞아주었다. 이들이 입을 모아 말하기를 이처럼 멀고 위험한 여정을 단신으로 온 것은 만주의 지리에 익숙한 우리들로서도 감당하기 어려운 일이라 하면서 탄복하는 것이었다. 이때가 4월 중순경으로 서울을 떠난 다음 해인 1920년의 일이다. 나는 신흥무관학교에서 입학 수속을 마치고 이론과 교련 등 그날그날의 정해진 학교생활에 충실하였다. 한 30여 일을 지나니 소위의 계급을 달아주었다. 당시 내가 받은 소위 계급은 학과를 공부하는 중에는 반장의 임무를 수행하고 교련 중에는 중대장 임무를 맡는 계급이었다. 국내에서 온 학생들은 대개 만주에서 온 학생들보다 수준이 높았기 때문에 대개는 나처럼 대우를 해주었던 것이다. 내가 신흥무관학교에서 학교생활을 하는 동안에 자주 들려오는 소문은 바로 왜놈들의 압력설이었다. 바로 중국의 장개석蔣介石은 봉천성장奉天省長에게, 봉천성장은 유하현柳河縣의 지사知事에게 내린 지시이다. 이는 현내縣內에서 한국인들이 모여 소련식 신식무기들을 가지고 군사훈련을 하고 있다고 하니 즉시 모두를 해산시키고 그 결과를 보고하라는 엄령嚴令이 하달된 것이다. 하지만 이런 상부의 압박에도 불구하고 유하현柳河縣 지사知事는 우리 한족회장인 이협李俠 선생과 결의형제結義兄弟를 맺었을 정도로 친밀한 사이였다. 따라서 유하현 지사의 가족들을 중앙정부에서 볼모로 두고 이러한 한인들의 군사훈련 등은 사실무근이라는 보고를 중앙정부에 회보回報하곤 했다. 하지만 사실은 여전히 신흥무관학교의 군사훈련이 지속되었기에 이런 정보가 계속하여 왜정부倭政府에 들어갔다. 왜놈들이 그대로 속고만 있을 리가 없었다. 얼마 후 왜군倭軍이 직접 기습한다는 내통內通이 종종 들어왔다. 8월 하순경 어느 날인가 우리 정보원의 내통에 의하면 오늘 내로 왜군이 대동원되어 기습해 온다는 전갈을 받는다. 우리는 이에 대한 대비책으로 정예 부대원 300여 명을 동원해서 산악의 요소요소에 배치하여 만반의 전투태세를 갖추고 철통같이 지키고 있었다. 3일 째 되던 날 밤중에 왜군들이 쳐들어 왔다. 나는 이 전투의 선두에서 지휘하다가 적탄에 머리를 맞고 수풀 속에 쓰러져 정신을 잃고 말았다. 얼마 후에 왜놈들이 불리해져 후퇴한 후, 인원을 점검해 보니 우리 측의 부상자가 8 명, 왜놈 측의 사망자는 근 10여 명이었다. 우리 측 부상자는 다 끌고 갔는지 그 상황을 파악하기 어려웠다고 한다. 우리 대원들이 핏자국이 있는 곳을 찾아가 보니 피투성이기가 된 채 숲 속에 쓰러져 있는 나를 발견했다고 한다. 나는 후방 야전 병실에서 치료를 받은 지 40 여일만에 겨우 완치되었다. 이와 같은 사변을 치르고 나서는 자연히 학교를 지속적으로 운영하기가 어려워져 나와 같은 학생들은 하나둘씩 흩어지기 시작했다. 나 역시 슬픈 한을 품고 고산자孤山子를 떠나지 않을 수가 없었다. 그런데 당시 이 사변事變은 왜놈 측에서 앞서 말한 바와 같이 중국 측에 누차 경고를 했다. 그러나 결국 그런 사실이 없다는 이유로 불응하니 왜놈 측에서는 함경북도 나남에 주둔하고 있는 사단師團에 토벌하라는 명령을 내렸다고 한다. 이에 따라 왜군들은 백두산 및 만주 등지에 숨어서 활동하던 마적들을 토벌한다는 미명아래 약 1개 대대의 왜병을 동원해 신흥무관학교를 무참히 침략한 것이다. 당시 만주에는 왜놈의 기관에 몸을 붙이고 주구走狗 노릇을 하면서 다른 한편으론 우리 측에 다리를 걸고 사는 이중첩자 노릇을 하는 무리들이 부지기수不知其數였다. 우리와 예전부터 통하는 자도 있었으니 왜군들의 기습 계획도 이들을 통해 알게 된 것이다. 왜군의 기습 계획을 이미 알고 있었던 우리는 미리 험악한 산악을 이용해서 작전 계획을 세웠다. 이런 대비와 작전은 결과적으로 왜군들을 대패시켜 퇴각시킬 수 있었던 것이다. 당시 군사 작전 계획을 자세히 살펴보면 우리 측에서는 왜군의 통역관 역할을 하는 자들에게 은밀히 내통하여 우리의 작전선 중간지대까지 안내하여 유도하도록 해 놓고 미리 왜군을 공격하는 것이었다. 이 작전 계획이 성공을 거두어 승전勝戰한 것이다. 이 고산자孤山子의 전투 작전은 후일 유명했던 청산리 전투로까지 확대되어 승전을 하게 되는 계기가 되었다. 나는 이런 여정에서 얻은 경험을 토대로 후일 독립일꾼들은 우리 손으로 교육하고 육성해야 한다는 결의를 다지기도 했다. 당시 나는 박위朴緯라는 이름을 썼다.

8. 소학교 교편생활

내가 대흥사大興寺의 사립학교인 장춘보통학교長春普通學校에서 어린 아이들을 가르친 것은 1920년부터다. 이 해 9월 30일자로 장춘보통학교에 부임되었다. 그 후 1922년 10월 13일쯤엔 완도군 전일면全日面에 있던 사립학교私立學校에서 교편을 잡았다. 다시 소안면 사립학교私立學校로 부임한 것은 1925년 4월쯤이다. 이곳에서 근 1년여를 있다가 다시 1926년 1월 4일자로 대흥사大興寺로 돌아와 장춘보통학교長春普通學校에서 학생을 가르쳤으니 15년쯤 교편을 잡았던 셈이다. 내가 가르친 제자들이 근 45여명이었으나 불운不運하여 1976년 경 내가 이 자서전을 집필할 무렵엔 나보다 먼저 유명을 달리한 이가 많았다. 이 또한 얼마나 슬픈 일인가! 삼가 제군들의 명복을 빈다.

大興普通學校 教師 時節
(2열 좌측 두 번째가 저자, 같은 열 맨 우측이 저자의 내자인 이부숭)

9. 만당조직과 지하 독립운동

나는 고산자에서 귀국한 후로 이리저리 떠돌며 왜놈들의 눈을 피해 다녔지만 특별이 왜놈들에게 주목을 받지는 않았다. 완도군 전일면과 소안면, 다시 해남 대흥사의 사립학교 등을 전전하며 아동들을 가르치는 동안 조금 더 공부를 해야겠다는 생각이 들었다. 그래서 1928년 서울 혜화전문학교惠化專門學校(동국대의 전신)에 입학하였다. 내가 학교를 입학한 연유는 공부하는 일도 중요하지만 다른 한편으론 그동안 흩어졌던 동지들을 규합하려는 뜻도 있었다. 나는 혜화전문 재학하던 중에 한용운 선생을 중심으로 조직된 만당卍黨에 입당하였다. 만당을 조직한 뜻은 3·1운동 이후 일반 사람들은 물론 소위 3.1독립운동에 참여했던 33인이었던 손병희孫秉熙와 그의 직계直係인 최린, 최남선崔南善 등이 모두 일제 총독부의 정책 밑으로 귀순해버렸기 때문이다. 그러므로 당시의 사회적 분위기에서는 3·1독립운동을 일으킨 의미와 정신을 그림자조차 찾기 어려워질 것이라는 탄식에서 이 조직을 만들게 된 것이다. 만당은 우선 불교 종단의 인물들을 중심으로 구성하였는데, 대개 3·1운동에 관련되었던 사람들이었다. 그러나 선발 규정은 무척 까다로웠다. 이는 3·1운동 이후 그 사람의 사상이 어떤지를 잘 알지 못했기 때문이다. 입당할 인물을 검토하는 방법은 3·1운동을 했던 인물들 중에 제일 친하게 지냈던 인물을 골라서 이미 입당한 사람과 접촉해서 그 사상의 건재 여부를 타진하는 것이었다. 만약 의심할 것이 없다고 인정되면 또 다른 분의 친지가 접촉해서 타진하는 등, 이런 방법으로 3회 정도 타진한 후 의심이 들지 않을 때에야 비로소 만당에 입당할 수 있었다. 입당을 허락받으면 어느 공휴일을 이용해 교외 산책을 빙자하여 함께 동반한다. 집회가 있는 자리에서 조직의 목적과 선서宣書 및 강령綱領 등을 발표하는 절차를 거친다. 그런데 이 조직체에는 규약規約·선서·강령 및 당원의 명단, 그리고 집합의 의록議錄 등 증거가 될 서류들을 일체 비치備置하지 않았다. 당시 만당의 표면상 목적은 불교유지佛教維持를 위한 것이라고 하였다.

이 조직의 명칭을 만당卍黨이라 한 것은 만卍이 불교를 상징하고, 한용운 선생의 아호雅号가 만해卍海였기 때문이다. 이는 바로 만해의 독립정신을 계승해 간다는 것을 의미했다. 이런 조직을 가지고, 중앙에서 만약 불교계에 중요한 사건이 발생하여 위험하다고 인식될 때에는 직간접적으로 조정에 나서고, 조선총독부의 불교에 대한 간섭이 무리하다 생각되면 전불교단全佛教団의 여론을 환기시키어 조정케 한다. 전위대前衞隊로 이름 있는 사찰에는 만당 요원들이 주지의 실권을 잡고 경제적으로 그 실질적인 실권을 확보케 하는 것들이었다. 이에 따라 나는 해남 대흥사 주지로 가고, 박근섭朴根燮은 하동 쌍계사 주지로, 최범술崔凡述은 합천군 해인사 주지에 각각 취임하게 된 것이다. 이처럼 조직 운영은 철통같은 보안 속에 순조롭게 진행되는 듯했다. 하지만 1937년 당원인 정모씨鄭某氏의 고발로 만당의 규모가 발각되어 경기도 경찰부, 경남 경찰부, 전남 경찰부 등 삼도의 경찰부가 혈안이 되어 당원들을 검거하기 시작하여 세상이 시끄럽게 되었다. 당시 경기도에서는 박윤진朴允進, 경상남도에는 김법린金法麟, 최범술崔凡述, 박근섭朴根燮, 장도환張度換 등이었고, 전남도全南道에서는 내가 사찰 대상이었다. 따라서 각 경찰부에서는 이들을 검거하여 엄중한

中央佛敎專門學校 學生 時節의 스승들(박한영, 최남선 등)

中央佛教專門學校 第1回 卒業앨범의 著者(상단 우측에서 두 번째)와 同期生들

취조를 했다. 나는 전남 경찰부 고등 과장이었던 경부호진軽部虎進이란 사람에게 취조를 당했는데 그 고통은 말로 표현하기 어려웠다. 심리적인 고통뿐 아니라 몸의 고통이 대단하였다. 이 간악한 왜경들은 자기들 마음대로 나의 이름까지 바꾸어 부르면서 외부 인사들에게는 이 사건의 내용을 밝히지 않았다. 당시 나의 이름은 최종길崔宗吉이라고 개명改名되어 있었다. 내가 이 점에 대해 말하길 '인권유린도 정도 문제지 이럴 수가 있느냐'라고 따지자 일본인 조사관이 한참 무엇인가를 생각했는지 묵묵히 앉아 있더니 일본말로 '좋다'라고 말하면서 그러면 지금부터는 신사적으로 하자면서 급사를 불러 차와 생과자를 가져오라 하였다. 내가 내의 한 벌을 사올 것을 요구했더니 일단은 조사가 끝난 후가 아니면 의복과 사식을 허락지 않는다는 것이다. 그 때 내가 구속된 것이 여름쯤이었는데 이미 음력 9월 말 경이되었으니 추위를 견디기가 어려웠다. 나는 다시 요구하기를 '집에서 조달할 수 없다면 어떻게 이런 추위를 견디겠는가'라고 하니 그 조사관이 자신의 돈으로 내의 한 벌을 장만해 주었다. 그 후 다시 취조가 시작되었다. 내가 말하기를 '이 사건은 나뿐만 아니라 경남, 경기도, 전남의 3도가 연관성을 가지고 있으니 그들에게 연락해보면 내가 말한 것이 거짓말인지 아닌지를 가릴 수 있지 않겠는가'라고 하였다. 그랬더니 일본인 조사관이 무슨 생각에선지 나를 감방으로 보냈다. 이후 왜 나를 취조하지 않고 감방으로 보냈는지를 알아보니 왜인은 경남경찰부에 연락한 결과 그곳에 구속된 동지들의 진술 내용과 나의 진술내용이 같았기 때문이었다. 만당의 고발자에 의하면 분명 만당은 항일투쟁운동 단체인 줄 알았는데, 고문을 하면서 취조해 봐도 모두 불교유신佛教維新으로만 진술할 뿐 아니라 항일투쟁 단체라는 증거가 나오질 않았다. 다른 한편으론 조선총독부의 비밀정책 상, 한용운을 중심으로 조직된 단체가 이처럼 확대되었는데도 그 내용을 알지 못했다는 상부의 문책이 두려워서 우리들의 진술 내용처럼 만당은 불교유신을 위한 단체라는 결론을 내리고 이 사건을 종결시켜 버렸다. 지금도 왜인들과 싸우던 생각을 하니 가슴이 찢어질 것 같다.

10. 김병규의 모략과 저의

1937년경 나는 대흥사의 주지로 봉직하고 있었다. 이 해 7월 25일 경 키가 약 6척쯤 되어 보이는 노동자 차림의 한 장정과 대단히 영리해 보이는 신사복 차림의 25~6세 즈음 된 청년이 대흥사 경내 장춘여관에 있으면서 대흥사 소속 암자 및 주변의 원근 부락을 면밀히 수사하고 있다는 소식이 들렸다. 순간적으로 나는 이 사람들의 수사 대상은 나로구나 하고 짐작했다. 그 후 1주일가량이 지난 어느 날, 신사복 차림의 청년이 내 집을 방문하여 말하기를 '박주지 스님은 김병규金炳奎와는 대단히 친한 친구사이라면서요?'라고 물었다. 내가 그렇다고 대답하니 또 말하길 '박주지 스님의 후원으로 많은 치부를 했다지요?'라고 하는 것이 아닌가. 내가 말하길 '무슨 치부까지야 했겠소. 그저 남들의 말이 그런다는 것이겠지요'라고 말했더니 그 사람이 다음과 같은 사실을 나에게 말해주는 것이었다.

"김병규는 완도에서 이곳으로 올 때 알몸으로 왔는데 지금은 아주 거부巨富가 되었다고 합니다. 그런데 김씨는 아주 나쁜 사람이요. 내가 여기에 온 것은 사실 김씨가 주지스님을 모략투서謀略投書했기 때문에 그 사실을 조사하려고 온 것인데, 조사를 해보니 사실무근이더군요."

그러면서 자신은 일군 헌병 이모李某라고 했다. 그가 말한 김병규의 투서 내용을 요약하면 이랬다.

'대흥사 주지가 조선 청년들로 현現 전시戰時, 혹은 학병學兵이나 노동자로 징용에 끌려가다가 도망쳐온 수십 명의 청년들을 대흥사 경

313

내의 각 암자에 은닉시켜 놓고 식량 등 생활비를 공급해 주면서 보호하고 있다.'

이에 따라 상부의 명령으로 비밀리에 조사해 봤으나 사실은 그렇지 않더라는 것이 그의 결론이었다. 또 김병규가 주지스님을 모략했다고 밖에 볼 수가 없다는 결론을 내렸노라는 했다. 그러면서 일군 헌병은 말하길 '세상에 은인을 그렇게 했다니, 그것은 사람으로서는 가능한 것이 아닙니다. 그런 나쁜 사람이 또 세상에 어디 있겠습니까?' 하면서 도리어 자신이 흥분하는 것이었다. 내가 김병규를 안 것은 독립운동을 함께 했던 동지였기 때문이다. 약 3년 전 어느 날 나를 찾아 와서 애걸하면서 소위 항일운동으로 인하여 있던 논과 밭도 다 팔아먹고 오갈 데가 없는데 어느 누구 한 사람 같이 먹고 같이 살아보자는 사람이 없더라는 것이었다. 순천에서 양화점을 하는 친구 이씨를 찾아가 보려 했으나 여의치 않아 단념하고 박ㅆ 동지를 찾아왔다면서 무슨 방법이 없겠느냐는 것이다. 나는 그가 가엾고 옛날에 생사고락을 함께 하던 동지인지라 그냥 뿌리칠 수가 없었다. 그러던 중 마침 대흥사에서 새로 건축한 장춘여관을 해남 화산면花山面의 나씨라는 사람과 임대차 계약을 했지만 어떤 사정으로 인해 제대로 경영을 하지 못하게 되었다. 그래서 내가 나씨를 방문하여 합의 하에 장춘여관 계약을 해지하여 김병규에게 여관의 경영권을 대여해 주었다. 그런 후, 일제 대전大戰이 한참 막바지에 이르렀을 무렵 어느 날인가 김병규가 찾아와 나와 함께 광주엘 좀 다녀오자는 것이었다. 나는 영문을 몰라 무슨 일이냐고 물으니 좌우간 자기만 따라가면 잘 알게 될 터이니 가기만 하자는 것이다. 나는 할 수 없이 광주까지 따라가게 되었다. 광주에 도착한 다음 날 나는 검사 정복부씨正服部氏에게 안내되었다. 나는 내심으로 놀라 어떻게 할지를 몰랐다. 마음을 진정하고 정복부씨正服部氏와 인사를 하고 나니 일본 검사가 말하길 '주지스님께서는 김씨와 잘 아는 처지라고 하니 더 부탁할 필요가 없지만 앞으로 잘 도와줄 것을 부탁한다'는 것이다. 그리고 이어서 말하길 '대흥사에는 소나무가 많다고 하니 소나무를 배로 만드는 재료로 공출共出해 주어야겠다'는 것이 아닌가. 더구나 그 소나무의 벌채 작업 책임을 김병규 씨에게 일임했으니 잘 협력해 달라는 것이다. 나는 비로소 김병규가 여관에서 나에게 무조건 자신을 잘 도와주겠다고만 말해달라고 한 말의 속셈을 알게 되었다. 나는 일본 검사의 말을 다 듣고 난 후 김씨의 각본을 모두 알게 된 셈이지만 당시에서는 일단 공출로 결정되면 왈가왈부할 수 없는 시절이었다. 나는 억지로 허락했다. 그랬더니 그 검사는 즉석에서 목포식산은행 지점장에게 전화를 걸어서 해남 대흥사 경내에 있는 장춘여관 주인 김씨에게 일금 2,000원을 대출해 주도록 명령하는 것이 아닌가. 나는 대흥사로 돌아오고 김씨는 목포로 갔다. 그런데 김씨는 소나무를 매매하는 일에도 간여하여 당시 매수인인 영산포의 하근수河根秀 씨에게 전매수수료로 일금 3,000원을 취득했다고 한다. 소위 독립운동으로 항일 투쟁했던 사람들이 경향을 막론하고 마침내 일정日政에 귀순歸順하거나 혹은 주구走狗 노릇을 했다. 바로 김병규는 일본의 주구가 되었던 것이다. 아! 얼마나 통탄할 일인가. 후일 그 약삭빠른 김씨는 일본이 패망할 것을 짐작했다. 만약 해방이 되면 자신의 주구 행위가 폭로될 것을 우려해서 나를 조처하는 방법으로 무고를 한 것이니, 그의 저의가 실로 가혹하

다. 실제 이 일이 있은 지 2주 후에 해방이 되었다. 이때가 1945년 8
월이다.

古蹟調査 紀念寫眞

11. 해방

해방이 되었을 무렵에도 나는 대흥사 주지를 맡고 있었다. 하루는 해남 삼산면 사무소에 근무하는 김상용金相龍 군이 나를 찾아와 일본이 패전하였고 우리나라는 해방이 되었다는 것이었다. 나는 반신반의하여 다시 확인해 보니 확실한 사실이었다. 그때의 감격을 어찌 다 말로 표현하랴. 눈물로 범벅된 나는 얼마나 오랫동안 통곡을 했는지 모른다. 나도 모르게 눈물이 나고 흐느꼈으니 어찌 나만이 그랬겠는가. 대한민국 국민이라면 모두 이런 감격을 느꼈으리라. '왜놈들이 우리를 못살게 굴더니 필경은 벌을 받았구나. 인과응보는 분명하니 어찌 그 죄를 면할 수 있겠는가.' 이 소식을 들은 지 3일이 지난 후에 답답함을 견딜 수가 없어 서울엘 가기로 결심하였다. 우선 절 살림을 총무 책임자에게 임시로 맡기고 길을 떠나보니 세상은 무엇이 무언지 모르게 혼미해져서 자신의 마음도 갈피를 잡을 수가 없었다. 당시의 상황으론 목포까지 가는 일도 힘이 들었다. 겨우 서울엘 도착해 보니 거리엔 인파로 가득했고 거리마다 태극기가 큰 물결을 이루고 있었다. 나는 곧 불교총무원으로 갔더니 만당卍黨 당원이던 김법린金法麟·최범술崔凡述·박윤진朴允進 등이 먼저 와 있었다. 서로 손을 잡고 축하를 하였다. 당시 총무원總務院의 간부들은 앞으로 한국불교 운영 문제를 둘러싸고 의견들이 분분했다. 해방 이후 총무원 기구는 자연히 해산되고 새로운 조직을 만들어야 했으므로 이 문제를 발표하고 의견을 수렴, 합의하여 조직을 개편했다. 새로 개편된 조직은 조선불교朝鮮佛教 총무원總務院을 대한불교大韓佛教 총무원總務院으로 개칭하였다. 대한불교 총무원의 하부 조직은 대개는 종전대로 두었다. 대신 조선朝鮮을 대한大韓으로 개칭했다. 아울러 대한불교大韓佛敎 종정宗正에 송만암宋曼菴스님을, 총무원장에 김법린金法麟, 총무부장에 최범술崔凡述, 감찰원장에 박영희朴暎熙, 총무과장에 박윤진朴允進 등을 선정하여 각각 취임하여 집무케 하였다. 그 다음에 교헌敎憲을 종헌宗憲이라 개칭改稱했다. 이와 같이 중앙불교中央佛敎 기관을 개편해서 행정을 집행하던 중에 대흥사에서 사람들이 올라와 주지住持 문제를 결정지어 달라는 것이었다. 나는 그들과 함께 내려와서 주지직住持職을 사임한 후 모든 것을 다 인수해주고 나니 그날 밤중에 내 사택에 수 십 명의 악한惡漢들이 곤봉을 들고 습격해 왔다. 하지만 나는 조금 전에 어떤 사람이 이런 사실을 알려 주었기 때문에 뒷산으로 몸을 피할 수 있었다. 그 악한들은 밤새도록 내 집의 가산을 부수고 가족을 협박하며 갖은 행패를 다 부렸다고 한다. 나는 그 밤으로 한 20리 쯤 되는 거리에 있는 친구의 집에서 하루를 묵고 다음날 서울로 올라갔다. 그 후에 소식을 들으니 김병규가 해방이 된 후에 해남 부근에 있던 공산도배인 청년들을 집합하여 지방 '빨치산'을 조직한 후 나를 살해하려고 이런 만행을 저질렀다는 것이다. 참으로 나와 김병규의 인연은 끝내 이처럼 모질기만 하였다.

12. 일본사원의 재산 접수

　해방 이후 미군정美軍政이 들어섰다. 군정에서는 패전국 및 그 국민들의 소유 재산을 전리품으로 몰수하는 것이 국제법상의 원칙이었다. 하지만 특별히 각 종교단체가 소유했던 재산은 전리품으로 몰수할 수 있는 법규가 없었다. 그러므로 미군정에서는 국내에 있는 일본 종교단체 소유 재산의 조치措置 문제에 대해 묘안을 찾지 못하고 골치를 썩이고 있다. 이런 상황에서 우리 총무원으로 일본 종교단체의 재산 조치에 대해 의견을 물어왔다. 우리 총무원에서는 다음과 같은 의견을 제안했다. 일본 종교단체의 각 종파에서 소유했던 재산은 한국의 종교단체 별로 그 재산을 소유하게 하는 방법이 좋겠다고 회답했다. 미군정에서는 우리의 의견을 일본에 주둔해 있던 '맥아더' 군정당국에 문의한 결과 우리의 의견이 수정 없이 통과되었다. 따라서 미군정에서는 우리 총무원에서 보낸 의견안대로 결정된 내용을 총무원으로 통보해 오는 한편 얼마 후에 한국 내에 있는 일본 사찰이 소유했던 재산 실태를 조사하기 위하여 조사 책임자를 보내달라는 요청이 있었다. 이 조사 책임자로 내가 피선되었다. 이 조사에는 나와 군정책임자 및 통역관 등 모두 3인이 참여했다. 우선 서울 시내 각처에 산재한 일본 불교의 각 종파별로 소유했던 재산을 조사하기 시작했다. 대략 10여 일만에 조사가 완료됨에 따라 한국불교단체에서 일본 불교가 소유했던 재산을 모두 접수할 수 있었지만 우리 불교단체에서는 여러 가지로 복잡한 문제가 야기됨에 따라 일본 종교단체가 소유했던 모든 재산을 다 소유하지는 못했다. 현재의 동국대학교 재산은 일본 조동종 소유 재산이었는데 이것만이 동국대학교 소유가 되었고, 이 외에 방대한 재산은 다 점유하지는 못하였다.

13. 민주의원 설립 참여

미군정 밑에서 무엇을 해보겠다고 북적대는 중에도 한민당韓民黨이라는 정당단체가 조직되어 중추적인 세력을 가지고 있었다. 또 다른 한편으로는 건국준비위원회建國準備委員会라는 단체가 설립되었고 한국청년동맹위원회가 조직되었다. 이때 김구金九 선생을 중심으로 한 임정요인臨政要人들이 입국했다. 당시 이승만李承晩 씨는 이화장李花莊에서 머물렀고 김구 선생은 경교장京橋莊(서대문西大門 마루턱에 있는 최창익崔昌翊의 사택私宅)에 계셨다. 그런데 일반 국민들 사이에서는 사상思想이 두 갈래로 분열되어 정부 수립은 막연漠然해졌다. 국민들은 천파만류千波萬流로 흔들려 한편에서는 이 박사파와 임정파의 합의로 인해 정부 수립을 준비하기 시작했다. 우선 민주의원民主議院을 설립해서 일반국민들의 지도 역할을 하는 한편 정부 수립을 재촉하는 위원을 설립키로 한 것이다. 민주의원의 선출 방법은 각급 단체들이 자체적으로 위원을 선출도록 했다. 이에 따라 한국불교에서는 10명의 위원을 선출하였다. 나도 역시 피선되어 민주의원民主議院에 참여하였다. 민주의원에 선출된 나는 법무위의 법무위원法務委員이 되었다. 이때가 1947년 10월 중순이다.

민주의원에서는 우리 국민이 자주적으로 민주의원을 설립하고 자치적으로 국정을 실시해 갈 것이니 군정은 물러가고 정권을 우리 민주의원에 양도해줄 것을 미군정 당국에 요구했다. 그러나 미군정에서는 '카이로' 합의에 의거하여 미소공동감시단美蘇共同監視団에서 인민의 총선거에 의하여 한국정부를 수립하기로 결정하였으니 이런 절차를 밟아야 한다는 것이다. 그 외에 다른 반응은 없었다. 이런 사실은 우리 국민들에게 깊은 충격을 주었다. 그 후 미군정에서 미소공동위원회美蘇共同委員会를 개최할 터이니 준비하여 참석하라는 통보를 보내왔다. 우리의 민주의원 대표들은 회의장인 시민회관으로 갔다. 그곳에는 미군정 측 대표 3인과 소련 측 대표 3인 등이 모여 회합하였다. 이들이 무슨 말인지 몇 마디씩 지껄이더니 의견이 서로 엇갈린다는 이유로 아무런 결과도 없이 산회散會되고 말았다. 이것은 일종의 연극에 불과한 것이고 정말 한국을 위한 것은 아니었다. 약소국의 비애다. 나라가 힘이 없다는 현실은 이처럼 슬픈 것이다. 그 후 얼마 되지 아니하여 한국은 아직 독립성獨立性이 박약하니 미소 공동으로 신탁통치信託統治를 해야 한다는 것이 아닌가! 그리고 신탁통치에 대해 국민의 총의總議에 의해서 좌우간 결정하겠다는 미소의 제의에 따라 공산주의 측에서는 찬성을 주장하였고 우리 민주주의 측에서는 반대라는 입장을 주장했다. 결국 우리는 반탁시위운동反託示威運動을 하고 공산주의자들은 찬성 시위를 벌였다. 이런 와중에 우리는 5개 종교단체 및 대한청년동맹을 총동원해서 지방과 서울을 중심으로 반탁운동을 전개했는데, 이는 3·1운동에 뒤지지 않는 열기와 충정이 있었다. 이렇게 반탁운동이 전 국민들 사이에 극대화되자 이승만 박사 및 한민당 측의 합의로 남한만이라도 총선거를 실시할 것을 주장했다. 이에 반대적인 입장을 취한 것은 김구 선생이었다. 이처럼 찬성과 반대라는 두 의견으로 대립 분열되었다. 이승만 박사 측에서는 남한만이라도 정부를 수립하여 실력을 양성하면 전체통일全体統一이 가능할 것이라고 주장했다. 하지만 김구 측에서는 우리가 당분간은 다소의 고난을 감내하고라도 온 국민이 뭉쳐서 미소는 우리나라에서 물러가라는 극한 투쟁으로, 세계만방에 우리의 뜻을 호소해서 끝까지 완전통일을 해야 한다고 주장했다. 만일 남한만 정부를 수립하게 되면 영원히 남북이 갈라지고 말 것이라고 주장했다. 국민의 대다수는 김구 선생을 지지하고 따랐다. 하지만 역사의 운명을 어찌 사람의 힘으로 알 수 있으랴! 이로 인해 김구 선생이 비명에 가실 줄을 누군들 짐작이나 했겠는가. 이렇게 남한 수립파와 미소 양국이 철수해야 한다고 주장하는 측 사이에서 의견이 대립되었다. 당시 이승만 측과 한민당 측 사이에선 김구 선생을 제거하려는 모의가 암암리에 진행되고 있었다. 이 일을 맡을 사람을 물색하던 중 안두희安斗熙가 선발되었다. 안두희가 김구 선생을 저격하는 일을 맡게 된 배경은 그가 김구 선생의 측근으로 총애를 받고 있다는 이유에서였다. 거사 당일 나는 경교장에 있었다. 오후 한 시경, 밖에서 점심을 먹고 들어오니 별안간 경교장 실내가 삼엄하였다. 조금 있으니 2층에서 안두희가 유유히 내려오고 있었다. 무슨 영문인지 알지 못한 채 2층으로 올라가보니 아, 이게 어찌된 일인가! 김구 선생은 상부에 선혈이 낭자하여 의자에서 마룻바닥으로 떨어져 계신 것이 아닌가. 그곳에 있던 사람들은 비분으로 울부짖었을 뿐 망연자실하고 있었다. 이로 인해 이미 대세는 기울어지고 말았다. 주도면밀한 계획 하에 역도군청년力道軍靑年 수 천 명을 경교장 주변에 튼튼하게 배치해 두고 외곽에는 경관 수 천 명이 만일의 사태에 대비한 듯 했다. 이런 일을 어찌 차마 할 수 있는가. 우리는 비통한 마음을 가다듬고 임정요인들 측과 일반 인사들 중에 뜻이 있는 인사들이 모여서 장례 절차를 상의한 결과, 전 국민장으로 결정하였다. 그리고 묘소 의식은 구황실의 봉묘식捧墓式에 준하는 의식으로 치르기로 합의했다. 그 때 나 역시 장례위원으로 참여하여 장례를 준비하고 인산식 등 모든 예식을 마치니 이때가 1948년경이다. 그 후 임정파에서는 김구 선생을 잃고 난 후 조소앙趙素昂, 엄항섭嚴恒燮, 조완구趙完九, 김원봉金元奉, 성주곤成周昆, 류림柳臨 등은 모두 월북했고 오직 신익희申翼熙 씨만 남한에 남아 있었다. 윤기섭尹奇燮 씨는 6·25때 월북했다. 그리고 보니 남한에는 임정파들의 자취가 모두 사라지게 된 셈이었다.

14. 동국대학교 강사 시절

내가 동국대에서 강사를 하게 된 것은 김영수 선생의 요청 때문으로, 1946년 9월 어느 날이다. 당시 동대교장東大教長은 김영수 선생이었다. 그 분께서 나에게 사람을 보내어 자신의 사택으로 와달라는 것이었다. 김 선생은 내가 혜화전문학교 재학 때 나를 가르치신 스승으로 나를 무척 총애하셨다. 그래서 나는 인사도 드릴 겸 하여 성북동 사택으로 찾아갔다. 김 선생께서는 무척 반가워하면서 나를 반겨주셨다. 우리는 인사를 마친 후 이런저런 지난 일들을 얘기하다가 문득 선생께서 나를 부른 연유에 대해 말씀하시는 것이다. 자신이 동대교장을 지내면서 학교를 운영하고 있는 것은 그날그날의 교장의 명예를 가지고 사적인 생활에만 만족하려는 것이 아니다, 우리 민족의 문화와 철학의 원천인 불교의 구태의연함을 탈피하고 본연의 자태를 개발하여 우리의 문화와 철학의 진면목을 되찾아 우리 민족문화의 개발에 공헌하려는 것이라고 하였다. 이것이 바로 내가 동대교장을 하는 본래의 뜻이라고 하시면서 이런 나의 뜻을 이룩하려면 우선 학교의 격차를 높여서 우리나라에서 가장 훌륭한 학교로 만들어야 할 텐데 이렇게 하려면 손이 맞는 일꾼이 필요하다는 것이다. 그래서 깊이 생각하고 연구한 끝에 자네를 부르게 된 것이라면서 자신의 뜻을 저버리지 말라는 것이다. 그러나 나는 선생님께서 품으신 큰 뜻에는 마음을 다해 돕겠지만 좀 더 생각할 여유를 주십사 하고 쾌히 응낙하지 않았다. 그 후 며칠이 지나자 다시 선생님께서 기별을 보내왔다. 나는 이 문제에 대해 대답할 준비도 없이 선생님을 방문하였다. 선생님은 만면에 미소를 지으시며 '어떻게 되었나? 전일 내가 말한 문제는?' 하시는 것이 아닌가. 내가 머뭇거리고 있으려니까 선생께서는 조급한 마음으로 또 다시 말씀하셨다. '그래 옛날 현덕처럼 삼고초려 三顧草廬라도 해야 응낙할 텐가?' 하면서 웃으시는 것이었다. 나는 이때에 내 의중을 털어놓았다. '전일 선생님이 말씀하신 내용을 달성하려면 우선 먼저 동국대 이사진의 구성이 약하므로 다시 개편해야 합니다. 그리고 선생님의 주변 인물들을 멀리 하셔야 합니다. 또 저의 직책은 일체 전권全權을 제게 주셔야 합니다' 하는 등 세 가지를 제의했다. 그랬더니 김 선생께서는 쾌히 승낙하셨다. 이런 동대교장 김영수 선생의 인연을 계기로 내가 동대에 근무하게 된 것이다. 이외에도 김 선생께서는 그 자리에서 나에게 인도 철학 중에서 인명학因明学을 강의할 것과 학교의 학사 신축공사에 대한 일을 나에게 모두 일임하셨다. 그 후 3일 만에 학교에 취임해서 강의뿐 아니라 경리 및 교사 신축 공사에 관한 업무를 시작하게 된다. 하지만 학교 부지 공사를 착수하여 설계와 신축 공사가 거의 완공될 무렵 6·25가 터졌다. 이로 인해 동대의 신축 학사는 완공도 되지 않은 채 중단되었다. 이후 동대와의 인연은 자연스럽게 단절되었다.

15. 신흥대학교 설립

한국불교 교단에서는 앞서 말한 바와 같이 해방 이후 일본 종교단체가 남긴 서울 시내의 많은 중요한 건물들을 점유, 소유하고 있었다. 각종 단체에서 이런 건물들의 사용 요청이 많아졌다. 당시 만주 신흥군관학교를 설립했던 이시영 선생의 장남인 이규창李奎昌 씨의 요청으로 신흥군관학교 기념사업의 일환으로 신흥대학을 설립하자는 의견이 있었다. 이로 인해 대한불교 소유였던 각황사覺皇寺 자리였던 청진동淸進洞 중동학교中東學学 바로 밑에 있는 건물 세 동을 빌려서 학교 설립 허가를 얻어 개교하였다. 그래서 나는 박윤진과 함께 이 학교의 이사진에 참여하게 되었다.

16. 국민대학교 설립

국민대학은 처음에 경남 함양 출신 조승만曺承晩이란 분이 수창동需昌洞에 있는 보명상업학교普明商業學校 교사校舍의 야간 사용권을 얻어 대학원大學院 강습소를 경영하면서 시작되었다. 그러던 어느 날 조승만 씨가 우리 불교 총무원에 건물 사용을 요청해 왔다. 그래서 총무원의 허락 아래 나와 최범술 등이 이 학교의 설립이사로 들어가서 우리 불교 소유인 구 체신학교 교사였던 건물을 빌려서 수리하고 또 신축하여 학교의 면모를 일신한 후 대학교의 인가를 얻게 되었다. 하지만 사람의 욕심은 한이 없는 지라 우리는 학교의 발전을 위해 당시 정치적인 배경을 가져야 한다고 생각했다. 따라서 모든 일을 순조롭게 처리 발전시키기로 합의한 후 신익희를 학장으로 추대하였다. 아울러 학교를 뒷받침할 재단이 필요해졌으므로 해인사 소유의 산림山林을 빌려 해인재단법인을 만들어 명실상부한 대학의 조건을 갖추어 나갔다. 그리고 재단이사들은 거의 불교계 인사들이 다수를 차지했다. 그런데 이 학교의 설립인가가 난 후로 약 1주 만에 분쟁이 야기되었다. 바로 국민대학 교장校長이었던 신익희가 불교 측 이사진은 모두 사퇴하라는 것이었다. 그가 주장한 것은 바로 학교 설립을 뒷받침할 해인재단법인의 설립은 학교의 설립 인가를 얻기 위해 명의를 빌린 것일 뿐 실제 학교의 운영에서는 실이익을 줄 수 없는 유령재단이라는 것이다. 따라서 이런 유령재단의 이사진은 모두 사퇴함이 마땅하다는 것이다. 우리 불교 측에서는 신익희의 무리한 요구가 일종의 강도와 같은 행동이라 반박하면서 한 때 혈투극까지 전개될 정도로 그 문제가 복잡해졌다. 실로 수습할 수 없는 장기전으로 확대되어 갔다. 이 문제의 해결은 정부가 임시 부산에 옮겨 가 있을 때에 당시 문교부장관이던 김법린의 중재로 해결의 실마리를 찾았다. 당시 그 해결책은 이랬다. 바로 마산대학의 설립 허가를 하나 더 내주어 국민대학과 마산대학으로 분리한 후, 우리 불교 측 재단법인과 이사진을 마산대학으로 이전하여 서로 관련성이 없게 하자는 내용이 주요 골자였다. 이 일이 추진되어 비로소 이 분쟁은 종식되었다.

17. 6·25사변이 일어나다

6·25가 돌발했을 당시 나는 동국대에 재직, 2년여가 되던 1950년이었다. 학교 내부에서는 이미 전부터 교수 및 학생들 사이에서 빨치산이 조직되어 있었다. 그러니 6·25사변이 터지자 빨치산들은 학교를 점유했다. 불교단체의 내부에서도 빨치산이 조직되어 빨치산의 괴수인 곽서돈郭西敦이란 자가 한국불교 총무원을 점령하고 남반부불교도연맹이란 이름으로 남한불교 전체가 그 휘하에서 관리하였다. 또 동대파 빨치산들은 곽서돈파의 지령에 의해 움직이고 있었다. 특히 곽서돈파 중에서도 6·25사변 전부터 불교단체 내의 인물 중에서 자기네들이 인민재판에 회부할 인물들의 명단을 미리 작성했다고 한다. 인민재판에 회부된 명단에는 김법린, 최범술, 박윤진, 그리고 나와 이종욱 등 10여 명이나 되었다. 한편 6·25사변 당시 남한 임정 책임자인 이모李某 씨는 서울시청을 점령하고 있으면서 남한 각지에 포고문을

내어 인민재판을 금지시키는 한편 인민재판에 회부될 인사들의 명단을 입수해 그 사람들을 체포하여 북송하라는 지령을 내렸다고 한다. 그래서 나도 동대 빨치산들에게 체포되어 서울 중부서에 구금되었다. 하룻밤을 지나고도 아무런 조사도 하지 않고 서장실 한 구석에 앉혀놓고 있기만 하는 것이 아닌가! 삼일이 되던 날 나는 중부서의 서장을 향하여 '아무리 분주하실지라도 좌우간 조사를 해서 죄가 있다면 벌을 주고 없다면 석방해야 하지 않겠는가?'라고 하였다. 그랬더니 그 서장은 눈을 부라리며 '지금은 바빠서 할 수 없으니 그대로 꼼짝 말고 앉아 있어!'라고 퉁명스럽게 대답하고 마는 것이었다. 그리고 한동안 있으니까 서장은 어디로 갔는지 부서장이란 사람만이 앉아 있었다. 그래서 그의 인상을 살펴보니 좀 인정이 있어 보였다. 나는 서장에게 말한 것처럼 '좌우간 조사를 해서 죄가 있다면 벌을 주고 죄가 없다면 석방해야 하지 않겠는가?'라는 내용을 그 자에게도 말했다. 그러자 부서장은 인자한 얼굴색으로 가까이 오라고 하면서 의자까지 내주는 것이 아닌가. 그는 나에게 의자를 권하며 말하기를 '당신의 일생동안 해온 일을 숨김없이 말해보시오'라고 하였다. 내가 나의 일생을 처음부터 얘기하려 하니 그 자가 하는 말이 해방 후로부터 지금까지만 말하라는 것이었다. 그러더니 시종 그는 내가 말하는 내용과 서랍에서 꺼낸 조서인 듯한 서류와 대조하는 것이었다. 그는 아마 내가 거짓으로 말하지는 않는가를 테스트하는 듯했다. 내가 말을 마치고 나니 그는 '당신은 노인이고 또 몸도 건강치 못한 것 같아서 돌려보내니 내일 10시까지 다시 경찰서로 와야 한다. 만약 그렇지 않으면 당신은 물론이요 당신의 가족까지 엄벌을 면치 못할 것이오'

라는 것이다. 나는 아주 단단히 약속을 하고 경찰서를 빠져나오니 실로 꿈만 같았다.

그 길로 집으로 돌아오니 가족들은 내가 죽을 줄만 알고 근심하고 있다가 돌아오니 놀랄 뿐이었다. 나는 두말도 하지 않고 그 길로 피신을 갈 것이니 그리 알라 하였다. 그리고 '내일 10시가 지나면 나를 잡으려고 중부서에서 나올 것이다. 여러 말 하지 말고 어제 나가서 지금까지 돌아오지 않았으니 오늘쯤은 경찰서에라도 좀 가보려고 했던 차인데 마침 잘 오셨다고 하면서 우리 집 선생님에게 만약 경찰서에서 어떠한 조치라도 했으면 사실대로 말씀해 주시면 시체라도 찾아다가 장사라도 지내겠다는 말만 하라'고 단단히 이르고 떠나면서 자리가 안정되면 소식을 전하겠다고 말했다.

그리고 막상 집을 떠나 생각해 보니 갈 곳이 막막했다. 궁리한 끝에 평소 저놈들과 내통이 되는 사람을 찾아가 은신하는 것이 좋을 것 같았다. 그러므로 완도 출신 모씨某氏의 집에 가는 것이 조금은 안심될 듯하였다. 그 길로 그의 집을 찾아갔더니 반갑게 맞아주었다. 그러나 이곳에서도 오래 있을 곳이 아님을 알았다. 내가 이 집에 도착해 은신한 지 2~3일이 지난 후 동대 빨치산들이 나를 찾으려고 이 집에까지 찾아온 것이었다. 당시 나는 그 집 부인의 지기知機로 용케 위기를 모면할 수 있었다. 그 날 오후 나는 은신하고 있던 다락방에서 내려와 다른 곳으로 은신처를 옮겨야 하는 절박한 처지가 된 셈이다. 나는 이 집을 떠나 시흥군 이모李某 씨 댁으로 갔다. 이 집은 전일 내가 은신하고 있던 집과 친척이었다. 하루가 지나니 이곳은 시골이어서 나의 신상이 금방 노출될 듯 했다. 왜냐하면 시골 사람의 분위기와 내가 다르기 때문이다. 그 집에선 내가 자기들의 친척이라고 어물쩍해 버렸다는 것이다. 다시 나는 그곳을 떠나 관악산冠岳山 지장암으로 갔다. 이 절의 주지가 나와 안면이 있었으므로 다시 이곳을 찾아갔던 것이다. 그 주지는 나를 반갑게 맞이해주면서 지금까지 건재함을 다행스럽게 생각하고 있었다. 그 때 지장암에는 이미 많은 피난민들로 꽉 차버려 나의 거처를 칠성각 건물로 정해주었다. 그렇게 지내고 있는 중에 가족에게 나의 거처를 알리고 약 1주일쯤이 지나니 괴뢰군들이 산 전체에서 활동하는 바람에 도저히 안심할 수가 없었다. 나는 다른 곳으로 거처를 옮길 결심을 하고 있던 차에 청량리 전농동에 사는 김모金某 씨의 소개로 모씨의 빈 집을 빌려서 이곳에서 지내게 되었다. 이곳에선 낮엔 농군으로 위장을 하고 들판에 나가 공연히 이리로 저리로 돌아다니고 저녁이 되어야 집으로 돌아올 수 있었다. 밥이라곤 밀가루 한 주먹에 호박을 넣고 끓여서 먹는 것이 고작이었다. 그리곤 방공호 속에 들어가 날을 새우고 그 다음날 또 들로 나가는 것이었다. 그렇게 지내던 어느 날 방공호 속이 너무 습해 방으로 돌아와 있는데 갑자기 대문을 요란스럽게 두드리면서 주인을 찾는 것이 아닌가. 나는 잠옷 바람으로 뒷문을 열고 뒷집 변소로 피신했다. 나의 집사람이 나가서 대문을 여니 빨치산들이었다. 그들은 문을 늦게 연 것을 책망하며 주인이 있는가 없는가를 묻기에 우리 집사람이 얼떨결에 있다고 대답했단다. 그들이 방 안을 조사하니 있다던 주인이 없으니 어찌된 일이냐고 추궁하였다. 나의 가인(家人; 집 사람, 아내를 그리 부른다)은 지기를 발휘하여 대답하기를 좀 전엔 잠을 자다가 얼떨결에 있다고 했으나 사실은 없다고 얼버무려버렸다고 한다. 하늘의 도움이 있었던 것인지 아니면 부처님의 가피인지 또 한 차례 위기를 모면할 수 있었다. 그러던 중 음력 8월 15일경에 아군의 탱크부대가 선착으로 청량리 일각에 진주했다. 우린 방공호 속에 있다가 아군을 보았다. 그 순간의 감격을 어찌 필설로 다 표현하겠는가! 나도 모르게 눈물이 흘러 앞을 가렸으나 만세를 목이 터져라 외쳤다.

그렇다면 국민들이 고통을 겪었던 6·25사변이 일어나기 전, 우리 정부와 정치인들의 사고가 어떠했는지를 짚고 넘어가야 하겠다. 그 당시 소위 육군의 동정에 관한 권한을 장악했던 채병덕은 일선부대에서 적들의 동태가 심히 위급하다는 정보를 자주 들었음에도 불구하고 군 간부들과 파티로 날을 새우고 취중에 피난을 떠났다. 한강철교를 지키던 수위병들도 자다가 얼떨결에 철교를 단절했기에 어떤 국회위원은 한강철교가 끊어진 것도 모르고 질주하다가 강물에 빠져 죽기도 하였다. 당시 이승만 대통령은 대전까지 피난을 갔으면서도 서울에 있는 것처럼 담화문을 발표, 국방을 철통같이 지키고 있으니 안심하고 동요치 말라는 방송을 해놓고 부산으로 후퇴해 버렸다. 그리곤 기차 안에서 내리지도 않고 대구로 갔다가 다시 대전으로 왔다가 비밀리 목포로 갔다. 당시 목포지구 사령관인 모씨의 주선으로 군함을 타고 부산으로 돌아갔다. 당시 정치인들의 정신 자세가 얼마나 해이해져 있었는지를 알 수 있다. 내가 청량리에 있을 때 선두로 진군한 아군을 따라 그 후속부대가 서울로 진군해서 주야를 불문하고 공중 정찰과 폭격을 해댔다. 이때가 아마 아군의 인천 상륙 당시인 듯하다. 하여간 삼일간이나 아군 폭격기들은 적군이 사용했거나 숨어있을 만한 곳을 용케도 골라 불바다를 만들어 버렸다. 그런데 당시 적군의 참모본부가 있던 청량리 경성제대 예과본부 건물 안에 있던 적군들은 다른 적군들은 다 퇴각했는데도 불구하고 최후까지 저항하였다. 우리 아군 측에서는 여러 차례 퇴각을 명했으나 듣지 않았다. 따라서 부득이 유탄을 퍼부어 건물뿐 아니라 여기에서 마지막까지 저항하던 적군들을 몰살해 버렸다. 이처럼 서울을 탈환한 후 이때서야 시민들은 비로소 입성의 개시가凱施歌를 부르면서 광명천지를 되찾은 기쁨을 피부로 느끼는 듯했다. 당시 나는 가족들과 같이 전에 살던 다동茶洞 집으로 돌아가 보니 공산당에 동조했던 무리들이 우리 집을 점유하곤 자기들의 세상으로 알고 있다가 우리가 당도하니 인사를 하면서 자신들이 우리 집을 잘 지키고 있었다고 하는 것이 아닌가. 6·25사변이 일어났는데도 피난을 가지 않았던 사람들은 거의 대부분 공산당에 동조했던 자들이 많았다. 그러니 우리 집을 점유했던 무리들도 이에 해당하는 사람들이었을 것이다. 서울이 다시 수복되니 멀고 가까운 곳으로 피난을 갔던 사람들이 점차 돌아오기 시작했다. 우선 경찰관들이 가장 먼저 돌아와 시내의 치안과 청소작업을 시작했다. 나는 불교 총무원의 일이 궁금하여 총무원으로 갔다. 총무원에 도착하여 법당 안으로 들어가니 두 구의 시체와 각 당堂마다 시체가 있었다. 모두 수습해 보니 여섯 구의 시체가 나왔다. 얼마 있자 불교청년회 회장으로 우리 동지인 김상호金尙昊 씨가 피난지에서 돌아온 즉시 총무원으로 나왔다. 이들과 청소작업을 시작하고 있자니 각지에서 돌아온 총무원 직원들이 점차 늘어났다. 이 무렵 서울엔 조금만 외진 곳이면 시체가 쌓여 있어서 가는 곳마다 사람 썩는 악취가 진동했다. 폭격을 당해 허물어진 건물들과 불에 탄 잔재가 낭자하여 어디에서건 악취가 진동했다. 그 처참한 모습을 어찌 필설로 다 드러낼 수 있으랴!

18. 북진과 부산 피난 시절

서울을 탈환한 후 전군全軍(미군 및 유엔군·국군)은 파죽지세破竹之勢로 북진을 감행했다. 우리 대한불교단체에서도 수수방관할 수는 없다고 생각하였다. 불교단에서는 정훈장교政訓將校라는 이름으로 나와 유엽柳葉, 한태호韓泰浩 등 세 명이 선발되어 군복 차림으로 평양으로 출발하였다. 우리는 평양에 도착한 후 평양 시장市長을 방문하였더니 우리를 반갑게 맞아주면서 우리에게 간절한 요청이 있다는 것이다. 평양 시장의 요청내용인즉, 평양이 복구는 되었으나 당시 제일 시급한 문제는 아동들의 교육문제였다. 이를 해결하려면 가장 시급한 문제가 교원의 충원이었다. 그러므로 교육대학교敎育大學校를 설립하여 북한에서 교원들을 책임지고 양성해달라는 것이다. 이를 위해 단시일 내에 학교를 설립해 달라는 부탁이었다. 그리곤 별도로 우리들이 머물 장소까지 마련해 주었다. 그래서 우리 세 사람은 평양 시장의 요청을 받아들여 교육대학의 설립에 대한 제반 준비를 완료하고 다음날 서울로 돌아와 교사진을 꾸려 다시 평양으로 돌아올 것을 계획하였다. 그러나 그날 밤 자정쯤 되니 밖에서 어수선한 소리가 나는 것이었다. 그 연유를 물으니 곧 후퇴하라는 지시가 내렸다는 것이다. 이날 저녁부터 군인들이 후퇴하기 시작했으므로 우리도 날이 새자마자 평양을 떠나지 않을 수 없었다. 그 후 우린 미소 양국의 연극에 의하여 38선이 그어져 남북이 분단되는 것조차 알지 못했다.

한편 평양에서 서울엘 도착하니 당시의 상황에선 대다수의 국민들이 다시 피난을 떠나지 않을 수 없는 상황이었다. 그렇게 하지 아니하면 살 수 없다는 생각에서인지 거리엔 피난의 행렬이 줄을 이었다. 하지만 당시엔 교통수단이 발달되지 않아 무엇을 타고 피난을 갈 것인지가 문제였다. 나는 어느 친지의 도움으로 기차를 탈 수 있었다. 그러나 막상 청량리역에 도착하여 천신만고 끝에 기차에 올라탔지만 어찌된 일인지 기차는 떠날 생각이 없는 듯했다. 겨우겨우 서울역에 도착하더니 여기에서 하룻밤을 자야 한다는 것이다. 그 다음 날 소란한 소리가 들려서 연유를 알아보니 다시 청량리역으로 돌아가야 한다는 것이다. 이는 미군이 발차發車를 금지시켰기 때문이었다. 다시 천신만고 끝에 나는 중앙선中央線을 이용하여 승차한 지 3일 만에야 겨우 차가 출발하여 며칠 만에 영천永川역에 도착했다. 하지만 일언반구一言半句의 안내도 없이 기차는 어디론가 떠나버리고 객차客車 차량들만 역에 방치된 채 기차가 출발할 기세가 보이지 않았다. 이렇게 지낸 지 한 1주일 만에야 기차가 왔으니 당시의 고생을 무엇으로 표현하랴. 그러나 자연의 섭리는 대단한 것이다. 이런 와중에서도 새 생명이 탄생되었다. 당시 기차 안에서 세상에 나온 아이가 세 사람이었고, 유명을 달리한 자도 근 10여 명이 되었다. 우린 고생고생하며 청량리역을 출발한 지 근 8일 만에 부산에 도착했다. 나와 식솔들은 피난 보따리를 부산 역내 물건 두는 곳에 보관해 둔 채 임시라도 머물 곳을 정하기 위해 시내로 향했다. 하지만 어찌해야할지 막막했다. 가까운 친척이 있는 것도 아니고 아는 사람도 없었으니 막막한 마음을 어찌 말하랴. 그러나 용기를 내서 여기저기를 알아보았지만 묵을 방을 구하기란 하늘의 별을 따는 것보다 어려웠다. 할 수 없이 역으로 돌아오는 길에 전차를 타고 가는데 저 편에서 어떤 사람이 걸어오면서 "박 형! 피난 왔구만" 하는 것이 아닌가? 나는 내심 놀랍고 반가워 상대를 바라보니 뜻밖에도 혜화전문 동기생이며 만당원卍黨員이었던 박근섭朴根燮 씨가 아닌가! 이것은 정말 부처님의 가호가 있었기에 그를 만날 수 있었던 것이리라. 나는 그가 부산에 살고 있었다는 것을 전혀 알지 못했는데도 이렇게 만날 수 있었으니 말이다. 우린 그동안의 밀린 얘기는 나중에 하기로 하고 우선 역으로 달려가 가족들을 데리고 박씨 집으로 향했다. 그러나 그 친구 역시 생계가 넉넉지 못하여 집이라곤 하나 부산시 변두리의 초옥 삼간뿐이었다. 박씨의 부인 방에 내 가인家人 및 질녀 두 사람이 함께 지냈다. 더구나 이 집 식구도 여섯 명이나 되었기에 함께 생활한다는 것은 여간 불편한 일이 아니었다. 나는 무턱대고 그 집에서 신세를 질 수만은 없는 처지라서 백방으로 알아보았으나 묘안이 없었다. 당시 일반 사람들은 장사라도 해서 그날그날의 생계를 이어갔으나 나는 장사도 할 수 없고 그렇다고 품팔이를 할 처지도 못 되었다. 이미 조금 가지고간 돈도 바닥이 나버렸다. 그러던 어느 날 부산 선착장에 나가보니 강진에서 왔다는 친구들이 보였다. 이들에게 물어보니 차종빈車種彬 씨가 양곡을 싣고 강진과 부산을 내왕하며 쌀장사를 하고 있다는 것이다. 나는 고향으로 돌아갈 결심을 하고 그에게 부탁했더니 쾌히 응낙하였다. 그와 만날 날짜를 약속하고 내 가족이 있는 박씨 집으로 돌아와 전후 사정 얘기를 하니 친구인 박근섭이 자신의 '대접이 부실하여 그러는가? 하며 못내 아쉬워했다. 우리 가족들은 그 동안의 신세를 감사하며 아쉬운 작별 인사를 하고 꿈에도 그리던 고향으로 향하는 배에 승선할 수 있었다. 아! 그 감회는 어찌 다 말 할 수 있으랴? 우리가 부산을 떠난 후 하루도 되지 않았는데 배가 고장이 났다. 망망한 대해大海 중에서 배가 고장이 났으니 이 얼마나 기구한 운명인가? 모든 것을 부처님께 의지하고 물결이 치는 대로 바람이 부는 대로 방향도 모른 채 얼마간을 표류하였다. 그렇게 되자 배에 탄 사람들은 동요가 일어나 여기저기서 아우성치는 소리가 배 안에 가득했다. 우선 나는 사람들을 안심시키는 것이 중요하다고 생각했다. 배 안에 탄 사람들에게 조용하게 하도록 하고 모두가 합심하여 관세음보살을 부르자고 권하였다. 배 안에 있던 어떤 사람이 나에게 묻기를 '만약 그렇게 하면 우리의 목숨이 부지될 수 있겠는가'라는 것이다. 나는 배 안에 있는 사람들에게 부처님의 말씀을 들려주고 모든 일은 부처님이 알아서 하실 것이다, 그러므로 우리 모두가 관세음보살을 부르며 안정하고 있으면 될 것이라고 하였다. 그러는 사이에 선원들은 고장 난 배를 수리하여 안심하고 갈 수 있을 것이라는 기별이 사람들에게 전해졌다. 그때의 감개는 언설로 드러내기 어렵다. 이는 생사의 갈림길이 아니고 무엇인가! 우린 정신을 차리고 주위를 살펴보았다. 어떤 선원이 말하길 '지금의 위치가 대마도 근방'이라는 것이다. 그러니까 우리들이 탄 배가 표류하여 이곳까지 떠내려갔던 것이다. 다시 배를 돌려 근 사흘 만에 강진 서창리西倉里에 도착하니 그 때가 1951년 12월 말경이었다. 나는 만덕사萬德寺에 있는 현소자玄小者를 찾아가 2~3일 쉬었다가 대흥사의 내 초옥으로 돌아올 수 있었다.

19. 대흥사 주지 재취임

　이와 같이 6·25사변을 겪는 동안 우주 태중으로 나온 이래 고생스러운 삶을 착실하게 경험한 후 은혜가 깊고 정이 든 대흥사로 돌아오니 그 감회가 남달랐다. 그러므로 모든 것을 다 방하착放下着하고 이제부터는 나의 일을 좀 해야겠다고 생각하였다. 마음으로 그런 다짐을 하고 있노라니 대흥사의 대중들이 말하길, 해방 이후 내가 대흥사를 떠난 후엔 대흥사가 무인지경에 이르렀다는 것이다. 그러면서 천고 이래로 우리 선사先師들이 기초해 놓은 도량道場이 말이 아닐 정도로 쇠락하였으니 나에게 다시 대흥사를 부흥해 달라는 것이었다. 이런 요청이 여러 차례 있었지만 번번이 고사하였다. 하지만 사중寺中의 요청이 하도 극진하여 다시 나의 마음을 돌리게 하였다. 당시 대흥사를 방치하면 영원히 쇠퇴하여 재건할 수가 없을 지경이었다. 더구나 당시 대흥사는 세속사리世俗事理에 물든 이들이 주지 직무를 맡고 있었으므로 세상의 무법 무질서한 일반 인사들에게 무자비할 정도로 유린을 당한 채 물심양면으로 극한 상태의 피해를 입고 있던 터였다. 이런 연유로 대흥사의 대중들은 나에게 주지로 취임해 줄 것을 거듭 요구한 것이었다. 그래서 선거 형식을 거쳐 다시 주지에 피임된 것이 1961년 9월이다.

大興寺 住持 時節(지팡이 짚은 이가 著者)

20. 대광유지주식회사 설립

대흥사 주지로 취임한 이듬해인 1962년 3월, 어느 날 불교 전남종무원장 임석진林錫珍 스님이 인편을 보내 나를 광주까지 좀 와달라는 것이었다. 그러나 나는 이 요청을 일언지하에 거절하였다. 하지만 그 후로도 여러 차례 만나자는 요청이 있어 더 이상 거절할 수가 없었다. 그래서 부득이 광주로 임석진 스님을 찾아가니 바로 대광유지주식회사 건으로 나를 만나려고 했다는 것이었다. 이 회사는 원래 일본인들이 중국에서 원료를 가져와 물건을 생산하던 일화유지日和油脂 주식회사였다. 일본 사람들이 물러난 후 이 회사에서 하급직으로 일하던 장봉환張鳳煥이란 사람이 왜인들이 물러갈 무렵에 이 회사의 관리권을 얻었다. 하지만 그는 회사를 운영할 수가 없었다. 그래서 당시 우리 불교 측 관계자인 신지정申知正이란 사람이 이 회사의 관리권을 양도하는 계약을 장봉환과 맺었다. 이 계약에는 만일 본 계약을 위약했을 때는 이에 대한 보상으로 일금 3억원을 변상한다는 내용이 있었다. 하지만 신지정씨는 이 회사를 매수할 수 있는 경제력이 없었기에 할 수 없이 위약할 수밖에 없는 처지였다. 따라서 이에 대한 선후책善後策에 대해 나의 의견이 필요했기에 실례를 범하게 되었다는 것이다. 그러므로 자신의 결례를 책망하지 말고 이 난제를 어떻게 해결할지에 대해 대책을 마련해 달라는 것이다. 나는 이를 해결하기 위한 대책을 한 마디로 제시하길 '만사萬事는 결자해지結者解之라는 원칙에 따라 일단 이 일이 이렇게 되도록 만든 사람이 해결토록 하고 우리 종단에서는 신경을 쓸 필요가 없지 아니한가'라고 대답했다. 그랬더니 임석진이 간곡하게 이 사건의 선후 대책을 세워 해결해줄 것을 애원하는 것이 아닌가. 그래서 나는 그 해결책으로 전남 각 사찰 및 세개 법인 소유의 농지를 단시일 내에 지가증권地價證券으로 끊어서 이것으로 일화유지의 관리권을 양도받도록 하자는 제안을 내놓았다. 당시 내가 내놓은 안이 채택되어 우선 지가증권을 끊어 회사를 설립할 자금을 만들었다. 일단 지가증권으로 회사의 관리권을 양도받은 후 일반사무와 책임자를 결정하였는데, 당시 내가 그 책임을 맡게 되어 부득이 회사를 경영하게 되었다. 당시의 실정으론 사찰의 재산은 문교부文教部의 허가를 받아야 했다. 그러므로 우리는 사찰의 재산처분 허가서를 문교부로부터 승인을 받은 후, 위 회사를 불하받아 대광유지 주식회사라 명명하였다.

21. 화광교원의 설립 배경

1) 이사 시절

화광교원和光教園은 원래 왜인倭人불교 정토종净土宗의 조선지방朝鮮地方 사회사업기관이었다. 일본 정토종 본부에서는 조선의 재단법인 화광교원 설립, 허가를 얻어 조선의 고아들과 빈민들을 구제하는 사업을 운영했다. 해방이 되자 당시 화광교원의 책임자인 이사장이 우리 불교 총무원에 찾아와 말하길 '우리들은 이미 귀국貴國에서 떠나게 되었다. 우리가 운영해 오던 화광교원은 원래 한국의 사회사업을 위해서 설립했던 것이니 운영하는 사람들은 다르다 할지라도 동일한 불제자들이다. 귀 종단에서 부처님의 본의에 위배되지 않는 견지에서 영원히 운영하여 귀국의 사회에 길이 빛나길 바란다'라는 것이었다. 우리 총무원에서는 우선 화광교원을 인수하긴 했지만 보통 재단과는 달라서 어떻게 합법적으로 그 권리를 확정받을 수 있을 것인지를 몰랐다. 따라서 변호사 배정현裵廷鉉 씨에게 문의했더니 가이사假理事 등기수속을 법원에 제출하여 등기를 완료하면 합법적으로 권리를 확정받는 것이 가능하다는 조언을 들었다. 우리는 가이사假理事로 김법린과 최범술, 나와 박윤진, 그리고 김수선金守先 등 다섯 사람을 이사로 선정하여 가등기假登記를 마치고 위의 수속을 완료한 후 실무에 착수하였다.

2) 화광교원의 재산 상실에 대한 구제책

부산의 임시정부가 환도還都한 후 시국이 점차 안정되었다. 나는 서울로 올라와 화광교원의 사무에 착수했다. 그러나 의외로 위 재인법인財團法人과는 아무런 인연도 없는 김준렬金俊烈이란 사람이 사무실에 들어와 일을 보고 있었다. 나는 그 이유를 물어보니 강원도 유점사의 박대륜朴大輪 씨 지시로 이곳에 왔다는 것이다. 그러나 이 화광교원은 합법적으로 가이사 등기가 다 되어 있었다. 따라서 이사 이외에는 본 법인에 관여할 수가 없다. 이것이 원칙이었다. 그래서 내가 김씨에게 '아무리 불교계의 원로라 하더라도 이사의 책임을 맡지 않았다면 무슨 명목으로 이 일에 종사할 수 있는가' 하고 말하였다. 그랬더니 김씨가 대답하길 '재단 사무실이 비어 있는 상태이므로 사무실이라도 지키기 위하여 들어왔으니 박 이사 선생님께서 어떠한 형식을 취해 주시면 견마지력犬馬之力을 다해서 재단의 일에 협조하겠다'는 것이다. 나는 그가 좌우간 이 사무실에 들어왔으니 일이나 잘 보고 있으라고 선처해 주었다. 이후 그를 서무과장에 임명하고 내가 이사장을 맡게 되었다. 위 김준렬金俊烈도 역시 승려였으므로 모든 것을 그에게 일임 하고 나는 이사장의 책무에 힘쓰고 있었다. 이런 처지에서 나는 대흥 사 일로 약 1개월 동안 해남에 있다가 서울에 올라와 보니 화광재단 의 기본재산이 전부 경남 밀양모직회사密陽毛織會社 김향덕金亨德과의 매 매계약으로 교환되도록 처리되어 있는 것이었다. 결국 화광교원의 재산 전부가 김향덕의 소유로 넘어갔던 셈이다. 그러나 이런 결론을 얻으려면 우선 재단의 이사회理事會를 개최하여 이 건에 대해 결의決議 하는 절차를 거쳐야만 했다. 그런데 본원의 이사理事 다섯 사람 중에 김수선金守先은 이미 사망했고, 박윤진은 이북으로 납치되었다. 그러 므로 최범술과 내 도장을 위조하였고, 김법린金法麟에게는 거짓으로 말해 그를 속여 도장을 찍게 하는 등 엄청난 일을 벌여 놓았다. 이런 사실을 알게 된 후 나와 김법린, 최범술 등은 긴급히 이사회를 열고 민형사 간의 수속을 취하더라도 재단의 재산을 찾아야 한다고 결의하였다. 그런데 이 일을 더 자세히 조사해보니 밀양모직회사는 화광교원의 재산을 취하기 위하여 이미 상은商銀에 설정하여 돈을 빌렸는데, 이 돈을 모두 소진해 버린 상태였다. 그러므로 위 은행에서는 경매 처분을 하게 된 것이다. 그 당시 위 은행의 소유로 되어 있던 재산을 김준렬이 김향덕으로부터 일금 300만원을 받아먹고 이와 같은 죄악을 범한 것이다. 그래서 이사장이었던 나는 앞서 이사진에서 결의했던 바와 같이 민형사 사건으로 소訴를 제기하였다. 김준렬에게는 민사에선 책임을 지고 계약을 해제하겠다는 각서를 받았고, 형사상의 고소는 취하해서 그의 형벌을 면해 주었다. 그러나 민사상으로는 여러 가지 복잡한 절차가 있어서 오랜 시일이 걸렸다. 그러는 동안 이 일은 미결 상태에서 본 재단에선 이사진理事陣의 변경이 있었다. 바로 대법원 대법관大法官으로 있던 허진許晋 씨가 이사로 선임된 것이다. 나는 대흥사의 일로 재단의 일을 뒤로 미루고 해남에 내려와 일을 보고 있었다. 그런데 허진 씨가 우리 불교 이사들의 인장印章을 위조하여 이사회의를 연 것처럼 꾸며 문서를 위조하여 김향덕 사건의 소송訴訟을 취하해 버렸고 화광교원의 재산을 김향덕의 소유로 해주었다. 그는 이렇게 처리해준 대가로 일금 1,200만원을 뇌물로 받았다는 것이다. 당시 나는 이런 불법적인 행위를 밝혀 사건을 제대로 해결하지 못할 이유가 있었다. 이는 바로 나의 가인家人이 갑자기 고혈압으로 사경을 헤매고 있었기 때문에 이 사건에 손을 쓸 겨를이 없었던 것이다. 이 일이 이렇게 되고 난 후에 전해 들으니 김준렬은 의지할 곳 없는 걸인의 신세가 되었고, 허진은 2년 만에 불귀의 객이 되었다고 한다. 부처님께서 벌하심은 이와 같다.

22. 해남 삼산면 수리조합 설립

대광유지 주식회사의 설립 문제로 전남도청의 농지과農地課에서 농지 지가증권을 발부받을 때 대흥사 소유 농지와 해남 삼산면 소유 농지분에 대해서는 다른 군면郡面의 농지보다 무리한 부분이 있다는 점을 발견하였다. 당시 농림부장관인 진중목愼重穆을 찾아가 이 문제를 바로 잡았다. 그리고 삼산면에 수리조합水利組合을 설치해야 한다는 것을 절감하였다. 우선 수리조합을 만드는 일에 내가 주축이 되어 삼산면 면장이던 민복만閔福萬, 이영익李永謚, 정채순정 이외에 여러 사람들을 삼산면 수리조합의 설립준비위원으로 위촉하였다. 준비자금으로 일금 1,200만원을 기채起債하여 군 기사 신광희와 전남도청 농지과장 최씨 등의 도움을 얻어 현장을 측량하는 등 제반 사항을 완료한 후 농림부에 도움을 요청하기에 이른다. 이미 서류상의 모든 사항을 도청에서도 잘 타진해 주었다. 그러나 막상 이 일이 처리되는 과정에서 장관 선에서 거부당하고 말았다. 그 이유는 다음과 같았다. 당시 예산은 그해 연도에 신설新設된 건은 이미 예산에 편성되지 않으면 이미 설립된 조합의 공사에만 지원한다는 것이다. 그런데 우리 군이나 도청에서는 이미 제반의 작업을 완료했기에 여간 낭패스런 일이 아닐 수 없었다. 우리는 숙소로 돌아와서 여러 방면으로 궁리를 해보았으나 별다른 방법이 모색되지 않았다. 나는 기존 설립된 조합에만 지원한다는 점에 착안하여 심사숙고한 결과 한 가지 묘안을 생각해 내었다. 이는 바로 해남에 기존 설립된 조합이 송지면과 현산면이라는 사실을 파악하고 이미 설립된 두 조합과 삼산면을 병합倂合하는 것이었다. 조합의 이름을 해남수리조합이라 하고, 조합장 등을 해남군수로 하는 등 도청의 과장과 합의하여 서류를 다시 작성해 가지고 다시 농림부 진중목 장관에게 제출했다. 그랬더니 진 장관께서는 참으로 묘안을 짜냈다고 하면서 허가해 주었다. 이처럼 노심초사한 결과 삼산면 수리조합의 허가를 받게 된 것이다. 그러나 당시 해남 출신 국회의원이 이 일에 관여하여 정부로부터 예산을 받아가지고 공사를 착수했으나 집행 도중에 불의의 사고가 났다. 이로 인해 근 3년간을 끌어 오다가 결국은 완공을 보지 못하고 만다. 얼마 후 국회의원 김씨가 손을 떼고 다른 방법으로 공사를 추진하여 완료되었다. 결국 삼산면 건답乾畓이 완전한 수리답水利畓으로 변화된 것이다. 이 일은 농민들이 농사를 짓는 데 큰 도움이 되었다.

23. 한국 불교의 종파분쟁

우리나라에 처음 불교가 들어온 것은 가락국 수로왕 계묘癸卯(서기43년 춘정월)년이라 한다. 또한 고구려에는 소수림왕 2년(372) 여름 6월이라고 전해졌는데, 동진시대東晋時代 참칭국僭稱國인 전진前秦의 부견符堅이 수행승 순도順道와 함께 불경佛経을 보내온 것이라 전해진다. 따라서 이 시기는 우리나라에 불교가 전파된 태동기라 할 수 있다. 이후

백제에는 침류왕沈流王 원년 갑신甲申(384) 9월에 호승胡僧 마라난타가 동진으로부터 불교를 들여왔고, 신라에는 19대 눌지왕 때에 고구려에서 승려 묵호자墨胡子가 들여왔다. 이렇게 전파된 불교는 고려시대에 이르러 극도로 번성하였으니 이는 바로 불교가 우리 문화의 성태聖胎와 민족혼의 원천을 이루게 된 배경이라 할 수 있다. 그런데 신라, 백제, 고구려의 삼국시대에는 불교가 교리적인 측면에서나 교세敎勢가 사회적인 영향이 커짐에 따라 종파宗派에 따라 사원寺院 등이 분립分立된다. 특히 신라 때에는 선종禪宗 구산선문이 개창된 이래 고려시대에는 십이종十二宗 및 오교五敎 양종으로 나뉘어 각 종파各宗派마다 각자 독립獨立하여 서로 침해됨이 없었다. 그러나 조선이 건국된 이래 주자학이 국가의 통치이념으로 받아들여짐에 따라 불교는 찬 서리를 맞게 된다. 소위 억불정책에 밀려 불교는 그 세가 쇠퇴됨에 따라 종래 각 종단마다 종지宗旨 상으로나 경제적으로나 엄연히 독립 사원이었던 것을 선교 양종으로 합종했다. 그러나 이런 상황도 여의치 아니하여 다시 단일종單一宗으로 합종하게 된다. 아울러 불교는 시정市井에서 심산유곡深山幽谷으로 들어갈 수밖에 없는 상황이었다. 특히 불교의 종지宗旨는 자각(自覺; 인격의 완성)과 타각(他覺; 타인을 인격 완성의 경계로 인도하는 것)과 원만을 이루는 것이다. 이것이 불교의 목적인 것인데도 불구하고 조선시대에는 시가市街를 떠나 깊은 산중으로 들어가 칩복蟄伏하여 수행하는 것이 불교가 처한 상황이었다. 그래서 조선 말기엔 불교의 근본정신을 올바르게 알고 있던 신진新進 승려들이 조선 오백년의 칩복된 불교를 유신維新하려는 움직임이 일어났다. 바로 '산중불교로부터 도시군都市郡불교로', '소승小乘불교로부터 대승大乘불교로'라는 슬

로건을 내걸고 불교의 쇄신 분위기를 만들려 한 것이다. 특히 만해 한용운 스님께서는 이 일에 중심이 되어 이 당시 추밀원樞密院에 진정서를 제출하였다. 그 요지를 대략 살펴보면 승려도 자의自意에 따라 가취嫁娶할 수 있다는 것이었다. 만해가 제안한 내용을 정부가 허용하였다. 이로부터 불교는 일대 개혁이 이루지게 된다. 바로 교화승과 이판승으로 나뉘어 취처取妻하는 승려와 독신으로 엄정한 계율을 지키며 수도하는 승려로 나뉜 것이다. 이 제도가 얼마간 실시되다가 해방이 되었다.

해방 이후 중앙정부가 수립된 1954년 어느 날 이승만 대통령은 청천벽력과도 같은 담화문談話文을 발표한다. 이 담화문에는 현재 한국불교의 모든 사찰에서 대처승帶妻僧들은 다 철퇴徹退해 나가고 각 사찰은 무처승無妻僧(소위 비구승比丘僧)에게 일임하여 사찰의 모든 일을 비구승들이 관리토록 하라는 내용이었다. 이와 같은 담화문이 발표된 후 내무부장관에게 명하여 전국 사찰을 비구승들이 점유하는 데 조력하라는 엄명이 하달된다. 그리하여 비구승의 두목인 이순호李順浩 등은 천재일우千載一遇의 기회가 왔다고 여겨 깡패들을 동원, 승려로 가장시켜가지고 우선 서울 불교총무원을 강탈하는 것을 시작으로 각 지방의 중요 사찰을 강점强占하기 시작했다. 위 서울 총무원을 점유할 때는 종로경찰서 서장이 진두지휘하여 수십 명의 무장 경찰이 동원되어 반항하는 대처승들을 체포하여 종로경찰서로 연행했다. 신성한 총무원이 붉은 피로 단청丹靑되었고 종로경찰서는 승려들의 구류장拘留場이 되었다. 특히 이 당시 한국불교 종정인 송만암宋曼菴 스님 같은 분은 종로경찰서 현관에 거적을 펴놓으시고 누워서 무고한 승려를 석방하라고 외쳤다. 나는 당시 한국 불교의 중앙 검찰원장으로 있었다. 나는 나의 직책상 종로경찰서를 방문하고 경찰서장을 만나서 신성한 종교의 도량道場이 이와 같은 유혈극화流血劇化 된다는 것은 언어도단의 행정이라고 항의했다. 이 사태를 평화적으로 해결할 방법이 없느냐고 했더니 경찰서장의 말이 우리들도 몹시 가슴 아픈 일이라 여기지만 상부의 명령이니 그 명에 따를 뿐이라는 것이었다. 내 생각으로는 국내법에도 인간에게 신앙의 자유가 보장되어 있고 우리나라 헌법에도 분명 종교의 자유가 있는데 어찌하여 정치인들이 이와 같이 무법無法하게 국민의 신앙을 유린하는 것인가! 그 저의가 무엇이란 말인가! 지금도 그때의 비통함을 억눌러버릴 길이 없다. 그러나 이와 같은 투쟁이 중앙에만 국한된 것이 아니라 전국으로 확산되었다. 결국 대흥사에도 그 여파가 밀려오고 있었다. 이 당시 나는 대흥사 주지를 겸임하고 있어서 그 강탈전을 당하게 되었다. 그 때 대흥사 강탈전에 있어서는 혈투가 극렬하여 결국 검찰에 구속되는 상황이었으므로 직접 검사檢事와 극한투쟁이 야기되었다. 나는 단식으로 순절하려고 결심하였다. 이런 사태로 전남 경찰국 및 지검地檢까지 출동하는 등 심각한 사태가 야기되기도 했다. 그 결과 담당 검사가 전직되는 사태가 생겼다. 결국 기소되어 재판까지 회부되어 항소로 이어져 나는 무죄로 석방되었다. 이로 인해 내가 물심양면으로 곤란해진 처지는 말할 것도 없었다. 더구나 마음의 상처가 채 가시기도 전에 가인家人이 유명을 달리하였다.

大興寺 住持 時節

24. 은거 수행과 다도 연구

나는 이런 속세의 와중에서 모든 허상을 버리고 오직 선禪과 불지佛智를 연구하기로 마음먹었다. 해남 두륜산 서쪽 모퉁이에 소나무와 편백나무, 그리고 등나무의 그늘에 두어 칸의 초려草廬를 지어 '백화사白化寺'라는 편액扁額을 걸었다. 그리곤 내가 어머니의 태중에서 나와 우주의 태중으로 오기 이전의 나의 참 고향을 찾아 정진하였다. 밤이면 선리禪理에 정진하고 날이 밝으면 화초를 재배하며 일어나는 망상忘想을 끊어버리고자 노력했다. 때론 어린 사슴을 기르기도 했으며 혹은 산 꿩이나 새 새끼를 길러보기도 했다. 특히 차를 즐겨 음다飮茶를 생활화하였다. 그러므로 내 곁엔 언제나 다구가 준비되어 있었다. 천주千株나 되는 소나무 아래에서 명월을 벗 삼아 벽금설(碧禽舌; 작설차를 이리 말함)을 달여 마시는 운치란 대단한 것이었다. 옛 사람의 말처럼 '한 잔의 춘설이 제호醍醐보다 좋다'는 음다의 경지를 체득했던 때였다. 그렇게 지내던 어느 날인가는 어떤 승려가 찾아와 '벽금설碧禽舌의 맛이 어떻습니까?'라고 물었다. 나는 대답하기를 '조주스님에게 가서 물어보라'고 답했다. 내가 말한 조주스님은 당대의 수행자인데, 어느 날 제자가 찾아와 '불佛의 대의大意가 무엇입니까?'라고 묻기에 조주스님이 대답하기를 '차나 한 잔 먹어라喫茶去'라고 했다는 데에서 유래한 것이다. 이 선구禪句는 그 후 선을 공부하는 수많은 선승들 사이에서 일종의 화두로 회자되었다. 지금도 선승들 간에는 이 문제를 가지고 이러쿵저러쿵 야단들이지만 본의가 무엇인지를 해결하지 못하고 있는 듯하다.

그러므로 나에게 벽금설碧禽舌을 묻는 승려에게 조주스님의 '끽다거'를 말해준 뜻은 바로 초의草衣스님이 말하신 대로 차의 참맛을 알고 싶으면 선禪 공부를 더 하라는 뜻에서 그렇게 대답했던 것이다. 또 어느 날인가는 한 승려가 찾아와 나에게 초의스님의 『사변만어四辨漫語』의 뜻을 물었다. 대답하기를 '깊은 봄, 산 꾀꼬리가 울고[春深山鶯鳴] 날이 추워지자 기러기 남으로 날아가네[天寒雁南飛]'라고 하였다. 나에게 질문한 승려는 이 뜻을 아는지 모르는지 한참을 가만히 있다가 가버렸다. 또 어느 때는 학자인 듯한 사람들이 찾아와 나에게 '불교의 진리가 무엇인가?'라고 묻는 사람도 간혹 있었다. 나는 노자老子와 그의 제자의 문답을 인용하여 말해 주었다. 내용은 이렇다. 어느 날 노자의 제자가 참[眞]에 대해 묻기에 '진眞이란 피 같은 곡물에 있다'고 대답하였다. 하지만 제자는 스승의 말을 이해하지 못하고 다시 물었다. 이에 노자가 답하길 '인분에 있다'고 했더니 그 제자는 더욱 더 그 뜻을 알지 못하였다. 다시 노자가 말하길 '갑계醢雞에 있다'고 말했지만 이 또한 이해하지 못하였다. 그러자 노자가 다시 말하기를 '네가 물은 진眞이란 비상非常한 천상天上이나 또 어떤 세계를 말하는 것이 아니다. 우리 인간이 볼 수도 없고 잡을 수도 없는 현현난측玄玄難測한 저 먼 세계에 있는 것이 아니라 우리 일상생활 주변에 있는 것이다. 생활을 떠나 구하려고 한다면 영원히 구할 수가 없는 것이다'라고 말했다는 것이다. 바로 나는 나를 찾아온 학자의 질문에 노자의 설법을 인용하여 불교의 진리를 알려 주고자 했던 것이다.

　　어느 때는 내가 가장 아끼고 사랑했던 영산홍과 자산홍이 나의 작은 정원에서 철 따라 피는 것을 보고, 그 아름다움에 반하여 영산홍과 자산홍을 분양받고자 하는 사람도 있었다. 간혹 나를 찾아 백화사를 방문하는 객에겐 차를 대접하며 초의스님이 차를 연구하고 만들었던 이야기를 들려주기도 하였다. 차를 나누며 담소하는 일은 나의 작은 소일거리가 되었다. 그리고 선 수행의 참맛에 나를 맡겼다. 산거山居의 소박한 일상은 참으로 소박하고 한가로웠다. 참선하는 여가에 초의스님의 선리와 차를 연구하였다. 차를 만들 시기가 오면 다각시절의 경험을 토대로 대흥사 인근이나 강진, 진도, 담양 등 야생차가 자라는 곳에서 차를 따다가 초의스님이 전해준 제다법대로 차를 만들곤 하였다. 간간히 초의스님이 남긴 『동다송』, 『다신전』, 『사변만어』를 연구하며 초의스님이 남긴 선리를 규구해보기도 하고 그가 남긴 다도의 진면목을 체화體化해 보려고도 하였다. 틈틈이 선리를 연구하는 동안 나의 견해를 드러낸 『선학연구禪學研究』와 『한국다도정통고韓國茶道正統考』를 완성하였다. 이 뿐만 아니라 나의 일대기를 자술하여 「자서전自敍傳」이라는 제목을 달아둔 것도 백화사 시절이었다.

1976년 12월 19일
눈 내리는 창가, 화로 곁에서 붓을 놓다[雪窓擁爐擲筆]

추기 : 응송 스님이 남긴 다도에 대한 육필 원고 『한국다도정통고韓國茶道正統考』는 1985년 그의 속가제자 박동춘에 의해 출판되었다. 당시 1,000부를 출판하여 대학교 도서관과 차계, 불교계, 지인들에게 무상 보시하였다.(박동춘)

수연설법제법문
隨緣說法諸法門

원작 : 응송 박영희   번역 : 박동춘

백주 최후일각의 모습 白舟 最後一刻 現相

세 순갈 과즙을 말없이 삼키더니 三匙菓汁無言吞
팔을 뻗어 잡은 손, 눈빛이 반짝이누나 伸臂握手眼光輝
푸른 눈, 나를 보고 미소를 머금더니 靑眼看我含微笑
떨어지는 맑은 눈물, 옷깃을 적시누나 靑淚零落沾襯衣
_ 1966년 4월 14일

추기 : 백주는 아마 응송 노스님의 가인(家人, 아내)의 호로 짐작된다. 바로
가인이 뇌출혈로 사경을 헤매던 당시의 모습을 그린 듯하다. 따
라서 이 시의 제목을 '백주의 최후일각의 모습'이라 한 것은 응
송스님이 가인의 임종 때 모습을 그린 것이라 생각한다.(박동춘)

무제 無題

만리의 흰 구름이 청산에 떠있네 萬里白雲靑山裏
한가로운 미소로 보낸 팔십 평생은 八十年間閑微笑
한 바탕 맑은 바람이 홀연히 지나가는 듯 一陣淸風忽振去
한 둥근 해가 하늘에 비쳐 밝으네 一輪紅日照天明
청산이나 미소는 본래 실제가 없는 것 靑山微笑本無實
망령되이 실을 잡고서 뛰어넘지 못하네 妄執實有不超出
_ 1967년 6월 30일

도순 군을 애도하며 悼道順君

전생에 나와는 무슨 인연이었던가 前世與我如何緣
금생에선 팔십년을 함께 하였네 今作伴侶八十風
마음을 연마하여 이익이나 공을 쫓지 않더니 硏膽未逐勝利功
손을 놓고 먼 만 리 길을 떠나가네 揩手長行萬里事
처량한 잣나무엔 저녁 비 내리고 栢樹凄凉零雨夕
푸르른 온 산엔 가을 안개 싸늘하다 全山蒼翠冷煙秋
그간 홀로 천진한 모습을 보였으니 這間獨露天眞面
멀리 가지 말고 다시 환생하시길 可自回光莫遠遊
_ 1968년 3월 22일

깨달음의 순간 曉頂

큰 깨침 갈무리한 곳에는 큰 잘못이 없고 _{大悟藏裏無大誤}
큰 잘못을 품은 곳에 큰 깨침이 있네 _{大誤藏裏有大悟}
큰 깨침과 잘못은 원래 둘이 아니니 _{大悟大誤本無二}
이런 관점으로 보면 나라는 주체도 없는 것이라 _{如是觀時我亦無}
_1968년 7월 8일

무제 無題

하늘에 늘어선 흰 구름은 관음의 화신이라 _{連空白雲觀音身}
산이 토해낸 장광설을 바람결에 듣네 _{風聞山鳴長廣舌}
만리의 장강도 이와 같으리 _{萬里長江亦如是}
　(또한 무설을 반주하여 불문문을 말하며 _{亦伴奏無說而說不聞聞}
　다시 손을 들어 먼 하늘의 달을 가리키네 _{又擧手長空月}
　발로는 백억의 화신불을 밟으며 _{足踏百億身}
　눈은 만리의 정을 보네 _{眼看萬里情}
　귀로는 듣지 못할 경지와 듣는 경계를 듣노라 _{耳聞不聞聞})

몽각불이 夢覺不二

일진의 미풍이 홀연히 일어나더니 _一陣微風忽盡起_
대지의 만상이 다 사라져 텅 비었네 _大地萬相燒盡空_
불 속에 홀로 드러난 이것이 무엇인가 _火裏獨露是甚麼_
내 오직 청풍명월을 대할 뿐이라 _清風明月唯我枕_
_ 1968년 12월 27일

눈꽃 雪花

하늘에 늘어진 백운은 잠깐 사이에 꽃이 되고 _連空白雲頃刻花_
참죽나무 한 가지에 눈 풍경이 한가롭다 _一枝椿菀雪意閑_
공연히 강에 비친 달빛을 가득 실은 배라 _滿船空載江上月_
텅 빈 겨울 하늘, 일성에 눈물이 나누나 _寒天一聲唳長空_

인경게 因境偈

손으론 텅 빈 하늘의 구름을 잡고 手擧長空雲

발로는 강 밑의 달을 밟누나 足踏江底月

눈은 삼천대천세계를 바라보고 眼看三千界

귀론 물외의 소리를 듣누나 耳聞物外聲

코 속에 백억 화신불을 감추고 鼻藏百億身

입으론 대해의 물을 마시니 口哈大海水

다시 정수리에 흰 구름이 솟아나네 又頭頂上白雲起

장춘동 푸른 계곡물 長春洞裏碧溪水

아득한 바다와 하늘엔 티끌 한 점 없는데 空海長空無一塵

비들기 한 마리가 넓은 밭을 가누나 一點白鳩耕萬里

추기 : 장춘長春은 대흥사를 감도는 계곡을 말한다. 늘 푸른 나무들이 울
        창하기에 장춘이라 불렀다. 혹은 장춘만리長春萬里, 만리장춘萬里長
        春이라고 한다.(박동춘)

무제 無題

석장을 울리며 한 걸음 한 걸음 걸어가니 長鳴錫杖步步進

석장 소리가 삼천대천세계로 퍼지누나 飛錫一聲徧三千

걸을 때마다 자금색을 방광하니 步步放光紫金色

저 자금색은 백억의 화신불이라 這裏紫金百億身

백억의 화신불이 다시 백억의 화신불이 되니 百億身又百億身

나와 백억의 화신불은 둘이 아니라 百億與一是不二

_ 1969년 1월 30일

무제 無題

노란 꽃과 붉은 열매는 실과 상을 말하는 듯 黃花朱實談實相

외로운 등촉은 삼천대천세계를 밝히네 一燭孤燈徧三千

노란 꽃이나 실상은 둘 다 다름이 아니니 黃花實相二不異

외로운 등이나 법계 또한 그런 것이지 孤燈法界亦如然

무제 無題

쓸쓸한 대지엔 잎새 하나 없는데 大地蕭然無一葉

성난 듯 부는 겨울바람에 눈이 흩날리네 朔風呼怒雪漂揚

눈 속에 핀 수선화, 푸르고 또 향기로운데 雪裏水仙靑又香

화로를 끼고 (무릎을 안고 있음) 참선함이 바로 부처가 서쪽에서 오신 뜻

이라 擁爐抱膝西來意

_ 1969년 11월 8일

무제 無題

텅 빈 숲, 한밤중에 두견새 우는 소리 空林夜半杜鵑聲

고불 미생전의 장황한 설법이라 古佛未生長廣舌

말하는 사람이나 듣는 이는 한가하지만 說者聞者但是閑

봄바람에 복숭아, 배꽃이 모두 피었구나 春風桃李已滿發

_ 1971년 9월 17일 송정읍 최공의 49재에 [松汀邑 崔公 四十九齋時]

361

섣달 그믐날, 감회가 있어 除夕之感懷

소나무 위에 걸린 달, 선림을 비추고 禪林照入松上月
야밤의 종소리, 번쩍 마음을 깨우누나 夜半鐘聲警覺心
종소리나 깬 마음은 둘이 아니니 鐘聲覺心卽不二
나감도 다름도 없는 경지, 모두 진여의 체성이라 不卽不異亦無得
텅 빈 곳, 긴 빛은 사위지 않고 廖廖長在光不滅
빛 속의 작은 티끌이 바로 화신불이라 光中微塵是化身
한 입에 항사불을 다 삼키고 一口吸盡恒沙佛
현애에서 손을 한가로이 두는 것, 이것이 대장부라 懸崖散手是丈夫
_ 1971년 12월 31일

밤의 노래

구름 낀 하늘, 적막하게 눈 내리는 달밤에 雲天廖廖雪夜月
천지 사이에 함께 한 집을 이루었네 乾坤煥然共一家
이런 소식 누가 먼저 얻었을까 這裏消息誰先得
선후가 없으니 또한 얻는 것도 없네 無先無後亦無得
_ 1972년 10월 17일

무수무증無修無證에 대하여

흰 구름 청산을 지나고 白雲過靑山
유유히 흐르는 강물은 바다로 들어가네 長江流入海
크고 작은 사슴들은 텅 빈 산을 달리고 麋鹿走空林
작은 뱁새나 비둘기, 가지에 머무는데 雛鷦巢一枝
붕새가 하늘 끝을 나네 大鵬飛天末

무제 無題

자벌레는 대지를 재고 尺蠖尺大地
사람은 쌀과 보리를 먹네 人間食米麥
초목은 우로의 은택을 입나니 草木澤雨露
이것이 바로 본래의 모습이라 此是本地風
_ 1974년 8월 27일

섣달그믐에 除夕之日

산과 물이 끝난 곳 山盡水窮處

구름 밖 달을 바라보네 坐看雲外月

달은 달려서 바다 속으로 들어가니 月入海底走

찾고 찾아도 (그곳을) 찾을 수 없네 覓覓不得處

(달이) 달려가고 찾음이 둘이 아니라 走覓不二處

이는 바로 환히 빛나는 달이라 此是光明月

_ 1974년 12월 31일

두견이 우는 소리를 듣고

두견새 소리 텅 빈 산을 울리고 空林杜鵑聲

처마 밑에선 제비 새끼가 지저귀는데 簷端燕兒歌

장광설이 아님이 없네 無非長廣舌

천하 대지 속에 天下大地裏

집어 든 각각의 형상들은 拈來物物象

본래 백억의 화신불이라 本是百億神

어찌 보통과 특별함이 있으랴 豈有總別哉

듣는 사람만이 공연히 소리에 사로잡힐 뿐이라 聽者妄執相

_ 1976년 6월 22일

운천가 雲泉歌

　무등산 서쪽 산을 일러 백석이라 한다. 산 정상엔 반월암, 비로암이 있다. 낭떠러지 곁에 오래 묵은 소나무가 외로운 뜰에 서 있는데 벽오동은 삼천세계를 모두 덮은 듯하고 아울러 우뚝이 서 있는 소나무 가지는 수미산을 찌를 듯하다. 산사의 앞, 유천은 땅 밑에서 솟구치는 물이 엄동설한에도 뜨거운 기운을 토해낸다. 신령한 샘물은 제호보다 맛이 좋다. 그러므로 운천이라 하였다. 내가 항상 신령한 물을 마시니 부처의 나이와 같다. 마시는 것이나 샘물은 원래 실제가 없으니 나와 부처도 머무름이 없으며 머물고 머물지 않음도 없는 것이라. 無等西有山稱名白石 頂有半月岩毘盧岩 崖坐古松孤庭立 蓋盡三千界碧梧 幷松立枝揷須彌山 寺前有乳泉湧出於地心嚴冬湯氣 水靈勝醍醐 是故名雲泉 我常飮靈泉 與佛年同庚 飮與泉亦無實 我佛亦無住 住無住亦不得

　_ 1976년 2월 1일

추기 : 운천사는 바로 전남 광주시 쌍촌동에 있던 작은 암자이다. 응송 스님이 말년에 대흥사 경내에 위치한 백화사와 이곳을 내왕하였다. 나는 1982년 쯤 응송 스님을 모시고 운천사를 방문한 적이 있는데, 당시 이 절엔 응송스님의 제자인 현소자라는 스님이 계셨다. 운천사에는 차를 달이기에 좋은 물이 있었다. 내가 방문했을 당시에도 운천사의 샘물은 있었다. 유난히 시원했던 샘물로 기억된다. 특히 암자 주변엔 대나무가 많았고, 왕대나무 사이엔 차나무도 자라고 있었다. 2012년경에 다시 이곳을 방문하였는데, 운천의 샘물은 사라진 뒤였다. 암자 주변이 이미 개발되어 아파트가 밀집해 있었다. 다만 운천사 사찰 근처 언덕의 옛길은 그대로 남아 있었다. 아마 샘물이 사라진 것도 운천사 주변이 이미 개발되어 도시화된 것과 무관하지 않을 듯하다.(박동춘)

눈사람 雪人

천지에 백설이 가득하니 白雪滿坤乾

어느 곳이든 흰 눈이 아닌 곳이 없어라 無處非雪白

아이들은 눈사람을 만들어 兒童作雪人

열을 지어 행진을 하네 遂列吹行進

눈사람과 사람이 모두 같으니 雪人與人同

이것이 곧 나의 진상처라 是吾眞常處

_ 1977년 1월1일

무제 無題

깊은 봄 꾀꼬리 울고 꽃이 또한 웃는데 春深鶯啼花亦笑

천지에 우거진 풀들 푸른 세계를 이루었구나 蓬蓬天地盡碧界

모든 강과 바다엔 티끌 하나 없는데 千江萬海皆無塵

추운 하늘 맑은 눈물, 어느 곳으로 떨어질까 寒天淸淚零何處

증도가 證道歌

도솔산 꼭대기엔 흰 구름이 날고 兜率峰頂白雲飛

천변만화가 항상 이어지누나 千變萬化恒無盡

장춘 푸른 계곡 흐르는 물은 長春洞裏碧溪水

쉬지 않고 흘러 머물지 않네 不息長流無處住

도솔이나 백운은 본래 실제가 없는 것 兜率白雲本無實

장춘 푸른 계곡 또한 이와 같으리 長春碧溪亦如是

_ 1977년 3월 30일

독립유공표창을 받고

영화와 쇠락의 변화는 세상의 이치라 榮枯變易世事理

영화를 좋아하고 쇠락을 싫어함은 사람의 상도라네 欣上厭下人常道

일제의 철 발굽과 손톱에 짓밟힘이 늘 다반사였더니 日帝鐵爪恒茶飯

지금 이름을 드날림은 이 무슨 일인가 如今揚名是何事

만고의 공명은 뜬 구름과 같아서 萬古功名如浮雲

작은 공 감당하는 일, 갑자기 서산에게 부끄럽네 微功堪忽慙西山

_ 1977년 12월 1일

무제 無題

동서남북이 자취도 없이 텅 비었네 東西南北蕩然空
그 중에서 어떤 물건이 근원을 불렀는가 何物於中喚作宗
허공을 다 마시고 몸을 돌린 곳에 吸盡虛空飜身處
온 천지에 서리 바람이 가득하구나 通天徹地足霜風
_ 1977년 12월 2일

무제 無題

무너질 듯 우뚝한 산벼랑은 무너지지 않고 山顚巖崖無転落
고요한 밤, 텅 빈 숲속엔 두견이 우네 夜靜空林杜鵑聲
파도가 솟구치는 바다를 건너는 돌부처 石象渡海波萬丈
우리 집 창가 소나무 위에 뜬 달이 머무네 應松窓含松上月

무제 無題

공연히 사람 사이에서 실없는 이름 얻었지만 空然人間戱作名
인간 자체는 텅 빈 것이라 人間自體是虛空
정좌하고 지낸 삼년은 마치 고목 같아서 靜坐三年如枯木
홀연히 벼랑에 굴러 팔과 다리가 부러졌지 忽顚岩崖折脚臂
활연한 하늘과 땅에 던져지니 割然乾坤一擲裏
눈빛에서 삼라만상이 나왔네 森羅萬象眼光出

무제 無題

백운은 푸른 산을 지나고 白雲過靑山
맑은 물은 천천히 바다로 흘러드누나 碧溪閑入海
하늘가엔 겨울 기러기가 날아가고 寒雁飛天末
자벌레는 대지를 재네 尺蟲大地尺
텅 빈 숲을 달리는 사슴들 麋鹿走空林
사람은 그 사이에서 차를 마시네 人間喫茶飯

무제 無題

수중의 달을 밟고 履踏水中月
손가락으로 땅 위에 하늘을 지탱하지만 指撑地上天
달이나 하늘은 실상이 없네 月與天無實
오직 나 홀로 달려가지만 唯我獨走行
가고 가도 머물 곳이 없으니 去去無往處
길 위에서 무심히 미소를 짓네 路中閑失笑

전법게 傳法偈

진불은 입이 없어 해탈을 말하지 않고 眞佛無口不解脫
참 들음은 귀가 없으니 어찌 들을까 眞聽無耳其誰聞
_ 1980년 1월6일

율곡탈출가 栗谷脫出歌

도를 배움이 곧 무착이니 學道則無着
초당을 객에게 맡기네 草堂聊寄客
인연을 따라 이르는 곳에서 노나니 隨緣到處遊
매화에 비친 달, 이것이 풍류라 梅月是風流

자영게 自影偈

불불은 부처가 아니고 佛佛不是佛

교교는 가르침이 아니라 教教不是教

무득은 또한 걸림 없는 경지라 無得亦無得

선, 선 하는 것은 선이 아니라 禪禪不是禪

이것이 없음이 또한 무득이니 不是亦無得

이것이 내 진상처라 是我眞常處

_ 1982년 4월 25일 사진사 현당玄堂의 요청으로

여동춘양끽다가 與東春孃喫茶歌

(새로) 떠온 물로 차를 달여 서로 반쯤을 마시니 汲水點茶互半飮

몸과 마음 상쾌하여 하늘에 오르는 듯 心身快然如昇天

나는 백을, 동춘은 흑을 잡고 바둑을 두는데 我白彼黑鬪戱碁

혹 이기거나 지더라도 조용히 웃음을 지을 뿐이라 或勝或敗閑失笑

무제 無題

옴도 없고 감도 없으니 또한 머묾도 없는데 _{無來無去亦無住}
공연히 인간이 망령되이 상을 만들었지 _{空然人間妄作相}
애착하는 내 꼴은 공 도리를 벗어나지 못하고 _{愛着我法不空出}
혼미하고 게을러 천계泉界에 빠졌네 _{昏迷墮之坎泉界}

진상처 眞常處

만리의 백운은 푸른 산봉우리에 머무는데 _{萬里白雲靑嶂裏}
백운과 학이 떠나니 한가롭고 고요하네 _{雲去鶴去任閑靜}
누가 알까, 떨어질 듯한 암애의 바람을 _{誰知山顚岩崖風}
벼랑에 걸린 손 놓을 수 있으면 이것이 대장부라 _{懸崖散手是丈夫}
_ 1982년

탐하청매실 貪下靑梅實

청매실을 탐내 한 입에 머금으니 _{一口貪盡靑梅實}
마음과 매실이 실로 다 법계라 _{腹與梅實是法界}
끝없는 허공이 마음속에서 나왔으니 _{無邊虛空腹中出}
삼라만상 또한 그런 듯하네 _{森羅萬象亦如然}
_ 1982년

무제 無題

창엔 붉은 영산홍 꽃 빛을 머금었고 窓含映山紅

백운은 하늘가에 떠가네 白雲飛天末

소나무 아래에서 차를 마시니 松下一甌茶

차와 내가 모두 한 몸이라 茶我同一體

_ 1982년

관현상운 觀現相韻

계곡 물소리는 산과 함께 울부짖고 溪聲與山共長鳴

푸른 산, 구름을 뚫고 하늘 중심에 서있네 靑山穿雲天中立

아득한 흰 구름, 하늘가에 떠 있는데 白雲萬里天外飛

푸른 숲에 매미소리, 하늘 북을 울리는 듯 靑林蟬聲是天鼓

초암에서 오직 사념 없는 참선을 즐기다가 草庵唯餘淨侍禪

가만히 백불白拂을 잡고 꽃을 보다가 조누나 閑持白拂對花眠

_ 1982년 8월

* 한시 부분의 몇몇 오자는 김미선(청주대 한문교육과) 교수의 도움으로 교정하였다. 김 교수께 감사드린다.

동다정통고

附附 : 1. 응송 박영희 스님 자서전
2. 수연설법제법문

초판 1쇄 인쇄 2015년 11월 18일
초판 1쇄 발행 2015년 11월 23일

지은이   응송 박영희
펴낸이   김환기
펴낸곳   이른아침

주소   서울시 마포구 마포대로4다길 8(마포동) 경인빌딩 3층
전화   02-3143-7995
팩스   02-3143-7996
등록   제 395-2009-000037호
이메일   booksorie@naver.com

ISBN   978-89-6745-059-5 93810